GUERNICA

Dave Boling

GUERNICA

A SAGA DE UMA FAMÍLIA EM MEIO
À GUERRA CIVIL ESPANHOLA

Tradução
ANDRÉ PEREIRA DA COSTA

PRUMO
leia

Título original: *Guernica*
Copyright © 2008 by Dave Boling

Todos os direitos reservados. Nenhuma parte desta obra pode ser reproduzida ou transmitida por qualquer forma ou meio eletrônico ou mecânico, inclusive fotocópia, gravação ou sistema de armazenagem e recuperação de informação, sem a permissão escrita do editor.

Direção editorial
Soraia Luana Reis

Editora
Luciana Paixão

Editores assistentes
Thiago Mlaker
Deborah Quintal

Assistência editorial
Elisa Martins

Preparação de texto
Luciana Garcia

Revisão
Rosamaria Gaspar Affonso
Mariana Varella

Capa, criação e produção gráfica
Thiago Sousa

Assistentes de criação
Marcos Gubiotti
Juliana Ida

Imagem de capa: Oleksandr Ivanchenko\Getty Images

CIP-Brasil. Catalogação-na-fonte
Sindicato Nacional dos Editores de Livros, RJ

B668g   Boling, Dave
        Guernica / Dave Boling; tradução André Pereira da Costa. - São Paulo: Prumo, 2009.

        ISBN 978-85-7927-028-4

        1. Espanha - História - Guerra civil, 1936-1939 - Ficção. 2. Picasso, Pablo, 1881-1973. Guernica. 3. Romance americano. I. Costa, André. II. Título.

09-3985.
CDD: 813
CDU: 821.111(73)-3

Direitos de edição para o Brasil: Editora Prumo Ltda.
Rua Júlio Diniz, 56 – 5º andar – São Paulo/SP – CEP: 04547-090
Tel: (11) 3729-0244 – Fax: (11) 3045-4100
E-mail: contato@editoraprumo.com.br
Site: www.editoraprumo.com.br

Às vítimas de Guernica...
e de todas as Guernicas que se seguiram.

Guernica é a cidade mais feliz do mundo... governada por uma assembleia de gente do campo que se reúne à sombra de um carvalho e sempre toma as decisões mais sensatas.

Jean-Jacques Rousseau

Guernica foi... um horror experimental.

Winston Churchill

O quadro em que estou trabalhando no momento se chamará Guernica. Por meio dele, expresso todo o meu desprezo pela raça que mergulhou a Espanha num oceano de dor e morte.

Pablo Picasso

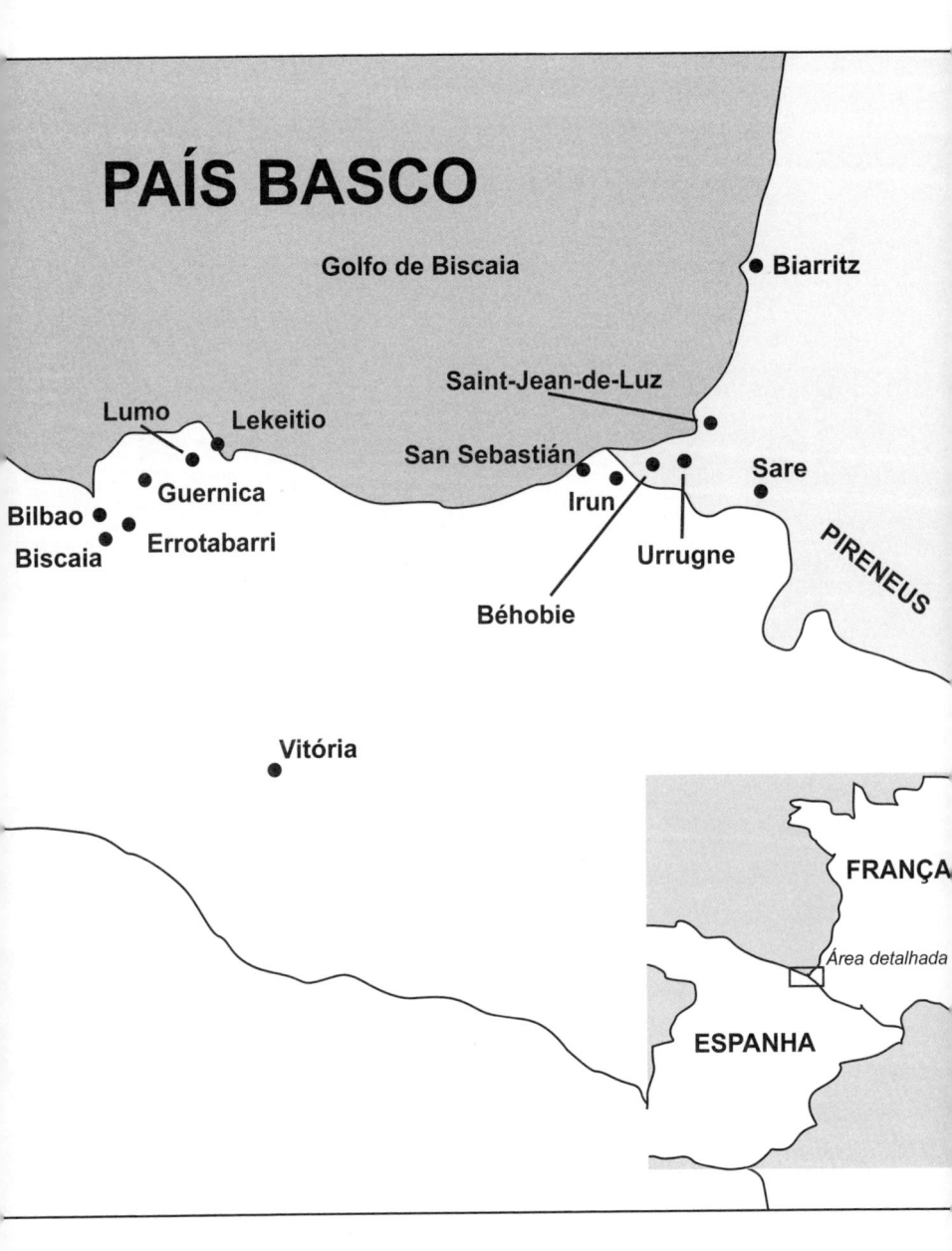

(Guernica, 1939)

Justo Ansotegui volta agora ao mercado para ouvir o idioma e comprar mais sabonete. Ele espalha barras por todo canto para poder ficar sentindo aquele aroma durante o dia, embora o perfume do sabonete não seja capaz de disfarçar o forte cheiro dos animais de criação que viveram em sua casa por gerações. Ao se sentar para descansar no final da tarde, leva quase automaticamente um sabonete ao nariz. Esfrega-o de leve no bigode para que o aroma penetre os pelos negros hirsutos que lhe cobrem o lábio superior e escondem seus traços. Nas muitas vezes em que acorda durante a noite, ele passa a mão numa barra de sabonete ao lado da cama e fica cheirando os dedos, na esperança de que a fragrância transporte determinadas lembranças para dentro de seus sonhos.

Alaia Aldecoa, a fabricante de sabonetes da aldeia, explica que suas barras levam leite de cabra e são perfumadas com um ingrediente que ela mantém em segredo, mas Justo não está interessado em como elas são feitas, mas tão somente em como o fazem se sentir.

— *Kaixo*, Alaia... sou eu, Justo — ele diz, aproximando-se da tenda da mulher.

Ela nem liga mais para aquela apresentação desnecessária. Já o conhece há anos, e, além do mais, o cheiro o precedera. Do bolso da calça de lã com suspensórios, caindo pela cintura, ele puxa uma moeda escorregadia que exala um cheiro agradável, como se estivesse coberta por resíduos de algum sabonete que ele levasse ali também.

— Eu queria um com o perfume de Miren — ele pede.

A fabricante de sabonetes sorri ao som do nome "Miren" e, como toda semana, já está com duas barras separadas e devidamente embrulhadas à espera de Justo. Ela não vende sabonetes com esse aroma para mais ninguém. Como sempre, recusa o pagamento, e ele devolve a moedinha ao bolso. Toda semana Alaia dedica um bom tempo a imaginar algo para dizer a Justo que seja capaz de iluminar seu dia, porém, uma vez mais, ela só tem o sabonete para lhe oferecer.

É segunda-feira à tarde, dia tradicional para fazer compras, mas o novo mercado não está muito cheio. Os negócios vêm se recuperando muito lentamente nos últimos três anos, e o mercado agora dista vários quarteirões a leste do antigo local, mais próximo ao rio. É menor porque o movimento é escasso, assim como o dinheiro, e muita gente foi embora. Desde que boa parte do comércio passou a ser controlada e racionada pelo governo, ir ao mercado serve para outras coisas que não apenas comprar e vender.

À medida que se afasta da barraca de Alaia, numa ponta da praça, Justo ouve o rumor da *amumak* reunida, parecendo um bando de galinhas, para trocar a única moeda que abunda por ali: fofoca. Antigamente as vovós costumavam pechinchar na compra de línguas de boi e costeletas de cordeiro, e de pimentões verdes que depois temperavam com alho e fritavam no azeite. E cheiravam as cordas coloridas de linguiças e chouriços que pendiam da barraca do açougueiro. Os embutidos apimentados douravam numa frigideira de ferro com os ovos, que absorviam seus sucos ferruginosos e o sabor picante. Os tentáculos do cheiro que vinha do fogão eram capazes de atrair uma família para a mesa sem que se desse conta. O sabor fazia com que as crianças se reunissem em volta da saia da *Amuma* e exalassem em seu rosto o bafo de alho da felicidade.

Hoje elas não têm mais pressa para ir ao mercado; há muito pouco que escolher. Por isso, examinam minuciosamente cada legume e sentem na mão o peso de cada ovo.

— Estão tão pequenos... — diz uma delas, arrancando uma saraivada de críticas das demais.

— Esses legumes não estão frescos.

— Eu nunca seria capaz de servir isso à minha família.

— E então, madames? Vamos comprar, ou só ficar alisando a mercadoria? — pergunta o barraqueiro.

Elas protestam em coro, mas relutam em devolver os produtos à bancada. É mais fácil reclamar deles do que admitir que não têm condições de levá-los. Mesmo nos bons tempos, as mulheres mais velhas eram exigentes nesse particular, já que fazer comida foi sempre o que as definiu. Mais do que ouvir, aumentar e espalhar boatos, a missão delas é cozinhar. O tempo é capaz de alterar muitas coisas, mas não de diminuir suas habilidades culinárias. E, afinal, aprimorar-se como cozinheira não deixa de ser uma forma de anexar território emocional a uma família. Mas atualmente, com tamanha escassez de alimentos, elas não encontram material para mostrar sua arte.

E a fome, que outrora as assediava como um cachorro magro, agora mais lembra um hóspede indesejável que simplesmente se recusa a ir embora.

Justo passa pelo grupinho. Elas gesticulam e se calam, mas logo retomam a fofoca e a excitação, revigoradas por um novo assunto. Vão falar mal da vida de Justo até que outro tema surja e gere discussão. Seja como for, a comunicação é pura ilusão, já que todas falam ao mesmo tempo.

Os sinos de Santa Maria badalam as horas, e muita gente levanta a cabeça para olhar o céu sem uma nuvem.

Sob o toldo de listras azuis da taberna, os velhinhos jogam *mus*, um campeonato de insultos disputado por quatro jogadores em torno de um baralho.

— Venha jogar, Justo. Preciso de outro parceiro, porque este aqui se afogou no monte de merda que tem no cérebro! — grita um velho camarada, sendo censurado pelos demais jogadores. Sucessivamente, todos os quatro bradam *"Mus!"*, e as cartas que cada um recebeu e não serviram devem ser jogadas. Se todos concordarem, uma nova mão é dada com novas chances para todos.

— O mundo tem muito a aprender com este jogo — comenta um jogador, aliviado.

Justo declina do convite para jogar, que de todo modo não passa mesmo de uma gentileza. Justo descobriu que, entre as inúmeras atividades negadas a um homem com um braço só, abdicar do *mus* está entre os menores sacrifícios.

E assim eles prosseguem com os tiques e sinais empregados na comunicação com os parceiros, o que é não apenas permitido, mas incentivado. Para os criativos bascos, a trapaça precisa ser protegida como parte legal do jogo, do mesmo modo como a existência de fronteiras não é reconhecida, e atravessar mercadorias não é contrabando, mas tão somente comércio

GUERNICA

noturno. E, se um povo acredita que sempre viveu na sua própria nação, proteger suas fronteiras imaginárias é, pois, uma questão de patriotismo, não de separatismo.

Piscar o olho direito para um parceiro de *mus* revela alguma informação, e passar a língua pelos lábios fornece outra, mas, quando os truques fracassam totalmente, especula-se que o parceiro usa os animais da sua fazenda para fins pouco convencionais.

— Meu Deus, como eu gostaria de ainda ter uma ovelha... por essa ou por qualquer outra razão! — devolve o parceiro, rindo-se da ofensa.

Justo solta uma boa gargalhada, a ponto de ele próprio se surpreender com o som. De vez em quando brotam raros sinais de humor. Pelo menos alguém ainda tenta. No cardápio do quadro de giz da *taberna*, atrás deles, em letras pequenas sob a lista de opções e preços, lê-se uma observação destacada apenas por um asterisco: SE ESTÁ BEBENDO PARA ESQUECER, POR FAVOR, PAGUE ADIANTADO.

— Fique aí, Justo, por favor — implora um deles. — Eu posso precisar dos serviços do homem mais forte de Guernica para arrancar meu pé da bunda deste meu parceiro! — Trata-se de outro comentário amável em relação a Justo, cuja conhecida força física não era publicamente demonstrada havia algum tempo.

— Um Deus misericordioso jamais teria colocado sobre a face da Sua terra tantos fascistas nem parceiros tão burros — diz um dos jogadores, em voz baixa. Justo olha em torno para ver se alguém se sente ofendido com a observação.

Ele não veio ao mercado por causa do baralho ou para passar o tempo. Antes figura fácil entre os personagens da cidade, ele agora passa horas à toa nas ruas e praças. Observa, entreouve as discussões sobre as notícias da cidade, e some.

A *amumak* cacareja.

— Claro que ele deve estar, sabe como é, meio perturbado, como o pai, afinal de contas...
— É, deve mesmo, afinal...
— Eu acho que está sim... Mas... quem não estaria?

Justo ouve os cochichos e não se sente incomodado por ser tido como louco. Isso pode até ser bom nos dias de hoje. As pessoas não ficam fazendo muitas perguntas.

Num banco de terra a oeste, o carvalho, símbolo de Guernica, ergue-se, rijo e imperturbável. Os moradores não se cansam de contar as histórias de ancestrais que se reuniam à sombra da árvore desde os primeiros tempos da Idade Média para criar leis ou planejar a defesa da terra contra os invasores. O fato é que os rebeldes e os alemães não maltrataram a árvore, apesar de muito pouca coisa ter escapado à sua sanha.

Ao longo de todo o mercado, não há sinal da *Ikurriña* vermelha, branca e verde, pois a bandeira foi banida publicamente. Não se joga *pelota*, como era costume, porque a quadra não foi reconstruída. Ninguém mais dança na *Plaza* à noite após as compras porque dançar *jota* ou *aurresku* em público pode levar à prisão.

Justo já não liga para essas coisas, que não lhe dizem mais nada. Ele se acha além de toda punição. Sempre à frente nos protestos e nas manifestações públicas, hoje se limita a ouvir. Quando os agentes da Guarda Civil não estão por perto, o mercado é o melhor local para escutar o idioma. Desde que Miguel se foi, Justo só tem em casa a companhia de um filhote de ovelha e de algumas galinhas suspeitas, cuja conversa é sempre a mesma. Na verdade, elas convivem com ele tanto quanto Miguel o fazia nas últimas semanas antes de se mudar para as montanhas em busca de... alguma coisa.

Assim, Justo vem só escutar. O idioma, ademais, sempre foi a principal marca de separação, na medida em que a ligação

GUERNICA

é mais com as palavras do que com a terra. Como nada nos mapas denota sua existência, a dimensão do seu "país" é dada pela especificidade da sua língua. Porém, assim como as danças, a bandeira e as comemorações, as palavras estão banidas, tornando uma oração sussurrada em basco tão ilegal quanto uma convocação às armas feita em praça pública.

Xabier, o padre intelectual, irmão de Justo, havia lhe explicado que a raça basca não fora assimilada pelos invasores por causa do isolamento de sua costa pedregosa e das montanhas circundantes. Mas Justo reagiu, meio brincando, dizendo que eles tinham conseguido sobreviver sendo incoerentes em relação aos outros. Era uma defesa singular.

Até os sons do mercado haviam mudado. Os jogadores de *mus* atiram as cartas de plástico sobre a mesa tão rapidamente e com tanta força que parecem estar batendo palmas, mas logo param para observar por cima dos ombros os guardas com seus chapéus de três bicos e suas túnicas verdes. E as *amumak*, com seus vestidos e xales pretos — vultos roliços de mulheres —, não têm medo de homem brandindo braços ou ameaças. Mas seus mexericos ganham um tom mais baixo quando há cada vez menos sobre o que falar em voz alta.

Atualmente o pessoal local circula entre as tendas tal como um músico extraindo uma valsa do seu acordeão sob um toldo arriado que abafa as notas, dando a impressão de que a música vem de muito longe, ou do passado. Muitos se movem como se vagassem por uma total falta de sentido — tentando, como a *amumak* com os legumes, agarrar-se a coisas que já não lhes pertencem. Rir jogando baralho e lucrar com os negócios parecem um insulto àqueles que já não podem mais rir e lucrar. Para eles, a perda do desejo é uma prova de consideração. Compram aquilo de que precisam e voltam para casa.

Segundo os antigos bascos, tudo o que tem nome existe. Mas Justo diria que hoje há coisas que estão além de toda descrição, que a imaginação não consegue conceber: as explosões, o cheiro de queimado, a visão de touros e homens transformados em sangrentos minotauros em meio ao fragor. Coisas que existem, mas são inomináveis.

Agora, no mercado, vendem-se panelas de cobre usadas com marcas prateadas dos remendos de solda, e os produtores rurais cobrem suas bancadas com legumes de aspecto pouco atraente e pequenas pirâmides de batatas. Alaia Aldecoa segue vendendo seus sabonetes com aroma de relva. O comércio, pulso da existência normal, lenta e respeitosamente ressurge a cada segunda-feira.

Justo Ansotegui tira uma moeda cheirosa do bolso e compra duas batatas como pretexto para escutar outra voz. Por um instante, presta atenção no idioma, no ritmo das frases e em suas melancólicas inflexões. Mas não há palavras para as coisas que eles viram.

(1893 – 1933)

Capítulo 1

O bebê Xabier choramingou no berço, e, ao ver que Angeles não se mexia, Pascual Ansotegui acendeu com um fósforo a lamparina da parede e pegou o recém-nascido para lhe dar de comer.

— *Kuttuna*, está na hora — sussurrou para não acordar os filhos que dormiam no quarto ao lado. Mas, num instante, o grito de Pascual arrancou Justo e o pequeno Josepe da cama. À luz esfumaçada da lamparina, Pascual viu o rosto lívido de Angeles e uma mancha escura sobre as cobertas.

Justo e Josepe correram para o quarto dos pais e encontraram o bebê no chão, chorando. Justo ergueu o irmãozinho e devolveu-o ao berço. Josepe tentou se enfiar na cama ao lado da mãe, mas mal conseguiu puxar o cobertor ensanguentado para cima do rosto. Justo tirou-o de lá dizendo algo em voz baixa. Os três ficaram parados ao pé da cama enquanto uma dor corrosiva se apoderava de Pascual Ansotegui.

Angeles o havia presenteado com uma sucessão de três filhos robustos no curto espaço de quatro anos. Mal se restabelecia do parto de um e já estava ela novamente à espera do próximo. Os homens da aldeia riam-se do apetite de Pascual, e ele chegava a sentir uma pontinha de orgulho com aquelas brincadeiras. Doce, generosa e fértil como a planície do estuário onde viviam, Angeles nunca apresentou complicações durante a gravidez. Mas, poucos dias depois do nascimento normal do terceiro filho, ela simplesmente não acordou mais. Deixou Pascual com dois filhos pequenos, um bebê, e atrelado à culpa.

Os meninos cresceram juntos como uma ninhada hiperativa, brincando e brigando e se desafiando mutuamente desde que acordavam, de manhã bem cedo, até caírem de sono ao anoitecer, não necessariamente em suas camas, mas muitas vezes estirados nas posições mais estranhas e no lugar em que suas baterias eventualmente acabassem. O cada vez mais ausente Pascual mantinha-os bem alimentados, um esforço mínimo numa fazenda próspera; no restante, porém, eles se comportavam como queriam e segundo sua imaginação. Agora eram quatro homens morando em Errotabarri, a fazenda da família Ansotegui, sem nenhuma influência materna ou feminina além das poucas lembranças deixadas por Angeles Ansotegui em sua curta vida: um pente e uma escova sobre a penteadeira, alguns vestidos no armário, e um avental estampado com motivos florais que Pascual Ansotegui usava para cozinhar.

Enquanto Pascual minguava, física e emocionalmente, os garotos iam tomando conta da fazenda. Mesmo crianças pequenas sabem que as galinhas precisam comer e que os ovos devem ser recolhidos, de forma que desempenhavam essas tarefas sem percebê-las como trabalho. Mesmo crianças pequenas sabem que os animais precisam de alimento para o inverno, de forma que aprenderam a manejar a foice na ceifa da alfafa almiscarada e o forcado para empilhar o feno.

Quando um deles encontrava um ovo podre, este virava munição em alguma emboscada a um dos irmãos. Mergulhavam

GUERNICA

juntos no capim cortado antes de recolhê-lo. Escondiam-se nos montes de feno antes de dá-lo ao gado. Montavam nas vacas em pelo antes de ordenhá-las. As pilhas de fios de lã eram fortes antes de se tornarem combustível para a lareira. Tudo era motivo para uma disputa: quem lança o forcado mais longe? Quem corre mais rápido até o poço? Quem consegue carregar mais água?

Como tudo virava um jogo ou uma competição, raramente havia divisão de trabalho; os três compartilhavam cada tarefa e partiam juntos para a seguinte. Embora órfãos virtuais, eles eram felizes, e a fazenda operava numa atmosfera surpreendentemente eficiente de bagunça divertida. Às vezes, entretanto, nem o instinto de garotos do campo era capaz de fazê-los identificar ameaças ao rebanho ou à lavoura. Para três crianças facilmente seduzíveis pelas possibilidades balísticas de ovos estragados, surpresas aconteciam.

Se Pascual Ansotegui tivesse se dado conta da passagem das estações, teria lembrado os filhos de que as ovelhas que dariam cria na primavera precisavam da proteção de um curral. Porém, nas primeiras tardes quentes da primavera, o curral não passava de uma parede para os meninos jogarem *pelota*. Quando Xabier mandou desastradamente a bola em cima do telhado e ela ficou presa entre telhas quebradas, Justo pegou a escada e escalou o curral, vacilante, pondo um pé teatralmente sobre o cume, como se tivesse alcançado o topo do Monte Oiz. Josepe viu naquela pose o potencial para uma nova brincadeira.

— Que tal ficar aí em pé enquanto a gente tenta acertar você com bosta de ovelha? — propôs ele, já pegando um monte de bosta seca do chão.

Ao fazer mira no irmão, Josepe bateu os olhos numa massa escura voando em círculos para os lados da montanha.

— Justo, Justo, uma águia! Tem alguma ovelha solta por aí? — Josepe gritou.

— Pega a espingarda! — Justo gritou, pulando sobre um monte de feno e pondo-se logo de pé.

O rifle de Pascual Ansotegui já era velho antes da virada do século e os garotos nunca o tinham visto dar um tiro. Com treze anos, Justo era forte como muito homem feito da aldeia, mas Pascual não o havia ensinado a atirar. Josepe, mal podendo com o peso da arma, vinha arrastando-a com as duas mãos pelo cano até o irmão, com a coronha sacolejando pelo chão.

Justo pegou a arma, apoiou-a no ombro e apontou o cano pesado na direção da águia. Xabier se ajoelhou diante dele e protegeu o rebanho com as duas mãos, tentando dar força ao irmão.

— Atira nela, Justo! — Josepe gritava. — Atira!

Com a coronha do rifle balançando sobre o ombro, Justo apertou o gatilho. O tiro explodiu dentro do cano, e o coice jogou Justo no chão, sangrando na lateral da cabeça. Xabier se atirou ao lado dele, chorando com o barulho. O disparo nem sequer espantou a águia, que agora cravava as garras num golpe letal no pescoço de uma pobre ovelha recém-nascida.

Com Justo e Xabier fora de combate, Josepe assumiu o controle. Antes que ele a pudesse alcançar, porém, a águia abriu bem as asas, bateu-as várias vezes de encontro ao solo e decolou por sobre a cabeça de Josepe.

Justo fez um esforço para ir em auxílio de Josepe. Xabier, já sem fôlego de tanto chorar e assustado com o sangue do irmão, correu a toda, aos tropeções, para buscar ajuda na casa de um vizinho.

— Olhe as outras crias! Vamos levar as ovelhas para dentro do curral! — gritava Justo, retomando o controle da situação. Não viram mais nenhum animal em perigo, e os dois trataram de conduzir a ovelha-mãe, ainda com o cordão umbilical arrastando no chão, para o curral.

Os vizinhos ajudaram Xabier a se acalmar. Mas o que ele esperava que eles fizessem? Onde estava o pai deles, afinal? Esses meninos não deveriam estar lidando com essas coisas, e com certeza não deveriam mexer com armas; os vizinhos disseram que foi uma sorte os rebanhos deles não terem sofrido baixas. Xabier não conseguia ouvi-los com aquele zumbido dolorido nos ouvidos, mas era capaz de ver suas expressões de censura.

— Está tudo... bem! — gritou Xabier, erguendo-se para ir ao encontro dos irmãos.

Os garotos, ainda assustados, reuniram-se no curral para ficar alisando a ovelha, que estava se sentindo incomodada não mais pela perda do filhote, coisa de que já se esquecera, mas sim pelos abraços apertados daqueles meninos, um dos quais lhe sujava o pelo de sangue.

Quando Pascual Ansotegui voltou naquela tarde, os garotos se alinharam na porta, em ordem decrescente de idade, e Justo fez um resumo do acontecido para o pai. Pascual só balançava a cabeça. Justo e Josepe aceitaram esse tipo de reação. Xabier, porém, se mostrou indignado.

— Onde você estava? — ele berrou, um magrelo com nove anos de idade metido num macacão surrado todo sujo de sangue.

Pascual ficou olhando sem dizer nada.

Xabier repetiu a pergunta.

— Eu saí — disse o pai.

— Que você saiu eu sei; você sempre sai — Xabier disse. — Daria no mesmo se não voltasse nunca mais.

Pascual curvou a cabeça, como se assim pudesse ver mais nitidamente o seu caçula. Em seguida se virou, pegou o avental florido e foi preparar o jantar.

Justo sabia desde cedo que, na condição de mais velho, um dia assumiria o controle exclusivo de Errotabarri, e seus irmãos entendiam que teriam de, inevitavelmente, encontrar trabalho em alguma outra parte. Embora injusto para com os mais novos, o costume assegurava a sobrevivência da cultura *baserri*. Justo Ansotegui faria valer seu grau de primogênito para se tornar o próximo na cadeia de donos da terra que retrocedia aos tempos em que seus ancestrais pintavam animais nas paredes das cavernas dos arredores de Santimamiñe. Reclamar a fazenda ao mais velho não garantia nada. O que herda a fazenda jamais poderá partir em busca de outras oportunidades, ir para o mar, talvez, ou para alguma cidade maior, como Bilbao. Mas dirigir a *baserri* era chefiar a empresa da família, Justo acreditava. Além do mais, ele esperava ter um tempo de aprendizagem. Durante pouco mais de um ano após o ataque à ovelha, Pascual Ansotegui ia toda manhã à missa, sem grande entusiasmo, respondendo automaticamente às palavras do padre. Depois, à tardinha, voltava à igreja para rezar em silêncio, e, nesse meio tempo, ficava vagando por ali. Finalmente, parou de assistir à missa, e, num belo dia, sumiu.

Levou vários dias até Justo se dar conta de que o pai havia desaparecido. Ele avisou os vizinhos, que saíram à procura pelas montanhas em pequenos grupos. Sem provas de que ele estivesse morto ou vivo, os garotos passaram a acreditar que ele fora engolido por alguma fenda ou buraco nas rochas, ou que ele tivesse simplesmente se esquecido de parar de vagar.

Embora amassem o pai e sentissem sua falta, a afeição que os meninos tinham por Pascual era mais uma questão de hábito do que um sentimento verdadeiro. Eles percebiam muito pouca diferença em sua ausência: continuavam fazendo as mesmas tarefas e as mesmas brincadeiras. Só que agora Justo era o chefe.

— Tome, isto agora é seu — Josepe disse ao irmão, entregando-lhe o avental florido.

— *Eskerrik asko* — Justo respondeu, agradecendo ao irmão. Vestiu o avental pela cabeça e deu um laço nas costas com toda a solenidade. — A postos para o jantar.

Ele estava no comando da *baserri* familiar. Tinha quinze anos.

Quando ainda eram muito novos, os meninos aprenderam a história de Guernica e de Errotabarri. Ouviram-na do pai, antes de ele sumir, e do povo da cidade, que tinha orgulho de seu legado. Desde os tempos medievais, Guernica ficava num entroncamento da velha Via Romana e da Estrada do Peixe e do Vinho que serpenteavam do mar para o interior das terras altas. Na interseção das duas ficava o caminho de peregrinos para Santiago de Compostela. Durante séculos, autoridades da região se reuniram à sombra do carvalho de Guernica para elaborar leis que baniram a tortura e a prisão injustificada e asseguraram às mulheres direitos sem precedentes. Embora pertencendo ao reino de Castela, preservaram um sistema legal próprio e exigiram que os vários monarcas de Castela, desde Fernão e Isabel, comparecessem, em pessoa, perante o carvalho de Guernica e ali jurassem cumprir as leis bascas. Como a economia da região não se desenvolvera durante o sistema feudal, os bascos eram donos da própria terra e nunca se dividiram em soberanos e servos; somente em agricultores, pescadores e artesãos, livres e independentes de qualquer senhor supremo.

Toda *baserri* em Biscaia costumava ter um nome, que às vezes funcionava como um sobrenome para os que viviam nela, como se a terra e a casa fossem os verdadeiros antepassados. A casa, afinal, sobreviveria a seus habitantes e provavelmente até ao nome de família. Acreditavam que uma construção sólida — assim como as relações familiares, o amor autêntico e a reputação das pessoas — duraria para sempre, desde que protegida e adequadamente preservada.

    Quando Justo Ansotegui assumiu o controle de Errotabarri, uma cerca viva espinhenta delimitava todo o perímetro inferior da propriedade, e uma alameda de choupos ladeava o extremo norte, açoitado pelo vento. No lado sul da casa eram cultivadas hortaliças, em meio a várias espécies de árvores frutíferas. As terras de pastagem estendiam-se pela parte alta da propriedade, elevando-se até um planalto coberto de imponentes carvalhos, ciprestes e eucaliptos de madeira cinza-azulada. As árvores iam rareando sob um platô de rocha granítica que assinalava o limite superior da propriedade.

    A casa se parecia com todas as outras da região de Guernica. Exigia que os garotos, anualmente, dessem uma mão de cal nas paredes laterais acima da base de pedra e massa e envernizassem todo o madeiramento e as janelas. Cada jardineira de pedra sob as janelas acomodava caixas e caixas de gerânios, que forneciam os mais variados tons de vermelho. Mesmo sendo jovem e solteiro, Justo conservava a sensibilidade para as flores que tinha sido importante para sua mãe.

    Como a maioria das *baserri* localizadas na montanha, a casa era cravada na encosta. O andar de baixo, com grandes portas duplas na parte descendente da montanha, abrigava o rebanho nos meses de inverno. O andar de cima, com uma porta ao nível do chão dando para o lado alto da montanha, era o lar da família. Abrigar bois e ovelhas na mesma construção protegia os animais do frio, e eles retribuíam a atenção aquecendo o nível superior com o calor que emanava de seus corpos.

GUERNICA

Dentro, um salão central concentrava a cozinha e as áreas de refeição e de estar, com colunas de madeira bruta de carvalho sustentando as vigas aparentes. A sala de estar com a lareira estendia-se a partir da cozinha. Sementes de milho eram amarradas às vigas para secar, e ervas medicinais e culinárias secavam ao calor da lareira. Cordas entrelaçadas de pimentões vermelhos pendiam da coluna mais próxima à cozinha, perto das fieiras balançantes de chouriços e linguiças que emprestavam ao ambiente um forte aroma de alho. Algum antepassado havia entalhado o *lauburu* na moldura da porta de entrada da casa. Aquele brasão de família quadrilateral, como um trevo giratório, unia suas vidas, exibindo-se em toda parte, de berços a lápides.

Cada ex-senhor da terra legou inadvertidamente algum objeto a Justo, que ainda empilhava o feno em espigões altos de madeira talhados gerações atrás. E as tesouras de ferro para tosquiar que ele usava no curral acumulavam lã de ovelhas mortas havia um século. No console sobre a lareira, alguns pequenos objetos guardavam mistérios jamais decifrados; havia um cavalinho de bronze com a cabeça empinada e uma moeda de ferro coberta de símbolos desconhecidos.

Durante a gestão de Justo na *baserri*, o avental foi igualmente imortalizado, pendurado num gancho daquele mesmo console. E, antes que ele se fosse, o console também haveria de guardar um trançado de cabelos humanos tão negros que absorviam a luz.

Batendo nas ancas de um burro relutante para fazê-lo seguir galgando a trilha íngreme, Pablo Picasso riu baixinho ao imaginar como seus amigos em Paris reagiriam vendo-o em semelhante situação. Só o fato de pensar neles agora, aqui nos

Pireneus, já era um sintoma do problema. Havia muita fofoca em torno da sua arte em Paris. E essa trilha montanhosa para Gósol, com a maravilhosa Fernande num burrico a seu lado, era a melhor maneira de fugir a tudo aquilo.

Tinha havido muita conversa sobre arte, e, quando falavam, a arte lhes saía pela cabeça, não pelos intestinos, e sua pintura ficava indo e voltando como conversa mole.

Não era de Paris que ele precisava no momento; precisava da Espanha. Das pessoas, do calor e da indestrutível sensação de ser de algum lugar.

Fernande se sentava ao seu lado e não falava de pintura. Ela sabia. Ele regressara à Espanha por um breve período, viera a esta cidadezinha tranquila nas montanhas, para fazer a arte em pedaços, para fazer dela algo que nunca fora, ou talvez algo que já havia sido muito tempo atrás. Esse era um lugar em que ele podia *sentir* arte. Ela lhe vinha da sujeira e se irradiava para baixo, em ondas, a partir do sol. Estava na hora de destruir e reconfigurar a arte, como se deve fazer com cacos brilhantes de vidro partido.

Justo prometeu o seguinte aos irmãos: ninguém mais teria que trabalhar duro. Mas mesmo enquanto fazia tal promessa, ele dizia a si próprio que sabia muito pouco sobre como tocar uma fazenda. Assim, começou a visitar os vizinhos, introduzindo nas conversas perguntas sobre a melhor época de plantar determinadas espécies, como cuidar das árvores frutíferas ou lidar com o gado. Muitos se mostravam simpáticos, mas tinham pouco tempo para se preocupar com a fazenda dos outros — a menos que tivessem uma filha da mesma idade dele. Muitos considerariam Justo bem pouco atraente, mas o rapaz, afinal, era dono da própria *baserri*.

GUERNICA

Justo quis saber dos Mendozabel como criar colmeias para que as abelhas polinizassem suas árvores frutíferas e produzissem mel. A senhora Mendozabel informou que teriam o maior prazer em ajudá-lo, que na verdade eles deveriam se reunir para "um belo jantar, desses que certamente vocês não costumam preparar em Errotabarri, não como os que a nossa Magdalena faz toda noite". Justo compareceu em trajes de trabalho, comeu sem conversar nada além dos assuntos da *baserri*, e mal tomou conhecimento de Magdalena em seu vestido branco de domingo e da "torta especial" que ela preparara só para ele. Estava ocupado demais para prestar atenção em Magdalena e no restante das Magdalenas que sucessivamente foram vestidas, empoadas e submetidas à sua inspeção. Os jantares eram agradáveis, sem dúvida, a informação sempre valiosa, e, claro, uma coisa era certa: não se faziam tortas em Errotabarri.

Fazendas pequenas não podem ser consideradas negócios prósperos, mas eram poucos os que conheciam a pobreza nas montanhas de Guernica. As famílias se alimentavam, e o que sobrava era levado de carroça ao mercado ou trocado por artigos que eles não podiam produzir. Justo invejava os vizinhos que tinham ajuda abundante das crianças, enquanto ele enfrentava carência de mão-de-obra. Josepe e Xabier ajudavam, mas atualmente não estavam mais tão envolvidos nas tarefas. Justo acordava quando ainda estava escuro, trabalhava sem parar o dia inteiro, e pegava no sono logo depois de comer o que tivesse forças para botar num prato à noite. Josepe nunca se queixava da comida; Xabier só reclamara uma vez.

Justo descobriu alguns truques, mas nunca fez corpo mole com tarefas que pudessem prejudicar a terra ou os animais; somente a si mesmo. Não remendava nem cerzia roupas e jamais lavou os macacões dos irmãos ou mesmo os seus porque, como ele dizia, ficariam sujos novamente. Se os irmãos quisessem tomar banho, ele não se opunha, desde que as tarefas fossem cumpridas.

— Vocês estão bonitos esta manhã — uma mulher gentil comentou com Justo quando os três apareceram na missa ao menos parcialmente arrumados.

— É — Xabier a interrompeu. — Mas nossos espantalhos ficaram pelados hoje.

E assim Justo não perdia tempo com conforto, e não ligava para lazer e diversão.

Às vezes, no campo, hipnotizado pelo embalo rítmico da foice por sobre o capinzal, ele se dava conta de que estivera conversando consigo mesmo em voz alta. Olhava em torno para se certificar de que Josepe ou Xabier não tinham se aproximado em silêncio para ouvi-lo falando. Nesses instantes ele entendia o seu problema. Era um solitário. As atividades que se mostravam tão excitantes na presença dos irmãos haviam se tornado meramente trabalho.

A única pausa que ele se permitia era nos dias festivos, quando costumava encerrar as tarefas pela manhã e então ia caminhando até a cidade para participar das competições: o cabo de guerra, o corte de lenha, o levantamento de pedra. Ele vencia quase todas, graças à sua força impressionante. E, como tais aparições públicas eram muito raras, procurava compartilhar com todo mundo as brincadeiras e demonstrações de força que passavam despercebidas durante sua reclusão em Errotabarri. Se ele se tornava inconveniente e cheio de si, era divertido, e quem estivesse na cidade ficava na expectativa de suas visitas e comemorava suas muitas vitórias. Para quem era tão solitário em casa, as atenções eram como o primeiro dia quente de primavera.

Numa dessas escapadelas, Justo encontrou uma garota de Lumo que descera a montanha com os dançarinos. Seu nome

GUERNICA

era Mariangeles Oñati, e fez Justo rever seus hábitos de higiene pessoal e a solidão autoimposta.

Josepe Ansotegui sentiu o cheiro do Golfo de Biscaia bem antes de poder vê-lo. Após caminhar pela estrada sinuosa nas montanhas de Guernica em direção ao norte durante dois dias, passando pelas grutas, pela jazida pontiaguda de mármore e por fazendas bem cuidadas, ele desceu com passos firmes rumo à brisa que trazia o gosto salgado da maré baixa. Ao chegar ao porto de Lekeitio à luz suave do sol poente, bandos de mulheres de avental e véu catavam peixes pequenos nas redes ao longo do cais. Conversavam e cantavam uma melodia agradável.

Josepe observou os barcos ancorados ao longo do muro de pedras do cais, à procura de tripulações ainda trabalhando. O primeiro homem que abordou pedindo emprego respondeu com um riso e um balançar de cabeça. O segundo lhe disse que os pescadores vêm de famílias de pescadores, e que os jovens do campo deveriam continuar cuidando da terra. Ordem natural das coisas.

— Meu irmão mais velho assumiu a *baserri* da família, por isso eu pensei em tentar a vida na pesca — ele explicou. — Eu soube que sempre há trabalho para fazer nos barcos.

— Eu tenho um servicinho — gritou um homem no barco ao lado. — Vamos ver se você consegue levantar esse engradado.

Com grande esforço, Josepe ergueu um engradado cheio de peixe até a altura dos joelhos, em seguida até a cintura, e transportou-o até as docas. Aí olhou para trás com uma sensação de triunfo.

— Certo, você é bem forte — disse o pescador. — Não, não tenho nenhum trabalho para você; mas, de qualquer modo, obrigado.

Na traseira de um barco mais próximo à entrada do porto, um pescador, sozinho, observava o céu.

— *Zori* — o homem disse ao notar a presença de Josepe. — Os velhos pescadores procuravam *zori*, presságios, vendo em que direção os pássaros voavam.

— E os pássaros estão dizendo alguma coisa especial esta tarde? — Josepe quis saber, olhando para um bando de gaivotas que mergulhavam na superfície das águas do porto.

— Acho que estão dizendo que têm fome; elas voam em círculos à espera dos nossos restos.

Os dois trocaram um aperto de mãos.

— Eu me chamo Josepe Ansotegui, de Guernica. Tenho quase dezessete anos, e minha única pescaria foi num riacho com vara e anzol — confessou o garoto. — Mas sei que sou capaz, e estou à procura de trabalho.

— Você pegou alguma coisa com a vara e o anzol?

— Uma vez peguei uma truta gorda, sim — Josepe contou orgulhoso.

— E tirou as tripas e limpou a truta gorda?

— Sim, senhor.

— Por ora, isso é tudo o que você precisa saber sobre pesca; está contratado — disse Alberto Barinaga. — Depois tratamos de seu conhecimento.

Barinaga, dono do *Zaldun*, recebeu Josepe a bordo e em sua casa. Talvez tenha antevisto uma relação produtiva no voo dos pássaros. Com o tempo, Barinaga ficou impressionado com as histórias de Josepe sobre sua criação com meninos felizes após a morte da mãe, e se admirou com sua força e sua determinação. Mas gostou, sobremodo, de sua dedicação à aprendizagem dos assuntos da pesca. Nos treinamentos diários, enquanto esfregava amuradas ou consertava redes, ou na mesa de jantar da família, Josepe procurava absorver a enciclopédia de folclore e cultura marítima que o veterano capitão possuía.

— Fomos nós que trouxemos a baleia-da-Groenlândia e o bacalhau para as costas das Américas — Barinaga pregava durante o jantar. — A *Santa Maria* era uma das nossas caravelas, e Colombo contava com um navegador e uma tripulação bascos.

— Por isso é que ele foi parar nas Américas em vez das Índias — alfinetou sua filha mais velha, Felícia.

— Fernão de Magalhães também contava com navegadores nossos — prosseguiu o capitão. — Há quem diga que nós somos assim tão bons de água porque nossa raça teve origem na ilha perdida de Atlântida. — Barinaga fez uma pausa de efeito, balançando a cabeça enquanto barrava de manteiga uma grossa fatia de pão. — É uma possibilidade que eu não descartaria.

Josepe, por sua vez, aprendia sobre a sua *patroia* com as tripulações fofoqueiras de outros barcos. Barinaga era muito admirado pelas famílias dos pescadores. Por diversas vezes sua perícia permitiu que o *Zaldun* prestasse socorro a embarcações à deriva e tripulações em perigo. Josepe se agarrava àquelas lições com ambas as mãos. Aprendeu as canções dos marujos e cantava com eles enquanto consertavam redes rasgadas nos dias em que o mar bravio os condenava a trabalhar na praia.

Josepe retribuiu a hospitalidade de Alberto Barinaga fazendo sexo praticamente todas as noites com sua filha Felícia, no quarto de dormir bem debaixo dos pais dela, que dormiam.

Quando Xabier voltou da escola uma tarde e correu para ajudar o irmão a revirar o feno para secar com os forcados compridos, Justo notou arranhões e manchas vermelhas nas costas de suas mãos.

— O que aconteceu com você?

— Dei uma resposta em basco — disse Xabier.

Justo não ia à escola havia anos, mas se lembrava dos professores que os humilhavam por qualquer pretexto e recorriam a uma régua ou a uma vara de marmelo para bater nos alunos que falassem basco em vez de espanhol nas aulas.

— Deixa que eu cuido disso.

Com dezoito anos, sem camisa sob o macacão encardido, Justo partiu para a escola na manhã seguinte. Com todos os alunos já sentados em classe, menos Xabier, Justo se aproximou do professor, um espanhol quatro-olhos com um cravo na lapela.

Diante de toda a turma, Justo esticou a mão machucada do irmão na direção do professor e falou duas palavras.

— Nunca mais — disse em basco.

O professor respondeu com um muxoxo arrogante, achando que o rapazinho da fazenda fosse se intimidar.

— *Vete!* — ele ordenou em espanhol, apontando para a porta.

— O professor se virou para a turma e viu os alunos totalmente vidrados no incidente. — *Vete!* — repetiu, de queixo erguido.

Justo reagiu tão rapidamente que o professor ficou sem ação: balançando aquele braço esticado, arremessou-o diretamente entre as pernas do mestre. Girando em volta do professor curvado, Justo pegou o pulso dele com a outra mão e o ergueu de modo que o professor como que se sentou sobre o próprio braço. Num segundo, ele trocou a postura imperiosa de apontar para a porta por uma posição dobrada ao meio, com o braço entre as pernas e encostado firmemente ao próprio escroto.

A pressão de Justo sobre o pulso do professor aumentava à medida que seu braço ia sendo suspenso cada vez mais alto, obrigando o professor a ficar nas pontas dos pés para reduzir a pressão nos genitais. O professor gemeu de dor. Os alunos permaneciam sentados num silêncio estupefato.

Justo se abaixou para olhar o rosto suado do professor e disse duas palavras.

— Nunca mais.

Justo levantou-o mais alto por um instante, e aí relaxou a pressão. O professor desabou no chão.

A versão carregada nas tintas da lenda de Justo Ansotegui correu naquela mesma tarde dos alunos para os pais, que a transmitiram aos amigos à noite na *taberna*. O professor não apareceu na manhã seguinte nem nas próximas, e teve que ser substituído. Quando Justo foi à cidade, várias pessoas que ele não conhecia saíram à porta das lojas e bateram palmas para ele, em sinal de aprovação. Justo sorriu-lhes de volta e piscou o olho.

Xabier nunca precisou da ajuda do irmão mais velho para tirar boas notas. Longe de possuir a força física de Justo, Xabier, no entanto, se sentia mais forte a cada pequena informação que assimilava. Não tinha casa nem muitas posses; seu negócio era história, matemática, gramática. Assim, assumiu o papel de aluno responsável. Se fosse preciso agir pela cartilha daqueles professores espanhóis, ele era perfeitamente capaz de fingir. Com dezesseis anos, havia aproveitado bem tudo o que os professores da escola pública podiam oferecer.

O próximo passo cabia a Justo, que o fez durante o jantar, com toda a sinceridade que o caracterizava.

— Sabe, Xabier, você não tem sido de muita valia por aqui, e eu estou pensando em me casar qualquer dia desses; você já pensou em ir para o seminário, em Bilbao, talvez?

Xabier era carola como qualquer jovem de sua idade, e certamente não tinha feito nada que pudesse servir de obstáculo para virar padre; ele apenas nunca havia pensado a respeito. Admirava o padre da paróquia, mas jamais pretendeu imitá-lo. No entanto, essa poderia ser uma forma de continuar estudando.

— Os padres levam uma vida confortável; são respeitados na cidade — Justo prosseguiu. — Além do mais, você não se dá mesmo muito bem com as mulheres.

Xabier não se sentiu ofendido, pois admitia que Justo tinha razão nesse ponto. Mas era seu irmão, não seu pai, e quem era ele para lhe dizer o que fazer? Já estava a ponto de questionar a autoridade de Justo quando o irmão deu o golpe final.

— Mamãe ia gostar.

O assunto provocou uma noite inteira de reflexão. E, quando Xabier despertou de manhãzinha, estava praticamente certo de que se tratava de uma boa ideia, e informou Justo — com reservas.

— Achei que seria bem mais complicado tomar uma decisão dessas. Pensava que os padres recebiam alguma espécie de chamado, que escutavam vozes celestiais, esse tipo de coisas.

Justo, com os ombros e os braços musculosos saltando do avental surrado, passava ovos mexidos de uma frigideira para o prato de Xabier.

— Você escutou uma voz, sim — disse Justo. — A minha.

Capítulo 2

A fama de Justo Ansotegui subiu a montanha até chegar à aldeia de Lumo. Lá, Mariangeles Oñati soube que ele era um defensor das boas causas, inteligente, brincalhão, embora alguns insinuassem que era um ardoroso propagandista da própria mitologia. Frequentemente, ela ouvira dizer que ele era o tal dos eventos de força nas datas festivas. Uma amiga jurou que ele tinha carregado um boi nos ombros até a cidade e que depois comemorara o feito jogando o animal no rio Oka.

— É verdade — Justo dizia a quem lhe perguntasse sobre a história. — Mas era um boizinho de nada, e a maior parte do caminho era ladeira abaixo. E o vento estava a favor quando eu atirei o bicho na água.

Mariangeles veio dançar com as cinco irmãs numa dessas festas. Ela também já estava achando que era hora de ir assistir às competições masculinas, coisa que geralmente evitava.

O rapaz fortão que estava de pé, ao lado de um tronco descascado, na abertura da competição de corte de madeira, brincava com a multidão enquanto tirava as botas e as meias cinzentas. Ficar descalço parecia a Mariangeles algo bem estúpido para quem teria que manejar um machado tão perto dos pés.

— Após tantos anos competindo, eu continuo tendo nove dedos nos pés — ele disse, exibindo orgulhosamente os quatro apêndices remanescentes em um dos pés descalços. — Enquanto este é o meu único par de botas, e não posso me dar ao luxo de estragá-las.

O homem se curvou até a cintura e arremeteu contra o tronco de pinheiro no meio dos seus pés. Em seguida deu um giro de 180 graus para fazer o mesmo do outro lado. O tronco rachou sob ele muito antes de qualquer outro competidor. Justo já estava sentado, com os nove dedos intactos, recolocando as meias e as botas, quando o segundo colocado partiu seu tronco.

Já na disputa de maior bebedor de vinho, Justo não impressionou tanto. Sem muita prática com a *bota**, deixou o vinho escorrer pelo rosto. Depois de tossir e cuspir, saiu espirrando o que restara de vinho nas goelas dos amigos agradecidos, que escancaravam as bocas como se esperassem a hóstia sagrada.

Mas na prova de *txingas*, Justo não teve concorrentes. O "passeio do fazendeiro" testava a força e a resistência dos competidores, que deveriam carregar pesos de cinquenta quilos em cada mão, indo e voltando por um percurso delimitado até cair. A queda da maioria dos concorrentes obedecia a um padrão costumeiro. Na segunda volta, os joelhos começavam a arquear intensamente — às vezes, em ambos os sentidos; na terceira, os ombros forçavam a espinha para baixo numa curvatura perigosa; e, finalmente, a gravidade empurrava os pesos e o concorrente para a grama.

Mariangeles estava próxima ao ponto de partida quando Justo foi chamado. Ele segurou firme as argolas dos pesos, o rosto contraído como se nunca fosse conseguir erguê-los do chão. Era só teatro para a plateia, porque logo os suspendeu

---

*Cantil de couro. (N.T.)

com a maior facilidade, emitindo um orgulhoso *irrintzi*, o tradicional grito da montanha, que foi aumentando de intensidade até virar um brado ululante.

Justo avançou sem muito esforço, com as costas eretas. As costas são o tronco da árvore, ele costumava dizer; os braços são só os galhos. Ao passar pelos pontos em que os demais haviam caído, exaustos, Justo Ansotegui balançou a cabeça para a multidão, dirigindo-se aos garotos que falariam dele aos futuros netos.

— Isso não dói? — perguntou um garoto quando ele passou.

— Claro, como é que você acha que meus braços ficaram tão compridos? — Justo respondeu e, nesse momento, estendeu os braços pelo corpo, num gesto que fez com que as mangas da camisa subissem, dando a impressão de que seus braços haviam triplicado de tamanho.

O garoto ficou impressionado e saiu gritando com a multidão.

O cansaço físico de Justo ocorreu tão gradualmente que ninguém se deu conta. Já tendo vencido em diversas ocasiões, ele preferiu não adiar mais o inevitável e pôs os pesos tranquilamente a seus pés.

Sucedeu, então, que Mariangeles descobriu que precisava ver uns conhecidos nas imediações da linha de chegada logo após a prova de Justo. E quem poderia imaginar que uma amiga fosse dizer algo tão engraçado, bem na hora em que Justo passava, que ela se viu soltando sua risada mais sonora e feminina, a ponto de Justo se virar em sua direção? E como era tudo tão divertido, foi natural que ela exibisse seu sorriso mais escancarado — do tipo que dava profundidade ainda maior à covinha em seu queixo — quando Justo olhou para ela.

Justo olhou e seguiu em frente.

— Unnnh — Mariangeles disse baixinho. "Este deve ser o homem mais arrogante de Guernica", pensou.

Por baixo do pano, Mariangeles tratou de arranjar um jeito de fazer a entrega do prêmio, uma ovelha, ao vencedor da prova de *txingas*.

— Parabéns — ela disse a Justo diante da multidão. Mariangeles entregou-lhe a ovelha e se preparou para dar o tradicional beijo na bochecha do campeão. Olhou bem de perto a orelha direita pontuda e deformada de Justo, recuo u ligeiramente e o beijou no outro lado do rosto.

— Obrigado — Justo disse, e anunciou à multidão: — Assim eu vou ocupar o vale inteiro só com as ovelhas que venho ganhando nessas competições.

Ele acenava e agradecia as congratulações enquanto abria caminho em meio à multidão, com a ovelha bem guardada no peitilho do macacão. Mariangeles ultrapassou a multidão de modo que Justo passasse novamente por ela.

— Você não quer dançar? — ela perguntou. Justo parou. Olhou-se de alto a baixo, naqueles trajes imundos, e olhou-a de volta. — Podemos encontrar alguém para cuidar da sua ovelha. — Ela tomou dele a ovelhinha de pernas compridas e encostou-a bem perto do rosto.

— Alguém lhe disse para fazer isso? — Justo perguntou.

— Não, eu só achei que talvez você quisesse dançar um pouco, se é que não está cansado demais de tanto rachar madeira e correr por aí.

Mas os dois não foram dançar. Sentaram-se para conversar com a ovelha saltitando à sua volta e vindo "mamar" no dedo de Mariangeles sempre que ela punha os nós dos dedos perto de sua boca. As irmãs os observavam, e, no regresso para casa, foram unanimemente contrárias a que ela se encontrasse de novo com aquele sujeito.

Certo, ela concordou, ele não era de fato o mais bonito dos seus pretendentes. Era quase assustadoramente forte, e tinha perdido a curva externa da orelha direita. E, apesar de toda a marra perante a multidão, mostrara-se inseguro quando os dois ficaram a sós debaixo da árvore.

— Ele é sem graça — disse uma das irmãs.

— Ele tem personalidade — Mariangeles contra-argumentou.

— Ele é feio — outra irmã, menos sutil, replicou.

— Ele tem a própria *baserri* — comentou a mãe de Mariangeles por trás do grupo das garotas.

A franqueza da mãe fez baixar o nível de adrenalina que a tinha assaltado desde que se apresentara a Justo, e até o ritmo de suas passadas se reduziu sob o peso do significado do que ela dissera. Será que era isso o que estava na raiz do seu interesse por aquele homem? Tinha quase vinte anos, era a mais velha de uma família de seis meninas e um único irmão de nove anos. O pai machucara as duas pernas numa queda na fazenda, o que o deixara debilitado e preso à sua cadeira de balanço como um forro repuxado. Será que ela havia flertado com Justo só porque chegara sua hora de sair de casa? Mariangeles voltou calada enquanto as irmãs discutiam os muitos defeitos dele.

Outros pretendentes a presenteavam com flores ou doces e depois só queriam ficar a sós com ela. Justo chegou de mãos abanando, mas vestindo as roupas de trabalho. Cumprimentou a mãe dela com um vigoroso aperto de mão, deu um tapinha nos ombros do pai, e fez uma pergunta que instantaneamente conquistou a senhora Oñati e as irmãs: "O que é que eu posso fazer por aqui para ajudá-las?"

— Para ajudar? — quis saber a mãe.

— Ajudar. Coisa pesada, tipo cortar lenha, consertar coisas... Tudo o que for trabalho duro para vocês, mulheres.

A mãe de Mariangeles se sentou e fez uma listinha. Justo olhava e balançava a cabeça.

— Vamos, Mari, vista sua roupa de trabalho e antes do jantar daremos um jeito nisso. — Quando Mariangeles foi até o quarto de dormir das irmãs para mudar de roupa, a mãe a seguiu.

— Sabe de uma coisa? A gente aprende mais a respeito de alguém trabalhando a seu lado durante uma hora do que em um ano de namoro — disse a mãe.

Depois de uma tarde de trabalho, todos se sentaram para uma refeição tranquila, sentindo-se como se Justo já fizesse parte da família. As irmãs, que agora não precisariam mais consertar o telhado do curral das ovelhas, concordaram que Justo era mais interessante do que haviam imaginado de início. Bonito, não, para falar a verdade, mas um bom partido. E, bem, aparência não é tudo.

Passado um mês, na feira comunitária seguinte, Mariangeles postou-se na primeira fila, bem próximo à pista de *txingas*. Justo começou a se preparar para a competição andando de lá para cá algumas vezes, até que parou no meio da pista, virou-se para a esquerda e, de repente, partiu em direção a Mariangeles.

Pegou as argolas dos dois pesos com sua enorme mão esquerda, mal precisando se curvar para manter o equilíbrio, e com a mão direita tirou uma fita dourada do bolso da calça.

— Quer se casar comigo? — perguntou a uma atônita Mariangeles.

— Quero, claro! — Os dois se beijaram. Ele redistribuiu os pesos e retornou à prova. Enquanto Justo caminhava, um homem que fiscalizava o evento se aproximou e foi caminhando ao lado dele.

— Justo, você saiu da pista, está eliminado — o fiscal de linha sentenciou.

Justo prosseguiu até a marca do vencedor, só para mostrar que poderia ganhar, de qualquer forma, e foi ao encontro da futura noiva, desculpando-se por não somar mais uma ovelha ao seu rebanho.

Justo tinha razão; ir estudar no seminário fez bem a Xabier, que demonstrava excepcional memória para fatos e detalhes. Mas, ainda mais importante para o seu futuro, seu jeito sincero de ser inspirava confiança nas pessoas. À medida que ia se adaptando com facilidade aos estudos estritamente clericais, e se familiarizando com as obrigações que se esperam de um padre, ele ficava cada vez mais seguro de sua vocação. Muitos seminaristas questionam as perdas pessoais, mas Xabier não tinha por que se preocupar com tais coisas. Sua autocrítica voltava-se muito mais para a questão interior de saber se teria capacidade de ajudar de fato aqueles que se acercassem dele em tempos de maior necessidade.

Sua mais séria frustração vinha da relação instável que ele às vezes identificava entre o plano sagrado e a mera existência humana, ao se dar conta de que a doutrina vez por outra não se aplicava à realidade cotidiana. A maior parte do tempo de um padre com seus paroquianos, ele descobriu, implicava a tediosa paparicação de adultos inseguros e a produção de aconselhamentos assentados numa fé vaporosa. Xabier não tinha dúvidas sobre sua profunda crença; estava mais seguro dela do que nunca. Mas como poderia utilizá-la em proveito dos demais?

Ele fora orientado a dizer às pessoas que a morte e as dificuldades da vida são testes. E, quando elas ousassem pedir explicações e provas, deveria dar o xeque-mate do padre: "Deus opera por meios misteriosos". Xabier prometeu a si mesmo que, caso ele próprio alguma vez se pegasse recorrendo a essa frase, que equivalia a uma saída cômoda, entregaria a batina e viraria pescador, como Josepe. Assim, ele se testou uma noite, sozinho, fabricando cenários terríveis em que se via confrontado por fisionomias perturbadas que lhe cobravam respostas.

Uma mãe imaginária, de luto, coberta por um véu negro rendado, ergue-se do túmulo de seu bebê e pergunta: "Como é que um Deus misericordioso pôde deixar essa doença levar minha filhinha?" Xabier resolveu que, nesse caso, ele a abraçaria e sussurraria sua crença em seu ouvido. "Eu realmente não sei como isso pôde acontecer, mas... eu... acredito que ela está em Seus braços agora, onde não sente mais nenhuma dor, onde se encontra completa e feliz. E se acha também em nossos corações, de onde jamais poderá ser tirada." Então abraçaria a mulher e ouviria seus soluços e secaria suas lágrimas com o próprio ombro até que ela estivesse pronta para ir embora, não importando quanto tempo levasse.

Uma mulher encurvada e sem dentes, sentada de encontro a um muro e cheirando a pus, ergue a mão deformada e pergunta: "Onde está a misericórdia divina para com os pobres?" Nesse caso, Xabier se sentaria no chão ao seu lado. "Você tem família, alguém, em algum lugar, que possa ajudá-la?" Se ela respondesse sim, ele os encontraria e mandaria que cuidassem de sua saúde. Caso dissesse que não, aí ele se tornaria a família dela. "Venha comigo, vamos achar um lugar para você ficar." Ela podia ser pobre, mas seria bem tratada.

Um homem enorme, de silhueta indefinida e escondendo o rosto, pergunta-lhe de um canto escuro: "É pecado a gente se vingar de um erro grave?"

Xabier diria: "Se for por uma questão de orgulho, tente evitar; se for questão de honra e crença autêntica, pergunte a si mesmo: 'Quanto vale essa honra?' Creio que você mesmo encontrará a resposta".

GUERNICA

Xabier sabia que tinha se colocado nessas situações imaginárias como uma pessoa dotada de grande nobreza (assim como ligeiramente mais alta e consideravelmente mais bonita), mas, quando ofereceu seguidamente respostas piedosas, teve certeza de que nenhuma outra coisa que viesse a fazer da sua vida teria semelhante impacto. Também se deu conta de que, na maior parte das vezes, suas respostas tinham pouco ou nada a ver com fé, religião, doutrina, catecismo ou bula papal.

Capítulo 3

As parteiras reunidas em Errotabarri davam mais atenção a Justo Ansotegui do que à sua mulher, Mariangeles, cujo parto iminente já estava sendo habilmente assistido pela mãe e as cinco irmãs.

Relegadas à sala de estar, elas preparavam xícaras e xícaras de chá quente de folhas de hortelã e azeda-miúda para ele. Aplicavam panos macios, meio úmidos, em sua nuca, enquanto outras passavam tiras de pano grosso entre os seus dedos polegar e indicador. Nada disso tinha valor curativo, mas ele não sabia e aquilo tudo o mantinha distraído. Todas elas tinham teorias próprias para cuidar e lidar com pais ansiosos de primeira viagem. Mas sua função principal era mantê-lo ocupado, enquanto, no leito, Mariangeles fazia todo o trabalho. Duas das parteiras haviam assistido a mãe de Justo, Angeles, e, em outros cômodos da casa, sussurravam lembranças tristes.

— Pobrezinha. Não é à toa que o pai aqui está tão nervoso. Ele a viu, você sabia?

Fazia pouco mais de um ano que Justo Ansotegui e Mariangeles Oñati tinham se casado. Os dois não combinavam muito bem em determinadas coisas, mas se respeitavam mutuamente e sentiam-se tão encantados com o casamento que não pensavam em mais nada. Tinham tanto prazer em assumir seus papéis — marido responsável, esposa amorosa — quanto em pô-los à prova. Ele se comportava como o marido engraçadinho (certa noite colocou uma ovelha debaixo das cobertas da cama) e ela como a esposa brincalhona (montando em bois, pulando loucamente do telhado do curral em cima dos montes de feno). A vida na fazenda e o casamento corriam bem, formando o ambiente ideal para a produção de filhos felizes e equilibrados. No entanto, essa foi a origem do primeiro desentendimento entre ambos.

Mariangeles jamais teve dúvidas de que Justo a protegeria, cuidaria dela, a manteria bem alimentada e em segurança, e lhe daria uma casa cheia de crianças fortes e saudáveis. Vinda de uma família grande e feliz, ela imaginara uma vida assim para si própria. Mas, quando seu parto se prolongou por mais de um dia, deixando Justo desgastado, ele fez sua primeira exigência:

— Pronto, já chega — ele disse quando a filha Miren completou três dias.

— Chega de quê?

— De bebês.

Mariangeles estava amamentando e ainda se recuperando do parto e da falta de sono, e não se sentia preparada para uma discussão.

— Esta é a única coisa que põe você em risco — Justo disse.

— Não quero que passe por isso cinco, dez vezes... nem duas. Talvez você consiga sobreviver, mas eu, não.

— Justo, mamãe não teve problemas, e tenho certeza de que eu também não terei — Mariangeles se defendeu.

— É verdade, sua mãe não teve problemas — ele respon-

GUERNICA

deu, subindo a voz. — A minha também não, até o dia em que morreu aí mesmo nessa cama.

Os dois passaram o dia evitando um ao outro e sem se falar. Foram se encontrar diante do berço quando Miren acordou de uma soneca. Justo entregou-a a Mariangeles, que se deitou novamente para dar de mamar. Pela primeira vez, ele contou a ela os detalhes do que ocorrera nesse mesmo lugar, vendo sua mãe, vendo o bebê Xabier se debatendo no chão, vendo o pai vagando sem rumo. Mariangeles esticou o braço que não estava segurando o bebê, puxou Justo para perto dela e o fez se recostar na cama ao seu lado, debruçando a cabeça em seu ombro.

Manfred von Richthofen acordou com falta de ar. O tempo frio e enevoado não ajudava, conforme o vento leste forte provocava uma sensação congelante. A alergia piorava as coisas, atacando-o como o fazia toda primavera. Tomou remédio para aliviar a congestão. Nada impediria o Barão Vermelho, que acabara de completar 79 e 80 vitórias na noite anterior, de arremeter com resfriado e tudo. Agressivo e mortal em seu *cockpit*, o Barão Vermelho era, no entanto, admirado pelo cavalheirismo, resquício dos costumes do século XIX que balizaram sua casta de nobres prussianos. Corriam histórias de que ele escrevia cartas lamentando sinceramente o ocorrido e enviando condolências às viúvas de suas vítimas. Um piloto britânico ferido foi escoltado por von Richthofen até uma base alemã para ser feito prisioneiro. Em seu segundo dia no hospital alemão, o piloto inglês recebeu meia dúzia de charutos, presente do Barão Vermelho.

Recentemente, seu "Circo Voador" ganhara outro von Richthofen. Além de seu irmão Lothar, um veterano ás da aviação igualmente renomado, von Richthofen agora também comandava o sobrinho, o jovem Wolfram. Embora iniciante, Wolfram von Richthofen foi contemplado com um valioso triplano Fokker.

— Quando alcançarmos os Lordes, voe em círculos sobre o alvo — ensinava ele ao sobrinho, usando o apelido com que costumava se referir aos aviadores britânicos. — Observe e aprenda. — Os veteranos ensinavam aos pilotos novatos que eles podiam voar por cima das áreas de conflito sem ser percebidos; era assim que os jovens pilotos de ambos os lados se iniciavam no combate.

Aviões da RAF do aeródromo de Bertangles, perto do rio Somme, no norte da França, identificaram nove triplanos Fokker e partiram para cima deles. Enquanto os combatentes se separavam em duplas letais, o Barão Vermelho surgiu por trás de um Sopwith Camel inglês e abriu fogo, mas suas metralhadoras falharam. Acima dele, Wolfram se aproximou demais da batalha, e um jovem e ávido piloto inimigo não pôde resistir a atacá-lo. Vendo o sobrinho em perigo, o Barão Vermelho abandonou seu duelo particular para investir contra o avião inglês, que precisou fazer uma manobra arriscada sobre o canal do Somme.

Talvez por não conseguir destravar suas armas, talvez meio sonolento por causa da medicação que tomara, o Barão Vermelho fracassou. O normalmente onisciente von Richthofen também não percebeu um Camel investindo por baixo e mergulhando subitamente em sua direção. A uma distância de pouco mais de mil metros do Fokker vermelho-vivo de von Richthofen, o piloto da RAF abriu fogo. Atingido, o Barão Vermelho foi se acabar num terreno elevado à sua direita.

Se atingido pelo fogo desferido do avião ou por tiros de fuzil de forças terrestres aliadas das imediações, o fato é que o Barão Vermelho foi mortalmente ferido. Tentou aterrissar o Fokker

GUERNICA

num campo gramado perto da olaria de Saint Collette. Soldados britânicos e australianos correram até o avião no momento em que von Richthofen se livrava dos óculos, atirando-os pela lateral da cabine. Desligou o motor para reduzir os riscos de incêndio. Quando os soldados chegaram, o afamado Barão olhou para eles com resignação e pronunciou sua última palavra.

— Kaput.

Claro que eles ouviam a filha Felícia deslizar sorrateiramente todas as noites para o quarto de Josepe Ansotegui, e reconheciam os sons dos jovens amantes frenéticos tentando sem sucesso não fazer barulho. Não há como confundir os gemidos abafados por travesseiros com outro ruído. Alberto Barinaga e a mulher sabiam perfeitamente que Felícia estava próxima de completar dezoito anos, e que Josepe era um bom rapaz, por isso se mostraram propositalmente alheios às *transas* dos dois, chegando inclusive a simular uma bela reação de surpresa quando eles anunciaram seus planos de se casar.

Todos os tripulantes de embarcações de Lekeitio compareceram à cerimônia. Ao lado de Josepe estavam seus irmãos, Justo e Xabier, ambos de camisas brancas engomadas que Justo providenciara para a ocasião.

Mais tarde, os irmãos posaram para uma fotografia: Felícia sentada com seu vestido de noiva, Josepe de pé atrás dela, a mão em seu ombro, e Justo e Xabier, um de cada lado. O protocolo exigia uma aparência séria para esse tipo de fotografia, mas os três irmãos exibiam, todos, o sorriso dos Ansotegui, que lhes deixava os olhos pouco maiores do que fendas escuras.

— Olha o passarinho! — disse o fotógrafo, juntando os dedos da mão direita ao polegar para chamar a atenção do grupo. Afinal, era a primeira fotografia deles.

Anos depois, a pandemia gripal vitimou Alberto Barinaga. Após cumprir ansiosamente seu período de aprendizagem, Josepe Ansotegui herdou o barco de Barinaga, o que não lhe garantiu automaticamente a aceitação por parte da comunidade de pescadores desconfiados. Seu reconhecimento definitivo como *patroia* de *patroiak* foi uma demonstração de respeito à disposição do bem nutrido homem do campo Ansotegui de trabalhar duro como qualquer tripulante quando a bordo, e à sua sensibilidade e visão para os problemas da comunidade.

Embora estando entre os capitães mais jovens, Josepe provou várias vezes que se preocupava com o bem-estar da coletividade. Mas ele reconhecia abertamente que não possuía a mesma base da maioria dos outros *patroiak* nos assuntos da pesca. Descobriu que não precisava ir muito longe para explorar uma profunda reserva de conselhos orais; na realidade, bastava atravessar a ruela Arranegi, até a casa de José Maria Navarro.

Navarro era o *patroia* do *Egun On* ("Bom Dia", nome estimulante para pescadores acostumados a acordar bem cedo). Navarro pescava desde garoto com o pai, que pescara desde que era garoto com o pai, numa cadeia genética ininterrupta que recuava a épocas inimagináveis. Quando Josepe era formalmente convidado para uma atividade administrativa que requeria conhecimento além da sua competência, consultava-se com José Maria Navarro a bordo do *Egun On* ou cruzava a rua à noite com uma garrafa de vinho.

José Maria nunca quis ter responsabilidades maiores na comunidade. Ansotegui era muito bem-vindo para assumir a missão de liderar a frota pesqueira, uma vez que Navarro já tinha muito com o que se ocupar — em especial, a criação de dois filhos e de duas filhas mocinhas.

GUERNICA

Eduardo era o pavio-curto da família, e ironicamente chamado de "Dodô" pelo irmão Miguel quando este estava aprendendo a falar. As duas irmãs, Araitz e Irantzu, vieram na segunda leva.

Enquanto Josepe Ansotegui e José Maria Navarro combinavam reunir forças para liderar a comunidade, suas esposas, Felícia Ansotegui e Estrella Navarro, iam se tornando verdadeiras irmãs. Os maridos construíram um par de engrenagens fixadas nas esquadrias das janelas do segundo andar, o que permitia a Felícia e Estrella estender e recolher a roupa lavada em varais adjacentes por sobre a rua e conversar enquanto trabalhavam. As duas falavam das crianças, dos maridos, das notícias da cidade.

— Oh, tenho que pôr o feijão para cozinhar para o jantar — dizia uma, e a outra concordava, admitindo que já era mesmo hora de ela também pôr o feijão para cozinhar. Terminavam uma tarefa e então se encontravam na rua para ir ao mercado, onde uma via um milho ou um repolho bonito e as duas compravam as mesmas coisas. Nas missas diárias, sentavam-se juntas na mesma fileira de bancos. Simultaneamente, uma segurando o braço da outra, paravam na praça para conversar com outras mães. Quando uma falava, a outra ficava balançando a cabeça em perpétua concordância. Pareciam gêmeas ligadas por um varal de roupas. E, nos dias em que a brisa soprava mais forte, os lençóis, as camisas, as calças e os vestidos dos Ansotegui e dos Navarro tremulavam juntos como pendões coloridos.

Capítulo 4

Os animais que ocupavam a parte de baixo da casa de Errotabarri raramente perturbavam os vizinhos de cima. A lenha na lareira, com suas leves explosões de nós cheirosos, e os embutidos e os pimentões secando na cozinha encobriam praticamente quaisquer outros odores que pudessem vir de baixo. Isso não impedia Justo de pôr a culpa teatralmente nos animais toda vez que cometia alguma indiscrição intestinal.

— Bichos mal-educados! — gritava, olhando para o chão.

— Muito mal-educados mesmo! — Mariangeles sempre retrucava, fazendo os dois rirem como se fosse a primeira vez.

Miren achava aquele arranjo habitacional bastante interessante. Cresceu próxima aos animais, ajudando a tirar leite das vacas pela manhã e, à tarde, encostando a cabeça nelas para desfrutar do quentinho de seus corpos gordos e contando-lhes sobre o seu dia, entrando em detalhes sempre que uma delas virava a cabeça como a demonstrar interesse específico.

À noite, os sons dos animais mugindo baixo e raspando as patas na palha atravessavam as tábuas do assoalho, produzindo um suave fundo sonoro. E, quando ela pegava no sono, às vezes confundia a flatulência rumorosa do gado alimentado a capim com uma tempestade trovejando nas montanhas. Eram bestas pacíficas, sócias no empreendimento que era Errotabarri.

Quando o sono não vinha, ela costumava pular para o chão no escuro e cochichar com os animais através das fendas no madeiramento. As ovelhas, sempre plácidas, mostravam-se indiferentes a seus contatos, e nunca davam importância às mensagens que vinham de cima. Dormiam em magotes fofinhos, e nenhuma voz humana suave era capaz de acordá-las.

Os bois, no entanto, eram sociavelmente curiosos. Miren os chamava baixinho pelos nomes, às vezes imitando seus mugidos, e aquele que estivesse diretamente embaixo mexia a cabeça, tentando acompanhar com um enorme olho marrom a fonte daquela voz sem corpo. Se refletir e elaborar fosse da natureza desses animais, esses momentos poderiam ter sido os momentos fundadores de movimentos religiosos bovinos.

Às vezes ela sussurrava segredos para seus amiguinhos, sentindo o alívio que dá falar certas coisas em voz alta, mesmo que apenas para animais. Dizia o nome do garoto de que estava gostando no momento ou confessava dúvidas e esperanças. As vacas eram generosas com aquela atenção toda, aqueles olhos sensíveis que pareciam estar entendendo tudo virados para cima, como quem diz: "Continue, querida, que estou escutando você". Nos meses quentes, quando o gado pastava e dormia nos pastos mais altos, Miren sentia falta de sua companhia e, durante semanas, custava a pegar no sono sem aqueles acalantos abafados.

Por algum tempo, Justo criou jumentos, reproduzindo e vendendo os animais no mercado. Quando as fêmeas estavam para parir, Mariangeles e Miren ficavam assistindo. O parto era assustador, mas os filhotes, com as pernas compri-

GUERNICA

das, correndo de lá para cá, desengonçados, deixavam Miren encantada. Eles entravam no mundo como uma massa peluda de orelhas desproporcionais e pernas trôpegas, e Miren, sem conseguir se conter, beijava sem parar os focinhos macios e alisava os pelos curtos das crinas.

Ela adorava a vivacidade e a forma como as corridinhas desengonçadas deles sugeriam aspirações além de uma vida de jumento. Com poucas semanas, mamavam nos terreiros cercados e, de repente, como se impulsionados por algum raio invisível, soltavam um zurro, misto de buzina e apito, e davam de correr, vacilantes, em volta da mãe. Com a imaginação mais rápida que as pernas, esborrachavam-se e rolavam no chão, apoiavam-se nas patas traseiras e saltavam novamente, sem pudor de correr em círculos, talvez reatando uma relação com distantes ancestrais que vieram a se converter em puros-sangues árabes. E então, após uma ou duas voltas de frivolidade, subitamente paravam e retornavam ao leite materno, abastecendo-se para a próxima corrida imaginária pelas areias de alguma grande duna esquecida.

As peripécias dos jumentinhos deixavam Miren entretida durante horas, e, desse modo, ela sempre reivindicava a tarefa de cuidar deles. Certa vez pediu ao pai para ficar com um filhote no quarto dormindo com ela na cama. Justo não descartou a ideia dizendo simplesmente que o animal precisava ficar com a mãe e que poderia se assustar em semelhante situação. Em vez disso, e conhecendo bem a filha, convenceu-a de que ela acabaria deixando o pobrezinho acordado com seus carinhos, e todo mundo sabe que um filhote de jumento, um *astokilo*, precisa descansar. Foi esse o argumento que fez sentido para Miren, que, com uma preocupação natural com o bem-estar da cria, admitiu que não era uma boa ideia.

O único ponto realmente negativo de dividir a casa com animais domésticos ocorria nos meses mais frios, quando o pai matava galinhas no andar de baixo em vez de enfrentar o mau tempo fazendo o serviço do lado de fora da casa. A decapitação era ruidosa e a galinha morria sem a menor dignidade. Era sangue por todo lado.

Um rapaz da vizinhança, que às vezes ajudava o pai naquela tarefa, tinha prazer em pegar os pés amputados das galinhas e sair brandindo-os ensandecidamente, com o tendão exposto, atrás da pequena Miren. Mesmo sabendo que se tratava apenas de pés decepados de galinhas, ela sempre corria para o frio tentando escapar. Nessas noites, Miren acordava sonhando com garras afiadas. Pulava da cama, para ouvir o som reconfortante de alguma vaca urinando colossalmente lá embaixo, e só então voltava a dormir mais sossegada.

Picasso reparou na moça pela vitrine da Galeria Lafayette no Bulevar Haussmann e ficou perambulando do lado de fora da grande loja de departamentos até a atraente vendedora de cabelos louros sair. Correu em sua direção antes que ela atravessasse a rua.

— Senhorita, seu rosto é muito interessante; eu gostaria de pintar seu retrato — ele pediu, lançando um convite que raramente falhava. — Tenho um pressentimento de que poderemos conseguir grandes coisas juntos. — Ela examinou aquele homem de cabelos ralos esvoaçantes e olhos escuros, que nem sequer se dera ao trabalho de se apresentar antes de prometer um futuro relacionamento produtivo. Ele notou a relutância inicial e, como se isso esclarecesse tudo, acrescentou: — Eu sou Picasso.

Marie-Thérèse Walter, uma loura de dezessete anos, concordou em posar para o artista. Para comemorar a chegada dela à maioridade no ano seguinte, eles consumaram a relação. Marie-Thérèse se transformaria no rosto de inúmeros quadros de Picasso, que evidenciaram sua natureza graciosa e plácida. No mais famoso deles, sua fisionomia se tornaria melancólica.

Dodo Navarro chamava a brincadeira de O Circuito. Miguel não tinha interesse em competir, mas era difícil recusar um desafio do irmão mais velho. E, afinal, foi isso o que lhe proporcionou uma vitória inicial, uma sensação de paz na água, e um conhecimento do porto de Lekeitio que um dia garantiria sua liberdade.

Quando Dodo e Miguel estavam entrando na adolescência, o Circuito consistia meramente em fazer uma volta completa pelo porto. Os dois atravessavam nadando a entrada do porto, escalavam os degraus de pedra do dique inferior e passavam em desabalada carreira pela perigosa fileira de anzóis voadores que eram atirados pelos pescadores no píer. Com Dodo provocando Miguel a cada passada, os dois enveredavam por entre os grupos de pessoas que confraternizavam na Praça da Independência, davam tudo na subida do cais, faziam a curva nas proximidades das caixas de redes e das carroças de peixe na ponta norte, perto dos processadores de peixe, e faziam a corrida final de volta ao dique superior. O primeiro a mergulhar de novo no mar, completando o circuito, era o vencedor.

Dodo, mais forte e mais desenvolvido, dominou as primeiras competições. Miguel o acusava de trapacear de vez em quando, pois o irmão costumava alterar o percurso ou cortar caminho.

— A única regra é fazer o que for preciso para vencer, irmãozinho — Dodo respondia.

Mas, quando pulou por cima de um carrinho de bebê na praça para tirar vantagem e, naquela tarde, no cais, o pai deles tomou um sermão de uma *amuma* indignada, Dodo teve que se desculpar. Rapidamente inventou um novo percurso: uma rota que não passava de uma prova de natação até a Ilha de São Nicolau, que se erguia fora da barra como uma corcova de baleia congelada no meio da arrebentação.

— Só uma perguntinha — disse Miguel. — Por que é sempre você quem escolhe?

— Porque sou o mais velho; tenho que ser o líder. É assim que são as coisas. Se quiser competir com suas irmãzinhas, você pode escolher o caminho.

— Não quero nem competir com você — Miguel admitiu.

Batizada com o nome do santo padroeiro dos marujos, a Ilha de São Nicolau era coberta por pinheiros esguios, cortada pelo vento e cercada de algas marinhas. Distava mais de quatrocentos metros a nado da entrada do porto, e era protegida por uma corrente marítima gelada e por ondas fortes e regulares.

Em conluio com as marés crescente e vazante, a ilha guardava um segredo que cheirava a mágica. Com uma variação de marés de pelo menos doze pés na maior parte do ano, ela possuía dupla personalidade. Diariamente, à exceção de um único e curtíssimo período de tempo, São Nicolau era protegida como qualquer ilha costeira. Podia ser alcançada por barco e por um bom nadador, mas seu perímetro rochoso desencorajava até mesmo essas incursões. Na maré mais baixa, entretanto, o mar recuava, revelando uma trilha umbilical sinuosa que ia direto da praia de Isuntza até o ponto mais extremo ao sul da ilha. Por pouco mais de uma hora, duas vezes ao dia, podia-se ter acesso à ilha por um caminho de pedras escorregadias que parecia um convite à exploração de um local que, fora isso, continuava guardado e proibido. Se essa hora coincidisse com um pôr do sol de verão sangrando em meio às montanhas por detrás da cidade, da mesma forma como uma brisa marinha fazia o capim sussurrar, o clima de romance era capaz de virar a cabeça dos jovens casais que se aventuravam na ilha em busca de privacidade.

Enquanto a ilha os seduzia a ir ficando cada vez mais à vontade, o mar agia como um guardião intolerante. Quando o casal se deixava absorver demais pelo namoro, o caminho submergia novamente, e restava-lhes a opção de ir nadando de volta à praia ou passar uma noite fria cercados pelo mar carrancudo, sem outra explicação para dar aos pais além da óbvia.

Já no início da adolescência, Miguel era alto como Dodo e mais magro, com músculos definidos controlando as longas alavancas das pernas e dos braços, o que lhe permitia chegar à ilha e já nadar de volta antes de Dodo alcançar as rochas. Quando Dodo finalmente se juntava ao irmão no dique, geralmente o cumprimentava empurrando-o de volta ao mar, gesto que Miguel considerava sem cabimento, uma vez que já provara que sabia nadar e, na verdade, bem melhor do que o irmão.

Certa vez, Dodo tentou levar vantagem nadando até a ilha e correndo pela trilha brevemente aberta que dava na praia; seus pés descalços, porém, escorregaram no limo e o fizeram cair voando na água, a cabeça por pouco não batendo contra as pedras. Ele estava certo de que o estratagema funcionaria, e planejou de modo que a corrida coincidisse exatamente com a maré mais baixa, cujo horário estava implantado na mente de todo filho de pescador.

Miren se preocupava com o juízo de Deus. Embora adorasse dançar, fazê-lo num convento, diante das irmãs enclausuradas, parecia-lhe um risco desnecessário. Tinha medo de que isso lhe valesse um ponto negativo em alguma futura prestação de contas celestial.

— Tem certeza de que elas querem que a gente dance dentro do convento? — Miren perguntou à mãe pela terceira vez naquela manhã.

— Foi a irmã Teresa quem nos convidou — respondeu Mariangeles Ansotegui. — Não convidaria se fosse proibido.

Teresa, prima de Mariangeles, era freira havia muito tempo no convento de Santa Clara, localizado atrás da Casa de Junta, o Parlamento, e do carvalho de Guernica na colina atrás do mercado. Entre suas lembranças mais nítidas do mundo secular estavam as da prima dançando. As duas tinham dançado juntas, e embora soubesse os passos e acompanhasse o ritmo, ela nunca fora páreo para Mariangeles, que parecia parte da própria música. Seu talento não se perdera com o tempo, e era uma dádiva divina tê-lo transmitido à filha, Miren.

Irmã Teresa imaginou que uma tarde assistindo a danças folclóricas locais seria uma mudança razoável na rotina monástica do convento. Além disso, ela não via Miren, atualmente com catorze anos, fazia muitos meses.

— Você não pode dançar sozinha? — Miren pressionou a mãe enquanto se aproximavam do portão do convento.

— Não seja boba. Você acha que Deus não vê você dançando em outros lugares? Não há um só instante do dia em que Ele não a pegue dançando. E quando é que você não dança? Quando está dormindo?

— Não, eu danço até em sonhos. Danço melhor ainda nos meus sonhos.

— Bem, se até agora Deus não se importou, não acho que as irmãs o farão.

Elas usavam as vestimentas tradicionais: coletinhos de veludo preto e aventais de cetim sobre blusas brancas de mangas compridas, saias de cetim vermelho com listras horizontais pretas na bainha. Os cabelos eram mantidos para trás por lenços brancos apertados; os laços das sapatilhas camponesas que envolviam as meias brancas erguidas até as coxas eram amarrados abaixo dos joelhos, o que lhes realçava as formas esbeltas.

Irmã Teresa conduziu-as pelo pátio externo até uma enorme antessala vazia no prédio principal. Na parede interna, uma porta dupla gradeada direcionava a luz para o refeitório das irmãs. Pelo portão de ferro trabalhado, Miren pôde ver vagas silhuetas negras, sombras mudas, agourentas, imóveis como estalagmites. Ela já dançara em ocasiões festivas para a cidade inteira; dançara sem ansiedade diante de bêbados e estranhos e sob os olhares dos rapazes. Porém, rodar a saia para as noivas de Jesus era outra história, e dava medo.

Quando Marie-Luis, uma das irmãs de Mariangeles, que acompanhava as dançarinas ao acordeão, abriu o fole e tirou as primeiras notas, Miren não pensou mais na plateia nem nas consequências. Se algum dia São Pedro a convocasse para prestar contas, ela dançaria um *jota* para ele e o deixaria julgar por conta própria.

Miren e Mariangeles começaram rodopiando em órbitas espelhadas, dando pulinhos e giros triplos, saltando e virando de lado, com os braços erguidos e estalando os dedos. A cada rodada, suas saias subiam para logo se recolher coladas ao corpo quando elas paravam e giravam para o lado contrário, criando círculos de cetim vermelho no ar.

Entre uma e outra dança, Miren percebeu que uma garota, aparentemente da sua idade, entrou no salão por uma porta lateral nos fundos. Vestindo uma camisa de homem e uma saia de camponesa, com um avental todo manchado, a garota começou a requebrar quando a música reiniciou. Não girava nem pulava nem estalava os dedos; apenas ondulava sensualmente no mesmo lugar. Não era freira nem noviça, mas também não era alguém que Miren já tivesse visto na escola ou na cidade.

Após vários números, Irmã Teresa fez um sinal para Marie-Luis dizendo que mais um era suficiente. Pela primeira vez, Miren fixou o olhar nas silhuetas atrás da arcada gradeada. Quando um de seus rodopios colocou-as em ângulo de visão, Miren detectou movimentos por detrás da tela. As irmãs não eram mais aquelas sombras negras agourentas; o que havia agora eram brilhos de movimento, braços erguidos no ritmo da dança. Irmã Teresa não dissera nada a respeito. É verdade, elas eram freiras, totalmente devotadas e cônscias de haver renunciado ao prazer para abraçar uma vida de sacrifícios. Mas também eram bascas, e o som de uma *jota* tocada ao acordeão praticamente as compelia a girar em seus hábitos, fazendo com que as toucas flutuassem sobre suas cabeças e os dedos estalassem no compasso.

Ao ver aquilo, Miren se sentiu absolvida. Não estava ofendendo as irmãs; pelo contrário: estava se exibindo diante de colegas dançarinas. E disse à mãe que dançaria no convento com a maior satisfação toda vez que fosse convidada. Miren se achava particularmente ansiosa por uma próxima apresentação e decidida a saber mais sobre aquela garota curiosa que requebrava sozinha lá nos fundos do salão.

O peixe atacou enquanto Miguel dormia. Cavalas gigantes escancaravam as guelras sobre seu rosto lançando jatos de um líquido cáustico e fétido. Fantasmas de criaturas do mar retalhadas surgiam em formas distorcidas e monstruosas. Polvos com dezenas de tentáculos pegajosos o imobilizavam e em seguida o engolfavam com suas enormes cabeças esponjosas, e então, ao acordar, ele se viu firmemente preso nas cobertas, a cabeça sufocada pelos travesseiros.

GUERNICA

Ele nunca tinha dito à família com todas as letras, mas a verdade é que Miguel Navarro odiava peixe, vivo ou em forma espectral. Era impossível para ele voltar a dormir após aqueles ataques, sempre sabendo que, dentro de pouco tempo, teria que pular da cama para encarar uma realidade apenas ligeiramente menos grotesca do que a de seus pesadelos. Mais perturbadoras que o cheiro que subia do porão do barco, onde centenas de peixes agonizavam no próprio muco, eram as águas ondulantes que o deixavam inquieto assim que o *Egun On* passava pela Ilha de São Nicolau, apenas alguns minutos fora do porto de Lekeitio.

Nos dias de mar bravio, quando o barco subia na crista de cada onda, Miguel se via num momento arrancado dos calcanhares para, logo em seguida, ser arremessado com toda a força, os joelhos bambos, de volta ao fundo do barco. A maioria dos pescadores aprendia a absorver o impacto com as pernas, tal como os jóqueis no lombo dos cavalos, a ponto de, horas depois do retorno a terra, parecerem caminhar meio que se balançando, como se tentassem compensar um movimento que o chão não proporciona. Isso, entretanto, jamais aconteceu com Miguel, que já na primeira meia hora no barco se debruçava na borda e, parecendo um braço de bomba, despejava o café da manhã inteirinho no turbulento Golfo de Biscaia.

— Não olhe para as ondas ou para o deque — ensinava o pai. — Mantenha os olhos no horizonte.

Mas o horizonte bailava e girava nos eixos.

— Reze para Santo Erasmo — dizia Dodo, que tentara ajudar o irmão perguntando ao padre qual o nome do santo protetor de quem tem problemas estomacais.

— Santo Erasmo, ajude-me, por favor — Miguel começava, mas quase nunca conseguia completar a breve oração antes de correr até a borda. O único alívio para o sofrimento de

Miguel vinha das balas de limão que o pai lhe dava. As balas não evitavam o vômito, mas emprestavam à sua bile um sabor cítrico mais suportável ao ser lançada ao mar.

Miguel sentia uma identidade perturbadora em relação a tudo aquilo. Quando olhava as mãos do pai, cheias de marcas de queimaduras brancas das linhas e redes de pescar, cicatrizes vermelhas de cortes de faca, a pele coberta de manchas secas, parecendo cracas, por causa dos ventos salinos, duvidava de que qualquer outro traço físico pudesse revelar mais sobre o trabalho de uma pessoa do que as mãos de um pescador.

Sentir todo aquele incômodo fazia com que Miguel se achasse um traidor do próprio nome e da própria raça.

— Basco com enjoo de mar é coisa que não existe — Dodo costumava dizer. — É o mesmo que espanhol corajoso ou português inteligente: não tem.

Miguel tinha orgulho da sua tradição familiar de pescador, da dedicação diária do pai e da capacidade de Dodo de trabalhar sem se cansar, sem medo do frio, sem vomitar, sempre cantando e brincando e fazendo gozação com todo mundo no barco.

Até a ligação da mãe com aquela atividade o inspirava. Todo dia, às duas da manhã, o homem do tempo analisava o horizonte escuro e sentia o vento a fim de ver se o mar estaria suficientemente seguro para que a frota pesqueira saísse para trabalhar. Às vezes, uma pequena comissão de aposentados se reunia para opinar. Não tinham muito mais em que apoiar suas previsões do que a época do ano, as nuvens, e seja lá qual for o valor meteorológico do costume de umedecer um dedo e mantê-lo pensativamente ao sabor do vento. Quando chegavam a um consenso, este era transmitido aos informantes, que saíam em plena escuridão visitando as residências dos tripulantes e cantando: "Em nome de Deus, levantem-se!".

GUERNICA

A mãe de Miguel, Estrella Navarro, era uma dessas informantes. Sua voz forte fazia estremecer as frentes das casas e o chão das ruelas — eram tão estreitas que somente três pessoas podiam passar juntas ao mesmo tempo. Seu "levantem-se!" era cantado num vibrato melodioso que ajudava o despertar. Miguel, de todo modo, quase sempre já se achava na expectativa do chamado, tentando se desvencilhar do polvo na cama. Não era segredo para ninguém que Miguel não tinha futuro como lobo-do-mar. Certa manhã, as contrações do seu estômago eram tão fortes que ele não teve tempo de alcançar a borda do barco. Como vomitar no deque do pai seria uma falta imperdoável, ele não teve alternativa senão arrancar a boina da cabeça e vomitar nela. Em seguida, saiu cambaleando e atirou longe o chapéu, que ficou flutuando no mar como uma água-viva escura e ameaçadora. Só muito tempo depois é que Miguel voltaria a usar uma boina.

José Antonio Aguirre confessou uns parcos e desinteressantes pecadilhos ao padre Xabier Ansotegui, sacerdote novato da Basílica de Begoña, em Bilbao. Mas antes que o padre pudesse prescrever as salve-rainhas, Aguirre deu de discursar sobre a volatilidade política da Espanha.

— Os leões-de-chácara de Primo de Rivera na Guarda Civil têm poder demais; em algumas áreas, eles estão mais presentes do que a força policial nacional, e nos odeiam e nos oprimem há décadas — dizia o homem. — E, a continuar assim, jamais os trabalhadores e as mulheres terão direitos, e com certeza os bascos também não. Só Deus pode ajudar as mulheres bascas trabalhadoras.

— Acho que quem deve o sermão aqui sou eu — Xabier falou, tentando olhar pela treliça. — Quem é você?

Aguirre se apresentou, e o padre Xabier reconheceu o nome. Ex-astro de futebol, nascido numa família de fabricantes de chocolate de Bilbao, Aguirre era prefeito da cidade vizinha de Getxo, e corriam rumores de que era o principal candidato a presidente caso os bascos um dia conquistassem a independência.

— Desculpe, eu me empolguei — Aguirre falou.

Xabier admitiu que esse era também um de seus próprios defeitos.

Quando Aguirre descobriu que o padre era de Guernica, embarcou num discurso pronto.

— Há mais de quatro séculos os bascos promoveram um congresso sob a árvore de Guernica — disse ele, em voz excessivamente alta para um confessionário. — Declararam que todos os bascos eram igualmente nobres perante a lei, sem exceções. E toda lei, viesse do rei ou dos tribunais, poderia ser desconsiderada caso fosse de encontro à liberdade...

— Eu sei — interrompeu o padre. — Há algum outro pecado que você precise me contar?

Ele não tinha, mas durante meia hora os dois discorreram sobre questões trabalhistas, temas sociais, os mandamentos da Igreja, o conteúdo alcoólico do vinho sagrado, os melhores lugares para comer de ambos os lados do rio Nervión, e sobre poesia. Aguirre era amigo do poeta e jornalista local Lauaxeta; o padre Xabier era admirador do poeta e dramaturgo andaluz Federico García Lorca. Pela treliça, Aguirre citou Lauaxeta de cor, e Xabier respondeu com um verso de Lorca sobre o poeta desejoso de "pressionar o ouvido contra o peito da garota adormecida para entender o código Morse do seu coração".

— Certo, mas ele não é basco, portanto, são versos menores, infelizmente — disse Aguirre.

GUERNICA

— Você está parecendo o meu irmão — respondeu Xabier, o que gerou uma discussão sobre Justo, a fazenda, irmãs e irmãos mais velhos e a influência da ordem de nascença.

Quando, finalmente, Aguirre se foi, após cumprir a seu modo a penitência, a senhora idosa que aguardava para se confessar balançou a cabeça com desprezo, imaginando os pecados que ele deveria ter cometido para demorar ali por tanto tempo.

Miguel gostava do ritual da vida de pescador, ainda que mal suportasse a prática. Até curtia aquelas idas à missa em Santa Maria da Assunção antes do amanhecer, maltratando os sapatos no chão de pedras que o orvalho noturno proveniente do porto deixava escorregadio.

Uma sensação de paz o acalmava no momento em que atravessava a porta principal daquela igreja de tantos séculos. Seu piso de madeira respondia aos passos deles com um rangido no mesmo dialeto falado pelas tábuas do deque de seus barcos. A tripulação Navarro se reunia na frente da igreja perto de um pequeno altar lateral dominado pela imagem de São Miguel subjugando uma pavorosa serpente marinha. À esquerda, o arcanjo Rafael orgulhosamente exibia um grande peixe como troféu. Os Navarro consideravam aquilo uma recordação diária de seus objetivos: pegar peixes maiores e confiar que as divindades cuidariam das ameaças que viessem do mar. A devoção não era garantia de nada, mas, antes de partir, todas as manhãs, Miguel se inclinava diante de São Miguel, passava a mão na cruz que o santo levava ao peito, beijava-lhe a unha do polegar e apontava para os céus.

Na breve caminhada matinal da praça ao porto, Dodo peidava ostensivamente, como se fosse uma performance artística, mas os companheiros estavam sempre demasiadamente sonolentos para protestar. Naquela escuridão, até as ruidosas gaivotas dormiam, recolhidas em seu ninho coletivo no alto da Ilha de São Nicolau. Mas havia sons suficientes sem elas, do cordame gemendo de encontro às amarras e dos batentes dos barcos guinchando quando os homens subiam a bordo e mudavam a posição da viga.

De diferentes pontos do porto, numa comunicação primitiva, sem palavras, ouviam-se as tosses dos pescadores. Anos e anos de manhãs geladas e dias ao mar abalavam seus sistemas respiratórios. Cada tosse era diferente, e, sem precisar tirar os olhos do que estava fazendo na antemanhã gelada, Miguel era capaz de reconhecer quem estava a bordo de cada embarcação apenas pela marca registrada brônquica.

Deixando a cargo dos filhos o trabalho pesado de preparação das redes, José Maria Navarro se sentava na beirada do barco respirando fundo seu último cigarro antes da partida. A cada tragada, a ponta brilhava, formando uma aura vermelha em torno do seu rosto. Aquela luz quente revelava uns olhos fechados de prazer e punha sombras negras nas linhas que irradiavam dos cantos dos olhos, como trilhas na água deixadas por barcos pequenos, fundamente cavadas por anos e anos de exposição ao sol refletido nas águas.

No momento em que as cordas eram soltas, Miguel já podia ouvir as ondas plangentes. E, passando pelo quebra-mar, ele as via crescer, dobrar e morrer no encontro com as rochas da ilha.

O *Egun On* saía do porto, deixando para trás um rastro branco de espuma que ia se apagando à medida que eles rumavam para o mar aberto, ainda escuro. Nessa hora, a maré enchente de um medo indefinido começava a surgir na passagem estreita do fundo da garganta de Miguel.

Capítulo 5

Quando Miren Ansotegui perguntou sobre a garota no convento, Irmã Teresa contou a comovente história de Alaia Aldecoa, cega e abandonada pelos pais. E o fez por um motivo.

— Ela tem um espírito independente — disse a Irmã Teresa.
— Tem muitas perguntas que receia nos fazer. Esperamos encontrar alguém que a tire daqui para ver como pode se dar bem na cidade. Estamos felizes por tê-la conosco, ela pode ficar o quanto quiser, mas achamos que seria melhor para ela viver lá fora.

As irmãs não doutrinavam Alaia para adotar seu estilo de vida. Se tivesse vocação, tudo bem, mas elas não a incentivavam. Ela fora segregada por causa da indiferença de outros, não por livre escolha. Elas haviam renunciado ao mundo por vontade própria, enquanto ela fora "renunciada". As irmãs a ensinaram a fazer sabonetes como uma vocação potencial, e a ajudaram a obter um razoável grau de mobilidade. Criada num ambiente simples, restrito, Alaia só precisava de uma bengala para se guiar. Com essa experiência num espaço fechado, desenvolvera uma habilidade para detectar obstáculos e perigos que poderia perfeitamente levar consigo para fora do convento.

— Tudo bem, então, se eu a levar até a cidade? — Miren perguntou.

Irmã Teresa só estava esperando esse tipo de oferecimento, mas sem querer impor.

O que Alaia descobriu nos primeiros instantes fora do convento é que Miren Ansotegui era um desafio maior do que os desconhecidos espaços abertos. Além dos muros, Alaia adotava o mesmo ritmo compassado que usava para andar. Miren era o oposto, pulando, rodopiando, movimentando-se de forma incontrolável.

— Primeiro nós vamos até o mercado comprar umas frutas — Miren disse. — As maçãs estão maravilhosas nesta época.

— Eu gostaria... — Alaia começou a falar.

— Depois podemos ir à casa de algumas amigas minhas, para você conhecê-las. E aí damos uma passada no café para um lanche. E então podemos ir até a pracinha.

— ...muito disso — prosseguiu Alaia.

— Quem sabe eu encontre alguém com um acordeão para poder lhe ensinar algumas das nossas danças?

Alaia se deixou ficar para trás, como se a distância pudesse protegê-la da enxurrada de palavras de Miren. No convento, ela chegava a passar meses sem ouvir uma conversa, e nunca tinha precisado enfrentar tantas opções. Era ótimo, sim, mas um pouco demais, santo Deus!

O ligeiro recuo de Alaia obrigava Miren a falar mais alto.

— E mais tarde podemos ir para casa jantar — ela acrescentou. — E aí você vai conhecer a minha família. E vai poder passar a noite no meu quarto.

— Miren... — Alaia a interrompeu. — Eu não sou surda.

Guernica recebeu bem Alaia Aldecoa, independentemente do fato de estar a reboque de Miren Ansotegui, a jovem e

GUERNICA

graciosa dançarina que vinha a ser filha do homem mais forte da cidade e da *mui* admirada Mariangeles Oñati. A curiosidade das pessoas em relação a Alaia rapidamente dava lugar à admiração quando a viam se abrir para os outros e adaptar e compensar sua deficiência. Parecia tão à vontade, andando por aí daquela maneira. Depois que as duas garotas saíam de alguma loja ou do café, os que lá permaneciam às vezes experimentavam a cegueira voluntária, fechando os olhos e dando alguns passos até dar uma topada ou esbarrar as pernas nos móveis, ou dobrando-se à necessidade de olhar pelas frestas dos olhos. Que pena, todos concordavam; uma garota tão bonita... Pois não é que ela já exibia formas de mulher naquele vestido rústico com uma faixa na cintura?

Miren tratava Alaia como "a pessoa mais especial de Guernica" e se gabava da nova amiga como se fosse sua propriedade. Em vez de se sentir ofendida por ser tratada como um bichinho de estimação, Alaia bem que apreciava aquela exposição, e, em pouco tempo, era capaz de negociar no mercado e em outros lugares da cidade sem se apoiar no braço de Miren, recorrendo apenas à bengala que as irmãs haviam feito para ela. Quando estas souberam do sucesso de suas saídas, sentiram-se como se tivessem ajudado a recuperar a saúde de um animal órfão que estava pronto para ser devolvido a seu hábitat natural.

No início, Alaia achava Miren tão frenética quanto as irmãs eram controladas, e a hiperatividade de Miren, tão distante do seu ritmo pessoal quanto as meditações e rezas das irmãs. Ela passara da companhia de ovelhas sonolentas ao controle de um cão pastor jovem e brincalhão. Após se dar conta de que Alaia algumas vezes se retraía, Miren reconheceu que a amiga tinha necessidade de um ritmo mais lento e de uma voz mais suave, e seus passeios foram ficando mais relaxados. No entanto, Alaia podia notar que o espírito de Miren vibrava a cada acorde que ouvisse ao longe, cantarolando baixinho tal como as irmãs nas vésperas.

Nem uma batida de coração separou o "amém" contrito de Justo Ansotegui dando por encerradas as orações matinais e iniciando o relato detalhado de sua biografia em honra à nova amiga de sua filha.

— Deixe que eu lhe conte um pouco sobre mim, menina — ele falou enquanto fazia as primeiras incisões firmes no pão.

Mariangeles e Miren resmungaram em coro.

— Sou conhecido como o homem mais forte de Guernica, e desconfio que muitas mulheres concordariam que sou também o mais bonito de todo o País Basco.

— Papai!

— Justo!

— Esperem aí, mulheres, é só para que ela entenda a importância deste momento — ele disse. — Mas tem que prometer que não vai contar às irmãs sobre o meu charme; do contrário, o convento se esvaziaria pela manhã e Errotabarri seria invadido por esse mulherio de hábitos pretos querendo apreciar meus dotes masculinos.

— Justo, que sacrilégio!

— Papai, que horror!

— Alaia, não dê atenção a esse homem — Mariangeles disse enquanto trazia outro prato de legumes para a mesa. — Se ele é alguma coisa neste país, é o mais convencido.

— Venha cá, mulher, deixe-me cheirar essas mãos — Justo disse para Mariangeles.

E enfiou o rosto nas palmas das mãos dela e respirou fundo, até finalmente retirá-lo como se estivesse inebriado.

— Adoro o cheiro de mulher que acaba de cortar aipo — ele se declarou. Alaia ficou atenta a cada cheiro que vinha quando Mariangeles punha um novo prato à mesa. Tentou memorizar os odores da refeição: o cordeiro com molho de hortelã, o pão com manteiga da fazenda, o feijão, as batatas ao forno com páprica, os aspargos e os pimentões com azeite e alho. E, de sobremesa, ela devorou o pudim que várias vezes lhe escapou da colher antes de conseguir dominá-lo.

Mariangeles se deliciava com o prazer de comer de Alaia. Era uma das coisas que sempre a atraíra em Justo, também. Até os arrotos dele pareciam um elogio.

— Alaia, querida, você é sempre bem-vinda para jantar aqui em casa — disse Mariangeles.

— É, sim, volte sempre — Justo disse, tranquilamente limpando do bigode as provas do jantar. — Tenho muitos feitos para lhe contar sobre a minha força.

— Papai!

— Justo!

Alaia não se ofendeu. Foi aquela comida, de fato, que a deixou mais convencida de que precisava sair do convento quanto antes. Aquele cordeiro... Aquele molho de hortelã... Aqueles legumes... A manteiga... Mais manteiga, por favor. E o pudim, ai, meu Deus!, aquele pudim... Será que as irmãs sabiam da existência de pudim? Como alguém podia renunciar a pudim?

Quando Miren se levantou para levar Alaia ao seu quarto, Justo se pôs de pé e abraçou as duas bem apertado, uma debaixo de cada um dos seus poderosos braços. Apertou-as, pôs as mãos nas costas delas e manteve o abraço, balançando-as. Miren ficou envergonhada, como toda filha ficaria, mas Alaia balançou o corpo em resposta.

— Vamos ficar desapontados se você não voltar mais vezes para desfrutar da nossa comida e da nossa amizade — Justo disse, beijando Alaia no alto da cabeça. — Esta minha pequena aqui precisa de outras companhias além de um pai convencido e das vacas e dos burrinhos.

— Alaia, quero lhe apresentar minha melhor amiga, Floradora — disse Miren, pondo nas mãos de Alaia a boneca de pano que dividia sua cama desde que ela era um bebê.
— Ela tem cabelo castanho brilhante...
(Fios de lã marrom.)
...um pescoço gracioso...
(Curto e amassado, por causa dos abraços noturnos.)
...o corpo bem feito...
(Trapos dentro de uma meia.)
...pele maravilhosa...
(Restos de lã macia.)
...um sorriso encantador...
(Tinta vermelha.)
...e uns olhos pretos lindos.
(Contas pretas.)
Alaia apalpou as contas.

As duas estavam na cama, uma de frente para a outra; Miren, com a cabeça recostada na cabeceira, e Alaia, inclinada sobre um travesseiro no pé da cama. Um pequeno braseiro com pedaços de carvão tirados do fogão da cozinha aquecia o quarto e liberava uma nuvenzinha de incenso que se misturava aos fachos de luz. Miren queria saber sobre a cegueira, e Alaia, sobre a visão; Miren, sentidos; Alaia, vista; Miren, som; Alaia, cores; Miren, a solidão da orfandade; Alaia, o aconchego das coisas em família.

GUERNICA

— O que é o pior de ser cego? — Miren perguntou.
— Ter que tentar contar às pessoas como é.
— Vocês têm uma audição melhor que a nossa?
— O quê?
— Vocês... vocês têm um olfato mais apurado?
— Temos, e, por falar nisso, seus pés estão um horror — disse Alaia, debruçando-se sobre os dedos dos pés de Miren.
— Vocês veem a luz?
— Não, só algumas sombras.
— Parece escuro o dia todo?
— Não sei distinguir o escuro da claridade.
— Você fica zangada por não poder ver?
— Zangada, mesmo, não. Sou feliz por poder fazer muitas outras coisas.
— Como foi que você perdeu a visão?
— As freiras me disseram que eu nasci prematura, e que provavelmente foi essa a razão. Ainda não estava totalmente desenvolvida. Os olhos não são a única parte de mim que não funciona. Também não conheço as regras mensais de que as irmãs me falaram.
Miren:
— Sorte sua.
Alaia:
— As irmãs disseram que isso significa que eu não posso ter filhos.
Miren:
— Ah, não, desculpe... Essa é uma coisa que eu sei que quero, mas de que tenho medo. Minha *amuma* morreu depois de ter um bebê.
As garotas conversaram noite adentro. Alaia jamais poderia falar com as irmãs sobre as limitações que sentia no convento,

sobre como se imaginava vivendo dentro de uma caixa. Mas, com Miren, ela podia repartir essas coisas. Não podia perguntar às irmãs como ela parecia ser, se era bonita; mas a Miren, sim. Não podia dizer às irmãs como era bom estar na cidade e encontrar as pessoas, e saber que sua cegueira a tornava especial para elas. Isso poderia fazê-las duvidar da decisão que haviam tomado de permitir seu contato com outras pessoas. Ela sabia que, quando as pessoas a conhecessem, não mais a esqueceriam. Mas não tinha como dizer isso às irmãs, porque elas provavelmente achariam que tinham sido esquecidas atrás dos muros.

E então as duas jovens aprontaram uma guerra de travesseiros. Lençóis e cobertas voavam para todos os lados.

— Ei, assim não vale... Você tem que fechar os olhos — disse Alaia.

E Miren o fez, em nome da igualdade.

A briga serviu como uma bem-vinda iniciação para ambas, um pretexto para sentir outro corpo, parecido com o seu, mas não o seu; para uma se avaliar em relação à outra pelo toque, tamanho, peso, força; para sentir a maciez de outro cabelo e de outra pele. Não fica bem que duas moças se toquem dessa forma, porém, a título de brincadeira, tudo se mostra apropriado. Alaia começou agarrando e balançando um pé que estava por perto, e Miren aos poucos foi se soltando, depois que ficou claro que "guerrear" com uma cega não só era permitido, como agradável.

Quando se acalmaram, Alaia ficou impressionada com a colcha da cama de Miren, sentindo as variadas texturas das camadas de tecidos: a lã, o linho, o algodão, o veludo — todas amarradas com laços de borlas de fios de lã. No convento, ela dormia debaixo de um único cobertorzinho de lã.

Já quase dormindo, Miren perguntou:

— Como é não ter família?

Alaia custou a responder, a ponto de Miren achar que ela não tinha escutado. Quando Miren começava a ressonar, Alaia respondeu baixinho:

— Não tem ninguém para tocar a gente.

Quando Alaia se aprontava para voltar ao convento na manhã seguinte, Miren pôs Floradora em suas mãos.

— Agora ela é sua — Miren disse solenemente. — Você precisa da companhia dela mais do que eu.

Alaia abraçou a boneca e tocou-lhe o rosto. Miren havia arrancado as contas, deixando apenas marcas horizontais de cerzido no lugar onde ficavam os olhos.

A garçonete passava um pouco dos quarenta e estava fora da faixa de interesse deles, mas sua presença proeminente na proa atraía os tripulantes mais jovens e paqueradores ao Café do Marujo em Lekeitio. Pouco afeitos ao espírito romântico, cobriam-na de gracejos picantes e lidavam com a rejeição com um ar ridiculamente divertido que fazia parte do jogo. Aquilo servia como um exercício de abordagem amorosa, no qual treinavam táticas que poderiam utilizar quando o alvo fosse alguma fêmea casadoura de verdade. Nas mais das vezes, porém, eles mostravam mais intimidade com o lançamento de grandes redes de pescar do que com o emprego sutil de iscas.

— Posso fazer de você a garçonete mais feliz de Lekeitio — dizia Dodo.

— Como? Deixando uma boa gorjeta?

Dodo piscava e imitava um beijo com os lábios.

— Você, meu querido, cheira como o meu marido — ela dizia. — E vai com muita sede ao pote. As mulheres reconhecem o cheiro do desespero; mesmo num pescador.

Ela se virou e passou os dedos pela nuca de Miguel.

— Já você, assim quietinho, vai partir muito coração por aí. Dodo resmungou baixinho, socando o ombro do irmão, com inveja do comentário da garçonete.

— Você — ela se dirigiu de novo a Dodo — deveria aprender com este aqui.

— Miguel ruborizou, constrangido, uma sensação que ele sabia ser desconhecida para Dodo.

— Ela só está me gozando para deixar você com ciúmes — disse Miguel.

Dodo riu com a ingenuidade do irmão.

— Isto aqui não é lugar para se achar mulher, Miguel — Dodo afirmou.

Miguel era testemunha da história breve e dolorosa de Dodo com as garotas de Lekeitio. Ele era alegre como um cãozinho novo até começar a se envolver com política. Sua elasticidade emocional destruía rapidamente os relacionamentos.

A garçonete voltou com uma cesta de pães, pondo a mão conciliatoriamente num dos ombros de Dodo. Confundindo o gesto — o que era bem típico dele –, Dodo retribuiu passando-lhe um braço pelos quadris. Ela deu-lhe um tapa na mão com tanta força que os outros se viraram. Dodo riu bem alto para dar a impressão de que tudo não passara de uma brincadeira. Mas a mensagem fora recebida.

Reprimido, Dodo passou para o seu segundo tema preferido, a política espanhola, e deu uma aula ao irmão mais novo sobre as diferentes plataformas de socialistas, republicanos, fascistas e anarquistas.

Miguel escutava enquanto comia; Dodo, por sua vez, usava o garfo mais para gesticular, sobretudo para reproduzir relatos de conflitos que estavam ficando cada vez mais letais por toda a Espanha.

GUERNICA

— Não há notícias disso nos jornais; eu fiquei sabendo por uma tripulação do sul — Dodo dizia entre uma e outra mastigada. — A Guarda abriu fogo contra uma manifestação de camponeses que protestavam na Extremadura. Mataram um homem e feriram duas mulheres, mas o restante da multidão cercou e matou os guardas a pedradas e estocadas. Já pensou?

Não, Miguel não ouvira falar, e se perguntava se aquilo podia ser verdade. Dodo seria capaz de dizer qualquer coisa para enfatizar seus pontos de vista.

— Aconteceu coisa parecida num protesto; um protesto pacífico, em Arnedo — Dodo prosseguiu. — Os guardas mataram quatro mulheres e um bebê, e feriram trinta pessoas que só estavam por ali olhando.

— E por que nós não saberíamos disso? — Miguel perguntou.

— Porque eles não querem que vocês saibam; só por isso. As pessoas têm medo de falar. Medo do que possa acontecer com elas. Exatamente a razão pela qual nós precisamos estar preparados.

A garçonete, em pé atrás de Dodo, ouvia as histórias. Balançou a cabeça devagar e disse para Miguel:

— Não dê atenção a ele, meu querido. Ele não vai se sentir assim tão zangado quando arranjar uma garota.

Caso houvesse algum motivo para os cidadãos de Guernica escolherem em referendo a pessoa mais popular da cidade, Miren Ansotegui venceria sem concorrentes. Tinha só dezesseis anos, porém mais parecia incentivar as pessoas a compartilhar da sua juventude do que a invejá-la. Fazia com que elas se lembrassem de como era a vida antes de se tornar tão complicada.

Havia nela algo além da impressão de flutuar pelas ruas da cidade, suave e segura de si, a trança negra como um pêndulo a balançar de um quadril ao outro a cada passada. Ainda mais sedutor era o seu jeitinho de desarmar as pessoas, trazendo-as para perto, como se as iniciasse em seu próprio clube dos incansavelmente bem-intencionados.

Não havia outra coisa por trás dessa maneira de ser; somente bom coração. Distribuindo cumprimentos efusivos a todo mundo que passava por ela, Miren como que demonstrava interesse por aquela pequena parte da vida de que cada pessoa sentia mais orgulho. Abria sempre uma porta para algum lugar aonde todos gostariam de ir. E em seguida ouvia.

— Não tem mais daqueles pimentões fantásticos, seu Aldape? — ela perguntava ao velhinho da carroça de legumes.

— Não consegui parar de comer da última vez que nós compramos. Foram os melhores pimentões que eu já comi.

Ou ia à butique Aranas e dizia:

— Senhora Arana, conheci outro dia sua netinha no mercado: é o bebê mais lindo que eu já vi! Ela já está andando?

Isso dava à pessoa a oportunidade de se gabar sem ganhar a pecha de imodéstia. Foi ela quem perguntou, pelo amor de Deus!, não ficaria bem desmenti-la ou deixar de responder com detalhes. Quando Miren se despedia, apressada, para novos encontros pela cidade, suas amabilidades deixavam um rastro de boa vontade. A vizinhança, encantada, sentia-se melhor do que antes de ela aparecer e ficava ansiosa por sua nova visita. Afinal, havia muito mais coisas sobre as pessoas que ela poderia gostar de saber.

Ela dava todos os detalhes de um evento em apoio a fosse lá qual fosse a ação caridosa em que estivesse envolvida no momento. Se Miren Ansotegui estaria lá, a coisa seria interessante, e era garantido que muitas outras pessoas seriam igualmente atraídas por sua presença. A participação lhes permitiria se gabar da própria generosidade no dia seguinte, nos cafés e nas *tabernas*, além de, segundo acreditavam, incluí-las na lista oficiosa dos Contribuintes das Causas de Miren.

Quando a casa de Aitor Arriola pegou fogo depois que um pedaço de carvão aceso caiu na pilha de lenha, os vizinhos ajudaram a família a se recuperar. Mas, por causa das queimaduras que Aitor sofreu tentando debelar as chamas, seus esforços de reconstrução seriam adiados devido ao começo do mau tempo no outono.

A todo cavalheiro que não fosse casado da cidade, independentemente da idade, Miren prometia uma dança especial na próxima *erromeria*, em troca de uma hora de trabalho em auxílio aos Arriola. Comprometeu-se com cerca de uma dúzia de homens entre quinze e setenta e cinco anos. Quando eles chegavam com suas ferramentas, Miren anotava acintosamente os nomes numa lista, fazendo-os jurar que compareceriam ao baile domingo à noite para receber o prêmio e os seus agradecimentos. Embora alguns chegassem meio desconfiados, todos os homens que ajudaram a reconstruir a casa cumpriram a promessa. Os que não sabiam dançar diziam que tinham vindo apenas por uma questão de cortesia, mesmo que há anos não fossem a uma *erromeria*. E muitos eram levados à força para dançar por Miren, que pacientemente ensinava os passos da mais singela valsa.

A senhora Arana, que achava o máximo a mobilização cívica de Miren, de loja em loja e de amigo em amigo, apelidou-a de *tximeleta* — Borboleta. Comparação de que Miren se livrou num espetáculo de dança no fim do verão.

Seu grupo de doze jovens dançarinas reuniu-se numa pracinha atrás de um café a fim de ensaiar para uma exibição futura. Os amigos das dançarinas se sentaram em bancos sob os plátanos ou nas inúmeras mesas debaixo do toldo listrado que cobria o pátio interno do café e propiciava algum alívio à noite calorenta. Miren deixou a amiga Alaia Aldecoa sentada numa cadeira no pátio e pediu para ela um copo de cidra gelada.

O grupo começou a ensaiar a ciranda, que obrigava as meninas a irem se cruzando em velocidade crescente, uma batendo no aro de bambu da outra com mais força enquanto ajustavam os passos mais complicados. Alaia costumava se levantar a todo momento para dançar quando a música tocava, mas, naquela noite, no café, parecia estar querendo se ver livre de um homem que insistia em puxar conversa. Miren não o reconheceu e se aproximou deles num intervalo.

— Algum problema, Alaia?

— Eu só estava perguntando a esta jovem se não gostaria de dançar comigo — respondeu o homem, virando a cabeça na direção de Alaia.

Miren olhou para a amiga, que não parecia à vontade, sentada na beirada da cadeira.

— Ela não lhe disse que não quer dançar?

— Disse.

— É minha amiga, meu senhor, e, se ainda não percebeu, ela perdeu a visão.

— Não vejo nada de errado com ela.

Miren tentou controlar a raiva e sorriu para aliviar a tensão.

— Meu caro, talvez o senhor tenha bebido um pouco demais, por isso, tenho certeza de que já está indo embora, não é?

— Olha aqui, menina, ela já é bem grandinha para se cuidar sozinha.

O sorriso artificial de Miren desapareceu. Preparada para essas eventualidades por seus espetáculos de dança, ela bateu na mesa com o aro de bambu, o que fez o homem dar um pulo.

GUERNICA

— Ei! — ele gritou, levantando-se da cadeira.

Miren recuou e bateu de novo o aro, com tanta força que o bambu zuniu no ar. Mas não tocou nele com a peça decorativa. Bateu com ela sobre a mesa à frente do homem, depois contra a perna da mesa, em seguida nas costas da cadeira dele, e no ferro do toldo atrás da cabeça do sujeito. De pancada em pancada, com o bambu soando como tiros de rifle, ela repetiu o circuito de estragos em redor do homem, que foi se curvando todo na tentativa de reduzir sua superfície de choque. Dado o ímpeto do ataque, Miren poderia ter arrancado o couro do sujeito caso o tivesse atingido.

— Chamem a Guarda! — ele gritou quando Miren se afastou.

— O que é que eu digo para eles? — quis saber o proprietário do café. — Que uma garota de 43 quilos ameaçou você com um instrumento musical?

— Não quero saber o que você vai dizer, mas algo precisa ser feito.

— Vou lhe fazer um favor, amigo, já que estou vendo que não é daqui. Só lhe direi o seguinte: O pai dessa moça, Justo Ansotegui, o homem mais forte de Guernica, terá o maior prazer em lhe arrancar as tripas com as próprias mãos quando souber disso.

O dono do café deu ao homem, ainda nervoso, um pano de prato para enxugar o suor do rosto. Quando ele se virou e foi embora, com o pano na cabeça, o restante do grupo de dança, entusiasmado, começou a gritar e festejar. Enquanto as dançarinas se reuniam para demonstrar admiração por sua coragem, Miren sentiu o efeito desagradável da adrenalina pós-conflito. Estava constrangida por não ter conseguido encontrar uma solução melhor. Poderia ter sido mais inteligente, dizia a si mesma. Não contou ao pai sobre o incidente, com medo de que ele fosse atrás do sujeito e o fizesse em pedaços. Mas, na manhã seguinte, sua reação explosiva virou a notícia da cidade. Depois daquilo, a comunidade no mínimo passou a gostar ainda mais de Miren, com uma diferença: não a chamavam mais de Borboleta com tanta frequência.

Capítulo 6

José Maria Navarro de vez em quando procurava seu amigo Josepe Ansotegui para lhe pedir um conselho pessoal. Nesse caso, tinha a ver com seu filho mais novo, Miguel.

— Todo dia ele passa mal no barco — Navarro disse a Ansotegui enquanto os dois caminhavam pelo cais uma tarde.

— Eu sei, o pessoal chega a apostar quanto tempo leva para ele começar a latir para o mar toda manhã. Mas Dodo ameaça dar uma surra em quem ele souber que anda debochando do irmão.

— Miguel não vai desistir, Josepe. Eu sei que ele pensa que eu ficaria desapontado. Se nós não encontrarmos alguma outra coisa para ele fazer, vai continuar naquele barco, passando mal todo dia, pelo resto da vida. Mas se eu obrigá-lo a parar, talvez ele nunca me perdoe.

— Ouvi dizer que o Alegria, aquele que constrói barcos, estava procurando um ajudante — Ansotegui lembrou. — Será que o Miguel não se sentiria mais feliz fazendo barcos?

Navarro riu ante a resposta óbvia.

— Ah, claro, mas eu o conheço bem, vai ficar com receio de me desapontar. E me preocupa que a coisa dê a impressão de que eu queira me ver livre dele.

— Diga-lhe apenas que você soube do tal emprego; se ele se interessar, você vai ficar sabendo. Vou falar com o Alegria sobre ele.

Quando Estrella Navarro foi lavar a louça após uma tarde de conversa fiada à mesa, José Maria comentou com a mulher que Alegria estava atrás de um aprendiz de construtor de barcos. Miguel escutou.

— Ajudante de construtor precisa ir para o mar? — ele perguntou.

— Não. Nunca, se não quiser. Talvez precise passar algum tempo terminando o trabalho, mas com o barco parado no porto.

— Então eu quero esse emprego! — gritou Miguel, levantando-se de um salto, com os dois braços no ar como se tivesse tido a prisão revogada. — Se estiver tudo bem para você. Caso não precise de mim. *Patroia*, para dizer a verdade, a pescaria me dá enjoo.

Embora nunca tivesse construído nada na vida, Miguel era perfeito para o trabalho. Em um ano, não só se mostrava totalmente capacitado, como havia desenvolvido grande afinidade com todo o processo. Gostava das idas à floresta para cortar e serrar o carvalho da montanha, e vibrava ao descobrir formas de moldar a madeira a seu jeito. Começou a dar seus toques pessoais, acrescentando detalhes que não estavam no projeto, mas que emprestavam um diferencial ao produto.

Entalhava esses nas beiradas de parapeitos e balaustradas e usava uma mistura de serragem e cinzas para criar desenhos de estrelas na madeira próxima ao timão. Esses detalhes se tornaram a marca registrada do seu trabalho. Os homens do mar costumam ser de natureza austera, mas, em vista das muitas horas que passavam a bordo, um pouco de estilo sempre tinha o seu valor.

Logo alguns pescadores passaram a encomendar trabalhos artesanais de Miguel que haviam visto em outros barcos. Ele continuava mantendo no novo emprego seu ritual profundamente arraigado. Assistia diariamente à missa dos pescadores às 4hs da manhã, com o pai e o irmão, e só se separavam quando chegavam ao porto. Em vez de embarcar com eles, Miguel enveredava na direção da oficina para começar a trabalhar nos barcos horas antes de chegarem os colegas. Fazer barcos significava estar ligado ao ramo da pesca, ele não cansava de relembrar ao pai. Suas mãos continuavam envolvidas na modelagem do legado familiar.

Uma amiga de Miren falou de uma cabana que parecia perfeita para Alaia, situada num ponto afastado da cidade já dentro da divisa da *baserri* do velho Zubiri. Abandonada havia anos, a construção era simples, pouco mais do que um abrigo para pastores de ovelhas. O telhado precário estava todo coberto de limo graças à localização, bem debaixo de uma alameda de amieiros. Era difícil distinguir logo a casa da floresta, porque galhos tinham crescido e se misturado ao teto orgânico de sapê, como se as árvores tentassem abraçar a cabana.

Quando Miren chegou ao local, um caminho suave, mas todo coberto de mato, paralelo ao canal, levava diretamente à porta da frente. Ali, no fundo de uma clareira, havia apenas duas direções para Alaia tomar: montanha acima e montanha abaixo. Subindo, ia dar no pasto adjacente, onde encontraria plantas e ervas para os seus sabonetes; descendo, com o canal de um lado, o caminho se afunilava, levando-a direto à cidade e ao mercado.

Miren conversou com Zubiri, pedindo que deixasse Alaia ficar ali em troca de sabonetes. O lugar não era usado havia bastante tempo, Miren enfatizou, e, na condição de viúvo, cujos filhos já haviam ido embora muitos anos atrás, ele não tinha necessidade daquele espaço. Na verdade, até teria vantagens, Miren prometeu, porque ela se encarregaria dos consertos necessários e traria melhorias à propriedade.

Miren se incumbiu da faxina e da reforma da cabana, com a ajuda de meia dúzia de homens da cidade. A trilha foi toda limpa, e os degraus da entrada, bambos, foram consertados e dotados de um corrimão firme. Mariangeles doou uma colcha com bordas rendadas que ela mesma costurou, e Justo usou o carro de boi para transportar um estoque de lenha para o inverno inteiro. Empilhou os gravetos bem ao lado da porta dos fundos de Alaia, no lado norte da casa, onde ficariam protegidos dos ventos invernais que assolariam o terreno.

Mariangeles organizou os utensílios de cozinha sobre o fogão e Miren dispôs sobre a mesa potes, vasilhas e todo o equipamento que seria utilizado por Alaia para a confecção dos sabonetes. Durante um dia inteiro, Miren passeou com ela pelo único cômodo da casa, guiou-a pelo quintal e desceram juntas várias vezes até a cidade para fixar a paisagem em sua mente. Passou ainda a primeira noite na cabana com Alaia, na esperança de reduzir a ansiedade que ela pudesse vir a sentir após ter dormido quase todas as noites de sua vida entre as paredes do convento. Era tranquilo ali, com o canalzinho propiciando um fundo sonoro suave. E, à medida que o fogo ia aquecendo a cabana, o musgo do telhado liberava um agradável aroma orgânico.

— Eu jamais poderia fazer isso sem você, Miren — Alaia disse na manhã seguinte.

Miren abraçou-a.

— Fico tão feliz por você. Virei visitá-la todos os dias.

— Miren...

— Sim?

— Por favor, não — disse Alaia. — Nunca vou me sentir independente enquanto você ficar cuidando de mim o tempo todo.

GUERNICA

Sei como você é. Nós somos amigas queridas, mas eu posso cuidar de mim, de verdade.

— Mas eu quero... — Miren começou a argumentar, porém o som das duas palavras ("eu quero") a fez se deter. — Você tem razão, eu sou assim mesmo. É só você me dizer o que fazer e eu vou confiar que está tudo sob controle. Você vai ficar bem. Mas eu vou estar por perto, e vamos nos encontrar na cidade a toda hora. Zubiri mora logo ali, no alto, e Josu Letemendi, um rapaz da nossa idade, mora na *baserri* do outro lado do canal. Tenho certeza de que os dois vão se sentir bem felizes em ficar de olho em você.

José Maria Navarro fez o sinal da cruz sobre a casca do pão. Os filhos, Eduardo e Miguel, e a mulher, Estrella, benzeram-se com movimentos precisos. As duas filhas, Araitz e Irantzu, mais novas, interromperam o movimento dos garfos para um assunto muito sério, a bênção. Seguindo o eixo da cruz, José Maria dividiu o pão redondo em duas metades e, em seguida, em fatias grossas. A primeira ele separou, cobriu com um prato e depositou na beira do fogão.

— Para acalmar os mares bravios — ele disse, observando um costume tradicional dos pescadores.

Eduardo pegou a travessa, botou uma fatia em seu prato ao lado do filé de dourado e guardou outra no bolso da camisa.

— Para o caso de eu precisar acalmar o estômago bravio mais tarde — ele justificou. — Você também deveria pegar outra fatia para mais tarde, Miguel.

— A missa é à meia-noite — Estrella falou. — E vou logo avisando a vocês dois para não chegarem num estado que possa nos comprometer. Trabalhamos duro para construir nosso nome, e pelo menos um de vocês parece não estar muito consciente da necessidade de preservá-lo.

— *Corpus Christi*... *sanguis Christi* — Dodo rezou com exagerada devoção. — A gente só vai beber para pré-santificar o evento.

— *Et spiritus sancti* — acrescentou Miguel, fazendo novamente o sinal da cruz e olhando de rabo de olho para ver se a mãe tinha se ofendido com sua reza de gozação a ponto de lhe dar outro tapa na cabeça. Miguel se queixava de que ela batia com tanta frequência no lado esquerdo de sua cabeça que seu cabelo teimava em formar um redemoinho naquele ponto.

— Bom, se vocês virem o Olentzero* aí fora, por favor, digam a ele que traga alguma coisa doce para cá — ela disse, referindo-se ao "carvoeiro do Natal" (Josepe Ansotegui), que era carregado pela cidade num cesto de carvão, fazendo a alegria das crianças.

— E onde é que vai ser essa pré-santificação? — quis saber José Maria.

— No Bar Guria... Vamos ensaiar os cânticos para hoje à noite — respondeu Dodo.

— Cuidado com a boca — José Maria advertiu.

Não se tratava de uma admoestação contra a heresia; era apenas um lembrete para que os filhos tivessem cautela em relação àqueles a quem se dirigissem em basco — um crime que poderia dar cadeia, dependendo dos humores de momento da Guarda Civil.

— *Dominus vobiscum* — Dodo replicou.

O vento do mar flauteava pelas estreitas vielas do bairro dos pescadores com um assovio gelado. Agarrando os casacos de encontro ao peito, Eduardo e Miguel seguiam em direção à procissão que acompanhava o Olentzero sob as luzes coloridas do cais.

---

* Personagem da tradição natalina basca que distribui presentes e doces pelas ruas e casas fantasiado de carvoeiro. (N. T.)

GUERNICA

Um quarteto de homens fortes transportava nos ombros uma cadeira em forma de cesto na qual o amado Olentzero visitava casa por casa. Um bando de crianças e de gente cantando se amontoava, tentando se aquecer do frio, quando o grupo se detinha para cantar e oferecer lembrancinhas e doces.

— Olentzero, tomara que você esteja levando uma *bota* nessa noite gelada — gritava Eduardo para o amigo. — Vai assustar as criancinhas se chegar todo duro de gelo.

— Quem sabe você não possa tomar o meu lugar caso eu não dê conta? Com tanta criança para visitar, a noite vai ser longa — dizia o carvoeiro, feliz, baixando a voz e apontando com a cabeça na direção da massa de espectadores. — Esta noite você vai conhecer nossos ajudantes especiais.

No perímetro da multidão reunida, uma dupla de guardas civis armados vigiava os festeiros.

— Um dos nossos cantores já foi gentilmente convidado a acompanhar as festividades da noite atrás das grades — disse Olentzero.

O vinho alimentava a revolta de Eduardo Navarro. As brigas costumeiras no Bar Guria tinham a ver com mulheres e histórias exageradas de aventuras sexuais. Porém, enquanto duas mesas de jogadores de *mus* disparavam fortes impropérios contra adversários e parceiros, e outras xingavam em *pintxoak* e riam por causa do vinho, Dodo se sentia totalmente tomado pelo espírito de paz e fraternidade da época.

— Iker Anduiza está na cadeia neste exato momento — Dodo protestou, em voz alta o suficiente para fazer com que seus colegas de mesa erguessem a cabeça. — Domingo Laca foi levado na semana passada depois que algum vizinho o denunciou por ensinar a nossa história às crianças da escola.

Seus amigos Enrique e José Luis Elizalde tinham ouvido as ranzinzices de Dodo por muitas horas no cais e nos bares. Falaram da Segunda República e das esperanças de liberdades renovadas, talvez até de nacionalidade. Mas sabiam que toda e qualquer manifestação continuava sujeita aos caprichos de demagogos locais em postos de influência.

— Nós sabemos nos governar melhor do que esse pessoal aí — pregava Dodo. — Eles nos prenderam porque hasteamos nossa bandeira. E depois? Vão acabar com as nossas *pelotas* para nos impedir de dar de comer a mais crianças bascas? Só então os enfrentaremos? Nós já nos governávamos quando eles ainda estavam engolindo sapos dos mouros.

— Muito bem, Dodo, mas não vamos entrar em guerra justamente hoje — Miguel argumentava.

A ideia de recuar deixou Dodo mais ofendido.

— E por que não? Eu sei que você também não está gostando nada disso. Por que temos que ser tão tolerantes?

— Eu sei o que é certo — Miguel disse baixinho, mas em tom firme. — Sei o que é certo, e concordo. Mas o que é certo para mim não inclui ir para a prisão justamente hoje. O que me parece certo é seguir em frente até que possamos bater em retirada.

— Você está se escondendo, irmãozinho. Não está encarando a realidade.

— Dodo, eu estou encarando, sim; só não vou enfrentá-la antes da missa.

Cada um olhava bem dentro dos olhos do outro, Miguel identificando o perigoso fervor do irmão, Dodo sentindo uma estranha paz interior. Os dois concordaram em fazer uma trégua silenciosa. E Dodo deu um tapinha conciliatório no ombro do irmão.

— Vamos tomar um pouco de ar fresco — disse Dodo. — Talvez encontremos algum guarda precisando de uma aguinha.

GUERNICA

O vento entorpecente que era trazido pelas ondas de pouco valeu para fazer o cambaleante Dodo ficar sóbrio, e faltavam ainda várias horas para eles se encontrarem na igreja de Santa Maria da Assunção para a missa.

— Coma aquele pão que você trouxe, Dodo — disse Miguel. — Pelo menos o fará calar a boca por alguns minutos.

Mas Dodo não comeu o pão; ao contrário, usou a boca para começar a cantar uma canção de pescadores que se levantavam de manhã bem cedo para navegar. E cantou em basco. Miguel passou o braço em volta dele para tentar acalmá-lo.

— Tudo bem, Dodo, está bem mais calmo lá perto do píer, e tem um lindo barco branco flutuando sobre as águas.

De uma alameda próxima à prefeitura, surgiram dois guardas-civis com rifles e uniforme verde, e as boinas de couro características refletindo as lâmpadas festivas que ligavam as árvores da praça. Miguel imediatamente pôs uma das mãos espalmada sobre a boca do irmão.

— Feliz Natal — disse Miguel com uma alegria fingida.

Os guardas estufaram o peito e fecharam a cara. Enrique e José Luis puxaram os dois irmãos Navarro de volta para a rua antes que Dodo cismasse de encará-los. Os dois guardas saíram marchando, altivos.

— Vocês deveriam ficar para aprender a beleza das músicas bascas — Dodo gritou por detrás deles. — Ou será que estão assim tão apressadinhos para examinar os *culos* um do outro?

Dodo disse a palavra em espanhol, para se assegurar de que eles entenderiam.

— Dodo, vamos — Miguel ordenou.

— Não, eu quero falar de política com esses... cavalheiros.

A praça estava cheia do pessoal chegando para a missa, ou que saíra para visitar amigos, ou que ia a caminho das *tabernas*

para comemorar. A procissão atrás do Olentzero também estava cada vez maior.
Os dois guardas se viraram e olharam para Dodo a uma distância de alguns metros. Dodo se inclinou na direção deles, tentando se livrar de Miguel, que o agarrava; esticou os lábios, comicamente, e jogou um beijo. Grupos de moradores riram alto, sentindo-se seguros por estar em maior número, e os guardas se viram forçados a voltar para acabar com a confusão.
O guarda mais baixo deu um passo à frente e apontou o rifle para o peito de Dodo.
— Venha cá, Garcia — ele chamou o parceiro. — Temos um subversivo.
Dodo já dissera tantas vezes aos amigos o que pensava da Guarda que eles eram capazes de acompanhá-lo na fanfarronice: "Não têm inteligência nem para limpar peixe, não são dignos sequer de recolher estrume, uns caras para quem um rifle só serve para substituir o principal órgão masculino".
Limpou a garganta para começar a vociferar contra os guardas.
— Pare... imediatamente — disse o guarda mais baixo, erguendo a mira do rifle do peito para o rosto de Dodo. — Vou contar até três.
— Ah, então é isso; e eu sempre me perguntava que qualificações seriam exigidas para entrar para a Guarda Civil — Dodo ironizou. — Agora eu sei; é saber contar até três. Então vamos ouvir você agora, um... dois...
Miguel se adiantou para se pôr entre os dois, e o guarda, sentindo-se ameaçado, virou a coronha do rifle atingindo Miguel no queixo. Ele caiu instantaneamente, mas, quando o guarda parou, Dodo arrancou-lhe o rifle das mãos e bateu nele exatamente como ele fizera com Miguel. O guarda mais alto levantou a arma em direção a Dodo, mas ficou estático à

vista do compatriota ensanguentado. Assaltado pela indecisão, preferiu não atirar; em vez disso, apitou pedindo reforço. Atrás dele, Miguel conseguiu se ajoelhar e, levantando-se, partiu para cima, derrubando o guarda no chão com um soco. Instintivamente, os irmãos trataram de fugir um para cada lado. Miguel enveredou em meio aos prédios, escondendo-se nas imensas sombras da igreja. Dodo, que não se ferira e era capaz de correr muito mais que os guardas, atravessou direto a praça. A multidão reunida em volta do Olentzero se abriu em duas por um instante e logo o envolveu por completo.

Quando a meia dúzia de guardas se agrupou, com a determinação esmorecendo à vista do sangue do companheiro que se congelava em padrões retangulares ao redor dos paralelepípedos, Dodo já estava sendo carregado num andor, vestido com o chapéu e o paletó do sorridente carvoeiro. Josepe Ansotegui, agora trajando um casaco emprestado, aceitara, por sua vez, o disfarce, de modo a permitir a fuga de Dodo.

Os guardas se dividiram em duplas para sair à procura dos criminosos, dois encarregando-se do centro da cidade, dois rumando para os lados da praia de Isuntza, e dois na área do cais. Embora a pancada o tivesse deixado semiconsciente, Miguel reconheceu o tempo e a maré. Após se esgueirar por detrás da igreja e ganhar distância dos guardas, ele recobrou o fôlego e simplesmente saiu andando para longe da zona de risco.

A maré alcançara o ponto mais baixo um pouco mais cedo, permitindo que ele conservasse os pés secos durante toda a caminhada até a ilha de São Nicolau. O fluxo fez submergir a trilha quase no instante em que ele alcançou a ponta sul da ilha. De uma rocha protegida do vento, ficou observando o rebuliço na praça. A Guarda havia montado posições próximo à entrada e às saídas da igreja e revistava todo mundo que ia à missa. Apesar do vento, que parecia atirar agulhas de gelo, e dos gemidos artríticos dos pinheiros congelados, Miguel podia ouvir o órgão tocando e os cânticos sendo entoados à distância.

"Feliz Natal", ele murmurou para si próprio, cuspindo sangue e tirando do bolso o naco de pão que Dodo lhe empurrara. Teve que partir o pão em pedacinhos para fazê-lo passar pela mandíbula dolorida. Tremeu de frio durante toda a noite gelada numa fenda entre as rochas cobertas de excremento de gaivota. Pouco antes do amanhecer, o *Egun On* chegou à praia da ilha, fora da visão de terra, e resgatou o sofrido Miguel. A bordo estavam seu pai e um Dodo curiosamente feliz e satisfeito por ter tirado sangue dos policiais durante a escaramuça. Eles haviam deduzido o esconderijo de Miguel e se desculparam por não ter sido possível resgatá-lo antes.

A frígida viagem até Saint-Jean-de-Luz, nas cercanias da costa francesa, não acalmou Dodo, que estava ansioso para arrumar confusão na velha cidade dos piratas. Mesmo ali, dentro do porto protegido, ondas agitadas faziam o *Egun On* saltar enquanto Miguel recebia um abraço apertado do pai e, em seguida, do irmão mais novo.

— Tente ficar longe de confusão — José Maria Navarro disse ao entregar a Dodo um pequeno envelope.

— Tranquilo, *patroia*, eu vou ficar bem — Dodo garantiu, olhando para as mãos do pai, cheias de cicatrizes.

— Sei que vai, mas terá que arrumar trabalho por aqui.

Miguel pensou em fazer graça com o fato de o vinho ser mais caro e as mulheres mais difíceis na França, mas sua boca estava inchada demais e falar era muito doloroso; o esforço para vomitar na viagem para Saint-Jean-de-Luz lhe abrira feridas na parte interna da boca. Além do que estava faminto demais para ficar fazendo piada.

Dodo desembarcou no cais e, ao se virar para um aceno de despedida, percebeu o ar preocupado do irmão.

— Miguel... desculpe-me — Dodo falou com sinceridade, mas em seguida apontou para o irmão e abriu um largo sorriso.

— Não duvido de que lhe fiz um grande favor. Agora vá logo para a terra firme; você nunca foi mesmo de água.

Miguel, pela primeira vez, calculou as consequências: estava saindo de casa, perdendo um bom emprego, e se mudaria para uma cidade estranha, tendo que manter os olhos bem abertos sempre que a Guarda estivesse por perto.

— Obrigado — ele murmurou, com um leve movimento dos lábios. — Valeu.

José Maria Navarro pilotou o *Egun On* rumo ao mar aberto.

— Eu devo ter dado mesmo um belo exemplo de pesca como meio de vida — ele disse. — Parece que não terei nenhum de vocês a bordo comigo por um bom tempo.

Miguel não respondeu, dando uma palmadinha no ombro do pai e passando um braço pelo seu pescoço enquanto os dois, de pé na proa, olhavam o horizonte.

Ao entardecer, o *patroia* tinha levado o filho o mais longe possível, estuário acima. Miguel desembarcou num píer em plena maré alta, e, por mais que soubesse que se encontrava em solo firme, a terra ainda balançava e tremia sob seus pés a cada passo.

Parte 2

(1933 – 1935)

Capítulo 7

Querida Miren,
Espero que você e sua mãe estejam bem e conseguindo manter esse meu irmãozão em seu devido lugar. Um urso como ele convencer sua mãe a se casar é um dos maiores engodos que eu já vi.

Quero lhe falar de um amigo que está de mudança para Guernica. O nome dele é Miguel Navarro, e eu conheço a família há muitos anos. Você deve se lembrar dele, de quando ia a Lekeitio quando era bem mais nova. É um dos meninos que moravam do outro lado da rua, filhos do meu amigo José Maria Navarro. Já entrei em contato com Mendiola em Guernica, que está precisando de um ajudante na carpintaria. Uma mudança de ares fará bem a Miguel. É um bom rapaz.

Tenho esperanças de que você possa falar com ele e ajudá-lo a se estabelecer por aí. Mando-lhe esta carta e não para seu pai porque receio que Justo acabe assustando o garoto. Confio que você, se puder, o ajudará a fazer novas amizades e a encontrar as pessoas certas. Miguel tem mais ou menos a sua idade, talvez seja um pouquinho mais velho, acho que está com vinte, e minhas filhas me garantiram que não é nenhum sacrifício ter que olhar para ele.

Obrigado, Miren.
Lembranças a essa sua mãe maravilhosa e ao meu irmãozão.
Osaba Josepe

Tendo finalmente percebido a importância do recado de Alaia — de que virar uma chata não é nada caridoso –, Miren tratou de controlar seus impulsos de levar comida, ajudar na cozinha e na limpeza da casa e em todas essas tarefas que, segundo ela, eram mais fáceis para uma pessoa capaz de enxergar. Um acordo foi estabelecido: só iria à cabana de Alaia ao ser convidada ou quando fosse combinado previamente. Mas as duas se viam toda segunda-feira no mercado, ocasião em que Miren vinha ajudar a fazer o troco e a embrulhar os sabonetes quando o movimento era grande. Também servia como propagandista informal de Alaia, contando a todos da cidade sobre as maravilhas dos seus produtos. Encontravam-se uma noite por semana, geralmente em Errotabarri, onde Mariangeles preparava suas especialidades e Justo contava suas bravatas, sempre feliz ao se ver diante de uma plateia maior. E, um dia por semana, Miren ia cozinhar na casa de Alaia, preparando pratos que serviriam de refeição ao longo da semana. Nesse esquema não combinado, Alaia foi se tornando cada vez mais independente.

Numa segunda-feira, no mercado, Alaia convidou Miren para ir até a cabana.

— É uma surpresa? — Miren perguntou ao chegar.

— É, quero lhe dar uma coisa... seu sabonete — disse Alaia, entregando à amiga um pacote de barras verde-amareladas embrulhadas em papel de presente. Miren inspirou fundo e ficou encantada.

— Adorei! O que tem aqui?

— Miren... é segredo.

— Não tem o cheiro de nenhum outro sabonete... Parece... Deixe-me ver... Errotabarri?

— Era o que eu estava procurando.

— É tão diferente...

— É mesmo — Alaia confirmou. — Eu queria alguma coisa que dissesse "Miren". Tentei algumas combinações, e foi esse o que eu acertei. As mulheres mais velhas gostam de florais, de jasmim e lilás; as mais novas preferem coisas mais cítricas ou misturas, aveia e mel, ou amêndoas e frutas vermelhas... Nada muito forte, mas sempre com cheiro de sabonete.

Miren inalou novamente o perfume.

— Não guarde segredo para mim; o que é? Juro que não conto a ninguém sobre o meu sabonete.

— Vou dar umas dicas — disse Alaia, curtindo a brincadeira. — É feito com um pouco de essência oleosa para servir também de loção e manter sua pele fresca e macia.

— Tem mais.

— Tem, mas aí é que mora o segredo. Foi um velho sábio que me contou certa vez.

— Mal posso esperar para experimentar.

— Eu esquentei uma panela de água quente; tire a blusa e passe um pouco — disse Alaia.

— Alaia!

— Miren, eu sou cega, você não poderia ter mais privacidade nem no convento. Além do quê, você não tem nada que eu não tenha... a não ser os olhos.

— Bem, para seu governo, se quer saber a verdade, eu tenho bem menos do que você...

Nervosa sem razão, Miren se virou e, bem devagar, tirou a blusa e ensaboou o torso. Aspirou a fragrância fresca, depois se lavou, secou-se com uma toalha perto da pia e vestiu de novo a blusa.

— Oh, adorei! Muito, muito obrigada — disse. — Como é que você descobriu que esse cheiro tinha a minha cara?

— Porque, quando senti, pensei logo em você.

— Nunca ouvi nada mais delicado — Miren disse, abraçando a amiga. — Agora, quando eu chegar perto, você vai logo me identificar pelo cheiro.

— Miren, geralmente eu ouço você falando muito antes de poder sentir seu cheiro.

— Mas agora, quando você ouvir as pessoas falando comigo, tenho certeza de que estarão dizendo: "Lá vai a Miren Ansotegui: essa garota tem um cheirinho tão bom!"

As duas se abraçaram mais uma vez e Miren, sem pensar, começou a tirar a mesa.

— Miren... pare com isso.

— Desculpe-me — Miren pôs no lugar as vasilhas que Alaia estava usando. — Tenho uma pergunta, e sinta-se à vontade para me dizer não caso não goste da ideia: você se importaria se eu dividisse um pouco desse sabonete com minha mãe? Acho que ela também adoraria.

Mariangeles realmente adorou o sabonete. E seu marido, Justo, também.

A Guarda Civil pode ter desterrado Miguel Navarro em Lekeitio, mas isso teve o dom de fazer com que se abrisse para ele uma oportunidade de emprego em Guernica. Raimondo Guerricabeitia, assistente de carpinteiro na oficina de Teodoro Mendiola, certo dia foi atacado por guardas armados no caminho do trabalho para casa. Nenhuma explicação foi dada à família; ele simplesmente não voltou naquela noite. Sem as formalidades de uma denúncia ou de um julgamento, a Guarda jogou Guerricabeitia numa cadeia. Era um criminoso? Um revolucionário? Ou algum vizinho o entregara à Guarda com uma falsa acusação?

GUERNICA

Embora não fosse incomum em outras regiões do País Basco, tal desaparecimento ainda era raro na época em Guernica, onde a Guarda em geral tolerava manifestações culturais e só agia duramente quando recebia uma denúncia. Tudo o que Mendiola sabia era que Raimondo sempre fora um trabalhador aplicado, que nunca deu mostras de estar envolvido com política. Mas alguém deve ter dito alguma coisa; algum despeitado. E ele sumiu, como se tivesse sido apagado.

Quando Josepe Ansotegui encaminhou a Mendiola um jovem construtor de barcos que necessitava demais do emprego, foi bom para todos os envolvidos. Josepe ficou encantado ao ver que assim estava preenchendo uma carência real de mão-de-obra. Raimondo, no entanto, era experiente e já ultrapassara a fase de estágio. Mendiola dirigia um negócio pequeno, mas bem montado. Seu ajudante geralmente derrubava as árvores e as cortava em tábuas com serra e plaina, enquanto Mendiola fabricava móveis, armários e assoalhos de madeira nobre. A derrubada de pinheiros e ciprestes, de madeira macia utilizada em armários e móveis baratos, era moleza, mas lidar com os carvalhos adultos exigia um esforço bem maior. Pelo menos, o rapaz que se apresentava para trabalhar parecia saudável e preparado para os desafios de manipular madeiras mais resistentes.

— Uma recomendação de Josepe Ansotegui é o bastante para mim — Mendiola foi logo dizendo quando Miguel chegou. — Conheço Josepe e seus irmãos, Justo e Xabier, há muito tempo. Justo é muito orgulhoso e cheio de si, e Xabier, agarrado demais com o Espírito Santo. A palavra de Josepe sim, essa é sólida feito um carvalho. E ele me diz que você é um excelente armador e de boa família. Isso é tudo de que preciso saber.

Mendiola previa um período de adaptação pouco lucrativo. Mas não foi o que se viu — nem nos primeiros dias. A experiência de Miguel no estaleiro em Lekeitio serviu perfeitamente para suas novas tarefas. Ele trabalhara com carvalhos serrados em quatro para construir barcos; estava familiarizado e totalmente à vontade com o formão no entalhe e no acabamento da madeira.

A construção de barcos é como um casamento entre utilidade e função, cuja chave está na conservação de espaço e peso. Não havia maior interesse nos aspectos decorativos ou na modelagem de formas agradáveis e confortáveis. Fazer móveis não exigia muito mais. O rapaz, porém, impressionava o novo chefe com uma infatigável disposição para o trabalho e, como um bônus inesperado, com sua criatividade.

Mendiola, mãos amarronzadas por anos de uso de corantes, começou ensinando Miguel a fabricar uma típica arca basca de carvalho, com dobradiças pesadas e fechadura elegantemente trabalhada. Após uma rápida olhadela no desenho para as medidas padrão, Miguel se pôs a construir a arca com total desenvoltura.

— Não vai ficar parecendo um barco, vai? — Mendiola provocou-o.

— Não, mas é bem capaz de virar uma caixa de iscas bem bonitinha — respondeu Miguel.

Um dia, quando Miguel voltava à oficina, na sua primeira semana de trabalho, com pesadas toras de carvalho, Mendiola fez um comentário sobre o tamanho e o potencial delas para peças de mobília maiores.

— Pensei que você fosse gostar — disse Miguel. — Eu sei que sou novo aqui, mas dei de cara com aquele carvalho enorme com uma cerquinha em volta nas proximidades do prédio da assembleia, e achei melhor cortá-lo em vez de subir a montanha atrás de madeira. As pessoas fizeram um alvoroço, mas eu derrubei a árvore assim mesmo.

Mendiola entrou em pânico e perdeu a voz antes de entender que se tratava de uma gracinha de Miguel. E contou a história com detalhes em cada *taberna* que visitou naquela noite, sempre comentando que tinha certeza de que ia gostar de trabalhar com o novo empregado.

Após umas poucas semanas, Miguel deixou de olhar para os desenhos dos móveis e passou a conceber peças próprias.

— De onde você tirou a ideia desse traçado? — Mendiola quis saber depois que Miguel concluiu uma cadeira com uma curvatura interessante nas pernas.

— Enquanto derrubava a árvore — ele respondeu.

Para Miguel, um galho arqueado estava pedindo para virar braço de cadeira de balanço, e um tronco grosso sonhava em se tornar o pedestal de uma mesa de jantar. O cipreste, com seu perfume delicado, persistente, clamava para ser uma gaveta de guardar roupas ou o interior de alguma arca. A madeira também dava a impressão de conversar com quem comprasse o móvel. Miguel conseguia dar uma leve curvatura nos braços de uma cadeira como que convidando as mãos a ali repousar, ou aplainava tão bem um tampo de mesa que todo mundo tinha que correr as mãos sobre ele.

Mendiola viu seus lucros aumentando por causa da clientela crescente de Miguel. Por sua vez, Miguel encontrou um emprego que combinava ainda melhor com ele do que construir embarcações. Podia ser produtivo, expressar a criatividade, e ainda se sentir gratificado pelo fato de que seu trabalho permaneceria mesmo depois de sua morte. Inalava os odores de lascas de madeira fresca, pó de serragem, vernizes e corantes, não de peixe. E o chão, finalmente, deixara de se mover sob ele.

O *txistulari*, tocando seu pequeno pífano preto com a mão esquerda e, com a direita, batendo em um tambor, tirava mais sons do que uma pessoa parecia capaz. A mulher no acordeão se juntava a ele, em especial para as *jotas*, e mais um garoto no tamborim. Esse trio tocava sem parar a tarde e a noite inteira na *erromeria* de domingo, atraindo quase toda gente da cidade.

Famílias chegavam juntas e dançavam, às vezes três ou quatro gerações ao mesmo tempo. Vovozinhos executavam os passos que aprenderam sessenta anos atrás com os filhos pequenos esgoelando nos braços. Colchas velhas e lonas formavam um reluzente tapete de patchwork ao longo do terreiro em volta da pista de dança, onde famílias inteiras se refestelavam para comer sanduíches de linguiça e língua de boi cortada bem fininha. Alguns tiravam uma soneca debaixo das árvores depois de beber muito vinho. Outros jogavam *mus* ou uíste em mesinhas, ou se limitavam a assistir ao espetáculo das dançarinas girando e girando.

A *erromeria* servia como uma espécie de vitrine para escolha e arranjo de futuros casais. Era domingo; todos tinham ido à missa, haviam comungado, e sentiam-se totalmente absolvidos, o que garantia ser aquele um ambiente absolutamente familiar, onde os curiosos e os chatos podiam ficar de olho nos pares que se formavam.

Miren Ansotegui dificilmente ficava parada por tempo suficiente para que os rapazes se aproximassem. Ela participava das danças folclóricas coreografadas com seu grupo de amigas e logo partia para dançar com uma sucessão aleatória de homens e mulheres, fosse quem fosse que surgisse à sua frente no momento. Mas, de vez em quando, fazia uma pausa para descansar, agora que já tinha idade suficiente para se refrescar com o vinho tomado próximo às mesas à sombra do toldo.

GUERNICA

Mendiola pediu que Miguel fosse ao baile como uma forma de confraternizar com os moradores que eram seus clientes. Mendiola acompanhava os músicos nas valsas lentas com um velho serrote que vibrava com melancólicos movimentos para cima e para baixo. Miguel apreciava a música e o fluxo contínuo dos dançarinos, mas sua atenção recaía sobre uma moça de tranças grossas que balançava sob um xale branco e lhe chicoteava a nuca quando rodopiava. Era elegante e se movimentava com tamanha graça que o fazia grudar os olhos nela sem se dar conta.

Após várias danças no crepúsculo que se aproximava, Miren foi se refugiar sob o toldo do café onde Miguel estava sentado. No instante em que ela passou pela sua mesa, uma lâmpada de um poste próximo se acendeu e, para Miguel, pareceu iluminar apenas o rosto dela. Sem pensar, ele acenou para a garota para chamar sua atenção, sem dizer seu nome ou perguntar o dela.

— Você pode vir até aqui? — ele perguntou, surpreso por estar se comportando de forma parecida com seu irmão Dodo. — Sente-se.

Ele se apaixonava diversas vezes ao dia sem precisar fazer muito esforço, mas a visão dela o deixara perturbado como uma manhã ao mar. Quando o brilho quente e doce da lâmpada reluziu sobre seu rosto, aí mesmo é que ficou atônito.

Ela se virou, parou e fez uma rápida avaliação. Viu um rosto tipicamente basco, envernizado pelo trabalho ao sol; os dentes típicos, feitos para parecer mais brancos em contraste com o rosto moreno; o cabelo típico, preto e ferozmente independente; o corpo típico, forte, mas esbelto, com músculos enrijecidos pela lida com redes ou com remos resistentes. Ele não usava boina, mas digamos que era bem aceitável.

— Por que não? — ela respondeu, topando o convite, mas sem demonstrar demasiado interesse para não ser mal interpretada. A postura, na ponta da cadeira, indicava que o tempo que ela se demoraria dependeria da capacidade de sedução dele.

Miguel entendeu os sinais e partiu para o ataque.

— Você tem os olhos mais lindos que eu já vi — ele disse sem preâmbulos.

Ela revirou os olhos com desconfiança, mas logo os arregalou e ironicamente bateu as pestanas como borboletas assustadas.

— Oh?

— Você tem... olhos... de cigana que lê o futuro.

Ela resmungou.

— E o que é que você sabe sobre ciganas que leem o futuro?

— Tem certeza de que está preparada para ouvir certas coisas? — ele perguntou, ganhando tempo até que algo lhe viesse à mente. Estava hipnotizado pelos enormes olhos negros de Miren sob supercílios que mais pareciam as asas de algum pássaro negro, e também por aquele sotaque delicioso.

— Estou, fale de uma vez ou eu vou embora. — Miren chegou ainda mais para a ponta da cadeira.

— Se é assim, está bem — ele disse, virando a cadeira de modo a poder passar os antebraços nas costas. — Eu era pescador em Lekeitio quando a encontrei.

— Uma cigana?

— É. O nome dela era... Vanka... Trabalhava numa *taberna* no porto.

O rosto de Miren se descontraiu, mas não se rendeu a um sorriso.

— Vanka?

— Eu a encontrava toda noite depois que os barcos chegavam e terminava a limpeza dos peixes. Nós estávamos envolvidos — um suspiro teatral — totalmente apaixonados.

— E ela era bonita, essa tal de... Vanka?

GUERNICA

— Ah, se era, mas nem chegava aos seus pés, apesar de ter olhos grandes, negros, misteriosos... Bem parecidos com os seus. As pestanas bateram outra vez. *Prossiga.*
— Os pais dela tinham sido assassinados numa guerra tribal cigana.
— Uma guerra tribal... a pior espécie.
— É verdade. E ela, órfã, coitadinha, acabou indo para o porto e para a *taberna* de uns tios.
— Eles eram bascos e ela, cigana?
— Sim, a ligação deles vinha de um casamento de tempos passados.
— E você se sentiu no dever de ajudar a dar boas-vindas à pobre órfã...
— Afinal de contas, eu sou um cavalheiro... — Uma leve reverência de cabeça.
— É claro. Você se aproximou dela acenando com a mão e dizendo que se sentasse sem uma apresentação formal?
— Não. Eu disse que seus olhos são lindos, mas seus ouvidos devem ser meio fracos; eu já disse: ela trabalhava lá, servia-me o jantar... — Miguel disse isso com um sorriso, para assegurar que não estava ofendendo os ouvidos dela, os quais pareciam funcionar muito bem, além de ser encantadores. — E, após um tempo razoável, nós começamos a nos ver, e a relação foi crescendo, crescendo, até que estávamos já para nos casar.
— Mas não estaria aqui agora, conversando comigo, se você e sua linda Vonda...
— Vanka.
— Vanka. Você não estaria aqui sem a sua cigana de olhos negros se esse grande amor não tivesse enfrentado problemas.

— É verdade... Por algum motivo, embora ela fosse cigana e supostamente dotada dessas habilidades, nunca tinha lido o futuro na palma da minha mão...

— Você já pensou que ela talvez não quisesse pegar nas mãos de alguém que passava o dia inteiro mexendo com peixe?

— ...até a noite anterior ao nosso casamento... Ele chegou mais perto, tomou a mão da garota e suavemente correu a ponta do dedo pelo vale macio da palma dela.

— À luz de uma vela da *taberna* do tio, ela finalmente olhou a palma da minha mão. Ficou calada por um instante, mas aqueles olhos ciganos enormes, negros, umedeceram-se, e uma única lágrima caiu pesadamente sobre a minha mão. — Ele hesitou, deixando a imagem amadurecer, e também porque simplesmente não tinha a menor vontade de largar a mão dela. — Disse que eu estava fadado a encontrar o grande amor numa garota linda, de olhos negros... mas que essa garota não era ela. Em seguida, saiu correndo da *taberna* e eu nunca mais voltei a vê-la — disse ele, tristemente convincente.

— E isso é tudo o que eu sei a respeito de ciganas que leem o futuro, e dos segredos que elas guardam em seus lindos olhos.

Miren puxou a mão.

— É um tremendo absurdo, claro, mas não deixa de ser uma boa história. E, com o pai que eu tenho, sei avaliar muito bem esse tipo de coisas. — Ela se levantou e anunciou: — Fique aí, vou pegar vinho para nós.

Miguel virou a cadeira e se recostou com as mãos atrás da cabeça. Vanka? Deus do céu... Vanka? De onde ele havia tirado isso?

Antes que Miguel pudesse acabar de dar os parabéns a si mesmo, a garota voltou trazendo num pedaço de papel uma porção de torradas *barquillo* e uma garrafa pequena de vinho.

— Obrigado, era isso mesmo o que Vanka costumava me trazer — ele soltou, deixando-a embaraçada. — Você é de Guernica?

— Errotabarri, uma *baserri* na colina sobre a cidade — ela disse, apontando em direção à sua casa. — Meu nome é Miren Ansotegui.

Miren Ansotegui? Ansotegui? Parente de Josepe, sem dúvida, ele pensou, perguntando-se se já não a teria visto quando os dois eram mais jovens, mas achando que teria se lembrado daquela garota.

— Você poderia me contar toda a verdade, começando por me dizer seu nome? — ela perguntou.

— Eu me chamo Miguel Navarro, recém-chegado de Lekeitio. Comecei a trabalhar não faz muito tempo com o senhor Mendiola. Aprendendo carpintaria.

Os dois saborearam as torradas macias e deliciosas e tomaram bons goles do vinho, estudando-se, revendo estratégias, e cada qual se perguntando se havia dito as coisas certas, e o que deveria dizer a seguir. Miren sabia que uma coisa ela não contaria: não tinha sido por mero acaso que ela caminhara na direção dele essa noite.

Ao volante de seu potente e confortável Hispano-Suiza, Picasso dirigia de Paris à Espanha pelo litoral. Com a amante Marie-Thérèse à espera de seu retorno, o artista se fazia acompanhar da esposa Olga e do filho Paulo. Atravessou o País Basco, parando em Saint-Jean-de-Luz antes de cruzar o rio Bidassoa e entrar outra vez na Espanha por Irun.

— Eu conheço muitos bascos — ele disse ao filho, então com quinze anos. — Ninguém trabalha mais duro ou é mais dedicado à família. Costumávamos dizer: "Assim, ereto e alto, lá vai um basco". Os que eu conheço podem ser teimosos e desconfiados, mas num amigo basco a gente pode confiar pelo resto da vida.

Em San Sebastián, Picasso e sua família jantaram no Café Madri, onde ele ganhou uma flor na lapela de membros do movimento direitista do governo espanhol. Acrescentar o notável Picasso à sua lista de aliados seria para eles mais do que uma grande conquista. Diziam isso em referência ao seu nome e prestígio, mas não se sentiriam nada ofendidos caso ele também desejasse doar um pouco do que se avaliava ser uma considerável fortuna.

Eles só queriam o bem da Espanha, enfatizavam, fazê-la retornar à sua condição gloriosa. E eram o melhor meio para tal fim. Poderiam fazer da Espanha o que ela já fora, prometiam. Poderiam fazer dela uma nação da qual Picasso sentiria orgulho e na qual gostaria de voltar a viver um dia.

Picasso apreciou aquele jantar na cinematográfica cidade litorânea, mas declinou das aproximações políticas. Era um artista que não queria nada com a política. A arte estava relacionada a outras coisas. A política, conforme lhes disse, o deixava mais entediado do que qualquer outro tema de conversa.

O assunto estava encerrado, mas, da viagem, Picasso se lembraria até morrer; aquela era a última vez que ele visitava a Espanha.

Dodo nunca precisou se esforçar tanto para se meter numa briga de bar. Mas ele ouvira dizer que esses bascos franceses eram assim mesmo, frouxos e submissos. Não haviam endurecido por anos de opressão espanhola.

Quando morava em Lekeitio, Dodo tivera contatos eventuais com bascos franceses, quando as tripulações de Lekeitio ou de Bermeo ou de San Sebastián se encontravam no mar com as de Saint-Jean-de-Luz ou de Biarritz. Da mesma forma como ignoravam a fronteira em terra, havia ainda menos fronteira nas águas.

GUERNICA

Disseram-lhe que eles eram simpáticos e generosos com seus primos da Espanha, desde que os custos pessoais não fossem muito altos. E adorava ouvir as histórias de pirataria e contrabando de Saint-Jean; gostava de uma cidade cuja lucrativa ausência de leis era motivo de grande orgulho cívico. Mas sua adaptação ao novo lar não estava se dando assim tão tranquilamente. Insurgia-se contra a reverência dos franceses perante uma realeza degenerada, já que metade da cidade de Saint-Jean-de-Luz havia recebido esse nome só porque Luís XIV se casara lá quase trezentos anos antes.

Enquanto comia e bebia num antro malcheiroso de pescadores próximo ao cais na Praça Luís XIV, Dodo se sentiu inclinado a ficar e curtir a tarde trocando umas ideias com o pessoal local.

— Um basco legítimo jamais tiraria seu nome de um rei qualquer — ele declarou, solene. — Para os bascos de verdade, cada homem é seu próprio rei.

Isso foi saudado com um coro de gritos indecifráveis, enquanto migalhas de pão duro eram atiradas em sua direção. Ele se virou e encarou quando alguém bateu em sua nuca.

— Quem é que precisa de um espanhol para ensinar o que devemos fazer? — disse uma voz dos fundos do bar.

— Quem me chamou de espanhol vai morrer, e é agora — Dodo gritou para todo mundo ouvir, dando uma escarrada ao pronunciar "espanhol".

Todos riram.

— É compreensível que a Espanha queira ao menos tentar controlar nossas províncias; temos grandes riquezas minerais, muita madeira e fábricas. Os franceses não têm motivos para cobiçar essas terras, uma vez que vocês só são conhecidos pela culinária. É uma comida muito boa a de vocês, eu admito, mas não serve para nada na hora de uma invasão armada.

Todos riram de novo.

— Parece que todo mundo aqui amarelou, não tem um homem para levantar e vir brigar comigo.

Mais risos.

— Alguém aí... Levanta e vem brigar... qualquer um.

Mais miolos de pão voaram em cima dele.

Frustrado, mas com sua superioridade reafirmada, Dodo voltou à mesa.

Seu prato estava vazio. Alguém comera seu peixe.

— Ei!...

Com a certeza de estar sendo observado, ele virou o resto da cerveja de um só gole e bateu com a caneca na mesa.

Isso igualmente foi encarado pelos frequentadores do bar como uma coisa extremamente engraçada.

Dodo se levantou para ir embora, na esperança de que o caminho até a porta fosse longo o bastante para ele poder desfilar seu orgulho.

— *Arrête, monsieur!* — bradou o garçom. — Não vai pagar?

Dodo procurou num bolso e viu que estava vazio. Tentou o outro. Vazio. Devia ter esquecido o dinheiro.

— Vou pegar o dinheiro e já volto — disse. — Pode confiar num basco *de verdade*.

Como prometido, uma hora depois ele estava de volta com o dinheiro para pagar o peixe e a cerveja. Tinha se acalmado, ficado um pouco mais sóbrio, e foi saudado efusivamente quando entrou no bar. Três sujeitos que haviam atirado pão em cima dele o convidaram para sua mesa.

— Obrigado pelo peixe — falou o mais alto, passando a língua pelos lábios. — Estava uma delícia!

GUERNICA

Dodo balançou a cabeça e deu um sorriso amarelo.
— Obrigado pela grana que eu achei — disse outro, sem tirar o cachimbo da boca — bem aí no seu bolso.
— Quando foi isso?
— Enquanto você dizia o quanto somos fracos e frouxos — disse o mais alto.

Dodo pediu uma garrafa de vinho para todos, e ficaram conversando, sem hostilidades, sobre a vida nos dois lados da fronteira.

— Essa história de ficar chamando para a briga todo mundo do bar nos fez ver uma coisa a seu respeito — disse o homem mais alto.
— Que sou um idiota? — Dodo perguntou.
— Não, que nós *somos* diferentes — disse ele. — Nenhum de nós teria desafiado todos os homens de um lugar. Só quero que fique sabendo que o fato de termos preferido não brigar com você não significa que sejamos incapazes.

Ele se abaixou na mesa e puxou da bota uma faca prateada que a Dodo deu a impressão de ser um espadim de pirata. Apontou a arma para o umbigo de Dodo e, em seguida, cortou o ar com ela diante do seu peito num movimento como quem arranca as tripas de um peixe.

— Você deveria se perguntar, sempre que tratar com quem deseja o seu mal, ou com a Guarda ou os *gendarmes*, o seguinte: o que vale mais a pena, tirar sangue do nariz ou bater a carteira deles? Acho que ficaria surpreso de encontrar maior satisfação e menos riscos em roubá-los. Além do que isso faz com que eles se sintam uns babacas e com menos dignidade ainda.

— Gostei dessa — Dodo admitiu. — Acho que posso aprender algumas coisinhas com vocês.

— Mais vinho, monsieur.

— E então, vão devolver o meu dinheiro? — Dodo perguntou a seus novos amigos.

O que estava com o cachimbo balançou a cabeça.

— Esse, *ami*, é o preço da primeira aula.

O altão se apresentou como Jean-Claude Artola.

— Meu amigo aqui, com o cachimbo, é o Jean-Philippe, e esse *petit homme* é conhecido por J. P.; o nome dele também é Jean-Philippe, mas seria meio complicado ficar chamando os dois o tempo todo de Jean-Philippe.

Os três lhe dariam mais lições, depois que concordaram com o fato de que Dodo, por suas ligações com os pescadores do lado espanhol, seria de grande valia para seu comércio internacional clandestino. Mas ele teria que ser sabatinado pelo líder do grupo.

— Tem mais alguém que você precisa conhecer, mas é cedo ainda — disse Jean-Claude. — Após alguns testes nas montanhas, se você for bom mesmo, vai ter que passar pela inspeção dela.

— Dela?

Artola sorriu e confirmou com a cabeça. Dodo agradeceu apertando a mão e dando abraços efusivos em cada um deles antes de ir embora, já com o dia quase amanhecendo.

— Gostaria de agradecer por você não ter comido o meu peixe nem roubado meu dinheiro — Dodo se dirigiu ao mais baixo, J. P., que pouco falara a noite toda.

Os três riram de novo, dessa vez mais alto.

— E agora, qual é a graça? — Dodo quis saber.

— Enquanto você se levantava para brigar — Artola explicou — nosso amiguinho aqui mijou na sua cerveja.

Capítulo 8

As mulheres cravavam varas no chão como se estivessem furando o solo para plantar sementes de legumes. Miguel, contudo, nunca tinha visto ninguém trabalhar a terra com a graça daquelas dançarinas em trajes típicos. Das doze mulheres, ele só tinha olhos para Miren, embora uma dançarina mais velha compartilhasse de sua elegância natural.

Um homem, totalmente bêbado, entrou na dança vindo de um dos lados do pátio. Carregava um enorme saco de farinha nas costas. Enquanto ele cambaleava, as mulheres, ciosas de seu trabalho, avançaram sobre ele numa coreografia improvisada, espinafrando-o e batendo no saco com as varas. Até na dança, a figura da matriarca basca vingadora era reforçada.

Miren, sozinha, era o foco da dança seguinte, e os aplausos aumentaram quando ela pegou um copo de uma mesa próxima, encheu-o de vinho e o pôs no meio da pista de dança. Em ritmo acelerado, rodopiou com leveza por cima dele, pelos lados, de trás para a frente, quase tocando o copo com os pés, que executavam movimentos intrincados. O tamanho das saias não a deixava ver o copo, o que tornava o número uma expressão de impressionante precisão. Então, de forma incrível, ela se levantou e deu a impressão de pairar no ar antes de aterrissar suavemente em cima do copo, um tamanquinho de cada lado da beirada. E ei-la de novo a levitar, a borboletear, e mais uma vez a saltar sobre o copo, pousando delicadamente com os joelhos curvados.

Miguel estava estupefato com a visão daquela garota tão etérea e ágil a ponto de conseguir dançar na beirada de um copo de vinho. Não se tratava de uma taça longa de cristal ou de alguma *flûte* delicada, mas de qualquer modo era um copo, e Miren bailava graciosamente sobre ele, alheia à possibilidade de vir a se espatifar sob seu peso. Ela não apenas não quebrou o copo, como não deixou que pingasse uma só gota de vinho.

Um último salto coincidiu com o acorde final da música, e aplausos ruidosos ecoaram por todo o pátio. Após agradecer, fazendo uma profunda reverência, Miren pegou do chão o copo e esvaziou seu conteúdo vermelho-vivo de um gole. Brindou com o copo vazio à multidão que não parava de aplaudi-la e passou teatralmente a língua pelos lábios para demonstrar todo o seu prazer pela bebida.

Miguel fechou os olhos e se lembrou de respirar.

A noite tinha esfriado e as dançarinas se dividiram em pequenos grupos para uma frenética *jota*, com os moradores de todas as idades. Miren se aproximou da mesa de Miguel, trazendo consigo a maravilhosa dançarina mais velha que liderava a trupe.

— Como é que você consegue dançar em cima de um copo? — Miguel perguntou antes mesmo que ela pudesse dizer qualquer coisa.

— Bem, primeiro é preciso arranjar um vinho bem forte — Miren respondeu.

— Na realidade, essa era para ser uma dança masculina, mas nenhum dos nossos rapazes é capaz de executá-la — disse a mulher. — Perdemos muitos copos e muito sangue até aprender.

Miren se dirigiu solenemente à mulher.

— *Ama*, este é Miguel Navarro, de Lekeitio, amigo de Osaba Josepe. Miguel, esta é minha mãe, Mariangeles Ansotegui.

— Sua mãe? — Miguel deixou escapar sem a menor sutileza, virando a cabeça para trás.

— *Bai, bai, bai*, eu escuto isso o tempo todo, e tenho orgulho em admiti-lo — disse Miren, abraçando a mãe enquanto riam tolamente como duas irmãs.

— Ah, e você é o rapaz com muita experiência nos costumes ciganos — Mariangeles pilheriou.

Miguel enfiou a cabeça nas mãos, fingindo-se mais embaraçado do que de fato estava. Sentia-se, na verdade, bem satisfeito em saber que causara tão boa impressão em Miren, a ponto de ela ter falado a respeito com a mãe.

— Bem — disse Mariangeles –, não é preciso ser nenhuma cigana para ver que você tem futuro na dança. Vejamos do que ele é capaz com esses pés enormes, Miren.

Miren agarrou a mão de Miguel para levá-lo para dançar. Mas ele se afundou pesadamente na cadeira, sem se mexer, por mais que ela o puxasse.

— Venha, Miguel, é hora de dançar.

— Receio não ter aprendido a dançar no barco de pesca — ele disse.

— E o que é que você aprendeu naquele barco?

— A vomitar balas de limão.

Miren parou e olhou para a mãe com uma expressão de curiosidade. Não valia a pena insistir. Ela bateu de leve na coxa dele com sua "pá", como a animá-lo a se pôr de pé.

— Melhor ser considerado um sujeito desajeitado do que um covarde — ela aconselhou.
— Todo mundo sabe dançar — disse Miren. — *Qualquer um sabe dançar.*
— Eu detestaria provar que você está errada... Não sei os passos.
— Não precisa conhecer os passos; sabe estalar os dedos? — Miren perguntou, juntando os dedos e movimentando as mãos sobre a cabeça no estilo flamenco.
— Estalar? Como um caranguejo zangado — disse Miguel, estalando os dedos devagar, mas bem alto.
— Sabe bater os pés?
— Como uma mula zangada.
— Sabe pular?
— Como... ãh... todo animal sabe pular bem.
— E você é basco?
— Embora não use mais boina, sou basco, sim senhora.
— Então você sabe dançar — ela afirmou com toda a segurança.

Nisso ela se enganou redondamente.

Como dançarino, Miguel Navarro era cheio de energia e entusiasmo, e tão empolgadamente desajeitado que atraía multidões. Costumava comparecer, com todo mundo, às comemorações festivas em Lekeitio e, na época em que não estavam proibidas pela Guarda, presenciou inúmeras danças folclóricas. Enquanto seu irmão Dodo aprendera a executar os passos básicos, Miguel jamais conseguiu conectar a música aos movimentos ou transformar os passos em dança. Em outras situações, até demonstrava uma razoável coordenação artística, porém é bem possível afirmar que ele era ainda pior dançando do que pescando.

GUERNICA

Mas, se Miren Ansotegui, a dançarina mais graciosa que já vira, achara por bem convidá-lo para ser seu par, quem era ele para recusar? Então se levantou, caminhou até o meio do pátio e começou a se mexer como se estivesse no deque balançante de um barco de pesca. Estalava os dedos fora de hora, e batia os pés como um bode paralítico. Vários de seus saltos terminaram em tombos terríveis, dos quais ele se erguia lépido como se tivessem sido propositais e, mais do que isso, fossem fruto de considerável técnica e criatividade.

— Nossa! Esse foi demais — Miren incentivava.

— Nunca vi ninguém tentar esse passo — Miguel respondia.

— Com certeza.

Ao erguer demais o pé na tentativa de acompanhar o movimento de Miren, ele chutou a barra da saia dela, levantando-a tão alto que ela precisou puxá-la para baixo para não deixar aparecer nada. De outra feita, tropeçou e bateu com o joelho na perna de apoio dela, fazendo com que os dois se estatelassem no chão.

Muito embora a dança fosse algo muito sério para Miren, ela estava gostando do desempenho esforçado de Miguel. Era comovedoramente patético, e, além do mais, ele bem que avisara.

— Você dança feito um burrinho aprendendo a correr — ela riu, lembrando-se de seus animais preferidos na *baserri*. — Isso, parece um *astokilo*, um burrinho.

— Estou tentando — disse Miguel, curvado, com as mãos nos joelhos e respirando fundo. — Você acha que já estou preparado para o copo de vinho?

— Só se for para beber dele.

José Antonio Aguirre chegou irado ao confessionário. Trazia uma folha datilografada que um amigo, repórter, trouxera do jornal. A matéria era de Madri, sobre a criação do Partido da Falange.

— Você não vai acreditar nisso! — Aguirre começou.
— Que tal primeiro o padre-me-perdoe? — Xabier propôs.
— Não tenho tempo.
— Não tem tempo para se confessar?
— Ouça isso — disse Aguirre, virando o papel de modo a pegar mais luz. — "José Antonio Primo de Rivera, filho do ex-ditador Miguel Primo de Rivera, orgulhosamente proclamou que se trata de um passo rumo ao totalitarismo do ditador italiano Benito Mussolini."
— Oh, não, ele quer ser Mussolini? — grunhiu Xabier. — Realmente, é tudo de que o mundo precisa, outro Mussolini.
— "A tarefa coletiva urgente de todos os espanhóis consiste em fortalecer, elevar e engrandecer a nação. Todo interesse individual, grupal ou de classe deve estar subordinado, sem questionamentos, ao cumprimento dessa tarefa" — continuou a ler Aguirre.
— Quem questionar será executado — Xabier ironizou em tom autoritário.
— "A Espanha é um destino indivisível. Todo separatismo é um crime que não se pode perdoar..."
— "Bascos e catalães serão executados" — informou Xabier.
— "Nosso Estado será totalitário. O sistema de partidos políticos será definitivamente abolido..."
— "Os eleitores serão executados."
— "Uma disciplina rigorosa impedirá toda e qualquer tentativa de envenenar ou dividir o povo espanhol, ou de incitá-lo a ir contra o destino da Pátria..."
— "Os patriotas serão executados."
— "Rejeitamos o sistema capitalista, que não considera as necessidades do povo, desumaniza a propriedade privada

e transforma os trabalhadores em massas amorfas fadadas à tragédia e à desesperança..."

— "As massas amorfas serão executadas."

— "Nosso movimento integra o espírito católico, que tem sido tradicionalmente vitorioso e predominante na Espanha, visando à reconstrução da nação."

Aguirre e Xabier se entreolharam e balançaram a cabeça, incapazes de dar uma resposta inteligente.

Eles eram católicos, achavam-se num confessionário no interior de uma basílica, e se perguntavam como os fascistas podiam anunciar planos para praticamente eliminar todo mundo sem deixar de reverenciar o "espírito católico".

O curso do amor entre jovens numa aldeia raramente saía dos trilhos consagrados. Um casal dançava uma ou duas vezes na primeira *erromeria*. E, se a química entre ambos seguia borbulhando, na próxima *erromeria* os dois dançavam como pares exclusivos, e na terceira semana um visitava a família do outro para, em torno de uma mesa, comendo e bebendo, submeter-se a um autêntico interrogatório.

Não importava se a comunidade conseguira ou não observar cada um dos seus movimentos nas danças anteriores. Na terceira semana, investigações sutis a respeito do rapaz ou da garota tinham sido realizadas; e uma análise completa de suas famílias estava feita.

O avanço por esses trilhos de namoro podia ser apressado caso encontros "acidentais" tivessem lugar durante a semana. Foi o que se passou quando Miguel convenceu Mendiola de que precisava estar na cidade ao meio-dia para entregar uma cadeira reformada, e Miren comunicou à mãe que precisava estar na cidade ao meio-dia para comprar novelos de lã. Os dois cumpriram os compromissos prometidos, e ninguém desconfiou de nada além do acaso quando ambos, no desempenho de importantes tarefas, pararam num café na calçada pouco antes das doze horas.

Após cumprimentar, como de hábito, todo mundo no café, Miren se sentou numa mesa de frente para a rua. Pediu um café, que foi servido com um pratinho de azeitonas. Saudava com a cabeça todos os que passavam e respirava o ar dos canos de descarga dos carros como se fosse perfume.

— Tive que vir à cidade para comprar lã, e um cafezinho me pareceu uma boa ideia — ela disse ao garçom. Após anunciar o motivo de sua parada, ela se mostrou agradavelmente surpresa com a aparição de Miguel.

— Que bom vê-lo — ela disse, olhando em volta. — Tem uma cadeira aqui.

— Obrigado. Um café agora cairia bem.

Às costas deles, o garçom sorriu daquele artifício fracassado. Miguel sentou-se à mesa ao lado, de frente também para a rua. Sempre olhando em direções opostas quando alguém passava, os dois alicerçavam ainda mais a relação por intermédio de um segredo compartilhado. Terem planejado se encontrar de novo na cidade era um investimento mútuo. Estar juntos naquele café tornava-os cúmplices; unia-os num pacto de absoluta honestidade.

— Você viu minha mãe... — Miren começou, falando pelo canto da boca e olhando para diante.

— Vi, é adorável — Miguel exclamou. — Mas posso imaginar o que ela disse sobre o meu desempenho como dançarino.

— Ela disse que nunca viu nada parecido. Achou que a tal cigana deve ter rogado uma praga em você.

GUERNICA

— Ah, bom, então ela acha que foi praga.
— Ela estava brincando. Gostou muito de você. — Percebendo que assim eles acabariam passando a tarde inteira naquela toada, Miren tomou coragem e olhou Miguel de frente.
— E, já que você causou tão boa impressão na mamãe, eu gostaria que você fosse a Errotabarri... para conhecer meu pai.
— Você dá a impressão de que isso será algo de que eu não vou gostar nem um pouco — Miguel disse, virando-se para olhá-la nos olhos.
— Não, não, não será necessariamente ruim. Só que ele é uma pessoa muito conhecida em Guernica. Provavelmente, o homem mais forte da cidade... Às vezes, talvez, um pouquinho forte demais... Às vezes, meio falador... E algumas pessoas diriam assustador, embora na verdade eu nunca o tenha visto fazer mal a ninguém. — Miguel considerou as possibilidades. O silêncio demorado deixou Miren preocupada, com medo de que ele desistisse. — O problema é que sou filha única, a única filha, e ele tem a tendência de ser meio protetor.
— Eu não esperaria outra coisa — Miguel disse, abrindo o coração. — Não teria respeito por um homem que não protegesse a filha. Essa é a missão dele na vida. Os dois evidentemente a criaram para ser uma pessoa de bem. Você é o melhor reflexo deles.
Ótimo, pensou Miren, ele tem instintos nobres. Mas, por Deus, será que já estará pronto para enfrentar seu pai? Deveria alertá-lo? Prepará-lo? Poderia confiar na mãe para exercer uma mediação, evitando que o pai o pusesse para correr? Sim, isso seria o melhor a fazer: implorar a mamãe para controlar papai. Mas haveria alguma garantia de que isso bastaria?
Miguel já se vira anteriormente perante homens poderosos, e se sentia preparado para o encontro. Miren valia qualquer risco.

Mal Miren pôs os pés em Errotabarri e, antes mesmo que pudesse arriar o embrulho com os novelos de lã, a mãe quis saber como fora o encontro com Miguel.

— Que encontro?

— A senhora Jausoro já veio me contar.

— Não foi um *encontro*. Por que tinha que vir contar? Ela disse que nós estávamos tendo um *encontro*, é?

Mariangeles dobrou ligeiramente a cintura, esticou o pescoço, de modo que as costas criassem uma corcova, e fez uma voz trêmula para imitar o relato dramático da velha:

— Eu precisava vir lhe contar que vi Miren na cidade, num café, com aquele rapazinho da família de pescadores de Lekeitio, que não usa boina, mas que de fato trabalha muito direitinho na oficina de Teodoro Mendiola. Claro que ele é bem bonitão, mas isso passa, e os dois estavam sentados bem perto um do outro em plena luz do dia na rua principal, e comendo azeitonas, sabe? Não, não se tocaram, mas como estavam tentando agir como se não estivessem fazendo nada de mais, isso quer dizer que estavam seguramente fazendo alguma coisa, e toda mãe, você entende, não é?, precisa saber dessas coisas porque todo cuidado é pouco quando se tem uma filha já de certa idade e aparece um rapaz bonitão, embora isso passe, vindo de um lugar estranho e só Deus sabe de que espécie de família.

— Calhou de ele passar e resolver tomar um café, só isso — Miren explicou num tom pouco acima do normal, buscando subconscientemente reproduzir a voz de uma menininha inocente incapaz de mentir. Tal como o garçom do café, Mariangeles revirou os olhos. — *Ama*, quero que ele conheça o papai.

Mariangeles começou a rir e só parou quando Miren deu a impressão de que cairia no choro.

GUERNICA

— *Ama*, por favor, você não poderia falar com o papai? Você não poderia fazê-lo jurar que será legal e que não o colocará para correr?
— Você está mesmo gostando desse rapaz, não é? — Mariangeles perguntou.
— Estou sim, realmente.
— Então por que está querendo que ele morra?

— Como foi seu cafezinho com Miren Ansotegui? — Mendiola perguntou assim que Miguel entrou na oficina.
Miguel resmungou:
— Essa cidade...
— Alguém veio até a oficina e já me contou a respeito — Mendiola disse.
— Claro que já vieram contar. Coincidiu de a gente se encontrar no café. Só isso. Um cafezinho no café. Conversamos um pouco. Nem sentamos na mesma mesa.
— É claro que isso enganou todo mundo — disse Mendiola. — Meu filho, você sabe o que Justo Ansotegui é capaz de fazer se você não andar na linha com a filha dele?
— Eu não vou fazer nada de mal com a filha dele; aprecio a companhia dela e estou querendo conhecê-la melhor, e a sério — ele protestou. Mas sua curiosidade superou a pressa em mudar de assunto. — Muito bem, e o que ele faria comigo?
— Ele é o sujeito mais forte de toda a Biscaia; partiria você ao meio com o joelho como... uma cavilha — Mendiola disse, ao mesmo tempo em que rodava nas mãos uma fina cavilha. Pensou em parti-la para causar maior efeito, mas, como tinha levado quase uma hora para deixá-la no tamanho exato, limitou-se a pressioná-la levemente.
De qualquer forma, Miguel entendeu o recado.

O vinho estava mais pesado do que Dodo calculara: eram seis garrafas de champanhe numa bolsa nas costas e mais outras quatro numa sacola de pano a tiracolo.

— Eu deveria cobrar o dobro do preço — Dodo argumentou quando eram feitos os preparativos para que ele transportasse o vinho através de uma trilha na montanha até um compatriota numa *venta* do outro lado da fronteira espanhola.

— Vou ter que carregar isso montanha acima.

Dodo se vestia a caráter, de calça e suéter de lã, traje de pastor de ovelhas, e sapatilhas de solado de pano, com a boina por cima. Levava o cajado predileto de todo contrabandista, a *makila*, esculpido da nespereira, com o cabo em forma de chifres e a ponteira afilada que podia ser usada como arma.

Jean-Claude Artola o acompanhara em dois serviços nas montanhas, e Dodo se mostrou apto a entrar para a irmandade clandestina. Esse seria o seu primeiro trabalho solo; missão fácil, porque a carga não era tão pesada quanto a maioria das que costumavam ser transportadas.

Ao pôr do sol, ele atravessou o vale e penetrou em uma floresta de pinheiros até encontrar o riacho que deveria seguir na primeira etapa da jornada. Caminhou em meio a fachos de uma luz rala que fazia com que as folhas amareladas caídas no chão reluzissem como uma vereda dourada. É, pensava ele, essa é mesmo a melhor forma de ganhar a vida. Há poesia até no nome que os contrabandistas se dão: "*travailleurs de la nuit*" (trabalhadores da noite).

Já no escuro, alcançou o braço de um pequeno curso d'água que deveria levá-lo aos píncaros rochosos, à cobertura de árvores, e daí ao ponto de encontro no passo. Ali, o pequeno canal se bifurcava, e, passado pouco mais de um quilômetro e meio, a água desapareceu sob uma vegetação espessa. Não era esse o

GUERNICA

caminho, Dodo percebeu. Refez o trajeto, ansioso por encontrar a trilha correta que o levaria ao topo. Duas horas exaustivas depois, viu-se cercado por um matagal cerrado que se emaranhava em suas calças, furava seu calçado e às vezes lhe arrancava a boina. Nada de riacho, nada de trilha e, evidentemente, luz nenhuma. Também não havia nenhum senso de direção; várias vezes ele não sabia se estava subindo ou descendo.

Uma rota que parecia promissora deixou-o em meio a um matagal de altura maior do que sua cabeça. As encomendas haviam dobrado de peso, e o suor escorrendo pelo suéter penetrava na pele de carneiro de sua roupa. Teias de aranha lhe grudavam no rosto e no pescoço, deixando-o certo de que havia aranhas gigantes andando por seu corpo, prontas para morder seus olhos e penetrar em seus ouvidos para pôr ovos. Se havia uma coisa que ele detestava mais do que os espanhóis eram as aranhas. Agora ele caminhava agitando as duas mãos à frente, tentando romper os fios elásticos. Pela primeira vez na vida, Dodo sentiu o ânus comichar, por causa do estresse, imaginava ele, e daquele maldito queijo francês.

Já era para ele ter chegado ao passo na montanha havia muito tempo, mas não estava disposto a desistir. De todo modo, é impossível retroceder quando não se tem a menor ideia de onde se está. Com medo de estar andando em círculos, escolheu uma direção e jurou a si mesmo permanecer nela houvesse o que houvesse, e em meia hora tinha conseguido chegar ao cume do terreno rochoso.

Agora Dodo estava certo de poder ir mais depressa. Mais cinco passadas e deu com a canela numas pedras pontudas. Sentiu o ar gelado e úmido na perna, mas estava escuro demais para avaliar o estrago. Espere, eu tenho vinte fósforos, pensou; se acender um a cada dez ou quinze passos, poderei abrir caminho até alguma clareira. Cada fósforo, no entanto, dura só alguns segundos, e faz a escuridão à frente parecer ainda mais negra.

Então ouviu um barulho como o que faziam os ratos que ele costumava caçar nas caixas de redes de pesca no cais. Mas eram muitos, e estavam no ar em volta dele, alguns atacando o bico de feltro no topo de sua boina. Oh, meu Deus, ele pensou; detestava morcegos, mais ainda do que aranhas e espanhóis. Tentou enxotá-los com as mãos, às cegas, para afastá-los da cabeça, chegando a tocar em um a ponto de sentir-lhe a pele e as asas diáfanas. Então resolveu se sentar, acendeu um fósforo e viu milhares de demônios voadores dando rasantes bem em cima dele em espessas massas negras. Não acenderia mais fósforos.

— Eu vou sair dessa — ele disse em voz alta. — Já passei por coisas piores. Sou um Navarro.

Aquela empolgação o fez ir mais rápido, arriscando-se numa encosta lateral de granito serrilhado, pedras soltas e imensos despenhadeiros. Caiu, mas conseguiu se segurar na borda e erguer o corpo até alcançar a ponta de um platô gramado. Sempre avaliando o caminho com a ponta dos pés, conseguiu andar mais rápido naqueles espaços abertos. Porém, ao encostar em algo macio com a ponta da *espadrille* de lona, e sentir que se tratava de um ser vivo, Dodo deu meio passo para trás e acendeu um fósforo.

A luz súbita despertou um grupo de ursos que dormia.

— *Meu Jesus, ai, meu Deus, que merda!*

Com o coração quase saltando pela boca, ele balançou a *makila* como se fosse um espadachim, sem atingir os ursos, mas ferindo-se na perna, após cortar a calça. Podia sentir o sangue ensopando o sapato. E não era uma rocha dura aquilo sobre o que havia caído, mas sim a mochila repleta de garrafas.

Dodo acendeu outro fósforo; é, estava sangrando, sim.

GUERNICA

Acendeu mais um; meu bom Deus, não eram ursos, mas sim alguma espécie de cavalos pequenos e peludos que tinham se reagrupado e se deitado no chão a poucos metros dele.

— Não se aproximem — ele alertou-os no meio da escuridão.

Acendeu um novo fósforo; é, o barulho que ouvira e o cheiro de vinho queriam dizer aquilo mesmo que ele imaginara. Ainda sentado, cuidadosamente tateou a bolsa, em meio aos vidros quebrados, descobrindo que a maior parte das garrafas estava em pedaços.

— Merda! Coisa ridícula — resmungou Dodo.

Depois de tirar a mochila das costas, ele se sentou no mesmo lugar onde havia caído. Somente umas poucas garrafas permaneciam intactas. Tirou o arame em volta da rolha de uma delas e, com os polegares doloridos, estourou o champanhe. A garrafa, que tinha sido muito agitada, arremessou a rolha para bem longe na escuridão, com um "pop" que poderia se ouvir a quilômetros dali.

No meio da primeira garrafa, Dodo achou que passar álcool no corte da perna seria bom para esterilizá-lo. De qualquer modo, boa parte do vinho já lhe escorrera pelas roupas, fazendo-as grudar no corpo. O cheiro doce e frutado só fez atrair mais morcegos. Agora mesmo é que não havia como enxotá-los.

Já ia para a segunda garrafa, quando conseguiu vencer o talude rochoso, deixando os morcegos à vontade para cair em cima do champanhe, e depois, bêbados, tratar de voar de volta para casa antes que o dia clareasse.

Capítulo 9

— Vamos sentando, vamos sentando, meu novo amigo; bem-vindo a Errotabarri — Justo deu a ordem ao rapaz; não estendeu a mão para um aperto, coisa que costumava fazer para avaliar a resistência dos ossos dos dedos de um homem. Em vez disso, envolveu Miguel num abraço suave capaz de permitir que ele seguisse respirando, mas firme o suficiente para fazê-lo sentir que havia se livrado de uma torquês apenas parcialmente apertada.

Tudo ia bem.

Mas Miguel não conseguia deixar de se perguntar como é que um homem desses poderia ter gerado uma filha assim? Não era mais alto do que Miguel, mas, de tão parrudo, parecia o tronco de um carvalho, e dos grandes. As sobrancelhas indomáveis lhe caíam sobre os olhos como um par de toldos, e o bigode que hifenizava seu rosto era prodigiosamente tridimensional. A ponta serrilhada da orelha direita despontava por baixo da boina. Não haviam exagerado aqueles que disseram a Miguel que Justo parecia o cruzamento de "um touro da Catalunha com um urso das cavernas".

— Estou vendo que você ficou impressionado com as minhas boas maneiras — disse Justo.

Miguel deixou escapar um sorrisinho tímido e buscou Miren com os olhos.

— Já que posso perceber que você está curioso, meu novo amigo, vou lhe contar sobre esta minha orelha — Justo disse.

— Ela foi mastigada por um lobo numa luta nas montanhas quando eu era moço.

Justo tirou a boina e virou a cabeça para que Miguel visse melhor.

— É... mas aquela foi a última mordida que ele deu na vida. Eu o fiz cuspi-la de volta no último suspiro. Pensei em costurar a orelha de novo no lugar, mas o lobo a tinha mastigado toda e jamais ficaria tão atraente quanto é hoje.

Miguel olhou de novo para Miren, que balançou a cabeça em silêncio, como quem diz: "É, eu sei, eu sei; aguente firme".

A estratégia de Justo não estava muito clara; não se tratava de intimidação física. Mariangeles tinha frisado bem a ele o quanto aquilo representava para a filha, e Justo prometera não atacar o rapaz. Mas não tinha feito nenhuma promessa de não assustá-lo.

— E, já que o seu negócio são os barcos e você acaba de chegar a esta região montanhosa, vai querer saber como nós agimos em relação a determinadas coisas — prosseguiu Justo. — Primeiro, devo lhe falar, antes de comermos, antes que estreitemos a nossa amizade com comida e vinho, sobre um dos nossos costumes aqui na *baserri*. Tem a ver com o nosso rebanho.

Mariangeles, sem entender bem aonde o marido queria chegar, mas certa de que boa coisa não era, pôs a mão em sinal de alerta sobre o antebraço peludo do marido, as unhas prontas para arranhar e tirar sangue, se necessário.

GUERNICA

— Temos uns carneirinhos, não muitos; só o suficiente para nos mantermos ocupados. As cabras são para reprodução e tosa; um ou dois carneiros mais fortes nós mantemos para o trabalho. Mas os outros machos que criamos só pela carne não têm por que ficar nos incomodando com seu desejo de reprodução.
Mariangeles deu-lhe um apertão.
— Por isso, nós os livramos das *pelotas*; está me entendendo, não? — Sua gargalhada fez estremecer os móveis enquanto punha as mãos em concha, como se estivesse mantendo algo suspenso.
Mariangeles fincou-lhe os dedos.
— Tem gente que usa navalha, mas ela pode escapulir e pegar outras partes, e isso às vezes causa infecções desagradáveis
— Justo prosseguiu, ignorando a silenciosa pressão da mulher em seu braço. — Nós, que já estamos há mais tempo nesse negócio, descobrimos que a sangueira é menor se simplesmente arrancarmos as *pelotas* a dentadas.
Miguel engasgou sem querer; as mulheres resmungaram — tinham ouvido falar daquele método revoltante. Mas ele precisava falar disso? Mariangeles desistiu do apertão inútil. Agora não tinha mais motivo.
— Essa é uma história — Justo concluiu — que você vai querer ter em mente quando começar a namorar minha única filha.

* * *

Miguel revirava a comida no prato. O cardápio era cabrito, e ele não conseguia deixar de se perguntar, dolorosamente, se Justo já não teria mastigado aquela comida. Mariangeles e Miren procuravam manter a conversa, mas tratavam de evitar que o assunto recaísse nas experiências anteriores de Miguel. Justo, porém, enchia o ar com uma torrente de palavras, e, quando notou que Miguel mal havia tocado na costeleta, quis saber se o rapaz era chegado a comer outra coisa que não nadasse no mar. Quando Miguel confessou que estava sem muito apetite, Justo pegou a carne do seu prato e a devorou. "Não se pode desperdiçar comida", justificou-se.

— Deixe-me lhe falar agora sobre a minha santa mãezinha — Justo disse, dando início a uma história de família sobre a morte da mãe e do luto que consumira seu pai, tão impressionante que ele nem precisava se esforçar para torná-la mais interessante. — O amor que meu pai tinha por minha mãe ficará para sempre como um monumento à dedicação e à devoção — ele finalizou, orgulhoso. — Era tão grande sua capacidade de amar que morreu de coração partido quando a perdeu.

Justo parou como se esperasse os aplausos.

— Mas e vocês, meninos? — Miguel perguntou sem pensar.

— Viramos homens, orgulhosos do exemplo dele.

Miguel balançou a cabeça.

— Que foi, Miguel? — Miren perguntou.

— Nada.

— Que foi, Miguel? — Mariangeles repetiu.

— É uma história muito triste.

Mas agora era Justo quem insistia.

— Fale, Miguel.

— Eu não quero parecer desrespeitoso — ele disse, dirigindo-se a Justo, e baixando a cabeça em sinal de respeito –, mas creio que, se sua mãe pudesse, não teria dito que "Seu luto mostra a profundidade do seu amor"; acho que ela diria: "Tome conta dos nossos filhos. Agora você terá que amá-los por nós dois".

— Devagar, garoto — disse Justo.

GUERNICA

O fogo da lareira crepitava, e Miguel se retraiu. Era o único ruído que se ouvia na sala durante o que pareceram ser minutos. Justo não tirava os olhos de cima de Miguel. Tentando ao menos abrandar a força daquele olhar fixo, Miguel prosseguiu.

— Tenho certeza de que ele amou profundamente sua mãe, mas acho que foi egoísta de ignorar os meninos. O senhor perdeu dois pais em vez de um. Seu pai deveria continuar vivo. Deveria estar sentado aqui nesta mesa agora. E então eu poderia conhecê-lo, um homem que enfrentou sua perda e seguiu vivendo pelos filhos. Eu o admiraria.

Justo mascava o bigode enquanto a mesa toda permanecia calada, em suspense. Ninguém jamais havia falado com Justo daquela maneira. Alguns minutos depois, ele se levantou e contornou a mesa em direção a Miguel, que já previa um estrangulamento. Mas ele estendeu a mão. Miguel a apertou, e Justo abraçou-o, dessa vez com ternura.

— Josepe me falou que você era um bom homem — Justo disse.
— Ele tinha razão. Pelo menos é corajoso. E me deu algumas coisas sobre as quais pensar. Você é muito bem-vindo aqui na nossa casa.

— Por que vocês dois não vão dar uma volta? Está uma noite linda — disse Mariangeles para Miren e Miguel.

Do lado de fora, Miren se chegou para perto dele. Estava se sentido completamente emocionada e ruborizada, como se tivesse muito sangue e pouco oxigênio. Sem pensar, eles se beijaram, roçando os lábios.

Ela executou um rápido passo de *jota*, um rodopio, e logo se colocou ao lado dele para o passeio mais maravilhoso de toda a sua vida.

A casa estava toda coberta de excremento de pequenos animais e passarinhos que ali tinham feito residência desde que o último proprietário se mudara para Bilbao sem se preocupar em consertar as janelas quebradas. Cheirava a mofo, graças aos fungos e ao bolor de um tapete que ficara ensopado com a chuva que penetrava pelas telhas quebradas do teto. As tábuas debaixo do tapete estavam empenadas como ondas.

E Miguel não poderia estar mais feliz. O mau estado da casa a fizera acessível e lhe dava, ainda, um pretexto para reformá-la a seu jeito.

Igualmente importante era o fato de que ela possuía um pequeno curral adjacente com amplas portas duplas que se abriam para o oeste e que poderia se transformar em sua própria oficina de carpintaria. Depois de passar o dia inteiro na oficina de Mendiola, Miguel ainda trabalhava até boa parte da noite na casa. Em um mês, ele trocou as tábuas estragadas do assoalho por elegantes peças de carvalho, construiu armários de pinho com portas trabalhadas e preparou cornijas e rodapés para instalar depois de dar massa e repintar as paredes.

Miren implorava para ajudar na reforma, e os dois planejavam pintar a casa por dentro num dia em que Miguel não fosse trabalhar para Mendiola. Não era assim tão simples: uma moça ser vista indo à casa de um homem era assunto para alimentar o mercado de fofocas durante meses.

A casa de Miguel ficava no limite da cidade e era uma das últimas residências do círculo de fazendas que se estendiam além do centro. Após dar um giro pela cidade e realizar uma paciente observação, Miren considerou que estava tudo bem. Imediatamente julgou a casa confortável e segura e não teve dificuldade em se ver morando nela em definitivo — mexendo as panelas no fogão... consertando as roupas de Miguel... limpando o chão... esgueirando-se para o quarto de dormir.

GUERNICA

Quando Miren chegou, Miguel, sem camisa, estava moldando um pé de mesa no galpão de trabalho, todo coberto de serragem.

— Bem-vinda... O que acha?

Ela fez força para afastar os olhos.

— Acho que papai me mataria se soubesse que eu estive aqui.

— Não mataria você. Ele me mataria — Miguel a corrigiu.

— Pronta para trabalhar?

— Sim, senhor — ela bateu continência.

Miren tinha se vestido para trabalhar com um xale surrado, um avental comprido e uma blusa por cima da outra, de modo a poder descartar a que ficasse manchada de tinta. Mas em minutos já estava toda coberta de pingos de tinta das cerdas duras do pincel.

Miguel sugeriu ficar com as partes altas, por causa de seu alcance maior na escada, enquanto ela pintaria as partes mais baixas e faria os arremates o mais alto que pudesse alcançar. Os dois desenvolveram uma técnica eficiente e tiveram o cuidado de combinar bem as pinceladas nos pontos em que o trabalho de ambos se confundia. Como sua área era menor e mais fácil de ser alcançada, Miren se espichou no chão na frente de Miguel e sua escada e deu uma boa descansada após quase uma hora de trabalho.

Enquanto trabalhavam, um arriscava uma olhadela para o outro, achando que não seria notado. Mas muitas vezes se flagravam, e então davam sorrisos embaraçados. Ela gostava de observar as mãos dele; elas a atraíam desde que ele tomara as suas naquela primeira noite. Eram fortes, e Miren sentia vontade de traçar com os dedos o caminho das veias que lhe cobriam os músculos. Eram aquelas mãos que lhe possibilitavam criar móveis tão bonitos, capazes de durar séculos. Era uma espécie de poder que ela admirava.

Flagrado olhando pela terceira vez no momento em que Miren se curvava para molhar de novo o pincel, Miguel pôs de lado a timidez.

— Desculpe, não consigo parar de olhar — ele confessou.

Ela sorriu, mas não respondeu.

— Claro, toda mulher basca é bonita — ele disse para quebrar um silêncio que estava se tornando insuportável.

— Muita gente acha isso?

— Os marujos de Lekeitio já viajaram pelos mares do mundo, e nunca encontraram mulheres mais belas.

— Como é que você sabe se eles não encontraram mulheres mais belas e simplesmente nunca contaram a ninguém?

— Eles sempre voltam para casa. — Ela pousou o pincel e veio caminhando com um gingado que obrigou Miguel a fechar os olhos. — Então você está me dizendo que eu sou apenas mais uma entre tantas, é isso? — ela disse. — Apenas mais uma garota basca.

— Não... não... não, se houvesse uma mulher mais bonita do que você, eu certamente teria ouvido falar dela. Haveria canções sobre ela, ou poemas.

— Então por que você não escreve um poema para mim?

— Eu até já criei novos passos de dança em sua homenagem — ele disse, recobrando o bom humor.

— É verdade, mas toda garota adora um poema — ela disse, aumentando a pressão.

Confuso, Miguel se rendeu. O ritmo de suas passadas, o sorriso, e aqueles olhos negros danados! Esses, então, tinham sido fatais desde o início. Ele passou semanas imaginando as chances que teria com ela. Fechou de novo os olhos, sentindo-se mareado.

— Isso provavelmente não é um poema; eu nunca estudei essas coisas, por isso não sei — Miguel falou. — Mas sei o que quero fazer. Sempre que você está comigo, meu desejo é tentar fazer com que você se sinta como se estivesse dançando.

O abraço foi tão forte que o suor dele umedeceu o avental dela. Sem pedir licença, uma das pernas de Miren se enroscou na coxa de Miguel, erguendo seus quadris sobre os dele. E assim ficaram, um respirando o hálito do outro.

— Você quer dividir esta casa comigo? — Miguel perguntou. — Passar a vida comigo?

— Nada me faria mais feliz.

— Eu te amo — ele disse. — Eu te amo de verdade.

— Eu também te amo.

Os dois estavam calados, de pé e ofegantes.

— O que você acha que seu pai dirá quando eu pedir sua mão? — Miguel perguntou docemente quando os dois se recompuseram para ficar se olhando.

— "*Ala Jinko*! Nenhum homem é bom o bastante para a minha pequena" — ela disse, num surpreendente tom de barítono. — "O único homem que a merece sou eu, e eu já estou comprometido."

— Mas será que ele dará permissão?

— Miguel Navarro, não me importa o que ele diga; nós vamos nos casar.

Justo arrotou com tanta força que seu bigode tremulou.

— Vaca miserável — ele disse, gesticulando na direção do andar de baixo.

— Justo, isso só funciona quando os animais estão aqui. Agora é verão, e eles estão fora, no pasto.

— Neste caso, por favor, me desculpe. Mas se não é culpa da vaca, então é sua. Você me obrigou a comer demais.

Mariangeles tinha ido ao mercado naquela tarde e comprado vários filés de merluza, que passou numa mistura de farinha de rosca e ovos antes de fritar. Os pescadores de Lekeitio ou de Elantxobe de vez em quando traziam uma carga fresca de peixes para Guernica para vender ou trocar por legumes ou carne de carneiro. Justo tinha comido tudo de uma vez, inclusive o pouco que Mariangeles havia separado para ela.

— Eu só como tanto assim para você se lembrar sempre de quanto é querida — Justo disse. — E também para que saiba que é a melhor cozinheira de todo o País Basco.

— Obrigada, eu nunca vou me queixar de sempre ouvir isso de você — ela disse.

— Deixe isso comigo — ele disse, tirando os pratos.

— Justo — ela disse, aguardando até que ele virasse o rosto para encará-la, e só então prosseguir –, estou orgulhosa de você, da forma como reagiu às novidades da Miren; eu esperava que você se mostrasse assim, compreensivo.

— Para falar a verdade, Mari, fiquei encantado com tudo isso. Miguel é meio bobão, como qualquer um na idade dele, mas é perfeito para nossa filha. Ela não poderia ter encontrado ninguém melhor. Eu provei que sou bem ajuizado não o matando.

Mariangeles riu.

— Eles formam um belo casal.

— Vão nos dar netos lindos.

— Mais de um? Você quer dizer mais de um neto? — Mariangeles se mostrou surpresa pelo uso do plural em relação a netos.

— Não me importo; tomara que eles tenham uma dúzia. Tomara que encham a cidade de lindos bebês.

Justo abriu os braços, como se convidasse a mulher a ser testemunha de sua mente aberta.

— Que bom para você.

GUERNICA

Ele tirou o avental do cabide, deu o laço e começou a raspar os restos de comida para dentro de um balde para dar ao derradeiro leitão.

— Obrigada — disse ela. — Depois eu vou à cidade ajudar Marie-Luis com aquele projeto musical em que ela está trabalhando.

— Sua irmã é capaz de fazer milagres com aquele acordeão — disse Justo, fazendo um razoável dois-pra-lá-dois-pra-cá à lembrança da música. — Mas esta já é a terceira vez que você vai passar a noite com essa Marie-Luis. Se não soubesse que você é casada com o homem mais cobiçado de Biscaia, eu desconfiaria que está me passando para trás.

— Você está muito cheio de si.

— E não deveria?

Mariangeles pegou a bolsa e um casaco para o caso de esfriar à noite.

— Minha querida... — Justo falou com doçura. — Lembre-se de que você carrega o meu coração nessas mãozinhas.

— Só estou fazendo uma ação caridosa.

Justo ficou todo cheio de si de novo.

— A-há! Como eu pensei. Só uma tola cogitaria um produto inferior tendo um Justo Ansotegui dentro de casa.

E flexionou o bíceps direito numa demonstração de força que ficava um tanto comprometida pelo delicado avental florido e o balde do leitão.

— Mari... Tenha cuidado desta vez.

— Cuidado?

— É, você partiu meu coração da última vez.

Ah, claro, é isso; ela lembrou que lhe contara que tinha tropeçado num buraco quando retornava à casa naquela noite.

Miren, voltando de uma prova de vestido, encontrou a mãe de saída, apressada.

— Como é que o papai está encarando a coisa? — ela perguntou.

— Ele realmente está me surpreendendo. Acabamos de falar a respeito: ele se sente muito feliz com a sua escolha. Acha que é um bom reflexo dele.

— Aonde você vai com tanta pressa?

— Vou ver Marie-Luis.

— Mamãe, será que não deveríamos dar uma ajeitada na casa para o casamento, já que toda a nossa família vem?

— Acho que deveríamos arranjar um tempo para pintar as paredes por dentro — disse Mariangeles. — Estou pensando em uma cor mais alegre, como a que Miguel escolheu para a casa dele.

Miren concordou com a cabeça, mas logo se deu conta do que estava por trás do comentário da mãe.

Mariangeles entendeu o olhar vago da filha.

— Miren... Você estava toda coberta de tinta naquele dia em que voltou da casa de Alaia. Eu sei que não estava pintando a cabana dela; onde mais você poderia ter ido? Não estou julgando; confio em você e no Miguel. Mas esse pessoal da cidade não é tão compreensivo. Tenha cuidado — e paciência. E, numa próxima vez, trate de limpar melhor as manchas de tinta. Estou certa de que seu pai não gostaria da cor como eu gostei.

Miren Ansotegui precisava preservar o bom relacionamento entre duas das pessoas mais importantes de sua vida, por várias razões, mas, sobretudo, pelo orgulho que sentia de ambas. Se as coisas fossem como ela esperava, Alaia e Miguel ficariam a seu lado pelo resto da vida, e dava até para imaginar os três envelhecendo juntos. Se um sentisse ciúme do outro, ou se alguma animosidade surgisse, seria difícil para ela tomar partido.

GUERNICA

Miren preparou os dois, contando a Miguel sobre os problemas e as necessidades de Alaia e encorajando-o a evitar com o maior cuidado dizer qualquer coisa errada, apesar de Alaia nunca se mostrar ofendida. E foi maneirosa ao contar a Alaia o quanto achava Miguel bonito, não querendo fazer a amiga se sentir excluída ou de algum modo relegada a segundo plano. É verdade, confessou, estava planejando se casar com ele, mas isso não implicava afetar a relação com sua melhor amiga, sua irmã.

— Quero que você goste dela e quero que ela goste de você — Miren pediu a Miguel.

— O que sei é que eu gosto muito do jeito que ela faz você ter esse cheirinho — Miguel brincou.

— Estou falando sério; ela é uma pessoa muito especial, uma amiga muito querida — Miren disse. — Fez com que eu compreendesse melhor as pessoas, que eu compreendesse melhor as coisas com que os outros têm de lidar. Não dá para acreditar na força que ela tem, como é corajosa; já imaginou o que ela deve passar?

— Se ela é tão importante assim para você, então também é importante para mim. Há alguma coisa que eu possa fazer por ela? Em relação à casa? Consertos? Lenha?

— Acho que não; Alaia é muito independente.

— Quem sabe um móvel?

— Oh, *asto*, isso seria ótimo; talvez uma bela arca para ela guardar coisas.

— Será que ela não precisa de ajuda para chegar até aqui? — Miguel perguntou.

Miren falou sobre o senso de orientação da amiga e as marcas que costumava fazer no chão para se guiar quando ia encontrá-la no café. Agora que Miren e Miguel estavam noivos, aparecer juntos e até mesmo demonstrar carinho em público eram coisas aceitáveis.

Alaia chegou ao café, discretamente se valendo da bengala para verificar a existência de obstáculos ou degraus na entrada. Abriu a porta e ficou em pé no hall, sabendo que Miren devia estar observando e que logo viria guiá-la até a mesa. As duas se abraçaram e se beijaram no rosto, como de hábito, e Miren a foi levando até onde se achava Miguel.

Miren tinha razão; ela era estonteante: bem feita de corpo, com cabelos castanhos claros e uma pele da cor da madeira do cipreste. Se não soubesse que Alaia era cega, Miguel jamais descobriria nela algum senão que a diferenciasse de qualquer linda jovem que resolvesse simplesmente andar de olhos fechados. Ela se movia devagar, mas isso apenas lhe proporcionava um toque onírico, ele pensou. E quando Alaia e Miren caminhavam de braços dados, uma não parecia diminuir o impacto da visão da outra, como costuma ocorrer com duas mulheres atraentes.

No momento da apresentação, Miguel se aproximou para lhe dar um beijo no rosto e, em seguida, envolveu-a num abraço. Cochichou algo em seu ouvido, e os dois se abraçaram com mais força. Miren quase perdeu o fôlego, em estado de choque.

— Oh, Miguel, como você é forte! — Alaia exclamou.

— Oh, Alaia, como eu sonhei com uma mulher como você! — Miguel devolveu.

Miguel notou a expressão de surpresa de Miren.

— É, nós a enganamos direitinho — ele disse a Alaia. — Você devia ver a cara dela.

Cada um dos falsos amantes sabia que Miren havia preparado o outro para a importância de os dois se darem bem. Ambos tinham se divertido muito com a preocupação dela.

— Vocês... Eu já estava a ponto de fazer picadinho dos dois.

— Você recomendou tanto que queria nos ver juntos; pensamos que isso a deixaria feliz — disse Alaia.

GUERNICA

Eles se abraçaram de novo, agora educadamente, como um cumprimento normal.

— Eu achava que você tinha o mesmo cheiro da Miren — Miguel disse.

— Esse aroma é só dela. É a marca registrada de Miren.

— Alaia, lembre-me de pegar mais para a mamãe — Miren pediu. — Você não vai acreditar, mas papai também está usando. Ele disse que assim fica lembrando de mamãe durante o dia. Na verdade, o perfume não vai bem com ele, mas já é alguma coisa levando-se em conta que papai raramente se dava ao trabalho de tomar banho. Agora vive dizendo: "Ah, Alaia; essa garota tem poderes!".

— Acho que, enquanto ficar em família, tudo bem. Miguel, será que eu ouvi bem? Você conheceu o pai dela?

— Sim. Foi uma noite muito interessante.

— Não ficou apavorado?

— Não, pelo menos por enquanto — disse Miguel. — Mas estou sempre alerta.

Eles ficaram ali algum tempo lanchando, conversando, e só depois que Alaia e Miguel trocaram todas as histórias divertidas de que puderam se lembrar a respeito da garota que ambos amavam é que Miren conseguiu relaxar. Não, não dava a impressão de que haveria problemas entre Miguel e Alaia.

Capítulo 10

José Maria Navarro atracou o *Egun On* num píer próximo a Guernica durante a maré alta e embarcou sua carga, radiante: um filho cheio de amor e sua luminosa futura esposa. Miguel levou Miren a bordo, dando-lhe a mão, e os dois fizeram a viagem sem tomar nenhuma precaução; sempre havia uma mão sobre um ombro ou em volta de uma cintura. Só quando viu o pico rochoso da Ilha de São Nicolau, com seu cinturão branco de ondas quebrando, é que Miguel se deu conta de que estivera tão ocupado apresentando Miren, elogiando-a sem parar para o pai e explicando detalhes sobre o barco, que havia completado a viagem sem sentir enjoo.

— Meu Deus, moça, você é linda como sua mãe! — Josepe Ansotegui anunciou quando Miren e Miguel entraram na casa do tio dela, pouco menos de cinco passos do outro lado da rua onde Miguel fora criado.

— Esse é o melhor elogio que já recebi — Miren disse, abraçando o tio.

— É verdade; você é maravilhosa, e nosso amigo Miguel é um homem de sorte — disse Josepe. — Diga-nos uma coisa: sua mãe ainda não se cansou daquele meu irmão?

— Ela finge bem.

Naquela noite, os Navarro ofereceram um jantar para as duas famílias. À refeição, em sinal de respeito, José Maria e Josepe tiraram as boinas ao mesmo tempo, revelando um panorama idêntico: pescoços morenos enrugados, bochechas avermelhadas pela ação do vento, e uma linha de couro cabeludo branco bem definida sobre as orelhas — formada pela posição invariável das boinas — que lembrava a neve sobre a copa das árvores nos altos Pireneus.

Ergueram-se muitos brindes com vinho, e, mais tarde, Miguel quis fazer um giro pela cidade para apresentar Miren, começando pelos cafés e *tabernas* ao longo do cais. O casal levou muita gente até lá. Ninguém tinha visto Miguel desde que ele fora embora de Lekeitio; todos queriam saber de suas atividades atuais, e elogiavam-lhe a sorte de conseguir uma noiva.

Muitos tentaram retomar a história de sua última noite em Lekeitio, um episódio que Miguel nunca dividira com Miren. Ela, estrategicamente, afastou-se da conversa, indo trocar miudezas com as garotas do grupo enquanto, simultaneamente, esticava um ouvido tentando captar as respostas de Miguel. Este, rapidamente, tratou de desconversar, sem saber quem estava ouvindo, ou quem, no grupo, podia estar ansioso para informar sobre seu retorno à Guarda Civil, que certamente ficaria encantada em poder demonstrar a Miguel quanto ele era bem-vindo.

Então alguém quis saber do paradeiro de Dodo.

— Não sei, não ouvi mais falar dele; talvez tenha virado pastor de ovelhas na América — respondeu Miguel.

Havia se tornado uma prática comum os pescadores se mudarem para as montanhas do Oeste americano. Um vizinho, Estebe Murelaga, escrevera para muitos deles de Idaho. Não sabia nada sobre ovelhas, mas já havia economizado dinheiro

GUERNICA

suficiente para começar o próprio rebanho. É claro que ninguém acreditou na falsa ignorância de Miguel; os dois eram tão chegados que não havia como ele não saber para onde fora Dodo. Mas ninguém o pressionou.

Quando Miguel e Miren completaram o giro pelo cais, beijaram-se na rua deserta, sob os postes que iluminavam as antigas caminhadas de Miguel rumo à missa, antes do raiar do dia. Ele pediu que ela aparecesse na janela do hall do segundo andar da casa do tio antes de se deitar. Quando Miren apareceu, Miguel já se achava à janela oposta de sua casa, esticando, puxando e recolhendo a corda do varal.

— Quer dizer então que existem coisas do seu passado que você se esqueceu de me contar? — Miren perguntou.

— Algumas, sim, mas só porque eu achei que você não se interessaria em saber.

— Que o homem com quem eu estou para me casar tem uma certa queda pela ilegalidade... é, eis aí algo que teria me interessado.

— Confie em mim, não é isso tudo que estão querendo dar a entender.

Sem querer, cada um puxou a corda para si enquanto escutava.

— Posso saber, ao menos, se alguém saiu ferido? — ela perguntou.

— Sim, alguém se feriu. Mas ninguém muito importante, e eu também não saí lá muito bem.

Miguel massageou a mandíbula.

— Você ainda pode estar em dificuldade?

— Talvez.

— Podem botá-lo na cadeia?

— Hoje em dia estão jogando qualquer um na cadeia.

— Mas e você?

— Depende; se eles tiverem boa memória...
— Não deveríamos sair logo da cidade?
— Até amanhã acho que estaremos a salvo.
— Alguém está a salvo?
— Se até agora não vieram atrás de nós, acho que estamos seguros.
— Nós? Devo entender que você está envolvido com o lendário irmão Dodo?
— Deve, sim.
— E devo entender que foi esse irmão lendário que começou a confusão e que você de alguma forma acabou se metendo nela?
— Eu sou responsável por mim mesmo, a coisa não é bem por aí.
— Quando é que eu vou conhecer esse irmão lendário?
— Isso, *kuttuna*, eu não sei.
— Acha que eu gostarei desse Dodo?
— Ficará encantada. Mas tenho certeza de que ele adorará você.
— Como é que você pode ter tanta certeza?
— Porque provavelmente ele tentará roubá-la de mim.
— *Asto*, isso nunca vai acontecer.
— Ótimo, eu não gostaria de ter que brigar com meu próprio irmão. Ele já gosta de se meter em encrenca.

A ponte-aérea de palavras e corda cessou por um instante quando uma mulher gordona surgiu na ruela embaixo deles resmungando e andando com passos trôpegos. Ela olhou para cima, sorriu, balançou a cabeça para as loucuras da juventude e seguiu cambaleando a caminho de casa. Miren virou a cabeça de lado, de modo a que sua trança dançasse em volta dos ombros, e segurou-a à sua frente. Tirou a fita

GUERNICA

vermelha que prendia a trança, beijou-a, amarrou-a à corda e enviou-a para Miguel.
— Sei que é tolice, mas pode passar a noite com ela — disse Miren. — Eu te amo.
— Boa noite — Miguel pôs a fita no bolso. — Também te amo.
Em outubro eles se casariam, e aquelas duas famílias estariam ligadas por vínculos mais substanciais do que uma corda de varal.

Trabalhando sozinho na parte mais alta do habitat dos carvalhos, Miguel derrubou árvores durante toda a manhã até o meio da tarde, e, no fim do dia, com uma mula emprestada, arrastou as toras montanha abaixo até a pequena serraria. Ultimamente, vinha notando que fazia mais pausas no trabalho, porém não por cansaço, já que as toras o haviam deixado mais forte e bem condicionado fisicamente. Os músculos poderosos que fizeram dele um nadador incansável agora estavam enrijecidos pela rotina de serrar e transportar madeira de lei. Não, seus intervalos agora eram provocados por uma tendência teimosa a fazer inventário.

Cercado pelas árvores, Miguel ouvia os esquilos, que só falavam consoantes, incomodando com seus altos soluços em série. Das rochas vinha o gorgulho suave e reparador dos pombos, sempre aos pares, tranquilos e mutuamente carinhosos. A toada era sempre a mesma, abafada, mas Miguel a achava repousante.

A atmosfera sombria de início do outono, como fumaça de lenha queimada, geralmente encobria o sol da manhã no vale, até que a brisa do meio-dia ia clareando o ar. Mais acima, dava para ver como as montanhas sobressaíam e se tingiam numa progressão do verde ao azul e a um cinza fantasmagórico mais ao longe. Da lateral da montanha, Miguel via as ovelhas como montinhos de algodão contrastando com o feltro verde das encostas. Montes de feno projetavam suas sombras sobre a luz da tarde, e os telhados das casas reluziam como as escamas de uma tainha.

Nas áreas pantanosas próximas ao estuário, bandos de garças reverberavam a graça de suas asas brancas ao se preparar para o pouso em uníssono. Miguel costumava se gabar das belezas de Lekeitio, mas lá o olho era atraído ou para o mar ou para a praia, sem as sutis variações dessas montanhas. Claro, havia a Ilha de São Nicolau e as belas praias próximas ao porto. Mas os pescadores raramente perdem seu tempo descansando numa praia; seria mais ou menos como estar no hall de entrada do local de trabalho.

Vasculhando o terreno, Miguel se emocionou à lembrança da primeira vez que trouxera Miren a essa encosta. Pouco antes do pôr do sol, ela parou diante de uma touceira carregada de botões de flores vermelhas, os cabelos soltos ao vento, que balançavam as plantas para cima e para baixo. Fechou os olhos para fixar a imagem na retina. Quando a olhou de novo, Miren tinha um botão nas mãos e olhava de volta para ele como se tivesse lido sua mente. Ele sempre desconfiou de que ela de fato tivesse tal poder.

A mula empacou, obrigando Miguel a mudar seu foco de atenção. Pensou no irmão. Será que ele viria ao casamento? Com Dodo tudo era possível. Mas não seria prudente de sua parte aparecer agora. Miguel riu sozinho, imaginando o irmão sendo perseguido pela Guarda pelo corredor central da igreja, correndo por entre os bancos, escondendo-se nos confessionários.

Mas que surpresa vou fazer ao meu pai, pensou Miguel: agora sou um pescador inveterado.

No começo do verão, Justo levara Miguel "para dar uma volta" nas montanhas ali por perto. Miguel temeu que fosse um sermão sobre algum outro costume desagradável da *baserritarrak*. Quando os dois penetraram no mato, à sombra de amieiros e choupos, Justo puxou do bolso uma linha de pescar e um saco de minhocas que havia recolhido da terra revirada do jardim.

— Que negócio é esse? — Miguel perguntou.

— Vou ensinar o pescador a pescar — Justo anunciou.

Segurando pela mão a linha esticada, eles mergulharam as minhocas gordas numa enorme poça d'água formada por um amieiro que o vento havia derrubado. As minhocas atraíram trutas grandes e pesadas. A cada fisgada, Justo gritava tão alto que o som ecoava pela encosta. Nessas horas, pelo cabelo, pelo bigode e pelo estardalhaço, Miguel podia ver exatamente o garoto que Justo fora um dia. Imitando-lhe a técnica em outra área empoçada riacho abaixo, Miguel logo capturou meia dúzia de trutas. A cada vez que pegavam um peixe, soltavam gritos de alegria.

Justo cortou um galho de amieiro e atravessou a ponta pelas guelras e bocas das trutas para carregá-las de volta a Errotabarri.

— Uma pergunta — Miguel disse —, vamos limpar esses peixes com uma faca ou arrancar-lhes as vísceras a dentadas?

Justo fez soar sua gargalhada mais alta do dia.

— Pode usar uma faca, filho. Mas fico feliz em saber que você dá ouvidos às minhas histórias.

Miguel se deu conta de que era a primeira vez que Justo empregava a palavra "filho" com ele.

— Diga-me uma coisa, Justo, agora, que vou me casar com sua filha e a tenho tratado com o maior respeito, e felizmente conquistei sua confiança... você realmente arrancava os bagos dos carneiros a dentadas?

Justo respondeu, com a barriga tremendo de tanto rir:

— Você é doido, rapaz? Até que eu tentei uma vez, porque ouvi os mais velhos falando a respeito e achei que deveria pelo menos verificar se a coisa funcionava. Mas foi horrível! Já pensou? Por que alguém no mundo haveria de pôr a boca naquele lugar? E você acha que o bicho ia ficar ali, paradinho, à espera de que lhe mordessem os bagos?! — Miguel se contraiu todo só de imaginar. — Josepe tentou segurá-lo pelos chifres e Xabier, pelas patas traseiras, e, quando eu me aproximei das regiões baixas, o bode pulava e berrava. Aqueles sujeitos mais velhos deviam ter dentes fortes e muito afiados, também, porque eu precisei ficar uns cinco minutos mastigando até conseguir arrancar apenas um deles. Quando saí dali parecia que tinha estado numa luta de facas, e Josepe e Xabier mal conseguiam respirar de tanto rir. O tempo todo os dois ficaram dando a maior força ao bode. Usei uma faca para extirpar o segundo, e ninguém jamais viu um bode tão feliz por ter uma *pelota* arrancada daquele jeito.

Miguel, ele próprio sem poder respirar de tanto rir com a história de Justo, recorria à manga da camisa para enxugar os olhos.

— E você disse que não mente sobre essas coisas.

— Eu nunca disse nada sobre mentir; disse que não exagero — Justo esclareceu. — Aposto que já lhe contei isso umas dez mil vezes.

Os dois riam às escâncaras ao descer para o vale, cada um segurando uma ponta do galho.

— Isso dá uma ótima história, é ou não é?

— Dessa eu não vou me esquecer tão cedo.

A mula empacou outra vez, obrigando Miguel a interromper suas recordações. Estava tomado por uma forte emoção que parecia saudade, com a diferença de que tinha a ver com acontecimentos ainda por ocorrer. Imaginava-se ali muitos anos à frente, trabalhando em seu próprio negócio, casado com Miren, criando uma família. Olhou o vale novamente; tinha tempo para mais um gole do seu cantil antes de arrastar as toras até a serraria.

Aguirre andava depressa por entre as alamedas de árvores defronte à Basílica de Begoña, a fumaça do cigarro deixando uma trilha às suas costas como uma chaminé de trem. Adentrou a sacristia após a meia-noite, atrás de vinho e de segurança clerical, e encontrou o padre Xabier ensaiando sua prédica dominical.

Xabier serviu Madeira.

— Trouxe-lhe uma coisa, aqui — Aguirre disse, pousando sobre a mesa um livro do seu poeta preferido, Lauaxeta.

— *Novos Rumos* — Xabier leu o título. — Tomara que seja uma referência a tempos melhores.

Os dois fizeram um brinde.

— Duvido — disse Aguirre. — É por isso que estou aqui.

— Como? O que mais Madri pode fazer depois de cancelar nossas eleições e revogar nossos direitos a impostos, e...

— Uma rebelião de mineiros nas Astúrias — Aguirre interrompeu-o. — Mandaram Franco para acabar com ela. E ele o fez.

Xabier inclinou a cabeça, pedindo mais detalhes.

— Tortura e execuções... Assassínio de homens e mulheres na cidade, sendo ou não grevistas.

— Eram socialistas, esses grevistas?

— Acho que sim — disse Aguirre. — Socialistas, anarquistas, comunas... Provavelmente apenas uma porção de trabalhadores inconformados com suas condições.

— Eu acompanho. Procuro estudar a política. E recebo de você regularmente notícias atualizadas. Mas estou encontrando muita dificuldade em perceber quem é o responsável pelas coisas. Tenho cada vez mais paroquianos querendo que eu lhes explique tudo. Mas não tenho dado conta.

Aguirre balançou a cabeça, terminou o vinho e tentou dar uma explicação simples ao amigo. Começou por diversas vezes, parou, e, por fim, admitiu:

— Padre, eu mesmo não estou certo de estar compreendendo tudo o que se passa. Nós também não recebemos as notícias, ou elas nos chegam distorcidas. E tudo parece mudar de uma semana para outra, de região para região. As alianças se alteram, partidos trocam de nome, e até eu acabo me confundindo. Imagine o pessoal do campo ou os que trabalham nas minas.

— Receio que isso não seja muito reconfortante — Xabier disse.

— A única coisa de que tenho certeza é que, seja qual for a parte do continente em que esteja havendo uma luta pelo poder como essa, fica mais fácil para os fascistas assumir o controle.

Uma dupla de touros castanhos, cobertos por mantas de lã de carneiro e guirlandas de flores em torno dos chifres, abria a procissão. Com os sinos do pescoço badalando à medida que caminhavam, os animais puxavam uma carroça de duas rodas na qual eram transportados o dote e os bens de Miren. Panelas de cobre tiniam quando a carroça gemia sobre os paralelepípedos. Um fole de lareira de madeira e couro, preso por um cabo, deixava o ar escapar sincopadamente a cada sacolejo da carroça. Um enorme crucifixo, destinado à parede do quarto de dormir, estava reverencialmente encostado a um canto, com um rosário pesado em volta de seu eixo vertical como um colar num espantalho.

GUERNICA

Seguiam-se os tocadores de *txistu*, tambores e tamborins, dando forma musical à barulheira crescente. A procissão seguia em pares, não muito diferente dos touros: Miren e Miguel, os pais dela, os pais dele, membros da família, e, em seguida, os amigos, com cada mulher levando uma cesta de vime com presentes ou flores.

Dadas as crescentes dificuldades da época, os presentes eram em sua maioria artesanais ou caseiros, variando de ricos bordados de família a alguma peça simples de tecido provavelmente recém-lavada e tingida de cor chamativa.

Miguel não tinha como se lembrar muito bem da cerimônia de casamento e de tudo o que falou o padre Xabier, tendo a atenção totalmente voltada para Miren. A senhora Arana fez o vestido em seda branca, com contas de pérola ornando o corpete em estilo basco que realçava a cintura esbelta da noiva. Na parte de baixo, nas costas, pouco antes de o corpete dar lugar às saias rodadas, a senhora Arana tinha bordado uma borboletinha prateada, em homenagem ao apelido que ela própria dera a Miren. Miguel viu a borboleta, e sua mente era continuamente atraída por ela.

Com o irmão Dodo impedido de comparecer, Miguel chamou o pai para ser sua testemunha, convite logo orgulhosamente aceito por vários motivos: ele não poderia estar mais feliz pelo filho, mas se sentia igualmente encantado por poder ajudar a testemunha da noiva, Alaia Aldecoa, a atravessar o corredor central até o altar. Durante semanas, Mariangeles e Miren levaram Alaia à senhora Arana, onde escolheram tecido e fizeram repetidas provas para o seu primeiro vestido sob medida. Também era justo na cintura, tal como o de Miren, mas de uma tonalidade outonal, meio ferrugem, que combinava com os cabelos mais claros e a generosa silhueta de Alaia.

A fala do padre Xabier incluiu referências pessoais a Miren e um tributo ao poderoso laço matrimonial entre Justo e Mariangeles que a havia moldado. Xabier sorriu para ambos ao falar; Justo abriu um largo sorriso sob o bigode.

— Só por este momento já valeu a pena tê-lo mandado para o seminário — ele sussurrou para Mariangeles.

Miren, a um mês de completar vinte anos, tinha tanta dificuldade quanto Miguel em relação às formalidades. Num determinado momento, quando o protocolo obrigava as pessoas a se levantar, ela se virou para olhar os pais. A mãe, linda, feliz e impecavelmente vestida, debruçava-se sobre o pai, escovado-mas-meio-amarrotado, e, sem que Justo notasse, passou a mão por trás dele, ajeitou a gola do seu colarinho e sutilmente esticou a ponta do paletó, de modo que o marido se sentisse mais confortável ao se sentar novamente. Naquele instante, Miren entendeu o tipo de esposa que gostaria de ser. Não foi por influência da missa ou das palavras mágicas do padre Xabier; ela queria cuidar muito do marido, a ponto de, mesmo após mais de duas décadas de casamento, ainda ser capaz de atentar para seu colarinho virado e seu paletó dobrado. Queria muito que essa espécie de preocupação se tornasse como que uma segunda natureza. E foi esse o voto que, ali no altar, naquele dia, ela fez a si mesma.

A primeira dança da festa de casamento não foi entre a noiva e o noivo, mas sim uma dança masculina em homenagem ao casal. Domingo Abaitua, um dos dançarinos do antigo grupo de Miren, deu um passo à frente e fez uma reverência aos recém-casados enquanto a pista de dança era liberada. Retesando o corpo, ele arrancou a boina teatralmente e a fez viajar na direção do casal. A música começou e ele executou uma

GUERNICA

série de rodopios e batidas de pé que foram aumentando em volume e velocidade na proporção em que crescia a empolgação da plateia. Encerrou com uma profunda reverência ao casal e cedeu a vez na pista.

Miren tentou manter o noivo o mais afastado possível do seu corpo. Ela passara semanas preocupada com isso. Ante uma leve resistência, Miguel a puxou para si e a envolveu firmemente com o braço direito. Ouviram-se quatro notas e, na batida seguinte, com a maior segurança, ele deu um passo à frente com o pé esquerdo, pegando Miren desprevenida. Ele já havia juntado os pés para encerrar os três primeiros passos da valsa antes que ela o alcançasse. Chocada, Miren sorriu amarelo quando Miguel pressionou-a fortemente com a mão direita na parte mais baixa das costas, de modo a conduzi-la nos giros. Flutuando em espirais dentro de um círculo, os dois moviam-se pela pista. Ele contava os passos em voz alta, mas sabia dançar.

— Como? Quando? — Miren mal conseguia formular as perguntas. — Quem?

Miguel as ignorou, rindo feliz com seu espanto. Além do mais, responder poderia fazê-lo se confundir na contagem.

Movimentando-se em uníssono, eles se sentiram a sós. Não escutaram os aplausos dos familiares e mal perceberam quando a música acabou, parando com suavidade em vez de encerrar abruptamente. Por quanto tempo dançaram? Alguma vez eles haviam deixado de dançar juntos?

A despeito das restrições que lhe impunham o vestido e o decoro, Miren se agarrou a Miguel, os braços em volta do seu pescoço, e o beijou na boca com tamanho ímpeto que lhe torceu o pescoço. Jogou a cabeça para trás, o véu desabando no chão, e deixou escapar um berro *irrintzi*.

Depois do primeiro grito, Justo se juntou a ela, e o mesmo

fizeram Josepe e o padre Xabier, e, em seguida, o restante dos convidados.

Quando tocaram os primeiros acordes de uma *jota*, Miguel pegou a noiva e recuou alguns passos para abrir espaço.

— Que foi? — Miren ficou sem ação.

Pés batendo, rodopios, estalar de dedos. Se por um lado a performance de Miguel na *jota* era mais estudada do que natural, por outro impressionava pela ausência de contusões e derramamento de sangue. Miren juntou-se a ele, e o mesmo fez uma sorridente Mariangeles.

— De onde saiu este dançarino que se parece tanto com meu novo marido? — Miren perguntou à mãe.

— Foi um processo lento — respondeu Mariangeles.

— *Kuttuna*, sua mãe gentil, paciente e destemida vem me dando umas aulas faz meses — Miguel disse, ligeiramente sem fôlego.

— Mãe... você deve ser... a maior... professora de dança... do mundo — disse Miren em meio aos rodopios.

— Ele me pediu com tamanha sinceridade que eu não tive como recusar — disse Mariangeles. — E se esforçou muito. Precisei mentir para o seu pai para preservar o segredo.

Miguel puxou a sogra e lhe deu um abraço apertado.

— Obrigado — sussurrou no ouvido dela, sentindo o mesmo perfume da mulher. Aquele sabonete. — Perdão por todo o mal que fiz aos seus pezinhos.

— Valeu a pena — disse Mariangeles, retrocedendo para deixá-los dançar de novo.

— Mais alguma surpresa para mim, *astokilo*? — Miren perguntou quando os dois começaram outra valsa.

— Espero que haja muitas.

Miguel empurrou-a levemente para trás para olhar em seus olhos.

— Tenho algo que acho melhor dizer logo, já que acredito que devemos basear nosso casamento apenas na verdade.

Miren ficou em silêncio.

— Tenho que confessar: eu nunca conheci uma cigana que lê a sorte com o nome de Vanka.

— Seu bobo! — ela gritou, dando-lhe uma bofetada de mentirinha no rosto. — Queria me ver livre de você agora mesmo — ela disse, agarrando-lhe o braço — se não dançasse tão bem.

Com os pais dançando e Miren circulando entre os amigos e cumprindo seu compromisso de dançar com todos os homens presentes, Miguel foi se juntar aos irmãos do sogro.

Enquanto Miren dançava com Simone, o fabricante de embutidos que fedia a alho, e depois com Aitor, o padeiro gordão, Miguel não conseguia parar de olhá-la.

Josepe e o padre Xabier ergueram os copos em direção a Miguel.

— *Osasuna* — os dois brindaram.

— *Osasuna* — ele respondeu.

— Você é um felizardo, Miguel — disse Josepe.

— Sei bem disso, meu caro — Miguel respondeu, sempre focado nos movimentos da noiva. — Algum dia, nesses anos todos, você imaginou que eu, seu vizinho, entraria para a sua família?

— Acho ótimo; ela não poderia ter encontrado melhor marido — disse Josepe. — Dessa forma, vizinho, agora que você é oficialmente da família, quer saber todos os velhos segredos? Pergunte-nos qualquer coisa. O padre Xabier aqui está acostumado a responder perguntas, não há muito mais coisas que ele já não tenha ouvido.

— Ah, você não acreditaria nas coisas que eu ouço naquela caixa...

— Justo já se confessou com você? — Miguel quis saber, perguntando-se pela primeira vez se também ele seria obrigado a passar a se confessar com o tio de sua mulher.

— Oficialmente, não — disse Xabier. — Estou certo de que ele receia que eu possa vir a lhe dar uma penitência exagerada porque certa vez ficou segurando a minha cabeça debaixo d'água no cocho das vacas.

— Vá, Miguel, pergunte! — disse Josepe.

— Tudo bem, o que eu quero saber é o seguinte — Miguel disse –: Acho que ele gosta de mim e temos um bom relacionamento. Ele me chama de "filho", o que considero um bom sinal. Será que ainda preciso temer pela minha vida?

Tanta preocupação divertiu os dois irmãos.

— Se você prometer não comentar nada com nosso irmão, eu lhe conto o segredo para lidar com Justo Ansotegui — disse Xabier. — Ele não é diferente de ninguém. Todo mundo se guia por aquilo que mais preza. Basta adivinhar o que é, e terá a resposta de quem é essa pessoa. Na maior parte das vezes é uma coisa óbvia, mas todos nós geralmente ficamos voltados demais para aquilo que queremos e não paramos para considerar as razões das outras pessoas.

Miguel concordou com a cabeça, apenas para que Xabier andasse mais rápido com aquela filosofia toda.

— Pode-se ver o que o faz feliz; você não tira os olhos da sua noivinha desde que se sentou aqui, mesmo quando tenta olhar para nós. Conseguiu o que deseja, não importa se sabia ou não que era isso o que queria o tempo todo.

Miguel concordou com a cabeça. Tinha sido muito bem analisado.

— E como isso se aplica a Justo? Você ia me contar o grande segredo...

GUERNICA

Xabier tomou outro gole de vinho antes de prosseguir.

— Quando nosso pai morreu, Justo considerou que era seu dever se tornar o pai. Para os pequeninos, o pai sempre é o maioral, o mais forte e o mais inteligente, o homem capaz de controlar todas as situações. Muita gente cresce e aprende que os pais foram somente pessoas com as mesmas fraquezas de todos nós. Justo nunca teve a chance de perceber isso. De certa maneira, ele ainda tem quinze anos, tentando fazer jus à sua própria ideia de como todo pai deveria ser. Após certo tempo, ele sentiu que podia ser pai de todo mundo... pai da cidade inteira.

Miguel concordou com a cabeça; fazia sentido.

— Devo admitir que me sinto muito menos ameaçado por ele hoje do que no início. Mas ainda não ouso contrariar um sujeito que matou um lobo só com as mãos.

Josepe e Xabier se entreolharam.

— Que lobo?

— O lobo, ora — disse Miguel. — Aquele que mastigou a orelha dele. — Miguel juntou os quatro dedos e os estalou de encontro ao polegar perto de sua orelha direita, imitando a mandíbula de um lobo furioso. — Vocês sabem... o lobo.

— Que lobo? Não teve lobo nenhum!... — Josepe gritou.

— Justo perdeu parte da orelha quando era moço, tentando atirar numa águia com um rifle enferrujado. O negócio explodiu e a coronha deu um coice na cabeça dele. Faz mais de trinta anos que ele não tem um pedaço da orelha.

— Um lobo, é? — disse o padre Xabier, assumindo a postura severa de padre. — Ele vai ter que rezar no mínimo uns dez pais-nossos por causa de uma mentira dessas.

Miguel se sentiu simultaneamente aliviado e triste ao ver esboroar um mito clássico de Justo Ansotegui.

— Ao menos ele matou a águia?

— Não — disse Josepe solenemente. — Ela apareceu de repente e ele não pôde fazer nada. Nós éramos muito pequenos.
Josepe e Xabier trocaram um sorriso, pensando "Esse é o Justo". Tratava-se apenas de uma história, claro, mas ambos tinham certeza de que, caso um lobo o tivesse de fato atacado, Justo facilmente poderia tê-lo estrangulado com as próprias mãos, mesmo com a fera lhe mastigando a orelha. Aquilo só era ficção porque a ocasião nunca se dera.

José Maria Navarro esperou o instante em que o filho não estivesse dançando nem conversando com algum novo parente para puxá-lo de lado e demonstrar toda a sua felicidade e todo o seu orgulho. Ele também tinha notícias da França.

— Eduardo manda todo o carinho e sua grande inveja pela bela escolha que você fez — disse o pai. — Eu contei a ele sobre Miren, disse que era sobrinha de Josepe e que era perfeita para você.

Miguel sorriu à menção do nome de Dodo.

— Ele não tinha mesmo como vir ao casamento?

— Não, nenhuma chance — disse o pai. — Bem que queria, sabendo o quanto isso era importante para você, mas você ficaria surpreso ao saber que ele aprendeu a ser cuidadoso em determinados assuntos. De vez em quando me manda notícias por intermédio de pescadores de Saint-Jean, ou quando está a bordo de algum barco que encontramos no mar.

— Então ele está pescando?

— Não, ele anda pelas montanhas — disse José Maria. — Mas a gente vez ou outra dá um jeito de se encontrar e ele vem no barco de amigos que fez na França.

— Nas montanhas? Ele está plantando, criando ovelhas? — quis saber Miguel, incrédulo. — Não faz muito o gênero do Dodo.

— Não, não está criando ovelhas — José Maria chegou mais perto. — Ele faz parte de um grupo de contrabandistas. Miguel riu tão alto que superou o som da música, e muitas cabeças se viraram em sua direção. O pai o fez calar com um *shhh* entre dentes.

— Que legal... — Miguel disse, baixando a voz. — É perfeito para Dodo; ele é bom nisso, e tenho certeza de que pode se dar bem, contanto que não comece a incomodar demais os guardas de fronteira.

— Bem, pelo menos parece que ele está sendo esperto o suficiente para se manter fora de vista. É um negócio arriscado, e alguns dos seus amigos foram capturados e jogados na prisão. Se ele for apanhado e ligarem sua identidade àquele negócio em casa, a coisa pode acabar mal.

— Já fico surpreso de ouvir que ele está sendo cauteloso ou cuidadoso em relação a alguma coisa. Quanto tempo durará?

— Isso eu não sei — José Maria falou. — Mas é melhor ele se comportar.

— Por que agora? Por que agora, mais do que em qualquer outra época passada?

José Maria sussurrou ao ouvido do filho:

— Porque agora Josepe e eu o estamos ajudando.

Quando os recém-casados chegaram em casa, os amigos haviam descarregado a carroça e decorado o interior com cordas de linguiças e pimentões. Isso ajudaria o jovem casal a se manter sem precisar sair de casa durante uma semana ou mais enquanto tratavam de dar partida a uma relação amigável. Sobre a mesa havia um presente da mãe de Miguel: uma bomboneira de vidro cheia de balas de limão.

Miguel e Miren entraram, exaustos, parando para se beijar sem nem sequer fechar a porta. Os gozadores que haviam descarregado os presentes empilharam boa parte deles em cima da cama. Miguel pegou um para mostrar a Miren.

— Este aqui deve ser do meu pai. — Era um barco de pesca entalhado, com o nome "EGUN ON" pintado na popa. — Vou pô-lo no console da lareira, para inaugurar nossa coleção de coisas especiais.

— *Asto!* — ela disse, ao notar a arca de carvalho escuro ao pé da cama de casal. Na tampa estava gravado um *lauburu* em choupo claro, e sob ele duas letras "M" entrelaçadas.

— Seu presente — disse Miguel. Trataram de liberar a cama mais rapidamente, e apagaram a luz antes de tirar a roupa.

Os dois se conheciam já fazia quase um ano e estavam convencidos da sinceridade de seu afeto, mas jamais haviam transferido esses sentimentos para o plano físico, sempre se controlando por uma implícita decisão mútua. Nenhum deles tinha experiência, mas isso não importava. Nessa hora, a natureza de cada um falou mais alto: a dele era ser paciente e atento aos detalhes; a dela, ser generosa e agradável. Ele foi um artesão; ela foi uma artista. Ambos foram incansavelmente gentis e absolutamente transparentes. Ele foi a força; ela, a graça. Ele, sólido; ela, líquida. E, então, ambos líquidos.

Parte 3

(1935 – 1937)

Capítulo 11

Caminhando devagar pela pequena área verde da encosta montanhosa sobre sua casa, Alaia Aldecoa se valia de seu nariz apurado para verificar que ervas já podiam ser colhidas e quais forneceriam o aroma perfeito para os sabonetes que ela fabricava e vendia toda segunda-feira à tarde no mercado. As lavandas e as urzes, suas preferidas, amadureciam em épocas distintas e em altitudes e ritmos variados. Tal como a gente da cidade, as ervas tinham suas preferências individuais, umas buscando a luz e, outras, os lugares mais escuros, com flores acostumadas a luz e sombras e à duração do dia.

No começo, o processo requeria tempo e atenção especial, mas agora Alaia era capaz de conhecer o solo apenas pelo cheiro. Com os dedos, testava a turgidez da haste e do botão para avaliar o grau de umidade e os níveis de néctar ou de seiva e fragrância. Trocava sabonetes por um saquinho de aveia com um vizinho, lixívia de cinzas com o fabricante de carvão da parte alta do vale, e morangos frescos, e inclusive alguns legumes, com outro agricultor. E era capaz de usar os botões dos lilases e salgueiros florescentes e cornisos em seu próprio jardim. Tinha na cabeça os lugares de cada coisa, juntamente com as fórmulas das suas inúmeras variedades de produtos — alguns baseados no leite de ovelha cremoso dos Pireneus que, em troca de serviços, ela recebia de um fazendeiro viúvo que vivia nas imediações.

Alaia cobrava tão barato pelos sabonetes que muita gente que vinha de fora do vale se perguntava como ela conseguia sobreviver. Porém, pareceria um insulto sugerir a essa mulher que aumentasse seus preços. Assim, os clientes em geral evitavam comentários ao comprar grandes quantidades de sabonetes para si próprios e enchiam as sacolas de barras para vender aos vizinhos pelo dobro do preço.

Para Alaia, o lucro estava em segundo plano em relação à aprovação dos clientes, que vibravam com a maciez e o perfume do seu sabonete, tão refrescante e remetendo aos ares montanhosos. Algumas mulheres davam detalhes de como ele havia deixado mais suave a pele áspera de seus cotovelos, ou de como efetivamente dera fim ao fedor de peixe ou de campo de seus maridos.

Quem visitava sua cabana era invadido pela mistura sufocante de aromas. Somando-se a isso o murmúrio e o fluxo constantes do riacho ao lado, a cabana de Alaia Aldecoa exercia um efeito poderoso.

Quando ela começava a enrolar folhas de hortelã entre os dedos, sentada à mesa, um visitante bateu levemente à porta.

— *Bai* — ela disse, e ele entreabriu a porta e ficou olhando lá para dentro. Quando viu que ela não fez menção de interromper o trabalho, bateu mais alto.

— *Bai* — ela repetiu suavemente, sempre concentrada na mesa.

Ele bateu de novo, mais alto ainda.

— Entre.

GUERNICA

Alaia sabia de quem se tratava sem se virar. Ele parou, observando seu vestido e os cabelos revoltos que faziam dela uma das mulheres mais provocantes do vale. Sempre sem olhar para a porta, continuando a trabalhar com os materiais à mesa, Alaia apontou para a cama.

O homem se sentou e tirou os sapatos, depois a camisa, e por fim as calças. Alaia pegou com o dedo uma folhinha de hortelã cheirosa e a pôs na boca, bem debaixo da língua, e só então se aproximou dele. O homem examinou aquelas bochechas douradas pelo sol e aqueles lábios de papoula, e não se surpreendeu com as pálpebras escurecidas de seus olhos fechados. Ao contrário, viu a silhueta e os cabelos da mítica *lamiak* que zombava dos homens das cavernas montanhosas. Sentiu o cheiro dos buquês de flores e ouviu o murmurar contínuo do riacho, e ficou mobilizado por aquela conspiração sensorial. Ela se curvou, oferecendo-lhe os lábios, e ele estremeceu ao provar da hortelã de sua boca.

Alaia Aldecoa, cega de nascença, criada num convento de irmãs enclausuradas, prestava serviços à cidade numa função muito mais pessoal e íntima do que a de fabricante de sabonetes. Era pouco provável que houvesse alguém mais talentosa ou mais bem dotada para essa atividade.

Picasso caiu de joelhos aos pés de Marie-Thérèse e jurou dramaticamente que se divorciaria de Olga. Marie-Thérèse estava grávida. Mas a burocracia logo atrapalhou suas intenções românticas. A lei francesa, ele descobriu, obrigava-o a dividir todos os bens com Olga, meio a meio, o que significava abrir mão de centenas de obras de valor incalculável. Certo, ele sempre pregara que viver com paixão e regido pelo amor era a única forma de vida, mas, nesse caso, o preço do amor podia se mostrar absurdamente caro.

A conversa sobre separação foi esquecida. Olga o deixou de vez, e Marie-Thérèse atravessou aquele verão calorento com a barriga crescendo até dar à luz uma menina, Maria de la Concepción, que eles chamavam de Maya.

Picasso foi ficando melancólico ao peso dos conflitos daquela que, mais tarde, ele consideraria a pior fase de sua vida, e parou de pintar pelo resto do ano. Para compensar, escreveu poesia, e transformou sua dor numa grande gravura onde apareciam mulheres olhando por uma janela alta, um cavalo ferido e um minotauro investindo sobre uma garotinha, que, destemida, enfrentava o perigo com um braço estendido segurando um candelabro.

Deu-lhe o título de *Minotauromaquia* (Batalha do Minotauro); alguns dos personagens se tornariam seus símbolos de marca registrada, e o tema seria retomado em futuras obras. Como de hábito, os críticos tentaram decifrar a mensagem, a maioria afirmando se tratar de outra ode à alma perpetuamente atormentada da Espanha. Em sua crítica, Gertrude Stein concordou que era uma ode ao país natal, uma vez que Picasso simplesmente "não se cansa de ser espanhol".

Mendiola sabia que perder Miguel prejudicaria seus negócios. Apesar da economia em baixa, sua oficina dava cada vez mais lucro. Assim, não foi inteiramente por se preocupar com o bem-estar de Miguel que Teodoro Mendiola aconselhou o amigo a respeito de abrir o próprio negócio em casa.

— As pessoas que trabalham em casa ficam entediadas — disse-lhe Mendiola. — Sentem-se como se estivessem sempre trabalhando, mas sem sair de dentro de casa. Em um ano a mulher enjoa do homem, e ele vai desejar ter um lugar para onde ir durante o dia.

GUERNICA

Miguel escutou, mas não achava que fosse esse o seu caso.
— Você já viu Miren? — ele perguntou.
Para um homem recém-casado com uma mulher como aquela, o tempo longe da bancada de trabalho não era para ser lamentado. Da forma como as coisas iam, cada escapada de Miguel da oficina para casa parecia uma festa-surpresa.
— Estou com sede, querida — e eles se beijavam.
— Preciso lavar as mãos, *kuttuna* — e se abraçavam.
— Já não está na hora do almoço? — e uma transa urgente em cima da mesa vinha interromper o preparo da principal refeição do dia.
Miren, de vez em quando, também o interrompia na oficina, com desculpas igualmente esfarrapadas.
— *Asto*, você podia vir pegar uma coisa para mim? — Cada pequena tarefa valia no mínimo um beijo interminável e um bom amasso por parte dela ou dele.
Mendiola tinha razão num aspecto: a cabeça de Miguel, durante o trabalho, estava quase sempre ocupada pela imagem de Miren. Porém, aquilo que o distraía era também o que o inspirava. Ele criava os mais belos trabalhos, com detalhes de fino acabamento e linhas sutilmente sensuais.
Quando torneava pernas de mesa, pensava nos tornozelos esbeltos e nas panturrilhas de dançarina da mulher. Quando chanfrava a quina de um tampo de mesa, esta tomava a forma de seu ombro nu. Visualizava o vinco entre os músculos bem definidos de suas coxas quando formatava uma peça de encaixe. Os descansos de braços das cadeiras viravam os braços dela, estreitando-se nas extremidades, com o pulso mergulhando numa mão graciosamente curvada. E, quando passava corante e dava polimento, sentia como se a estivesse massageando: primeiro o pescoço, depois as costas, descendo pela moldura da espinha dorsal, chegando às

covinhas sacrais decorativamente escareadas, e daí ao bumbum esculpido em carne cor de pinho claro envernizado. Cavilha e fenda, não tinha como deixar de associar.

A oficina cheirava a cipreste recém-cortado e cola de madeira. E, cercado por uma montanha de pó de serragem no chão, no meio de uma nuvem almiscarada de fumaça de verniz, Miguel enfim se dava conta de que a peça estava terminada. Era linda e não tinha dado trabalho algum.

— Hora de almoçar, querido. Você está pronto?

Sem saber que Miguel havia descoberto na carpintaria um fator de erotismo, Miren frequentemente se surpreendia com a disposição do marido ao deixar a oficina. Tinha que admitir que sua mente também vagava enquanto fazia massa ou lavava legumes. E, quando Miguel vinha com uma intenção clara, ela se achava igualmente excitada.

Não havia nenhum aspecto de submissão nisso, como ela fora levada a crer pelas conversas que entreouvira das mulheres mais velhas. Sim, ela era recatada, mas era lasciva também; ele era lascivo, mas também era respeitoso. E o espírito brincalhão, tão natural nela, encontrava caminhos interessantes quando surpreendia o marido com uma ou outra mordidinha ocasional ou mesmo alguma unhada leve na altura das costas, ou então, quando ele beijava sua barriga, prendendo-lhe a ponta do nariz entre o polegar e o indicador, tal como fazem as mães fingindo roubar o nariz dos filhos pequenos.

Ao entrar em casa, certa vez, Miguel pegou Miren fazendo pão. O sol do início da tarde penetrando pela janela da cozinha cobriu-a mais uma vez de luz. E o cheiro da massa invadia o ambiente. Ele foi andando na ponta dos pés, abraçou-a pela cintura com as duas mãos, puxou-a de encontro aos seus quadris e mergulhou o rosto naquele cabelo cheiroso, respirando fundo, extasiado.

GUERNICA

— Oh, meu Deus... esse seu cheiro! — ele disse.
— Oh, meu Deus, esse seu cheiro! — ela arremedou.
— Esse sabonete da Alaia é maravilhoso.
— É, Miguel, você deveria usar também.

Ela se virou dentro dos braços do marido, espalhou um punhado de farinha em seu rosto suado e correu um dedo por detrás de cada orelha dele como quem passa uma colônia. Então recuou o rosto para olhá-lo de modo que só seus quadris se tocavam.

— Veja só quanta farinha você desperdiçou — ela disse. — Não está fácil achar farinha hoje em dia, e custa tão caro...
— Ótimo, sendo assim terei que devolvê-la. Vou pô-la aqui para você pegar. — Tocou levemente com os lábios cobertos de farinha o lado do pescoço dela. — E aqui — ele disse, tocando-a do outro lado do pescoço.

No vale suave da base do pescoço ele se deteve.
— Ah, sim — ela disse. — A receita pede mais um pouco aqui também.

Ela se curvou para lhe permitir mais amplo acesso, e o pão, esquecido, foi crescendo por conta própria.

Nos momentos posteriores, os dois sempre conversavam sobre coisas íntimas. Miguel falava de pesca, da família e de como fora criado em Lekeitio, e de quanto sonhara encontrar uma Miren só para ele em algum lugar. Miren falava de dança, dos pais e da vida na *baserri*, e de como não tinha a menor ideia de que o mundo reservara um Miguel para ela. Quando a conversa murchava, ele corria nu até a cozinha e pegava um pedaço de pão ou uma maçã que os dois repartiam, tudo muito mais delicioso agora. Nenhuma inibição fazia mais sentido; ele dava comida a Miren e ficava na beirada da cama, orgulhosamente macho.

Certa noite, Miren fez um comentário que Miguel achou curioso.

— Não sei se é possível dizer essas coisas, mas sinto que acabamos de fazer um bebê — ela disse, rolando na cama para olhá-lo de frente.

Miguel esperava que assim fosse, pois uma família uniria ainda mais a vida dos dois.

— Nunca ouvi uma mulher dizer algo a esse respeito — Miren falou. — Preciso perguntar à mamãe se ela faz ideia de quando isso aconteceu com ela.

— Não, por favor, *kuttuna*, eu não quero que ela pense em nós fazendo isso. — Na cabeça, entretanto, Miguel já estava começando a planejar a fabricação de um berço.

Amaya Mezo cantarolava em suave contralto, não importa quantas horas passasse no campo com o marido Roberto. Isso fazia com que a bebê que ela carregava contra o peito dormisse como se estivesse sendo embalada num berço ao som tranquilizante de um doce acalanto. O bebê era Gracianna, seu sétimo filho, de cinco meses. Amaya não se incomodava de voltar ao campo para ajudar Roberto, mesmo sob o calor poeirento do verão ou quando o mato cortado, levado pelo vento, lhes batia no rosto e grudava em seus corpos suados. Roberto já lhe dissera inúmeras vezes que aquelas cantigas tornavam o trabalho menos cansativo. Elas eram para ele como o chamado de um pássaro.

A *baserri* dos Mezo, Etxegure, era maior do que a vizinha Errotabarri. E, nos bons tempos, os Mezo tinham mais gado, e um pomar que produzia maçãs para comer e fazer cidra. Claro, os Ansotegui só tinham uma filha, que agora morava com o marido.

Amaya Mezo não pensava nas dificuldades crescentes, perdida em seu canto e nos movimentos ritmados da *laia* de

GUERNICA

duas pontas sobre o solo, o sol nas costas e os suspiros da bebê adormecida contra seu peito. Mas Roberto de repente fez um barulho que ela nunca tinha ouvido.

Dois Guardas Civis uniformizados haviam agarrado o insuspeito Roberto, que lutou até ser subjugado por um golpe do cabo do rifle no baixo ventre. Ele caiu, e os dois guardas, cada um segurando por um braço inerte, o puseram de pé.

— Amaya, fuja! — gritou Roberto. — Vá chamar o Justo!

Mas ela sabia que não tinha tempo para procurar o vizinho; a coisa era mesmo com ela. Correu em direção aos guardas, com a criança balançando a tiracolo, brandindo a *laia* pontiaguda como se fosse uma lança. Percebendo a determinação da mulher em pô-los para correr, os guardas largaram os rifles e aprontaram os cassetetes, um mirando a cabeça de Roberto e outro apontado para o peito de Amaya.

— Mais um passo e matamos os dois — disse um deles com uma calma paralisante.

Amaya parou como se tivesse alcançado a ponta de uma corda, congelada pela visão do rifle na cabeça de Roberto.

O bebê choramingou.

— O que foi que ele fez? — Amaya quis saber. — Ele é só um agricultor.

Os guardas não responderam. Com a ponta do rifle, um deles foi conduzindo Roberto para a estrada enquanto o outro seguia atrás, com a arma sempre voltada diretamente para o peito de Amaya. E se foram.

Com o auxílio de Mariangeles, Amaya passava os dias buscando informações nos escritórios da Guarda. Após um mês, ficou sabendo que Roberto havia sido acusado por "cidadãos interessados" de vender sua produção sem cumprir com as cotas adequadas de racionamento. Quando ela quis saber quando teria lugar o julgamento, ocasião em que os acusadores seriam confrontados, disseram-lhe que tais formalidades não eram necessárias nesses tempos difíceis.

— "Cidadãos interessados"? — Justo perguntou a Mariangeles naquela noite. — É assim que se chama isso agora? Pessoas voltando-se umas contra as outras? Vou ver se consigo descobrir quem fez isso.

— Não sei o que houve, Justo — ela disse. — Só sei que ele não teve a menor chance, e Amaya terá problemas sem o marido. Com aquela criançada toda... Os problemas agora estão vindo para cá também, não é? Não quero que você faça uma besteira. Vamos tentar ser inteligentes.

O humor negro corria solto entre os homens pelas ruas e pelos cafés de Guernica. As mulheres se recusavam a participar, talvez por terem uma sensibilidade maior e um gosto mais apurado, ou talvez por serem mais fortes. Mendiola disse a Miguel que sabia que os tempos estavam difíceis quando até os gatos vadios se esgueiravam pelas ruas olhando por sobre os ombros.

O café, agora, consistia em pó reciclado sem açúcar; o pão era duro e preto, e carne era um luxo quase esquecido. Aqueles que ainda possuíam porcos os sacrificavam à noite e escondiam a carne para não serem apanhados com carne de porco não racionada. Os que haviam estocado sacos de trigo invadiam moinhos fechados à noite para processar a menor quantidade de farinha possível, arriscando-se a ser presos por fabricar pão. Outros começaram a comer as sementes de milho, e dizia-se que alguns roubavam aveia dos cochos dos cavalos na cidade, à medida que as rações para o gado viravam alimento para humanos.

Miguel passava muitos dias na floresta derrubando madeira e aprendeu que cogumelos eram comestíveis. Levava uma sacola

GUERNICA

para colhê-los. Também tentou pescar pequenas trutas no riacho para enriquecer sua pobre dieta. Contudo, muitos cursos d'água já não tinham mais peixes. Ele ficava pensando nos milhares de peixes que havia matado em sua época de Lekeitio e se perguntava como podia ter achado aquilo tão desagradável. Pensava num filé de linguado grelhado e num delicioso bacalhau.

Certo dia, ele viu uma ave rara, um tetraz, no matagal numa encosta da montanha e silenciosamente deixou cair a serra no chão. Sem tirar os olhos da presa, pegou uma pedra e foi se encaminhando bem devagar na direção da ave distraída. Dez passos, cinco passos... Miguel se ergueu e jogou a pedra, acertando o bicho em cheio. Esfregou as mãos no ar e gritou. Mal conseguia acreditar, porém quase imediatamente lhe veio um sentimento de culpa por ter caçado e matado por esporte. Mas a ave era gorda, e ele a levou para casa com alguns cogumelos. Miren correu a Errotabarri a fim de convidar os pais para jantar. Mariangeles estava preparando uma sopa de batatas e alho-poró e a trouxe como contribuição ao banquete.

— Justo pediu para começarmos sem ele e disse que viria assim que terminasse um servicinho — Mariangeles disse ao chegar.

— O que é que ele está fazendo assim de tão importante para perder um jantar especial desses? — Miguel quis saber.

— Ele não quer que eu fale nada sobre isso, mas, desde que Roberto Mezo foi preso, ele passa horas diariamente tentando ajudar Amaya e a família — disse Mariangeles, colocando a panela de sopa sobre a mesa, com cuidado para não deixar respingar nada pelas bordas. — Não tinha como ela dar conta de tudo sem a ajuda dele em determinadas tarefas mais pesadas. Justo procura levantar mais cedo e acabar rapidamente o que tem que fazer na nossa casa para poder ir logo dar uma mãozinha à família dela.

Miren tirou a ave do forno e Miguel fatiou os cogumelos e os misturou com os legumes frescos que havia colhido.

— Amaya faz questão que Justo leve para casa uns ovos ou um pouco de cereais de vez em quando como forma de pagamento, mas ele se recusa — Mariangeles acrescentou. — Isso até que ajudaria, mas eles já têm tão pouquinho... Não podemos tirar nada deles.

Enquanto eles se sentavam e acabavam de rezar, Justo chegou, o rosto e as roupas sujos e seu costumeiro jeito espaventoso claramente controlado. Até o bigode parecia meio caído.

— Alguém falou numa ave gorda? — Justo perguntou.

Miguel cravou o sinal da cruz na crosta da broa e depois cortou o pão em fatias, pegando a primeira e colocando-a sobre o console da lareira "para acalmar os mares bravios". Justo protestou, dizendo que não era época para desperdiçar comida observando tradições, ainda mais estando a muitos quilômetros do mar.

Até mesmo Mariangeles e Miren, sempre bem comportadas, suspiraram enquanto comiam a ave suculenta coberta com sal e ervas. E, durante algum tempo, o único som à mesa foi a mastigação agradecida.

— Papai.

— Sim, *kuttuna*.

— Você está fazendo uma boa ação, ajudando os Mezo.

Justo olhou para Mariangeles, a informante.

— Eles precisam de ajuda; além do que eu estava perdendo um pouco da minha força; mais trabalho me faz bem — ele brincou. — Mas aposto que ela não contou quem é que anda lá todos os dias ajudando com os pequenos, fazendo faxina e arrumando a casa. Contou?

Miren sorriu para a mãe, que ficou ruborizada ao admitir.

— Eles já ficaram sabendo o que aconteceu com o Roberto? — quis saber Miguel.

— Aparentemente, há mais ratos na cidade do que os que estão sendo apanhados e cozinhados — disse Justo.

— Algum de nós? — perguntou Miren. — Como é que as pessoas são capazes de fazer isso com os próprios vizinhos?

— Esse tipo de situação muda as pessoas... Pelo menos algumas — disse Justo. — Basta ver: quando se põem galinhas demais num mesmo galinheiro, sem comida, elas se bicam até a morte.

Eles mastigavam em silêncio.

— Caráter é muito bom quando a barriga está cheia — Justo acrescentou. — Agora a vida está ficando dura. E vai ficar ainda mais.

Era a primeira refeição saudável que os quatro faziam havia algum tempo, mas aquela conversa os deixou para baixo, de modo que Justo e Mariangeles se despediram com breves abraços e agradecimentos logo após a louça ser lavada. Os dois já estavam exaustos e tinham se habituado a ir dormir assim que escurecia.

Na manhã seguinte, bem cedo, quando Justo terminava suas tarefas em Errotabarri e se dirigia para a casa dos Mezo, Miren e Miguel vieram se juntar a ele. Sem maiores explicações, cada um pegou uma foice e começou a cortar o mato alto e espalhá-lo para secar.

— Obrigado — Justo disse a Miguel.

— Não há de quê; eu também não quero perder as forças quando ficar velho.

Amaya Mezo, depois de preparar o jantar para as crianças, saiu da cozinha sem comer nada além de umas poucas garfadas para poder se reunir logo ao trio no campo. Enquanto juntava e empilhava o feno, ela começou a cantarolar. Seus três ajudantes acertaram o passo. Para eles, aquilo soava como o canto de um pássaro, despreocupado e em paz.

Capítulo 12

A maioria nunca tivera muita coisa mesmo, portanto, não era a pobreza o que mais afetava o pessoal da cidade. Alguns nem sequer se incomodavam com a onda de arrombamentos e roubos de lojas, tendo em vista que a fome erodia os princípios das pessoas. Muitos compreendiam a situação, reconheciam como sendo da natureza humana, e eles próprios haviam considerado tal possibilidade em momentos negros. Tratava-se apenas de comida, e o prejuízo em geral era pequeno; uma janela ou uma porta quebrada.

Mas agora algo mais ameaçador enchia a atmosfera; uma incerteza que crepitava no ar, na desconfiança pelas ruas que obrigava as pessoas a olhar para baixo e não para a frente, e na noite que se anunciava pelo som de cadeados sendo trancados.

Para Miguel, era como se todo mundo estivesse se fechando, se apequenando, se tornando impenetrável. Ele via pessoas assim todos os dias, embora elas não quisessem ser vistas. Falava diariamente com elas, mas elas não queriam responder. Olhavam para cima como se andassem numa nuvem de pensamentos, tossiam uma breve saudação, e se apressavam em busca de algum lugar para se enfiar.

Outros não haviam mudado; paravam-no na rua e faziam piadas com a própria situação, perguntavam sobre os negócios e a esposa.

— Enquanto as pessoas não começarem a comer móvel, os negócios vão continuar devagar — Miguel sempre brincava, para se poupar de ficar pensando em novas respostas a cada vez.

Ele fora capaz de se manter razoavelmente ocupado com pequenas encomendas: uma arca para presentear um ou outro casal recém-casado, armários, guarda-roupas... Basicamente, trabalhos de fino acabamento para quem ainda possuía um pouco de dinheiro na cidade e dava importância a objetos que veriam tempos melhores.

Quando a barriga de Miren começou a aparecer, Miguel deu início à construção do berço. Sua esbelta esposa se relacionava com a gravidez da mesma forma como enfrentava outros desafios: sem frescuras e com uma energia que contagiava todos à sua volta. Sua figura esguia de dançarina começou logo a encorpar, e, após anos fazendo graça à própria custa de determinadas fraquezas, ela estava amando a forma como suas blusas iam ficando cada vez mais apertadas. Se a gravidez deixava algumas mulheres enjoadas ou sem desejo sexual, em Miren tinha um efeito contrário, tornando-a ainda mais libidinosa.

Depois que o berço ficou pronto, Miguel pintou na cabeceira um peixe pulando da água e, nos pés, uma dançarina de mãos para o alto e uma perna semilevantada.

— E, quando o bebê nascer e nós soubermos se é menino ou menina, vou gravar seu nome na madeira — Miguel disse a Miren certa noite.

— Eu não gostaria disso — ela respondeu.

GUERNICA

— Por quê? Assim o berço virará um patrimônio da nossa família.

— Porque, meu querido, eu não quero você tendo que fazer berços diferentes para cada um dos muitos bebês que vamos ter.

Miguel não havia pensado além do primeiro. Estava tão envolvido, tão empolgado com a ideia de ter um filho com Miren, que nem tinha cogitado de futuros acréscimos. Mas, já que ela estava tocando no assunto, ele gostou da ideia.

— Certo — disse, passando a mão pelo cabelo e segurando a nuca. — E que tal se eu gravasse só "Navarro" na tábua da cabeceira? Isso atenderia a todas as nossas necessidades.

Ele esperava que a paternidade fosse alterar sua vida, trazendo novas responsabilidades e algumas restrições. Mas não podia imaginar que teria alguma consequência sobre o negócio da carpintaria. Depois que Catalina nasceu, Miguel se viu meio que trocando seus projetos de trabalho pela fabricação de coisas para ela, começando com brinquedos e mobílias e evoluindo para objetos que possivelmente ela não usaria durante anos.

Concluído o berço, Miguel passou para uma cadeira alta, de modo que ela pudesse algum dia sentar com eles à mesa. Em seguida, construiu um conjuntinho de mesa e cadeiras para quando ela convidasse as amiguinhas para um chá imaginário. Fez um cavalo de rodas para ela sair empurrando por aí, mas, em vez de cavalo, preferiu um carneiro. Pegou uma cabeça de carneiro desbotada pelo sol com chifres arredondados que vira em Errotabarri, pintou-a de uma cor escura para ficar menos assustadora, limou as pontas dos chifres por medida de segurança, e adaptou-a ao corpo do brinquedo.

Mendiola sempre criticou Miguel pelo pecado do excesso, dizendo que seus projetos eram mais apropriados para uma oficina naval. Em parte como gozação com Mendiola, Miguel projetou o carrinho de bebê de Catalina em formato de barco. As laterais eram de carvalho maciço e as bordas superiores eram como amuradas que se afunilavam na proa pontuda. Miguel gostou da ideia do "barquinho" e tratou de provar a Mendiola como era fácil empurrá-lo com suas rodas enormes.

— E essa cobertura pode ser abaixada no caso de tempestades no mar, certo?

— Pode acontecer de ela um dia precisar sair com tempo ruim, é claro — Miguel respondia. — Então, por que não fazer algo resistente? Quem sabe quantas crianças vão acabar usando esse negócio?

— E, quando vier o dilúvio, Catalina pode ir dar uma volta de barco em vez de um passeio tranquilo a pé, não é verdade?

— E ainda pescar enquanto isso — Miguel dizia.

Logo o espaço para se movimentar dentro de casa era pequeno em meio a tantos móveis. Miren considerava cada peça um tesouro de família e se maravilhava com a habilidade do marido, mas apontava a impraticabilidade de guardar tantas mobílias de criança. Quando falava a respeito com outras jovens mães conhecidas, algumas demonstravam interesse em comprar o que Miguel já havia feito ou então em encomendar peças semelhantes para os filhos.

Os negócios iam devagar, já que a demanda por armários, arcas, mesas e cadeiras diminuía, mas os pedidos de móveis infantis o mantinham ocupado. O toque pessoal que imprimia, ao gravar o nome de família em cada berço ou cama de criança, aumentava o interesse e permitia a Miguel cobrar preços mais altos, já que se tratava de peças valorizadas como patrimônio familiar de longa duração. Miguel, com o maior tato, às vezes precisava recusar esse diferencial para determi-

GUERNICA

nados clientes. Quando Cruz Arguinchona pediu um berço para seu bebê, Miguel precisou dividir o sobrenome em duas partes na cabeceira, coisa que Cruz entendeu e até gostou.

Mas, quando Coro Cengotitabengoa encomendou um berço, Miguel lhe disse que teria que gravar o nome na cabeceira, nos pés e nas duas laterais. Então eles optaram por um belo *lauburu* entalhado na madeira.

Antes de Catalina completar um mês, Miren mal conseguia se lembrar do tempo em que não era mãe. À noite, Catalina só precisava choramingar ou gritar algumas poucas notas para que um dos pais se levantasse. Miguel costumava ir até o berço ao lado da cama, pegar Catalina, limpá-la e trocar suas roupinhas, e só então a levava para a mãe amamentar. Às vezes, Miren se sentava na cadeira de balanço que Miguel construíra e dava de mamar enquanto cantarolava para o bebê. Em outras ocasiões, ela se limitava a dobrar os travesseiros atrás da cabeça e se recostar na cama. Miguel, então, dobrava também seu travesseiro e, não importando a hora e a escuridão e quão cedo teria que ir para a floresta, ficava observando aquela sublime relação entre mãe e filha.

— *Astokilo*, vá dormir; não precisa ficar acordado para isso — ela sempre lhe dizia. — Não há muito o que fazer para ajudar nessa hora, você sabe.

Mas ele sempre ficava esperando Catalina terminar e receber as tradicionais palmadinhas no ombro de Miren antes de ser devolvida ao berço. Beijava-lhe a cabeça e sentia o cheiro de seus cabelos ralos e o hálito de leite que ela exalava dormindo. Só então voltava à cama, beijava a mulher — que geralmente já havia pegado de novo no sono — e lhe agradecia por alimentar sua garotinha.

À tarde, Miguel e Miren sentavam-se lado a lado para conversar com Catalina. Afinal, nunca existira criança como aquela, tão inteligente, linda e bem comportada. Por que ninguém lhes havia contado sobre as maravilhas da paternidade?

— Viu como ela agarrou o meu polegar? — dizia um. — Deve ser sinal de precocidade. Aqui, veja como os olhos dela acompanham o meu rosto quando eu viro para lá e para cá. E esse sorriso... Ela vai partir corações assim que nascerem os dentinhos.

Miren ensinava a Catalina seus passos de dança antes mesmo de ela ser capaz de firmar a própria cabeça. Segurando a filha na caminha improvisada de sua saia, Miren punha as mãos para fora de modo que Catalina pudesse agarrar seus polegares. Erguia os braços da menina sobre a cabeça e os movimentava num ritmo suave.

— É assim que se dança a *jota* — dizia. Em seguida, pegava os pezinhos descalços da bebê e beijava as arcadas macias até Catalina dar uma risadinha que soava como pequenos sinos. Balançava aqueles pezinhos de um lado para o outro ao ritmo rápido da música.

— Você, minha filha querida, um dia muito em breve será a melhor dançarina de Guernica.

Quando Catalina via Miguel pelos ombros da mãe, começava a pular furiosamente como uma perereca, animada com a visão do pai.

— Não é sempre assim? — Miren dizia com voz infantil.

— Papai para brincar; mamãe, para dar de comer.

— Mas a gente vai deixar para a mamãe a responsabilidade pelas aulas de dança — Miguel dizia, adotando o mesmo grau elevado de excitação que costumava empregar para alegrar a filha.

Os pais se viam na figura da filha bebê, o mesmo colorido claro-escuro, os cabelos pretos finos e os olhos negros amendoados que já começavam a lembrar os da mãe.

GUERNICA

Começou com Josu Letemendi, um vizinho que ajudava Alaia Aldecoa a colher os aromas de seus sabonetes. Ele apreciava tanto a companhia dela que frequentemente cortava lenha, abastecia a lareira, aquecia a água e limpava a casa. Eles conversavam de vez em quando sobre uma série de assuntos enquanto caminhavam pelos campos ou ela calculava a quantidade de ingredientes para a fabricação dos sabonetes.

Josu nunca fora um rapaz bonito, com uma cabeça grande entre os parênteses formados pelas orelhas perpendiculares. Merecia pouca atenção das garotas na escola ou nas *erromerias*. Sentia-se mais à vontade perto de Alaia do que jamais se sentira com as garotas da aldeia, mesmo ela sendo infinitamente mais linda e exótica.

Algumas vezes, na cabana, ficava mais fácil para Josu simplesmente passar a mão pelos ombros de Alaia para guiá-la até alguma vasilha ou jarro que contivesse o ingrediente específico de que ela precisasse. Alaia se percebeu querendo aqueles toques. Uma noite, quando Josu a posicionava diante do leite e de um pote, em vez de ir em direção aos ingredientes, Alaia recuou ligeiramente, lentamente, de modo que suas costas encostassem no peito dele.

O laço do avental dela fez contato bem abaixo da cintura dele. Num segundo, ele a puxou para mais perto até que os cabelos dela tocassem seu rosto.

— Uh... — Josu pediu licença com um som indefinível.

— Sim — Alaia respondeu.

Os sabonetes ficaram abandonados por vários dias.

Daí a seis meses, entretanto, Josu foi chamado a Bilbao para trabalhar na *taberna* de um tio. Ele voltaria a Guernica várias vezes por mês para rever a família e também para ajudar Alaia, mas ambos sabiam que a distância impediria a relação de prosseguir além do que tinha ido, uma fase de felizes descobertas.

Foi então que surgiu o senhor Zubiri e começou a ajudar Alaia, e ele também logo proporcionou a ela um refúgio físico sem nenhuma outra expectativa que não o toque e o segredo. Era diferente com o paciente e agradecido senhor Zubiri. Mas sempre era satisfatório para Alaia e certamente muito mais para o viúvo Zubiri. Ao mesmo tempo, outro homem que costumava lhe levar ovos começou a receber atenção semelhante. Alaia foi se acostumando à delicadeza e ao ritmo do contato humano. Os homens se mostravam gratos, e seus gemidos de aprovação a deixavam cada vez mais criativa e excitada. O parceiro não fazia grande diferença para ela, e a aparência do homem com certeza não a afetava. Quem a frequentava aprendeu que aquilo nada tinha a ver com visita social; ela demonstrava pouca paciência com explicações, comentários e queixas sobre relacionamentos anteriores, política ou a situação das colheitas. Não estava ali para ouvir confissões ou oferecer absolvição. Aceitava trocas, serviços, galinhas, ovos, pão, vinho, lenha ou material para seus sabonetes.

Numa cidade fofoqueira que valorizava a fidelidade, Alaia até que tinha clientes regulares. Sua clientela consistia basicamente de viúvos, solteirões curiosos e rapazes que não tinham nada na cabeça. As habilidades de Alaia eram grandemente desperdiçadas com estes últimos, uma vez que era seu costume, antes de qualquer coisa, lavá-los bem com água quente e um de seus sabonetes especiais, coisa que muitas vezes sanava o problema, espantando a visita logo de cara.

Se certos devotos da cidade soubessem das atividades de Alaia Aldecoa, possivelmente se reuniriam para queimá-la viva fora de sua casa, amaldiçoando a cegueira. Mas a maioria praticava a mais fundamental das ortodoxias do pragmatismo. Caso fosse uma garota dotada de todos os atributos dados por

GUERNICA

Deus, teria sido destratada, talvez até apedrejada pelas mulheres no mercado da cidade.

Era essa questão da necessidade o que a diferenciava. Se não honrosa, a posição de Alaia Aldecoa era encarada como desculpavelmente prática e tolerada, quando não ignorada, pela maior parte da comunidade. Como inevitavelmente certos detalhes de suas atividades vazavam, ela era chamada de a fabricante de sabonetes da cidade, raramente nada além disso.

Como a *amumak* faladora podia ignorar uma prostituta em sua cidade quando uma mera suspeita de flerte entre vizinhos era capaz de desencadear décadas de hostilidade? Pois Alaia Aldecoa, trancada num convento quando os pais descobriram sua cegueira, era uma das filhas carentes de Deus.

O fato de ela ser capaz de se sustentar apesar da deficiência física era avaliado como ligeiramente mais admirável pelo fato em si do que reprovável pela imoralidade. Ela era informalmente evitada por muitos dos que conheciam o segredo sussurrado, que lhe viravam as costas sem comentários. Mas a maioria racionalizava, defendendo que a garota oferecia alívio aos viúvos e aos rapazes que, de outra forma, estariam dando em cima de suas filhas e netas acima de qualquer suspeita.

Outro fator contribuía para as vistas grossas da comunidade: todos sabiam que Justo Ansotegui a tinha em alta consideração e que não toleraria comentários desairosos. Todos conheciam e respeitavam Mariangeles Ansotegui incondicionalmente. E Miren Ansotegui? Ela era mais próxima à garota cega que uma irmã, e dizer algo indelicado sobre Alaia seria o mesmo que pensar mal de Miren. E poucos seriam capazes disso.

Alaia não tinha como saber que a cidade havia estabelecido um consenso em torno de seu estilo de vida, uma vez que não tinha perfeita consciência de quanto sua falta de visão era reconfortante para os homens. Equivalia à dádiva do anonimato numa época em que não ser reconhecido era a segunda prioridade de um homem. Ela sabia quem eles eram, pelo menos a maioria. Sabia pelas vozes, já os tendo encontrado algumas vezes no mercado. Mas nunca havia um nome, nunca uma conversa, na maior parte das vezes, nem sequer uma troca de palavras. Os homens batiam à sua porta com uma galinha depenada, um punhado de ovos, uma corda de embutidos. Se estivessem a fim de bater papo, ela conhecia inúmeras maneiras de acabar logo com a conversa.

Com toda a solenidade, Justo Ansotegui desarrolhou o vinho e serviu pequenas doses à mulher, à filha e ao genro. Enquanto o vinho borbulhava pelo gargalo, Justo imitava o barulho: "Glug, glug, glug". Outra garrafa. "Glug, glug, glug."

— Esta — ele anunciou servindo um copo para si próprio — pode ser a última garrafa de *txakoli* que veremos por um bom tempo. Com a próxima garrafa, devemos comemorar a gloriosa derrota dos porcos da Falange.

— Não os chame de porcos, papai, isso me faz pensar em comida — disse Miren, sublinhando a palavra "comida" como se estivesse saboreando cada sílaba. Fazia meses que um porco fora morto nas vizinhanças, e as vacas de Miren tinham sido sacrificadas, uma a uma, em anos anteriores. Essa dieta de restrição de proteínas produzia fisionomias mortiças e ombros curvados mesmo entre os cidadãos mais robustos da cidade.

Eles tomavam o vinho claro e frutado em pequenos sorvos para fazê-lo render.

Em geral, nessa hora, quando o primeiro gole de vinho lhe umedecia a garganta, Justo começava a contar histórias. Mas Miren não deu ao pai a chance de iniciar algum relato que poderia le-

GUERNICA

var uma hora para terminar antes que ele finalmente o relacionasse a um exemplo da própria força ou de seus poderes místicos.

— Papai, Miguel está pensando em se alistar no exército e eu quero que você o faça mudar de ideia — Miren disse.

— Ele é homem, e eu diria que você exerce mais influência sobre ele do que eu — Justo disse. — E, na força física, *kuttuna*, você gostaria que eu lhe devolvesse um marido todo arrebentado?

— Não, eu não *quero* me alistar no exército — Miguel irrompeu, baixando o copo com uma força inesperada. — Eu não quero lutar contra ninguém. Quero que me deixem em paz, mas não acho que eles vão deixar.

— Bom homem — disse Justo. — Eu também não vou deixar que isso aconteça.

— Não comece, papai, agora ele é pai — disse Miren, apontando para Catalina, que dormia no carrinho. — Atualmente eles estão atrás de homens solteiros para alistar.

— Não se engane, eles vão pegar quem conseguirem — Mariangeles interveio. — Eu quero que vocês dois prometam não fazer nenhuma besteira.

— E nós alguma vez fizemos besteira? — Justo objetou.

— Vocês são homens — disse Mariangeles.

Os quatro concordaram com a cabeça.

— Papai, Miguel está pensando em trocar algum móvel por um rifle; eu já disse a ele que isso só vai nos trazer problemas — Miren disse.

Justo concordou nesse ponto.

— Eu tive uma péssima experiência com um rifle certa vez.

— Miguel diz a mesma coisa a respeito de boinas — disse Miren.

— Não, filho, você não tem necessidade de um rifle, e eu não tenho necessidade de um rifle — disse Justo, apertando as mãos como se estivesse estrangulando o pescoço magrelo de um fascista. — Enquanto ninguém puser os pés em Errotabarri, eu não vou precisar de arma.

— Provavelmente era isso o que Roberto Mezo pensava também — disse Mariangeles.

Miren escutara os relatos de atrocidades e sabia que havia riscos e ameaças, mas era incapaz de compreendê-las. Essas coisas aconteciam, mas não com ela, não ali. Era muito embaraçoso dizer isso, mas ela sentia que, se ao menos pudesse conversar com Franco, sentar-se a seu lado, seria capaz de esclarecer aquilo tudo. Poderia fazê-lo ver a importância de acabar com a guerra, especialmente a luta contra os bascos. Poderia convencê-lo. Ele a veria como um ser humano que não merecia ser prejudicado. Poderia ensinar-lhe uma *jota*.

— Nós nunca invadimos o território de ninguém — Miren disse, na esperança de um tratamento igualitário.

— Xabier estudou essas coisas e me disse que, quando os romanos vieram, nós os apoiamos porque eles construíram pontes — disse Justo. — Deixamos que ficassem por aqui um pouco, construíssem estradas, e depois os vimos partir quando perderam o interesse.

— Será que pode acontecer o mesmo com Franco? — Miren quis saber. — Ele não poderia vir sem brigas e nada mudaria? — Todos sabiam que não fora bem essa a abordagem dos rebeldes em outros lugares.

Mariangeles viu uma realidade mais nítida:

— Estes agora não são romanos; são espanhóis, e, queiramos ou não, estamos na Espanha. Pelo menos é assim que eles veem. Franco já deixou claro que quer se ver livre dos bascos.

Justo caiu na defensiva.

GUERNICA

— Nós sempre lutamos nos bosques e nas montanhas e ludibriamos os invasores até que, fosse lá o que eles pretendessem de nós, não valia a inconveniência de ser incomodados em seu sono ou ser jogados de alguma trilha nas montanhas.

— Franco é o demônio — prosseguiu Mariangeles. — Eu escutei no mercado que ele executou o próprio primo no primeiro dia da revolta. E também que a maioria dos Guardas já debandou para os rebeldes. Deter os fascistas na Espanha é algo que precisamos conseguir. Mas, com os alemães e os italianos juntando-se a eles, e sem ninguém verdadeiramente interessado em nos ajudar, é diferente.

Miguel sentiu um surto de raiva misturada com obstinação. Começou a entender o que Dodo tentara lhe dizer anos atrás, que chegaria a hora de lutar.

— Será que não podemos fazer nada, apenas permitir que nos invadam e tomem conta de tudo?

— Certas pessoas por aqui só estão esperando por isso, para lhes dar as boas-vindas — Mariangeles relembrou. — Existem falanges na cidade, você sabe. Acham que dar apoio a Franco é a melhor maneira de se protegerem. Quem vocês acham que delatou Mezo? A maioria dos padres na Espanha está com Franco. Ele tem o apoio do Vaticano.

Miren ficou boquiaberta.

— A Igreja quer que Franco vença?

— Xabier disse que é verdade; a coisa sempre vem de Roma — disse Justo. — Mas muitos padres bascos estão ignorando o Vaticano e apoiando o exército republicano.

Os quatro voltaram a atenção para seus copos enquanto Justo servia igualmente o restante do vinho e erguia o copo num brinde que marcava o fim das discussões.

— Lembremo-nos de um dos meus ditos preferidos — disse Justo –: "Nem tirano, nem escravo... Nasci um homem livre, e livre morrerei".

Eles tocaram a borda dos copos, que tiniram delicadamente dentro de Errotabarri.

Capítulo 13

Miguel era contra a tradição porque parecia um ato de profanação. Mas Justo insistia, tendo Mariangeles e Miren como conspiradoras entusiastas. Catalina precisava furar as orelhas, tal como Miren na idade dela.

Entre as muitas vantagens genéticas de ser basco, Justo relembrava, estava a presença de lóbulos de orelhas gloriosamente adornados. Os antigos furavam os lóbulos das meninas ainda bebês e os cobriam de enfeites como uma espécie de afirmação da sua pureza basca. Sem jamais deixar de alardear um sentimento de superioridade, criaram um slogan desdenhoso para se referir a quem não era da comunidade: "os Orelhas-Cotós". Assim, Mariangeles e suas irmãs tiveram as orelhas furadas quando ainda estavam no berço, e com Miren ocorreu a mesma coisa. Por mais que Miren quisesse preservar o costume, ela sabia que não tinha condição de realizar o procedimento, deixando a missão para a avó Mariangeles, com suas mãos experientes no assunto.

Reuniram-se todos em Errotabarri para a cerimônia, e Miren deitou Catalina numa mesa, onde ela ficou se remexendo, choramingando e erguendo os braços, apertando e esfregando os dedinhos, na tentativa de mostrar àquelas criaturas enormes e indiferentes que preferia estar no colo de alguém.

O procedimento era tradicional. Uma pequena agulha de costura, com uma linha de seda fina passada pelo buraquinho, era esquentada no fogo. Cortava-se um pedaço de batata crua que era fixado atrás do lóbulo da criança, de modo a oferecer resistência. A bebê era contida pelos braços e pela cabeça para se manter imóvel; o lóbulo era perfurado e a linha de seda ficava ali para não permitir que o orifício cicatrizasse. Diariamente, uma ou duas gotinhas de azeite lubrificavam a linha, que era puxada para a frente e para trás a fim de conservar a passagem aberta até cicatrizar e ser possível enfiar através dela um anel ou um cordãozinho.

— Miguel, estes são os brinquinhos de bebê que Miren e eu usamos — disse Mariangeles, tirando de uma caixinha o pequenino *lauburuak* de prata fixado por tarraxas.

Embora a proporção fosse de quatro para um, a irrequieta Catalina não se deixava subjugar. Justo segurava sua cabeça, mas estava mais preocupado em alisar seus lindos cabelos negros; Miguel segurava-lhe os braços, mas com receio de machucar a menina se empregasse sua força; Miren agarrava-lhe as pernas, mas sempre que Catalina se remexia, a resistência da mãe servia apenas de base para que a criança se virasse toda na direção de Justo na cabeceira da mesa.

— Minha nossa, parece que estamos sacrificando um carneiro; e é só uma nenezinha — Mariangeles observou.

Eles mantiveram uma pressão passiva, mas aparentando maior determinação nas fisionomias graves. Quando a agulha quente penetrou sua orelha esquerda, Catalina reclamou, mas não resistiu muito ferozmente, e a linha foi introduzida no

GUERNICA

lugar enquanto Mariangeles limpava as gotas de sangue. Os soluços tímidos da menina lhes deram uma falsa confiança, e Justo, Miguel e Miren achavam-se despreparados para a reação carregada de adrenalina no momento em que a agulha deu início à segunda perfuração. Catalina virou a cabeça, vencendo o frouxo controle de Justo, e o sangue escorreu.

— Merda! — Era o primeiro palavrão que alguém ouvia da boca de Mariangeles.

A avó tentava estancar o sangue com a saia enquanto os urros de Catalina deixavam os pais mortificados. Quando a criança se acalmou o bastante para permitir um exame, ficou claro que o movimento brusco fizera com que a agulha abrisse um rasgo na orelha da menina.

— Vai cicatrizar? Ela vai ficar bem? — Miren perguntava, descontrolada.

— Ela vai ficar bem; acho que vai cicatrizar, sim — respondeu Mariangeles. — Podemos tentar novamente, um pouco mais em cima, daqui a alguns meses.

Exausta, Catalina chorava e berrava em cima da mesa, estendendo os bracinhos para Miren. Mariangeles, sentindo-se culpada e com medo de que a neta fosse culpá-la por aquilo para todo o sempre, entregou o bebê a Miren.

O silencioso constrangimento na sala só era quebrado pelos choramingos de Catalina, até que Miguel começou a rir, baixinho de início, e depois mais alto. Os demais o olhavam com ar de censura.

— Miguel — Miren falou asperamente.

— Meu Deus! — disse Miguel. — Olhem para ela, nossa garotinha tão perfeita vai ficar parecendo o *aitxitxia* Justo!

Justo levou os dedos à ponta enrugada de sua orelha direita e não teve como conter o sorriso que lhe subiu pelas bochechas a ponto de deixá-lo meio vesgo.

Jean-Claude Artola dissera a Dodo que a pessoa com que ele deveria se encontrar estaria no Pub du Corsaire (Bar do Corsário), na Rua da República. Ele sabia que Saint-Jean-de-Luz era famosa não só como porto para os renomados baleeiros bascos, mas como refúgio de alguns dos corsários mais sanguinários e mercenários e seus navios piratas desde o século XVII. Dodo abriu a porta e se viu no ventre em madeira-de-lei de um navio corsário. A luz de lanternas douradas recortava as sombras. Piso de carvalho e juntas grossas fixavam as cordas falsas ao deque superior. No centro, o mastro principal descia até a quilha. O balcão corria perpendicularmente à viga-mestra, da lateral esquerda ao meio do navio. Quase dava para sentir o cheiro de mar.

— Estou em casa — ele disse para ninguém.

Algumas mesas e assentos corridos se amontoavam perto da "proa", e Dodo foi se instalar numa ponta do balcão. Uma mulher sentada com amigos imediatamente se levantou; um cachorro dormia a seus pés.

— *Allez, Déjeuner* — ela disse para o cãozinho de pelo eriçado enquanto se aproximava de Dodo.

Déjeuner? Almoço. Ele entendeu a divertida associação.

— Você deve ter comido recentemente na Espanha — Dodo disse à mulher. Com um cinto largo cingindo a saia na cintura sob uma blusa solta, aquela mulher tinha tudo a ver com o ambiente. Parecia capaz de assaltar o convés ao lado dos corsários, foi o que pensou Dodo. Passaram-lhe pela mente imagens de maliciosas delinquências e travessuras femininas. Era o tipo de mulher, disso ele tinha certeza, com quem um homem poderia experimentar porções infinitas de inferno.

Em questão de minutos, ele ficou sabendo que se tratava de Renée Labourd, a mulher que lhe disseram para procurar.

GUERNICA

Em semanas, os dois estavam juntos, atraídos sobretudo pelas próprias qualidades que um via no outro. Para Dodo, Renée tinha alguma coisa selvagem. Para Renée, Dodo demonstrava, das maneiras mais interessantes, ter o espírito de seu pai. Sentindo o potencial do rapaz, Renée começou a introduzir Dodo nas artes crepusculares, o "*travail de la nuit*", que era o negócio de sua família havia gerações. A mãe e o pai dirigiam um pequeno albergue na estrada para Sare, cidade a sudeste de Saint-Jean-de-Luz que ficava próxima a inúmeros passos montanhosos ao longo da fronteira espanhola e era tida como a capital dos *contrebandiers* que exploravam um negócio clandestino bem-sucedido de importação/exportação. Durante várias gerações, a família Labourd alugava quartos, com vista para a montanha de cada uma das janelas com persianas e jardineiras floridas, e servia uma deliciosa comida franco-basca ao pessoal do lugar e aos hóspedes. Mas seu verdadeiro negócio sempre fora o atravessamento de mercadorias pela fronteira.

Depois de ouvir de Dodo os relatos de suas primeiras noites desastrosas nas montanhas, Renée lhe ensinou a teoria e a prática do negócio. A evasão criativa de impostos ilegais, tarifas injustas e apreensões absurdas não tinha nenhuma conotação negativa entre as pessoas que ali viviam, ela afirmou. A fronteira estava em local errado; não era reconhecida por nenhum residente de ambos os lados porque suas famílias tinham sido constituídas antes do traçado aleatório nos mapas.

Os pais de Renée a tinham usado desde pequena para distrair os Guardas ou gendarmes, pondo-a para dançar, cantar ou contar histórias para eles; enquanto isso, mamãe e papai passavam ao largo com nada menor do que um elefante carregando um piano. Em algumas noites, eram coisas simples, como caixotes intermináveis de vinhos e queijos franceses; outras missões eram mais complicadas, como conduzir fileiras de cavalos encosta acima até os passos.

Certa noite, encerrada a entrega, Dodo e Renée iam caminhando de mãos dadas pelo posto de controle como dois namorados apreciando o luar. Enquanto recebiam permissão para passar, os guardas foram chamados a investigar atividades suspeitas nas proximidades. Dodo e Renée pararam para observar os dois guardas de armas em punho desaparecendo na escuridão. Penetrando na guarita abandonada, Dodo e Renée trataram de embolsar a maior quantidade possível de formulários em branco para uso futuro, pegaram a caixa de munição de reserva, e fizeram amor em cima da mesa do capitão.

Miguel foi andando bem devagar, pé ante pé, até se acocorar na vegetação rasteira à beira do riacho. Ali dava para pescar, mas já não era mais por diversão. Agora era uma questão de matar a fome. Como praticamente tudo mais em suas vidas, tratava-se de trabalho sério e duro. Mas, naquele dia, ele pegou seis trutas como há muito tempo não conseguia. Duas seriam para o jantar, duas serviriam como um belo presente para Mendiola complementar a refeição da família, uma abrilhantaria a noite do viúvo Uberaga, seu vizinho, ficando uma de reserva.

— Miren, você deveria levar um peixe para Alaia — ele sugeriu. — Não sei o tipo de ajuda que ela está tendo de Zubiri. Pode ser uma boa surpresa.

Miren gostou da lembrança do marido, e, assim que acabaram de comer, ela se dirigiu à cabana da amiga, na esperança de chegar a tempo de ela poder preparar a truta para o jantar. Miren nunca ouvira Alaia reclamar, mas a escassez de alimentos deveria estar afetando-a tanto quanto qualquer um na ci-

GUERNICA

dade. Só vender barras de sabonete baratinho no mercado não era suficiente para Alaia viver.

Passando pela porta, ela gritou:

— Alaia, veja só o que Miguel mandou...

Na verdade ela não pôde ver bem a amiga; apenas umas nádegas brancas e peludas subindo e descendo.

"Uuugggg." Era o velho Zubiri, que ela só reconheceu depois que seu grito o fez desmontar em pânico e levantar o macacão que estava arriado até os tornozelos. Sem ter nem sequer se incomodado em tirar as botas, ele só precisou ficar de pé, endireitar o macacão e passar voando por Miren rumo à porta que ela deixara aberta. A boina se manteve firme no lugar o tempo todo.

Miren não disse nada. Ficou ali em pé, paralisada, com o peixe nas mãos.

Alaia sentou-se na cama, respirou fundo, e se preparou para o inevitável interrogatório. Mas Miren continuava atônita e muda.

— Miren?

Miren estava paralisada ante duas revelações: um homem com a idade avançada de Zubiri ainda fazia sexo, e sua amiga, toda nua ali na cama, era tão linda que não a deixava desviar os olhos. Sua figura era luxuriosa, cheia de curvas bem proporcionais, e tinha os bicos dos seios arredondados e escuros como castanhas.

— Miren... oh — Alaia notou o constrangimento da amiga e pegou o vestido de algodão cinza, com toda a calma, tateou em busca de identificar a frente e, então, colocou-o pela cabeça.

— Miren? — ela chamou, ajeitando o vestido.

Miren foi se recuperando da surpresa e pôs o peixe sobre a mesa.

— Trouxe um peixe para você — ela disse. — Posso ajudar a fritá-lo se você estiver com fome.

— Pode falar, Miren.

— Alaia, como você foi se apaixonar pelo velho Zubiri?
O acesso de riso de Alaia deixou Miren mais uma vez chocada.
— Eu não estou apaixonada pelo Zubiri — ela disse. — Nós dois somos uma espécie de... sócios.
— Então por que... bem... isso não parecia negócio.
— Ele me ajuda com a comida; traz as coisas de que preciso para os sabonetes, leite, lenha para o fogão... — Alaia disse.
— E você?
— Eu o ajudo com aquilo de que ele estava necessitado há tempos.
Miren se perguntava como Alaia tinha sido capaz de se trocar por coisas que ela própria, Miren, poderia providenciar com o maior prazer. Se precisasse de ajuda ou de comida, bastaria lhe pedir. Miguel poderia cortar e empilhar a lenha. E seu pai e sua mãe também poderiam ajudar. A amiga não precisava recorrer àquilo.
— Miren, não é só Zubiri. Também há outros, e não vou lhe dizer quem são, porque eles esperam que eu guarde segredo. Alguns, na verdade, não querem acreditar que eu sei quem são.
— E você tem *muitos* sócios?
— Miren, eu sei o que estou fazendo. Não preciso arranjar desculpas, só quero lembrar que passei dezoito anos naquele convento. Eu cresci no meio de dezenas de freiras.
Miren murmurou alguma coisa entre dentes que Alaia não conseguiu entender.
— Miren... eu já estou bem crescida. Faço isso porque quero. Se você se preocupa comigo, eu agradeço, mas deixe-os fora disso.
Miren tinha pouca experiência nessas coisas e se achava mais ingênua do que pudica. Se é que podia interessar a Alaia, ela também gostava do contato físico, sim, tanto que passava boa parte do dia só pensando nisso enquanto Miguel estava trabalhando. Mas era diferente.

GUERNICA

— Até com um velho? — Miren perguntou. — Você gosta?
— Continua sendo uma troca — Alaia explicou. — Atende a uma necessidade dele, e posso lhe jurar, por menos que você acredite, em vista de seu amor pelo Miguel, também me ajuda.
— Você faz com qualquer um?
— Não faço perguntas, pois não quero que também fiquem me fazendo perguntas — disse Alaia. — Sei quem são. Ouço-os no mercado; sou capaz de reconhecer a maioria, embora eles gostem de pensar que não posso. Se percebo que é um homem casado que surge à minha porta, ajo como se ele tivesse vindo comprar sabonete, e então digo que só vendo no mercado às segundas-feiras. Mas também não fico julgando as pessoas. Não tenho tempo para isso.
Miren estava ruborizada; os aromas, o riacho murmurando, a descoberta perturbadora de que sua melhor amiga era... o quê? Qual era mesmo o nome que se dava a isso?
— Espero não tê-lo espantado — Miren disse. — Eu me sentiria péssima sendo responsável pelo fracasso do seu negócio. Você vai ter que dar duro para conseguir novos clientes.
— Acho que ele vai voltar — Alaia especulou. — Só tenho que passar a lembrar de trancar a porta quando estiver com visita. Acho que isso dará maior segurança. Eu só pediria que você, quando encontrar o senhor Zubiri pela cidade, não fique apontando para ele. Não quero que nada disso ultrapasse os muros daquele convento.
Miren se lembrou da impossibilidade de Alaia ter filhos, o que satisfez um dos itens práticos de sua curiosidade. Como a notícia se espalha se ela é escrupulosamente confidencial? Como evita a chegada de mais de um ao mesmo tempo? Será que tem uma agenda? Será que ela lhes vende sabonetes depois? Esforçando-se para conter a curiosidade, Miren recordou-se

das palavras do tio Xabier quando certa vez ela pediu para ele explicar o caráter instável de uma certa pessoa da cidade.

— Bem, nós estamos aqui para testemunhar, não para julgar — Miren disse a Alaia, tentando imitar Xabier.

— Muito bem — disse Alaia. — Eu não espero que você compreenda, só espero que confie em mim.

— Tenho que lhe dizer uma coisa, Alaia... O que me incomoda é ter testemunhado imagens de que provavelmente nunca me livrarei.

— Como?... Não foi uma cena agradável?

Miren não disse nada — sentia-se machucada demais para tentar bancar a esperta –, mas pensou que era a primeira vez que invejava a falta de visão de Alaia.

O padre correu a portinhola que emprestava ao confessor um pretenso anonimato.

— Bem-vindo, meu filho — ele disse, sentindo-se meio ridículo por receber daquela forma um homem já na casa dos quarenta. Mas fazia parte do protocolo.

— Perdão, padre, porque pequei — uma voz anunciou no costumeiro tom baixo e grave que a situação exigia. — Está fazendo uma semana que me embebedei pela última vez com o meu padre.

— Isso vai lhe custar dez pais-nossos e outra garrafa para o padre. Porém, para o nosso novo presidente, a penitência fica revogada.

Às vezes, se Xabier não podia ser encontrado na sacristia quando ele buscava seu aconselhamento particular, Aguirre se ajoelhava diante do confessionário para conversar com seu conselheiro informal. Essa situação de confissão ganhara mais importância nos últimos meses. Na tentativa de conquistar seu apoio na luta contra os rebeldes, o encalacrado governo republicano tinha garantido a nacionalidade aos bascos. Conforme se esperava, Aguirre fora nomeado presidente, e assumiu o cargo em Guernica numa cerimônia propositalmente discreta. Ninguém via vantagem em alardear o evento para potenciais assassinos franquistas, que não ficariam nada satisfeitos com seu juramento naquele dia.

— Humilde perante Deus, altaneiro em solo basco, relembrando nossos ancestrais, sob a árvore de Guernica, juro solenemente cumprir minha missão — Aguirre prometeu antes de anunciar sua declaração de guerra.

"Somos contrários a esse movimento rebelde, que é subversivo no que diz respeito à autoridade legítima e hostil à vontade do povo, porque a isso somos obrigados por nossos princípios profundamente cristãos", afirmou ele. "Acreditamos que Cristo não prega o uso das baionetas, de bombas ou de poderosos explosivos. Até que o fascismo seja derrotado, o nacionalismo basco permanecerá a postos."

Numa época em que informantes, espiões e adversários políticos certamente vigiavam quem estivesse na posição de Aguirre, os encontros com o padre Xabier num confessionário meio escondido por detrás de uma coluna de concreto ofereciam uma privacidade muito bem-vinda.

— Más notícias — Aguirre anunciou calmamente.

— E existem de outro tipo?

— Trabalhadores e camponeses estavam tentando defender Badajoz dos rebeldes de Franco, e fazendo um trabalho surpreendentemente bom — relatou Aguirre –, mas as tropas africanas que lutam ao lado dos rebeldes ficaram tão irritadas com a resistência que levaram todos para uma arena de touros e metralharam todo mundo.

— Malditos sejam — disse Xabier, esquecendo-se de onde estava.

Aguirre fez uma pausa.

— Quatro mil mortos.

— Meu Deus! E isso em nome da Igreja, claro — Xabier acrescentou sarcasticamente.

— Evidentemente. Pio Franco.

Passos firmes se aproximaram e se detiveram. Aguirre e o padre ficaram em silêncio.

Os passos prosseguiram, e Xabier agora sussurrava tão perto da treliça que podia sentir o cheiro de tabaco na respiração de Aguirre.

— Não é uma questão de misericórdia. A Igreja é um agente financeiro do poder, por isso ele acena com a bandeira do catolicismo. Não fico surpreso por ele estar tentando explorar isso; o que me surpreende é que a Igreja entre nisso.

— Será que o Vaticano está mesmo entendendo o que ele está fazendo aqui?

— Essa é a minha luta: no front romano — disse Xabier. — Os bispos de Vitória e Pamplona divulgaram uma carta condenando os católicos bascos que defendem nossa causa, mas, graças a Deus, o arcebispo a rejeitou. Portanto, estamos diante de uma divisão que pode se tornar problemática.

— Você falou alguma coisa com eles, esses bispos? — perguntou Aguirre.

— Eu não passo de um padrezinho assistente; os prelados não vão mover suas mitras só porque estou pedindo.

— Isso não vai causar problemas para você lá em cima?

— Você diz com o Vaticano ou com Deus?

Aguirre riu mais alto do que deveria. Os dois se calaram e ficaram ouvindo os passos.

GUERNICA

Miren não podia falar com Miguel nem com o pai, com medo de que ambos se revoltassem e a deixassem presa em casa. Eles nunca entenderiam as dificuldades que ela enfrentava, o problema que estava sendo causado, e quanto sofrimento ela tinha que suportar. Miren estava certa de que se tratava de uma decisão que deveria tomar sozinha e arcar com as consequências. Não havia escolha; ela precisava cortar o cabelo.

Os problemas começavam quando ela se debruçava para trocar Catalina. E, toda vez que punha a bebê nos ombros para lhe dar as tradicionais palmadinhas antes de dormir: ela agarrava chumaços de seu cabelo e ficava puxando-os para cima com toda a força. A dor de Miren chegava às raízes. Além disso, não se justificava perder tanto tempo com vãs tentativas de tratá-lo. Mariangeles entendia e até se mostrava surpresa por Miren ter levado tanto tempo para se decidir. E ofereceu-se para cortá-lo.

— Você é casada, tem um marido bom e compreensivo — Mariangeles lembrava quando Miren ficava nervosa diante da visão das tesouras. — Vai ficar bonita para ele da mesma maneira de cabelo curto. E ele vai se sentir como se fosse uma nova mulher, ao menos por algum tempo.

— É melhor que ele não pense assim — Miren objetou. — Só fico em dúvida se não deveria perguntar a ele primeiro.

— Agora é tarde — Mariangeles disse, metendo a tesoura e cortando quase cinquenta centímetros de trança.

— Pronto... Não está se sentindo como se tivesse perdido peso? — perguntou Mariangeles.

— E ficado mais alta — Miren disse enquanto recolhia o cabelo e já se preparava para jogá-lo fora.

— Espere aí, tive uma ideia! — Mariangeles pegou outra pequena mecha e cortou a ponta, de modo que a trança ficasse presa nas duas extremidades sem embaraçar. Em seguida, aparou e acertou as pontas da cabeleira remanescente e ajeitou-a em volta do rosto da filha. Miren ficou parecendo uma típica senhorinha casada, linda e madura.

Quando Miguel desceu das montanhas naquela tarde, Miren correu para ele, puxando as pontas do cabelo para os lados da cabeça, toda exibida. Deu uma volta para que o cabelo esvoaçasse, parou para olhá-lo de frente mais uma vez, e abriu seu sorriso mais triunfante.

— Gostei — disse Miguel. — Gostava dele comprido. Gosto curtinho. Gosto dele.

— Fiquei com medo de que você se zangasse — disse Miren, aliviada. — Achei que poderia ficar brigado comigo até ele crescer de novo.

— Agora é diferente — disse Miguel. — Nós éramos jovens e agora somos pais. As coisas são diferentes. Ficou ótimo. Até melhor. Mais leve e fácil de cuidar, não é?

Miren receava que o pai pudesse se mostrar menos compreensivo. Quando ela era menina e seu cabelo comprido e volumoso tinha peso demais para seus bracinhos darem conta, ela deitava na mesa da cozinha com a cabeça na beirada de modo que eles caíssem quase até o chão. Justo sentava-se na cadeira, desembaraçava-os e fazia tranças neles, enquanto brincava dizendo que se sentia como se estivesse escovando a montaria de um picador. Até já adolescente, ela entrava na sala vestida com a camisola de dormir e entregava a escova e o arco ao pai: "Papai, o senhor me penteia?", e ele não perdia a oportunidade.

Quando ela e Miguel se dirigiam a Errotabarri naquela noite, Catalina dormindo no carrinho, Miren esperava uma recepção severa.

GUERNICA

— *Jinko*, menina! O que é que você fez? — Justo gritou ao vê-la entrar.

— Papai, Catalina ficava puxando o meu cabelo, doía muito e eu tive que cortar.

— Era lindo, eu adorava o seu cabelo... — Justo disse, imediatamente nostálgico. — Precisava mesmo?

— Precisava, sim, papai, mas tenho um presente que, espero, o deixará feliz e o ajudará a me perdoar.

Miren deu ao pai uma caixinha retangular que Miguel tinha feito para ela guardar argolas e brincos. Na tampa, agora, havia um laço e um arco. Justo abriu-a como se fosse Natal e começou a rir.

— Obrigado — ele disse. — É perfeito.

Ele tirou da caixa uma trança inteira do cabelo da filha.

— Obrigado por salvar esse pedaço para mim — ele disse.

— Estou comovido. E surpreso por Miguel ter concordado.

— Eu tenho o resto todo do cabelo, a cabeça que está debaixo dele, e a mulher que cresceu — Miguel disse. — Essa parte lhe pertence. Pelo que eu soube, você investiu muito tempo cultivando-o.

Justo pegou um martelo e um prego e prendeu a trança no console sobre a lareira.

— Vou pô-la num lugar de honra — ele disse.

Capítulo 14

O tenente-coronel Wolfram von Richthofen, da Luftwaffe alemã, percebeu que mesmo aqueles espanhóis que tinham paixão por revolução tratavam a guerra como algo a se travar entre um demorado café da manhã e uma sesta prolongada. Às vezes eram violentos, mas cronicamente ineficazes. Eram capazes de matar, mas não de planejar. Compreendiam a raiva, mas não a urgência. Ele não desistira do serviço diplomático em Roma para se aliar a uma nação de trapalhões procrastinadores que tinham conceitos ultrapassados sobre a guerra. Além do mais, estavam sempre querendo beijá-lo nas bochechas e perguntando sobre sua ligação com o famoso "Barão Vermelho", como se já não tivessem ouvido o suficiente a respeito.

Von Richthofen não tinha o menor interesse nos conflitos internos da Espanha, a não ser pelo fato de que o convite de Franco para participar conferia uma oportunidade, uma base de teste de baixo risco. Como sempre, ele se mostraria um oficial diligente, independentemente das circunstâncias ou da natureza dos aliados. Von Richthofen, ainda por cima, fora deixado à vontade desde a chegada. Isso podia ser considerado como mais uma forma de reforçar sua posição entre seus homens. Sua confortável suíte na cobertura do Fronton Hotel, perto do campo de pouso, em Vitória, era prova de seu status.

O nome do comando era ridículo, ele achava, mas seus pilotos gostavam do som de "Legião do Condor" e dos novos bombardeiros experimentais nos hangares de Vitória e Burgos. Seus comandados sentiam-se especialmente orgulhosos do emblema da legião próximo ao nariz das aeronaves, composto de um condor cujo corpo era uma bomba na cor vermelho-sangue, com asas brancas apontadas para trás, pintado num círculo negro mortal. Não pareciam nem um pouco incomodados pela realidade de que os condores são aves que se alimentam de carniça.

Outra cortesia para com von Richthofen foi ter sido transportado até a Espanha pelo próprio Führer: um conversível Mercedes-Benz novinho que, quando o dever o convocou para se reunir com o staff em Burgos, von Richthofen guiou como se fosse um caça, voando baixo e célere pelas estradas sinuosas, percorrendo os 120 quilômetros em menos de uma hora.

Ele se levantava todos os dias antes do amanhecer, olhava para a foto da mulher na mesa de cabeceira e fazia um pouco de ginástica: flexões, alongamentos, corrida no lugar. Seu comandante, Göring, parecia um porco execrável, o que o estimulava ainda mais a manter a forma física. Aos 41 anos, tinha o corpo de seus colegas pilotos mais jovens. Não era um mero oficial, mas um autêntico armamento militar, e sabia que tais coisas requeriam manutenção diária para funcionar suavemente.

Miren se angustiava fazia mais de uma semana, pensando se deveria contar a Miguel o que descobrira sobre Alaia e se faltar com a verdade representaria uma traição ao casamento.

GUERNICA

Ela resolveu testá-lo, abordando o assunto com toda a sutileza quando os dois estivessem na cama.

— Quando eu levei a truta para Alaia...

— Ela estava sozinha ou com alguma visita? — Miguel interrompeu.

Miren respirou fundo várias vezes, tentando acalmar seus batimentos cardíacos.

— Com uma visita? — ela perguntou.

— Podia ser que ela não estivesse sozinha; podia ser que houvesse mais alguém ajudando, ou dando algo de que ela estivesse precisada.

— Você sabe, não é?

— Sei.

— Como?

— Comentários na cidade.

— O que é que você disse?

— Disse ao sujeito que não queria saber de mais nada, dele ou de qualquer outra pessoa.

— Por que não me contou?

— Porque eu não sabia se era mesmo verdade, e não queria passar adiante caso fosse apenas alguma fofoca perversa.

— E então?

Miguel ganhou tempo, porque tinha receio das consequências.

— Eu amo você; nada vai mudar isso, nunca — ele disse. Ela tremeu de medo da frase seguinte. — Mas é um problema...

— Miguel, ela tem tão pouca coisa na vida...

— Tem sua amizade; e eu achava que isso era algo a ser protegido. Ela tem uma reputação, como todo mundo. O que ela faz afeta você.

Silêncio.

— Não se trata de mim, Miguel.
— Trata-se de você, sim, de nós, mais do que você imagina. Trata-se de todos nós.

Silêncio.

— Então é o que as pessoas pensam e o que podem dizer pela cidade que importa para você?

— Minha mãe sempre dizia que a coisa mais importante que nós temos é o nome.

— Miguel, não entendo; estou mais chocada do que você — disse Miren, chegando mais para perto e acariciando-lhe o braço. — Eu também não gosto disso. Estou me sentindo muito mal. Não sei por quê. O que me parece é que faz tanto tempo que ela não tem ninguém que está tentando encontrar um pouco de calor humano.

— Calor humano só se pode ter de um homem — disse Miguel, pela primeira vez erguendo a voz. — Outras coisas podem-se obter de muitos homens. — Ela afastou a mão do braço dele e se virou de rosto para a parede. — Tenho pensado sobre isso — prosseguiu Miguel. — Pensei em só pedir que você não fosse mais vê-la. Mas esperava que você tomasse essa decisão por si mesma. Eu sei que vou me manter a distância. Acho que ela não deve vir mais aqui. — Ele podia ouvir a cama tremer com o choro de Miren. — *Kuttuna*, se fosse outra mulher, eu jamais diria alguma coisa — ele falou, virando-se para tocar-lhe as costas. Ela se afastou. — Se fosse outra pessoa cega, talvez eu até a admirasse de certa forma. Mas não é. Trata-se da sua melhor amiga; é a garota... a mulher... com quem você passa boa parte do tempo. É isso, *trata-se* de como a coisa toda parece. E trata-se de Catalina. E trata-se também de mim, sim senhora. Não me agrada ter que falar assim com você quando é algo que não deveria ter

GUERNICA

nada a ver conosco. Meu dever é proteger você e Catalina. E é isso o que eu vou fazer.

— Você está dizendo que eu tenho que escolher?

— Não estou dizendo isso.

Ela se calou repassando essa frase na mente. Ele enfatizara a palavra "não" ou a palavra "dizendo"? Será que quis dizer que não tocaria no assunto com ela? Ou que esperava que ela deixasse de ver Alaia sem que ele precisasse pedir? Miguel se virou e ficou olhando para a parede na direção oposta. Estava zangado com Alaia, estava zangado com Miren. E estava zangado consigo mesmo, porque sabia que jamais poderia contar à mulher que não fora por acaso que ele a mandara à casa de Alaia naquela tarde com um peixe nas mãos.

— O Diretor — disse Picasso ao grupo reunido numa mesa de fundo de um café na Rive Gauche. — Podem me chamar de Diretor. — Eles riram, mas Picasso não deu sinal de estar fazendo troça de si mesmo.

Ele vivia em Paris havia mais de trinta anos, mas nunca quisera saber da nacionalidade francesa. A Espanha era a sua pátria, na mente e na arte. Mas nada o fazia tomar partido no caos do país, mesmo quando Franco se rebelou contra a República, até que uma simples carta veio empurrá-lo para dentro da complexa política espanhola. O cargo que lhe fora oferecido era formal e destituído de sentido — diretor do Museu do Prado –, porém de considerável significação do ponto de vista emocional. Ele não podia calcular quantas horas havia passado memorizando as obras-primas de Goya, de Velázquez, de El Greco na época em que, adolescente, estudava no Prado.

Aceitou o cargo, que não exigia que retornasse à Espanha. Em dois meses tornou-se inesperadamente funcional, quando os rebeldes da Falange cercaram Madri. Bombas dos jatos de Heinkel e da artilharia em terra atingiram e danificaram o museu. Combates corpo a corpo deixavam cadáveres sob as árvores que ladeavam o Paseo del Prado defronte ao museu. As cenas de devastação nas ruas eram talvez apenas um pouco menos perturbadoras do que o trítico de Bosch *O jardim das delícias terrenas*, que Picasso passara horas ali apreciando quando estudante. O museu estava fechado ao público, já que os madrilenhos viam-se às voltas com assuntos bem mais urgentes do que apreciar arte. A direção do Prado mandou retirar os quadros dos andares superiores e os guardou em salas, envoltos em sacos de areia. No fervor da batalha, as tropas legalistas conseguiram evitar o assalto a Madri enquanto membros do governo fugiam para Valência. Quando Picasso soube, solicitou que as obras principais do Prado fossem evacuadas. De Paris, organizou a transferência de centenas de telas para Valência.

O Diretor se deu conta de que não era mais um observador apolítico do que ocorria na Espanha. Rebeldes trucidavam camponeses e ameaçavam obras-primas da arte. Isso mexeu com Picasso, tanto como artista quanto como espanhol, e o fez suscetível a um convite que logo surgiu. Pediram-lhe que providenciasse material para o Pavilhão Espanhol na Feira Mundial que se inauguraria em Paris no verão seguinte. Se pudesse concluir um mural, a peça seria adotada como marca do pavilhão.

Picasso jamais havia pintado nada naquele tamanho; considerava a coisa meio vulgar, e não gostava da ideia de um artista receber encomendas dessa maneira. Na medida em que agora apoiava a causa republicana e abominava a forma como Franco vinha enterrando a espada no pescoço da Espanha, temia que esperassem que ele viesse a produzir algo que fosse mais um

GUERNICA

posicionamento político do que uma obra de arte. A arte saltava do intestino, não de encomenda, ele costumava dizer. Mas havia mais coisas a considerar. Em resposta ao convite, o Diretor prometeu apenas que pensaria no assunto, já que não fazia mal aguardar e ver se lhe ocorria algum tema apropriado.

Miren esforçava-se para se lembrar de alguma das pessoas da cidade que ela conhecera toda a vida. A fome os obrigava a se encolher, fazendo com que vestissem a pele como se fossem roupas velhas que não cabiam mais. A multidão na fila do racionamento era basicamente de mulheres, já que poucos homens tinham paciência para passar horas paralisantes ali, e, entre estes, a maioria era formada por viúvos ou casais mais velhos que necessitavam das quatro mãos trêmulas para transportar os poucos e preciosos pacotes de alimentos.

A conversa se limitava àqueles mais próximos na fila, e o tom de voz era baixo. Essas mesmas pessoas, caso se reunissem dois anos antes, logo armariam uma festa, pensava Miren. Agora mal se falavam. Ela, no entanto, sorria e cumprimentava todas as pessoas que via, querendo notícias de suas famílias e de seus negócios. Mas ela sabia que não podia mais dizer: "Que bom vê-lo, está tão bem disposto!". Ninguém mais estava bem disposto. Ou: "Suas linguiças estão ótimas este ano!". Não havia mais linguiças. Mas sorrir não custava nada e não implicava perguntas.

Embora a maioria já tivesse visto Catalina na cidade muitas vezes, Miren ainda achava que valia a pena apresentá-la, acreditando que alguns instantes com uma criaturinha sorridente faria bem a qualquer um. Cat se erguia e ficava na beira do carrinho, cumprimentando quem se aproximasse com um braço estendido. Isso trazia as pessoas mais para perto. "Eu gostaria que minha filha o visse", Miren dizia, e não: "Eu quero que você conheça a minha filha". Assim, ela fazia a coisa parecer como se vê-los fosse um privilégio de que sua filha se lembraria até crescer. Era uma pequena diferença, mas Miren sentia que isso trazia palavras respeitosas a um tempo de tantas humilhações.

Dependendo dos estoques, o cartão de racionamento permitia a compra de pequenos sacos de arroz e grão-de-bico, um pouco de açúcar, talvez uns cem gramas de pão, e ainda uma garrafa de azeite ou de molho de tomate.

Duas mulheres na fila à frente de Miren eram mães de meninas que haviam dançado em seu grupo.

— Aqui não está tão ruim quanto em Bilbao — disse uma delas a Miren. — Ainda podemos conseguir coisas das fazendas e dos mercados de segunda-feira. Em Bilbao, com tantos refugiados e sem nenhuma fazenda em volta, não há nada; só mesmo o que se consegue ficando na fila.

— É verdade, temos sorte — Miren disse.

As mulheres não iriam tão longe.

Após alguns minutos de silêncio, Miren ouviu Catalina emitir uma frase em sua língua própria e a levantou.

— Qual o nome dela? — perguntou uma garota, aproximando-se do carrinho.

— Olá... Esta é a Catalina.

A garota, de cerca de oito anos, com uma saia comprida de algodão e um xale branco surrado, veio andando devagar na direção de Catalina, com cuidado para não dar a impressão de que pretendesse furar a fila.

— O que houve com a orelha dela?

Miren contou a história.

— A minha também foi furada quando eu era bebê — contou a menina, mostrando a orelha para Miren examinar.

GUERNICA

— A minha também — disse Miren, inclinando-se para uma exibição semelhante.

A mãe da garota estava em casa com "os bebês", ela explicou.

— Eu já sou bem grande para vir pegar as rações.

Ela sorriu para Miren e se voltou para brincar de bater as mãos com Catalina, cantando um refrão suave que fez a pequenina rir e balançar o carrinho robusto. Isso ajudou a passar o tempo, e os balbucios de Catalina iluminaram a conversa chata da frente.

Miren trouxera uma sacola para colocar os embrulhos e as garrafas, que ela acomodou na proa do carrinho de Catalina depois de apresentar seu cartão de racionamento. A garota atrás dela pegou o pão, o feijão e o arroz, carregando-os na barra da saia. Mas, quando foi segurar o azeite, a garrafa escorregou de suas mãos e se espatifou nas pedras.

Quando ela gritou, os sacos de arroz e feijão lhe caíram da saia, com o pão, até que tudo se esparramou em volta da garrafa quebrada. Miren se virou ao som do vidro partido e tratou de recolher do chão os outros alimentos para que não se estragassem na poça do azeite derramado.

— Minha mãe! — a menina gritou para Miren. — Minha mãe!

— Está tudo bem — Miren disse com doçura. — Vamos cuidar disso aqui.

— Minha mãe... O azeite! — ela se lamentava.

Miren esvaziou a sacola com suas rações dentro do carrinho e deu a sacola à menina para que ela carregasse o que restara de seus embrulhos.

Mais calma um pouco, a menina ainda tremia, com as lágrimas caindo e o nariz escorrendo.

— Obrigada — ela disse. — Minha mãe...

— Tenha cuidado agora — Miren disse, empurrando o carrinho de volta para casa.

Quando punha os sacos de arroz e feijão dentro da sacola, a menina viu lá dentro uma garrafa de azeite fechada.

— Espere! — ela gritou para Miren, que acenou de volta e prosseguiu.

Miren estava preocupada com a rusga que tivera com Miguel na semana anterior, desde a conversa sobre Alaia. Agora se perguntava como ele reagiria quando ela lhe dissesse que havia derramado o azeite da semana nas pedras da praça.

Embora eficiente, o bloqueio dos rebeldes aos principais portos de Biscaia não conseguiu pôr um fim definitivo no contrabando de armas e comida para a Espanha e na evacuação de refugiados para a França. Pela fronteira de Saint-Jean-de-Luz, Dodo Navarro cultivava contatos generosos para doar grãos, batatas e outros suprimentos, enquanto os dois *patroiak* não tinham dificuldades para encontrar gente ávida por sair da Espanha à frente do exército fascista. José Maria Navarro e Josepe Ansotegui de vez em quando desembarcavam as mercadorias em Lekeitio, ou enfrentavam o bloqueio rebelde subindo o Nervión até o extremo de Bilbao, onde o fluxo de refugiados transformara em epidemia o problema de desnutrição entre os locais.

Durante algum tempo, as embarcações de guerra rebeldes raramente detinham para inspeção os barcos de pesca menores da frota de Lekeitio. Mas estavam mais insistentes agora que as cargas embarcadas dos contrabandistas haviam passado de comida a armamentos e munição.

Josepe Ansotegui descobrira um jeito eficiente de esconder o contrabando. Os barcos chegavam a enseadas protegidas perto de Saint-Jean-de-Luz ou outros portos próximos, onde

Dodo e seus companheiros lotavam o porão de sacos de batatas ou grãos, ou caixotes com rifles e munição. Ao retornar pescando pela Baía de Biscaia para escapar ao bloqueio, Josepe, José Maria e suas tripulações abarrotavam os porões de anchovas ou o que quer que lhes caísse nas redes.

Algumas redes de anchovas ou sardinhas funcionavam como verdadeiros desestimulantes para a maior parte dos fiscais que tentassem deter os barcos. Algumas vezes, o *Egun On* e o *Zaldun* foram abordados para inspeção, mas nem a marinha rebelde nem seus aliados da Guarda Civil ousavam entrar num porão para checar o resultado do dia de pesca.

Se a carga especial do dia era humana, os passageiros eram instruídos a tapar o nariz e submergir entre os peixes. Muitos reagiam com um gemido de nojo, mas, quando o barco era parado por uma canhoneira rebelde, eles não tinham o menor problema em sumir debaixo de uma montanha de peixes malcheirosos.

Um guarda, com a arma automática atravessada no peito, mandou que Josepe abrisse o porão. Ele examinou atentamente o compartimento enquanto Josepe e José Maria se entreolhavam, rezando baixinho para que os três refugiados escondidos ali fossem capazes de prender a respiração e não se mexer sob o peso das sardinhas.

O guarda inalou profundamente, deu de ombros e mandou que Josepe fechasse o compartimento.

— Bascos idiotas — disse ele, retornando ao seu barco, que estava atracado no deles.

— É verdade, somos apenas pescadores — disse Josepe.

— E feios também — acrescentou José Maria.

— E fedemos a peixe — Josepe continuou enquanto o guarda passava para o outro lado.

— Pobres de nós — lamentou-se José Maria.

Capítulo 15

Justo entrou na casa da filha como costumava entrar na maior parte dos ambientes: com uma exclamação. Nesse caso, foi um rumor de saudação à neta em seu primeiro aniversário.

— Ca-ta-liiii-naaaa!

Saltando do bodinho, ela correu na direção do avô para que ele a erguesse e a segurasse bem apertada de encontro ao rosto enrugado. Seu maior divertimento era arrancar a boina da cabeça do avô e atirá-la no chão, e depois agarrar um punhado de fios do bigode de Justo e puxá-los com toda a força enquanto o *aitxitxia* urrava de dor.

Para o aniversário dela, Miguel construiu uma cadeirinha de balanço e Miren costurou almofadas de algodão vermelho para o assento e o encosto. Miren economizou açúcar durante semanas para fazer um bolo.

— Olha o que sua *amuma* fez para você — disse Justo, segurando uma sacola para Catalina abrir. Ela tirou de dentro o vestidinho branco, olhou rapidinho, jogou-o para o alto e retornou às atividades no bigode do *aitxitxia*.

— Catalina... — Miren brigou, pegando do chão o vestido que Mariangeles havia costurado. — É lindo, ela vai adorar.

— Já temos uma ocasião para ela estreá-lo logo — disse Mariangeles. — Justo falou com Arriola na loja de fotografias e ele vai tirar um retrato de família de vocês três no aniversário dela. Nós vamos ganhar cópias.

Miguel vestiu o terno preto do casamento; Miren ainda entrava num vestido preto e branco que ela mesma fizera antes de se casar. Estava meio apertado em determinados pontos desde que tivera Catalina, mas ainda era atraente. Catalina era certamente a garotinha mais faceira do mundo, de pé, meio vacilante, ao lado da mãe, puxando-lhe a barra da saia e levantando-a sobre sua cabeça com um risinho excitado.

— Não, Cat — Miren puxava a saia para baixo.

— O que fazemos com a...? — Miguel perguntou a Miren, tocando levemente a orelha direita. Miren penteou o cabelo de Catalina da esquerda para a direita, mas não foi o suficiente para cobri-la. — Um chapéu? — perguntou Miguel.

— Desse jeito não vai dar para ver o rosto dela. Afinal, não é assim tão grande. É só uma orelhinha.

Quando Miguel falou baixinho com Arriola a respeito da orelha de Catalina, ele balançou a cabeça. Não seria problema. O fotógrafo posicionou Miren numa cadeira de madeira escura de espaldar alto, com Catalina sentada em seu colo, olhando para a sua direita, em direção a Miguel, que estava de pé ao lado da cadeira.

— Olha o passarinho! — disse Arriola. Catalina virou ligeiramente a cabeça para a câmera quando o flash espocou, captando perfeitamente seu rosto num ângulo em que a luz refletia o pequeno *lauburu* de prata na orelha esquerda.

Picasso atirou pincéis para todos os lados e saiu chutando telas recém esticadas e cavaletes, num acesso de fúria em seu estúdio. Os rebeldes de Franco haviam tomado Málaga, onde ele nascera, e, após bombardear e destruir os prédios, metralha-

GUERNICA

ram os civis. Basta. Ele anunciou aos amigos que desenvolveria um projeto para vender em benefício da causa republicana.

O sonho e a mentira de Franco, no fundo uma história em quadrinhos, retratava o líder fascista como bufão, como mulher, e como centauro, metade cavalo, metade homem, sendo eviscerado por um touro. Em certos trechos, vestindo uma mitra de bispo, ele se ajoelhava diante da imagem do dinheiro.

Para acompanhar as ilustrações, Picasso produziu imagens escritas num poema tão raivoso que não sobrava espaço para pontuação ou sintaxe até obter um ritmo artístico.

"...gritos de crianças gritos de mulheres gritos de pássaros gritos de flores gritos de árvores..."

Não, o artista não podia voltar à Espanha para lutar. Mas podia conseguir dinheiro com sua arte. E podia fazer o mundo ouvir sua ira.

Juan Legarreta reuniu os carpinteiros Teodoro Mendiola e Miguel Navarro e levou-os à Taberna Vasca, perto do mercado, para uns copos de Izarra, o licor com sabor de hortelã que deixava os lábios pinicando. Legarreta, chefe do corpo de bombeiros voluntário, precisava de ajuda. Os alemães tinham bombardeado Durango e o conselho municipal de Guernica o havia incumbido de construir abrigos, *refugios*, onde os cidadãos pudessem se proteger em caso de ataques semelhantes.

Mendiola e Miguel souberam do ataque a fábricas de munição em Durango, mas nada sabiam a respeito dos estragos específicos produzidos pelos explosivos e não tinham a menor ideia de como os carpinteiros deveriam fazer para construir abrigos capazes de dar conta de tão extremas exigências. Além disso, os dois tinham trabalhos já encomendados em suas oficinas, cujos pagamentos lhes permitiriam continuar sustentando suas famílias.

— Eu sei — Legarreta balançou a cabeça, concordando. — Eu também não recebo nada. Mas alguns membros do conselho acham que devemos construir essas coisas só por precaução. Alguns deles têm certeza de que não temos motivos para nos preocupar. Já outros estão convencidos de que, se construirmos os abrigos, isso só espalhará o pânico pela cidade.

— Será que eles estão sabendo de alguma coisa que nós não sabemos sobre os riscos aqui? — perguntou Mendiola.

— Eu não acho que eles saibam muito sobre qualquer coisa — disse Legarreta, tirando a boina e passando os dedos pelo cabelo. — Se a gente pegar um par de velhos carlistas e uns republicanos e misturar com alguns monarquistas e vermelhos, puser uma pitada de pseudofascistas e um ou dois anarquistas, pode ter certeza de que o que sair daí não fará o menor sentido. Mas é melhor um mínimo de proteção do que nenhuma, e ter algumas pessoas pensando nos perigos potenciais talvez não seja de todo mau. Eu é que não vejo nada por aqui que eles possam querer bombardear.

Mendiola e Miguel concordaram com a cabeça. Mesmo representando sacrifício, os dois estavam dispostos a ajudar.

— E você, Juan — Mendiola pressionou –, tem alguma ideia de como vamos contar às nossas mulheres que fomos desviados para um projeto de proteção contra um ataque que provavelmente não ocorrerá, e pelo qual não receberemos pagamento algum.

Miguel não havia pensado na questão de explicar essas coisas às esposas. Ele riu só de imaginar a reação de Miren.

— Assim que eu contar a Miren o que estamos fazendo, ela vai insistir para começar a costurar cortinas e estender tapetes, prometendo juntar as amigas para transformar esses abrigos antiaéreos nos mais aconchegantes de todo o País Basco.

GUERNICA

Como Legarreta e Mendiola a conheciam havia muitos anos, eram capazes de imaginar perfeitamente esses comentários.

— Sabe, seria mais fácil incumbi-la de recrutar o pessoal da construção — disse Mendiola.

Legarreta levou-os até a prefeitura e algumas das residências mais solidamente construídas, e sugeriu reforçar os alicerces com pilares extras. Miguel imediatamente vislumbrou a necessidade de reforçar a ligação de cada coluna às vigas com "joelhos" similares àqueles usados para fixar as armações dos barcos ao deque, assentando as juntas com tiras de metal. Outro abrigo, a ser construído na rua Santa Maria, entre a prefeitura e a igreja, requeria uma série de pilares de carvalho para sustentar vigas cobertas por pilhas de sacos de areia.

— Não tenho ideia de como fazer para proteger as pessoas de uma bomba; só espero que esse projeto de construção nunca seja testado — disse Mendiola.

— E não será — disse Legarreta, acrescentando um risinho como confirmação. Ele, porém, escondia duas profundas preocupações que não compartilhava. A ideia do conselho de um bom abrigo era a de uma área totalmente fechada capaz de impedir a penetração de balas e fragmentos de bombas. Mas isso implicava um fluxo precário de ar nesses ambientes. Sua segunda preocupação era mais concreta: só dispunha de dez homens superficialmente treinados no corpo de bombeiros voluntário e de um caminhão pequeno, problema sério numa cidade cujas construções eram basicamente de madeira.

O padre Xabier entendeu por que tinha sido enviado a Guernica ao ver os refugiados, com os pertences amarrados em trouxas mambembes, formando uma massa disforme no pátio em frente à estação de trens. Viu ambulâncias chegando numa sucessão chocante para desovar suas cargas de soldados estropiados no hospital militar provisoriamente montado no convento das carmelitas, perto do rio.

Quando Xabier saíra de Bilbao, a cidade estava tomada por uma leva de refugiados que se espremiam diante de um exército invasor. Mas o afluxo de desabrigados para Guernica dava uma sensação bem pior. Bilbao, até certo ponto, era protegida; já este era um vale descampado invadido por uma torrente humana.

Ao chegar, ele tomou conhecimento de invasões e rumores de que soldados em fuga haviam entrado no claustro e assumido posições no convento de Santa Clara no alto da colina. Xabier olhou para as nuvens de chuva que escureciam o céu antes do crepúsculo e não viu pássaros. No alto do convento das carmelitas, uma movimentação atraiu sua atenção. Duas figuras sombrias, espectrais, remexiam-se numa dança penosamente vagarosa. À medida que foi se aproximando pela rua tomada pela multidão, pôde distinguir os hábitos pretos e as toucas brancas; eram freiras em cima do telhado, vigiando com binóculos a presença de intrusos nos céus.

O presidente Aguirre havia detectado movimentos de tropas das forças republicanas, na maioria, bascas nessa região, nas três semanas que se seguiram ao bombardeio de Durango. Ele sabia que suas forças tinham lutado bravamente, mas foram vencidas em frentes sucessivas. Bateram em retirada em busca da proteção de Bilbao, o que exigiu que muitos deles se infiltrassem de novo em Guernica. Outra frente de batalha precisava ser criada, para conter as forças rebeldes e ganhar tempo para que os esforços continuados fortalecessem o "Cinturão de Ferro" em torno de Bilbao.

No final da semana, Aguirre foi ao confessionário do padre Xabier. Xabier sabia que era Aguirre antes mesmo de ouvir sua voz;

pela portinhola podia sentir seu cheiro. Ele sempre fora um fumante inveterado, mas agora o inquieto Aguirre acendia um cigarro atrás do outro e suas roupas recendiam fortemente a tabaco.

— Você está fumando no confessionário? — perguntou Xabier.

— Perdoe-me, padre, porque fumei.

— Apague isso já; é uma blasfêmia.

— Já pedi perdão por isso; absolva-me de uma vez e vamos em frente — disse Aguirre.

Os dois se benzeram ao mesmo tempo.

— Você não vai acreditar... — Aguirre começou, com a voz mais tensa que o padre jamais ouvira. — Nosso engenheiro, o grande capitão Alejandro Goicoechea...

— O que projetou o Cinturão de Ferro?

— Esse mesmo — confirmou Aguirre. — Ele passou para o lado dos rebeldes... e levou consigo todas as plantas. Com todos os detalhes. Todos os pontos em que os fossos se estreitam e a cerca fica vulnerável.

— Deus nos ajude! — foi tudo o que Xabier conseguiu dizer. — E agora?

— Preciso que você volte — disse Aguirre. — Preciso que você dê um jeito de falar na missa e avisar o pessoal sobre o que está acontecendo, contar-lhes tudo o que puder sobre o perigo.

— Eu? Por que não você?

— Eles o conhecem, confiam em você. Você é um deles. Estou mandando outros conselheiros e assessores para tudo quanto é cidade.

Xabier não tinha necessidade de avaliar os fatores envolvidos; sabia que essa era a providência correta a ser tomada. Aguirre, de joelhos no confessionário, detalhou as graves ameaças que os cercavam.

— Agora dá para entender por que eu preciso que você conte a eles?

Xabier, percebendo naquilo um desafio maior do que qualquer outro que pudesse ter imaginado para si próprio quando estudante, entrou em contato com o padre de Santa Maria em Guernica e começou a preparar seus comunicados.

Ele chegou em Errotabarri sábado à noite para o jantar, uma mistura carregada em carboidratos de pão e sopa de grão-de-bico. Dispensou as desculpas de Mariangeles. Seu irmão e a mulher estavam com aparência magra e pálida.

— Quero deixar vocês informados do que terei que falar na missa de amanhã de manhã — disse ele. — Vai deixar as pessoas chocadas, mas é para o seu próprio bem. Elas precisam saber o que pode vir a acontecer caso as coisas continuem como estão.

— Os rebeldes não vão direto para Bilbao? — quis saber Mariangeles. — Não pode ter nada que eles queiram aqui em Guernica.

— Não se sabe — Xabier respondeu, mastigando. — As tropas de Franco são sedentas de sangue basco, e os alemães são imprevisíveis. Para Franco, há outros motivos. Cada um de nós de que ele possa se ver livre agora será menos um com que se preocupar quando tiver o controle da Espanha.

— Se as nossas tropas, tão reduzidas, fugirem para Bilbao, os rebeldes poderão entrar aqui sem necessidade de ferir ninguém; não é uma possibilidade? — perguntou Mariangeles, com voz nervosa e meio esganiçada.

— Tudo é possível — disse Xabier. — Isso pode acontecer, assim como pode acontecer de muita gente se machucar. Não existem regras.

Justo levantou a mão na direção de Xabier; tinha uma questão a esclarecer.

GUERNICA

— Eles conhecem a história da cidade. Sabem o que ela significa para nós; sabem que é o coração do nosso país. Atacar Guernica seria um sacrilégio; teria o efeito contrário do que desejam.

Xabier fixou os olhos no rosto de Justo por um instante.

— Exatamente — disse Xabier. — Eles sabem da importância desta cidade.

Quando os sinos de Santa Maria chamaram para a missa, Xabier observou os bancos ocupados por aquela gente que ele conhecia desde garoto. Não havia um só assento vago, mas o único barulho que se ouvia eram os cumprimentos sussurrados e as desculpas por incomodar quando os paroquianos buscavam seus lugares costumeiros. Quando Xabier se encaminhou para o altar, murmúrios de reconhecimento foram se espalhando como uma onda da frente para trás. "O que pode tê-lo feito voltar de Bilbao?" "Você sabia que era o padre Xabier que viria rezar missa hoje?" "Ele está tão magrinho, não acha?"

Todos se levantaram.

— Leitura do salmo trinta — ele disse, abrindo a Bíblia na página marcada pela fita vermelha. — "Louvo o Senhor que me deu forças e não permitiu que meus inimigos escarnecessem de mim."

Solenemente, e mais devagar, ele repetiu a passagem, sublinhando "e não permitiu que meus inimigos escarnecessem de mim".

Xabier fez um gesto para que todos se sentassem.

— A maioria de vocês me conhece e conhece minha família — começou. — E espero que acreditem que eu não vim aqui para assustá-los. O presidente Aguirre pessoalmente me pediu que viesse falar com vocês. Ele quer que eu lhes diga que todos nós estamos correndo perigo à medida que a guerra se aproxima. Ela já está tão perto de nós que muitos nem puderam vir à missa aqui hoje. Alguns de nós deveriam estar nas montanhas e nos campos combatendo um inimigo ameaçador. Deveríamos estar nos preparando para proteger nossas famílias, nossos entes queridos, nossas propriedades, nossa pátria. — Os paroquianos olhavam fixamente para o altar. — Homens, mulheres e crianças estão sendo dizimados pelos rebeldes nacionalistas por toda a Espanha — prosseguiu Xabier. — Nós falhamos ao não ter contado para vocês o quanto tudo isso é perigoso. Os rebeldes estão matando em nome de Deus. E a Igreja, com seu silêncio, dá a impressão de estar acobertando esses crimes. Eu não posso me calar.

Xabier observou atentamente as bancadas da frente, tentando avaliar o impacto de suas palavras. Pretendia chocá-los para que ficassem alerta, mas não deixá-los apavorados a ponto de não terem mais condições de assimilar a mensagem.

— Sei que um padre deveria ficar aqui em pé falando o quanto é errado tirar uma vida, que isso é um pecado mortal. Mas não é pecado mortal dar a vida para proteger tudo o que é importante ou por uma causa justa. Proteger a família com a própria vida não é pecado.

Uma mulher bem na fila da frente engasgou. O padre, que cresceu frequentando aquela igreja, que conheceu e deu conselhos clericais a muita gente na cidade, tinha cometido uma tremenda heresia.

— É difícil compreender a selvageria desta guerra — ele continuou. — Quero relembrá-los dos sofrimentos da jovem Santa Agnes, que foi violentada e assassinada. Vocês não devem deixar que isso venha a ocorrer com suas filhas ou suas esposas; defendam tudo o que for precioso para vocês, mesmo que isso signifique dar a própria vida ou tirar uma vida.

Agora já havia quem murmurasse abertamente.

— Conto essa história só porque vocês precisam saber a verdade — ele disse. — Tem-se falado muito pouca verdade

GUERNICA

atualmente. Não se trata de uma história sobre alguma antiga atrocidade bíblica. O presidente Aguirre me mostrou um relatório sobre o que ocorreu recentemente com o pároco de Eunari. As tropas mouras dos rebeldes chegaram quando ele estava rezando a missa. Xabier engoliu em seco, tentando controlar as próprias emoções.

— Arrancaram-lhe o nariz... e o enfiaram goela adentro; cortaram-lhe as orelhas e o penduraram na torre do sino da igreja até morrer. Essas tropas, esses assassinos sacrílegos estão lutando a favor de Franco à distância de somente alguns vales ao sul daqui. As vidas, as famílias, o país de vocês podem estar dependendo de que cada um abandone esse lugar ou então lute para defendê-lo.

O planejamento da luta envolvia decisões mundanas quanto a pessoal, material, carregamento de bombas, alvos e momento. Mas Wolfram von Richthofen, de estirpe guerreira e casta nobre, era mais do que um ajudante de ordens, mais do que um chefe de estação ferroviária de olho no relógio para se certificar de que sua operação corria dentro do horário. Von Richthofen reconhecia um veículo por virtuosismo e criatividade. Atacar tinha a ver com planejar, é verdade, mas também com reger a orquestra. Qualquer um é capaz de apontar um dedo indicador para uma encruzilhada num mapa. Mas responder à seção de metais de explosivos pesados com um *pizzicato* de metralhadoras de um caça é privilégio de um maestro.

Fotos aéreas de reconhecimento mostravam tropas republicanas em retirada perto da cidadezinha de Markina, sem armas antiaéreas capazes de oferecer resistência. Von Richthofen ordenou que esquadrões de bombardeiros atacassem em ondas de 20 minutos, intervaladas por ataques de caças. Depois que as primeiras bombas+ obrigaram as tropas a fugir para campo aberto, os caças que estavam à espera metralharam-nas lá embaixo, e, dessa forma, quem buscava se proteger dos caças virava alvo fácil para a próxima onda de bombardeiros.

O número de vítimas entre os legalistas republicanos, formados em sua maior parte por soldados bascos, era impossível de estimar, pois grande parte se dispersava em grupos ao longo das margens da estrada e nas montanhas. Algumas foram arrasadas ao peso de bombas de mais de duzentos quilos; outras viraram tochas humanas atingidas pelos petardos incendiários que queimavam a carne, deixando-a rosada. Muitas outras foram simplesmente metralhadas pela ação dos caças.

Von Richthofen superpôs mentalmente os relatórios de seus pilotos ao mapa de Biscaia à sua frente. O mapa ganhava relevo tridimensional à medida que ele visualizava pequenas colunas de homens em fuga, seguindo as trilhas de uma resistência possível, fluindo como a água corrente em cursos tributários previsíveis, que se acumulava em algum ponto mais baixo ou se afunilava em função de algum represamento topográfico. A interseção de trilhas que levou Guernica a florescer como uma cidade séculos antes virara uma bacia coletora de tropas. Se os soldados fugissem do sul ou do leste em busca da proteção do que restou do Cinturão de Ferro de Bilbao, coagulariam atrás de uma única passagem estreita, a Ponte Renteria de Guernica, sobre o esguio rio Oka.

— Algum de vocês sabe alguma coisa sobre Guernica? — ele perguntou a seus conterrâneos.

Todos balançaram a cabeça.

Em volta do círculo azul no mapa que assinalava a histórica aldeia de Guernica, o tenente-coronel Wolfram von Richthofen

GUERNICA

desenhou um círculo perfeito com tinta amarela, marcando o próximo alvo da Legião do Condor.

A dança foi ideia de Miren; ela queria passar uma noite como se não houvesse nem guerra, nem Franco, nem perigo algum a uma distância de poucos passos de montanha dali. Lâmpadas pendiam das árvores da Plaza Las Escuelas. A música ecoava outros tempos; o *txistu* e o tamborim se faziam ouvir, acompanhados pelo violino e o acordeão. Num dado instante, Mendiola chegou com o serrote que fazia gemer desafinadamente ao tocá-lo com um arco de violino. Miren não conseguia escutar a música e ficar sentada, por isso, ela e Miguel dançaram inúmeras valsas enquanto os amigos olhavam Catalina no carrinho.

Isso era parte do acordo entre eles. Após ouvir o sermão do padre Xabier, Miguel insistiu para que Miren e Catalina fossem para Bilbao, que estava sendo bombardeada levemente, mas era fortificada e tida como a cidadela mais segura no longo prazo. Xabier tomou as providências. Ela foi contra; achava que seu lugar era ao lado do marido, e acreditava que a família não podia se dividir. Miguel a convenceu de que seria melhor para todos, mas particularmente para Catalina. Ele ficaria para cuidar da casa, e se juntaria a elas em Bilbao caso os rebeldes nacionalistas chegassem.

Após sair de casa naquela noite, o jovem casal se sentiu pouco à vontade. Tinham visto os refugiados e os soldados nervosos que buscavam proteção na cidade, e dançar na presença deles pareceu-lhes uma demonstração de insensibilidade. Concordaram em se demorar pouco. A música, porém, suplantou essa intenção, e a dança fez com que ambos se perdessem numa fuga bem-vinda que suavizava tudo o mais.

Agora um razoável dançarino, Miguel gostava muito de dançar com Miren, sentindo-se parte de algo especial. Guardava na memória o espanto dela ao vê-lo dançando na festa de casamento. Jamais ele seria um dançarino confiável, mas ao menos era capaz de se manter na vertical. Sentia o ritmo da música e conseguia conectá-lo aos seus movimentos. Não podia ficar olhando para os pés de sua mulher ou para o remexer dos seus quadris porque isso era capaz de atrapalhar seu próprio sentido rítmico. Mantinha o olhar fixo no rosto dela e naqueles olhos.

— Só mais uma — dizia Miguel, tirando Catalina do carrinho. O casal pegou a menina no colo e saíram dançando os três, lentamente.

— Papai vai ficar com saudade da garotinha dele — Miguel dizia, beijando Catalina nas bochechas antes de apertar com força a mulher. — E desta garotona aqui!

Era uma valsa lenta, com o serrote de Mendiola emitindo suspiros langorosos. Miren caiu em prantos. Era a segunda vez nas últimas semanas, Miguel se deu conta, aconchegando-a ainda mais em seus braços. Ela olhou para longe e as luzes se tornaram estrelas distorcidas, alinhadas em constelações no formato de árvore. Enquanto giravam, tudo mais dentro deles girava também; a confusão, a desordem, a fome, a guerra, o sofrimento achavam-se em algum lugar bem distante. Do lado de fora tudo estava embaçado pelas lágrimas de Miren.

— Não levará muito tempo, *kuttuna* — disse Miguel, depositando um beijo em seu rosto. — Isso logo vai passar e nós estaremos juntos novamente.

Miguel tentou colocar Catalina de volta no carrinho, mas ela estava dormindo agarrada à camisa do pai. Ele a beijou

GUERNICA

mais uma vez e a menina relaxou. Os dois foram andando de volta para casa, de braços dados, em meio à visão inquietante de estranhos desesperados na cidade.

Miren ia ao mercado na tarde seguinte para comprar mantimentos para Miguel. Por algum tempo ele teria que se virar sozinho. Ela não queria que ele se sentisse solitário e ainda por cima com fome. Sabia como fazer render o dinheiro no mercado e Miguel concordara, relutante. Na manhã de terça-feira, suas duas garotas pegariam o trem rumo à segurança, mínima que fosse, que pudessem encontrar em Bilbao.

Wolfram von Richthofen se instalou no cockpit do seu conversível e foi pilotando rumo a Burgos, no sudoeste, usando a hora de viagem para organizar as ideias. Conferenciaria com os líderes militares nacionalistas a respeito do próximo passo em relação a Bilbao.

Aos figurões de Burgos, von Richthofen revelou seu plano para o bombardeio de segunda-feira de uma cidade que ele sabia não ter defesa aérea nem nenhuma outra relevância do ponto de vista militar a não ser sua própria suposição de que forças inimigas poderiam estar concentradas ali, debaixo de uma pequena ponte. Os planos agora estavam na dependência dos boletins do tempo emitidos pelos aviões de reconhecimento que sobrevoariam Biscaia pela manhã.

Von Richthofen escreveu em seu diário: "O medo, que não pode ser simulado nos treinamentos de tropas em tempos de paz, é muito importante porque afeta o brio. O brio é mais importante para vencer uma batalha do que armas. Ataques aéreos contínuos, repetidos e concentrados têm o principal efeito sobre o brio do inimigo".

Lá embaixo, dois pilotos no salão dos oficiais comemoravam o ataque do dia sobre Markina e relaxavam com doses de conhaque.
— Já soube para onde vamos amanhã?
— Um lugar chamado Guernica.
— Nunca ouvi falar.
— Só mais um monte de lixo espanhol.

Parte 4

(26 de abril de 1937)

Capítulo 16

Miren adormeceu sem maiores dificuldades, mas Miguel mal pregou os olhos, passando a maior parte da noite a fazer planos e a observar a silhueta da mulher na escuridão. Receava que ainda houvesse ângulos e linhas que não tivesse memorizado. Mentalmente traçou os cenários para os dias que viriam e formulou as respostas adequadas para cada um, tendo a proteção de Miren e Catalina como único objetivo. Ele seria capaz de enfrentar qualquer homem ou grupo de homens que se aproximasse da sua casa ou ameaçasse sua família.

Mas acabou perdendo o foco. (O cabelo dela está mais ondulado desde que foi cortado, ele pensou, como se o peso o houvesse esticado e fortalecido, e só agora pudesse encolher e se contrair. A trança costumava ficar atravessada no travesseiro como um feixe de fios grosso e escuro. Agora é mais cheio e emoldura seu rosto enquanto ela dorme.)

Se as tropas viessem, ele lutaria — nacionalistas, alemães, italianos, mouros, não importa quem.

(Ela respira tão tranquilamente que mal faz um ruído, e

fica completamente imóvel, à exceção dos pés, que às vezes se mexem, como um cãozinho sonhando que está correndo.) Se as forças se aproximassem antes que as duas tivessem ido para Bilbao, ele as levaria para as montanhas, já tendo descoberto as grutas e os bosques mais espessos onde escondê-las. Mas o que se dizia é que as tropas estavam a quase cinquenta quilômetros dali; mesmo avançando rapidamente, não conseguiriam alcançar os arredores de Guernica antes do fim da semana.

(Ela sempre se deita para o lado esquerdo, de frente para o berço de Cat, com as mãos juntas sob a bochecha esquerda e os joelhos dobrados num ângulo perfeito.) Consideradas as opções, ele se concentrou em guardar as imagens de Miren. Ela só estaria ali por mais uma noite. A garganta de Miguel ficou apertada.

Com mais de um ano, Catalina só mamava uma vez durante a noite; agora, quando ela se remexeu pouco antes do amanhecer, Miguel a tirou do berço e levou-a para Miren.

— *Kuttuna*, ela está pronta — ele sussurrou, na esperança de aliviar a mulher da vigília. — Miren...

Sem de fato despertar, Miren moveu o travesseiro para trás dos ombros e se sentou de modo a criar com os braços um cesto onde acomodar Catalina, que imediatamente entrou em ação. Ela era uma comensal delicada; às vezes, ao parar para respirar, levantava os olhos para a mãe e sorria, agradecida.

Miren cochilava, sentindo o prazer da amamentação, a proximidade da filha e a sensação relaxante de Miguel lhe fazendo cafuné na nuca no escurinho da noite. Miren caiu de novo em seu sono tranquilo assim que Catalina se satisfez e Miguel a devolveu ao berço. Mas, como de vez em quando acontecia quando o pai a pegava no colo, Catalina começou a se agitar e a bater com os pés, querendo brincar.

GUERNICA

Miguel a pôs novamente no berço enquanto ia avivar o fogo na sala para que os dois pudessem brincar sem incomodar Miren.

— Eu não deveria fazer isso, você sabe — Miguel disse olhando diretamente para ela, que já estava se sentando em sua perna. — Você vai achar que toda noite depois de mamar é hora de brincar.

— Ba-pa-ba-pa — respondeu Catalina.

— Mas você vai passar um tempinho fora e nem vai se lembrar disso quando estivermos de novo juntos.

Ela não deu resposta, apenas avançou em direção à boca do pai a fim de dobrar seu lábio superior para cima do nariz.

— Ei, você, ugh. — Quase tendo que arrancar aquelas duas tenazes de sua boca, Miguel a segurou pelas duas mãos e fez cavalinho. Foi premiado com um arroto que deixaria orgulhoso o vovô Justo.

Combinaram que Miguel não trabalharia de manhã; iria à montanha depois do almoço, assim que Miren e Catalina saíssem para o mercado. No final da tarde, ele pararia de cortar madeira e todos se encontrariam em Errotabarri para jantar com Justo e Mariangeles na véspera da viagem para Bilbao, terça de manhã. Elas ficariam temporariamente na casa que o padre Xabier providenciara à espera do que o futuro reservava.

Ainda acordado ao amanhecer, Miguel deixou a mulher e a filha dormindo e foi até a padaria na rua Santa Maria na esperança de achar alguma outra coisa que não pão preto para o café da manhã. Gente estranha enchia as ruas — uma gente faminta e angustiada, suja e sem abrigo.

Na padaria, onde ele não viu nada de interessante para comprar, disseram-lhe que tinha havido uma invasão na noite anterior — a primeira vez que eles tinham esse problema na cidade. Algumas pessoas sentadas na frente da padaria naquela manhã, encontrando consolo na incerteza mútua, falaram em centenas de feridos de guerra que haviam sido trazidos para o hospital montado no convento das carmelitas durante a madrugada. Homens do Batalhão Loyola estavam seriamente queimados e mutilados pelas bombas de fósforo; outros haviam perdido pernas e braços ou sangrado até morrer antes de receber atendimento por parte dos poucos médicos disponíveis.

Com certeza, pensou Miguel, aquilo não passava de invenção dos alarmistas, exageros como os de tantas outras histórias que se ouviam pela cidade. De bocas mais confiáveis ele ouviu falar em cancelamento do mercado da tarde e do jogo de *pelota* programado para a noite. No último momento, o conselho decidiu que as pessoas teriam uma semana muito complicada sem o mercado, e que seria inviável avisar os agricultores de localidades mais distantes, que àquela hora já deveriam estar a caminho da cidade com seus produtos. E cancelar o jogo de *pelota* provocaria ainda mais alarme.

A notícia de que tudo seguiria dentro da normalidade encontrou Miguel já de volta para casa, desanimado e sem o pão que tanto queria.

Wolfram von Richthofen acordou antes do amanhecer, efetuou seu ritual calistênico e foi tomar um banho frio e fazer uma barba meticulosa. Penteou para trás o cabelo teimoso e o cobriu com o quepe, enterrando-o bem na cabeça e esticando-o de modo que a águia na parte frontal estendesse as asas exatamente no meio e somente um pouco acima de seus olhos. Observando o céu na curta viagem de carro até a pista de pouso, von Richthofen viu que a claridade sobre sua cabeça ia se transformando numa película acinzentada para os lados das montanhas ao norte.

A mera possibilidade de que a operação fosse abortada por causa do tempo deixava-o preocupado. Aviões pousados no solo não

GUERNICA

tinham como ganhar a guerra. Por volta das nove e meia, aeronaves de reconhecimento pousaram na pista de Vitória, e os técnicos correram para processar e revelar o filme para um impaciente von Richthofen. Os relatórios eram claros e estimulantes: nuvens ligeiras estariam sobre a região até por volta do meio-dia, mas era esperado que o vento as dispersasse à tarde, tornando as condições ideais.

Sem muito entusiasmo, padre Xabier tratou de uma série de assuntos irrelevantes na casa paroquial de Santa Maria, e, quando se viu limpando a poeira dos pés do Cristo de um crucifixo pendurado na parede, finalmente admitiu que o fato de estar sempre adiando o seu retorno a Bilbao era uma questão a ser enfrentada. Ele não tinha como saber se relatos sobre seu sermão incendiário haviam chegado ao conhecimento de seus superiores em Bilbao. Não pedira autorização para realizar a missão para o presidente Aguirre em Guernica, o que, por si só, podia ser encarado como uma quebra de protocolo. E não tinha dúvidas de que alguma penalidade ou até mesmo uma remoção já deveria estar sendo providenciada.

Poder escutar a música que vinha da Plaza Las Escuelas de sua cama na casa paroquial no domingo à noite convenceu Xabier de que sua mensagem não tinha sido ouvida. Se os paroquianos tivessem compreendido perfeitamente a ameaça, não haveria festa, e sim uma corrida em busca da segurança bem longe daquele vale; a única música que se ouviria seria a melodia monótona das rodas das carroças na estrada para Bilbao.

Se ele soubesse durante a missa de domingo que as forças republicanas estavam sendo bombardeadas em Markina, teria dado destaque ao fato em seu sermão. Se ele soubesse que o hospital improvisado no convento das carmelitas ficaria abarrotado de moribundos e mutilados na noite de domingo, teria persuadido seu rebanho a ir olhar com os próprios olhos. Falar de sangue é uma coisa; fazê-los ver, pisar nele, sentir o cheiro do sangue empoçado escurecendo teria sido infinitamente mais ilustrativo.

Em vez disso, eles dançavam. Se os riscos fossem menos imediatos, ele também teria se divertido com a exibição. Se ia haver festa, era tolice acreditar que algo pudesse impedi-los de festejar. Se ia haver luta, eles lutariam — e *depois* dançariam. Ninguém punha em discussão que as circunstâncias exigiam que se lutasse até a morte, mas elas obviamente não eram suficientes para fazê-los rejeitar uma noite de danças e música.

Dominus vobiscum.

Xabier desceu pela rua Santa Maria, passando pelo bizarro *refugio* a caminho da estação ferroviária. Ali, centenas de pessoas faziam fila para comprar passagens para trens que agora estavam saindo com esporádica imprevisibilidade. Por mais relutante que estivesse para voltar e encarar seus superiores, ele sabia que não poderia adiar aquilo por mais um dia. Xabier caminhou de volta para Santa Maria, onde um padre jovem providenciou um carro e um motorista para vencer os pouco mais de 35 quilômetros que o separavam de Bilbao naquela mesma noite. Já não era sem tempo, ele pensou.

Justo estava condicionado a tirar um descanso do trabalho ao meio-dia, mesmo que o almoço tivesse se tornado escasso. Em junho, os dois fariam 23 anos de casados, e ele ainda sentia prazer em passar aquela horinha com Mariangeles, por mais que sua separação tivesse durado apenas uma manhã.

Ele cavou e semeou a terra durante toda a manhã, e, quando entrou em casa, encontrou Mariangeles consertando uma calça que já tinha sido remendada tantas vezes que só a linha dela era capaz de conservar o tecido surrado. A falta de cuidados de Justo com a aparência sempre a divertia. Se ela não notasse que as calças dele estavam rasgadas no traseiro e o mandasse tirá-las para consertar, Justo continuaria usando daquele jeito mesmo durante meses.

— As ovelhas nunca reclamaram — ele costumava responder, mesmo depois que não havia mais nenhuma ovelha. Mariangeles também se prontificara a fazer um remendo num par de calças que Miguel havia rasgado cortando madeira: um favor para a filha, que andava muito ocupada com a pequena Catalina.

— Vou sentir falta dessa pequena — Justo disse, já meio choroso. — Diga que o *aitxitxia* mandou um beijão para ela quando você encontrá-las no mercado.

— Você vai poder dar o beijo em pessoa; eles vêm jantar aqui esta noite, nossa última refeição juntos antes de elas irem para Bilbao.

— Temos umas migalhas de pão e uns restos de queijo mofado que roubamos dos camundongos; sempre podemos dividir com eles, não é? — ele disse em tom sarcástico. — Quem sabe, com um pouco de sorte, podemos até cozinhar os próprios camundongos?

— Justo! Temos um pouco de sopa, legumes, pão, e a nossa companhia para dividir com eles — Mariangeles disse, cortando a ponta da linha com os dentes antes de perguntar: — Você não acha que deveríamos convidar Miguel para ficar aqui conosco enquanto elas estiverem fora?

— Ele não vai se sentir tão sozinho aqui — disse Justo. — Mas, se não tivesse o que fazer na oficina ou no bosque, estaria indo para Bilbao com elas. Além disso, acho que, se ele ficar aqui conosco, vai se sentir na obrigação de ajudar nas tarefas de casa em vez de fazer o trabalho dele.

— Nós podemos tentar convencê-lo de que estará mais seguro aqui do que na cidade — Mariangeles continuou.

— Se dissermos que achamos que aqui é mais seguro, isso só servirá para convencê-lo de que sua casa e seus pertences correm perigo real, o que o deixará ainda mais determinado a não sair de lá — Justo contra-argumentou, sentando-se à mesa e examinando as sementes de milho secas que Mariangeles havia deixado de molho amaciando para a sopa do almoço. — Com tanta gente estranha por aí, tenho certeza de que ele vai querer ficar em casa para proteger suas coisas.

A imagem de rebeldes e mercenários mouros vagando por Guernica deu calafrios nos dois. Seria possível que eles começassem a invadir as fazendas para tomar o que desejassem? Chegaria a hora de enfrentar os intrusos com *laiak* e pás e foices?

— Mari... — Justo começou a falar.

— Sim?

— Você consideraria a possibilidade de ir com Miren e Catalina? — ele perguntou. — Pode ser uma boa para vocês três. Sei que aqui você estará a salvo, e estaríamos aqui para nos protegermos um ao outro, mas você poderia ajudar Miren a cuidar de Catalina.

— Você está querendo se ver livre de mim? Nós nunca passamos uma noite separados. Meu lugar é aqui, com você. Miren vai ficar bem com Cat. Ela sentiria o mesmo que eu em relação a ficar ao lado do marido se não fosse a menina.

— Ela ainda é tão novinha e Bilbao é uma cidade muito grande, que nem sempre é segura mesmo em tempos de paz — Justo disse. — Fico preocupado com a minha filha lá sozinha com Catalina.

GUERNICA

— Justo, não se trata de Miren, e você sabe muito bem; você está preocupado é comigo aqui — ela disse. — Acho que nós dois precisamos ficar em Errotabarri; e juntos.

— É isso o que me preocupa, Mari.

Justo tomou metade da sopa e ofereceu o restante à mulher, dizendo que estava se sentindo empanturrado. Mariangeles empurrou o prato de volta para ele, passou os braços pelßos ombros do marido quando este se sentou, e deu-lhe um beijo na bochecha espinhenta.

A intolerância a erros de Wolfram von Richthofen o fez examinar e reexaminar as fotos de reconhecimento e as informações de inteligência antes de entrar na sala de operações.

Um sobrevoo inicial de um único bombardeiro serviria de isca para atrair o fogo das defesas antiaéreas que, desse modo, poderiam ser identificadas e eliminadas. A aeronave da vanguarda faria a volta e guiaria os bombardeiros pelo lado sul do vale. Os pilotos dos caças foram instruídos no sentido de que qualquer coisa que se movesse nessas estradas deveria ser considerada hostil e atacada.

Relatórios de inteligência asseguravam que o Monte Oiz fora tomado pelas forças do general Mola e forneceria o "teatro de operações" perfeito para o bombardeio. A montanha passava dos mil metros de altura e era tida como uma espécie de *bay window* sobre Biscaia. O pessoal local acreditava que a montanha fosse o lar da divindade mais poderosa, Mari, que controlava os poderes do trovão e do vento. Às vezes, ela assumia a forma de uma nuvem branca ou de um arco-íris, ou se dizia que costumava passear montada em bolas de fogo por entre os picos da montanha, quando não estava cruzando os céus numa carruagem puxada por carneiros enormes e ruidosos.

Com um assessor ao lado, von Richthofen seguiu em seu

Mercedes pela estrada íngreme e sinuosa do lado oeste da montanha em velocidade de ataque. Vestia a pesada jaqueta de couro, sua "marca registrada", o cachecol tremulando nas costas, e luvas de lã. Depois de estacionar, von Richthofen acendeu um cigarro e aprovou a tarde amena.

— Não poderíamos querer um tempo melhor — disse, dando uma profunda tragada no cigarro. Em seguida, jogou a guimba numa touceira de urzes, expirou uma flâmula branca de fumaça e ficou observando as colinas cinematográficas ao norte.

Miguel brincou com Catalina a manhã inteira, puxando-a no carneiro de rodinhas pela sala e fazendo as curvas bem devagar, para ter certeza de que ela não cairia. Miren arrumava as coisas para a viagem, indecisa, colocando um objeto na mala para logo em seguida tirá-lo após reconsiderar sua utilidade. O que a gente deve levar de bagagem quando está prestes a se tornar um refugiado? Cada decisão parecia um referendo sobre sua fé no retorno. Tenho que me lembrar de limpar e guardar tudo direitinho, ela se dizia até se dar conta do absurdo que era deixar a casa toda arrumada para uma possível invasão.

Enquanto Miren dava de mamar a Catalina, Miguel desbastava um galho de carvalho bifurcado que cortara dias antes. Com a correia de borracha tirada de um torno velho, ele fez um estilingue. Depois de ter derrubado aquele pato saboroso, ele andava atrás de outra brincadeira.

— Oh, essa é boa... — Miren ironizou. — O terrível caçador!

— Estou preparado para o ataque de algum esquilo ou coelho rebelde — Miguel anunciou, testando a elasticidade da atiradeira ao mirar sobre um alvo imaginário que passava correndo nas proximidades.

GUERNICA

— Não acredito que você tenha coragem de atirar num coelhinho.

— Tenho, se ele ficar sentado e tiver paciência para esperar eu atirar quantas vezes forem necessárias até acertá-lo — disse Miguel. — Os esquilos são muito ariscos e se escondem atrás das árvores para ficar rindo de mim. Admito que teria dificuldades para matar pombos. Gosto muito deles.

— Quer dizer que hoje eu não preciso me preocupar em ir ao mercado comprar comida, já que você vai sair para caçar nas montanhas?

— Como se houvesse o que comprar, ou nós tivéssemos como comprar ou a coragem necessária para comer o que tem para vender lá... — disse Miguel.

— O que significa que...

— Mendiola me disse que um vendedor contou a ele as mais novas "traduções" do mercado: cachorro pequeno agora se chama "coelho", e os grandes são "carneiros". Gaivotas...

— Não, pare... — Miren fez cara de nojo à espera da desagradável tradução.

— ...peru.

— Miguel, você está ficando igual ao papai — Miren disse.

— Hoje eu vou descer da montanha com alguma coisa para a panela de Errotabarri desta noite, pode anotar — disse Miguel.

— E seu pai terá motivo para contar histórias de suas grandes experiências de caça de quando era rapaz.

Miren terminou de amamentar e preparou o carrinho de bebê.

— Não se preocupe com comida — disse Miguel. — Eu vou ficar bem, e tenho certeza de que sua mãe não me deixará em paz querendo cuidar de mim. Ela chegou a pensar em ir com vocês?

— Não perguntei, porque não quero que ela pense que preciso dela — Miren disse. — Eu realmente não me importaria de ter a ajuda e a companhia dela. Nunca estive em Bilbao. Mas, se ela fosse conosco, se sentiria culpada por estar longe do papai. Sei que ela acredita que ele não saberia cuidar de si mesmo; ficaria andando por aí descalço e com as roupas esfarrapadas.

— Bem, não se preocupe comigo; vou conseguir muita carne fresca para dividir com eles todos os dias — disse Miguel, retesando e afrouxando a correia do estilingue, com um olho bem fechado para fazer melhor a mira.

Com Catalina instalada no carrinho, Miren chegou perto de Miguel para um rápido beijo antes de os dois saírem.

— Cuidado lá em cima, *asto* — ela disse, beliscando carinhosamente o traseiro do marido. — Não deixe nenhum esquilo pegar você.

— Miren — Miguel disse, bem sério –, tome cuidado; tem muita gente estranha na cidade.

Os dois se beijaram outra vez, e Miguel se curvou para afagar os cabelos pretos e cheirosos da filha.

— Você andou lavando o cabelo dela com o sabonete da Alaia?

— É claro, ela precisa começar cedo; todas as garotas de Navarro estão usando.

Miren abriu a porta e saiu manobrando o carrinho.

O piloto líder conferiu seu relógio. Conforme previsto, os ponteiros marcavam 15h45 quando ele ergueu do solo o novo bombardeiro Heinkel. Tomou rumo nordeste até uma altura predeterminada sobre a aldeia de Garay, onde sua esquadrilha deveria se juntar aos seis caças Messerschmitt que dariam cobertura à primeira leva de bombardeiros. De Garay, voariam rumo norte até o Golfo de Biscaia e a aldeia de pescadores de Elantxobe, um pouco acima da faixa costeira de Lekeitio. Sobre o golfo, virariam

GUERNICA

rumo sul, tomando a rota do Estuário de Mundaka e, em seguida, do rio Oka até Guernica. Von Richthofen definira aquela rota tortuosa de modo a evitar identificação prematura.

Enquanto corrigia o curso em função de um vento lateral, o piloto olhava para as encostas verdejantes e a sombra que seu avião projetava sobre elas, contraindo-se em forma nítida de cruz à medida que a aeronave galgava a topografia acidentada e ampliava-se numa vaga nuvem escura ao alcançar o fundo dos vales. Havia uma beleza natural naquela paisagem campestre, pensava o piloto, como uma mescla dos Alpes com a Floresta Negra.

Manejando com destreza redes próprias para a pesca de anchovas no litoral de Elantxobe, a cidade que deu nome ao peixinho, José Maria Navarro se preparava para dar por encerrado mais um dia de trabalho. Primeiro ele ouviu os aviões, zunindo iradamente por sobre a praia, e, em seguida, observou que viravam as asas exatamente em cima do *Egun On* para retornar à terra firme.

Alaia Aldecoa resolveu ir para casa. À medida que se aproximava do final da cidade, foi se sentindo pouco à vontade com o intenso movimento nas ruas. A multidão emitia um ruído forte e uma vibração nervosa que fizeram seu estômago se estreitar. Mesmo nos dias normais de mercado na primavera, quando os agricultores das montanhas e das cidades vizinhas se juntavam ao pessoal local, a multidão nunca tinha provocado um murmúrio tão infeliz. Era costume na cidade, sempre que alguém via Alaia se aproximando pela calçada ou na rua, dar-lhe passagem e cumprimentá-la, o que servia para alertá-la sobre a presença da pessoa e a ajudava a determinar sua posição.

As calçadas e as ruas agora estavam abarrotadas demais para isso, e muita gente nem sequer conhecia Alaia; muito menos sabia de sua deficiência. A maioria olhava para o chão diante dos pés, e ela acabava esbarrando em muita gente a caminho do mercado. Sentia o cheiro dos soldados em seus uniformes de lã sujos e impregnados de suor e sangue. Muitos traziam consigo os odores ainda mais desagradáveis de fósforo e medo. Nem se dignavam a sair do caminho; alguns, na verdade, até entravam propositalmente em seu raio de ação, na tentativa de ficar mais perto de uma mulher atraente após meses em campo. Um soldado passou esbarrando na bolsa que ela levava no ombro, e Alaia, ao tentar evitar que a bolsa caísse, o acertou com a bengala. Até a bengala ir em sua direção, ele não se dera conta de que a moça era cega. Os compatriotas da vítima o provocaram por ter sido tão descuidado a ponto de ser golpeado por uma cega. Como é que ele pensava poder escapar das balas fascistas se era tão facilmente atingido pela bengala de uma mulher sem visão?

— Está muito cheio hoje; não estou acostumada a essa multidão — Alaia explicou a Miren e Mariangeles quando as duas chegaram à sua barraca.

— Como podemos ajudá-la, querida? — Mariangeles perguntou.

— Está tudo bem; na verdade, não tenho muita coisa para vender, e não estou certa de que as pessoas estejam lá muito interessadas em comprar sabonetes hoje em dia — disse Alaia, tirando duas barras embrulhadas em separado para elas. — Aqui estão as de vocês.

— Obrigada — disse Mariangeles. — Justo já estava me perguntando pelos sabonetes; ele sente falta.

— Não consigo acreditar que o papai note essas coisas — Miren disse.

— Ele reconhece o sabonete de Alaia.

Alaia ouviu Catalina falando no carrinho de bebê e apalpou a beirada da colcha, cautelosamente descendo a mão para tocar a menina. Catalina agarrou o polegar e o mindinho de Alaia e começou a puxá-los como se estivesse ordenhando uma vaca. Em seguida, levantou-se e ficou em pé na borda do carrinho. Logo estaria grande demais para ele. Miren já pedira a Miguel para começar a fazer outro, mas que, por favor, fosse menor do que um carro de boi.

— Oh, ela está ficando forte — disse Alaia.

— Ela e eu vamos para Bilbao amanhã de manhã — Miren contou. — Estamos indo à estação comprar as passagens de trem.

— Oh, Miren, quando passei por lá, a fila estava enorme — disse Mariangeles. — Não quero ver você e Catalina lá em pé. Vá fazer suas compras que eu compro os bilhetes.

— Obrigada — disse Miren. — Se você realmente não se incomoda...

— Claro que não me incomodo — disse Mariangeles, beijando a filha nas duas bochechas e acariciando a cabeça de Catalina.

No final do mercado, Miren segurou Catalina no colo para que ela pudesse pegar nas orelhas compridas e macias dos jumentos parados em seus tirantes. Fazia isso por Cat, mas também por ela, porque era bom estar de novo perto deles. Os camponeses usavam carroças puxadas por jumentos para transportar gaiolas cheias de galinhas para o mercado. Miren alisava os focinhos peludos enquanto Cat amassava as orelhas dos animais. Mostrou à menina as galinhas engaioladas, lembrando-se de quantas ela vira sendo mortas e depenadas no quintal de Errotabarri, numa época em que as galinhas não eram tão valiosas. As aves enjauladas estavam agitadas, e, ao roçar no arame, as penas caíam e se acumulavam, formando pequenas montanhas brancas no chão sob elas.

Próximo às carroças de jumentos ficavam os currais onde eram mantidos os bois castrados, fortes, mas bonachões, e os touros assustadoramente grandes. Miren não levava a menina para perto dos bois, mas sempre parava na baia ao lado, onde ficavam as cabras, permanentemente ruminando, e os bodes curiosos com seus olhos amarelados.

Da outra extremidade do mercado, Miren podia perceber o tamanho da aglomeração; gente apressada querendo ir a algum lugar misturava-se com igual número de pessoas sem destino aparente. Talvez metade das barracas tenha fechado mais cedo, mas, mesmo assim, havia mais gente na praça do que nunca. O homem que vendia os biscoitos de *barquillo* que ela costumava comprar para Cat já fora embora. Um cartaz escrito à mão anunciava que o jogo de *pelota* tinha sido cancelado, e que não haveria dança. Nada de dança. As pessoas estavam abandonando a cidade.

Mariangeles não tinha exagerado sobre o tamanho da multidão diante da estação ferroviária; ela levaria horas na fila. Embora, na verdade, chamar de fila aquele ajuntamento desorganizado de pessoas fosse atribuir mais ordem do que existia de fato. Ela nunca vira tamanha aglomeração de almas aflitas. Algumas pessoas tinham feito uma fogueira com madeira podre e cozinhavam misturas irreconhecíveis de restos de comida. O ir e vir constante de grupos sem rumo parecia criar uma fricção, e, com ela, uma carga de eletricidade que parecia inflamável. Ela estava feliz por Miren não estar ali com Catalina. Por mais entupida e caótica que estivesse a praça do mercado, a estação era ainda pior, e passava uma sensação de caos.

A mulher descabelada na frente de Mariangeles, talvez alguns anos mais velha do que ela, tirou um papel de embrulho de dentro da sacola. Enquanto ela remexia em seus pertences, Mariangeles o segurou para ela.

— Obrigada — disse a mulher, após se certificar de que Mariangeles não estava tentando roubá-la. Seus olhos avermelhados emitiram o mesmo olhar de desconfiança cansada que a maioria exibia. — É nossa Bíblia de família.

— Você não gostaria de perdê-la — Mariangeles disse, séria.

— Ela tem todos os nomes da nossa família.

— De onde você é? — perguntou Mariangeles da forma mais amigável possível, esperando não parecer ameaçadora.

— Durango — respondeu a mulher.

Mariangeles sabia o que isso queria dizer: bombardeio rebelde. Ela não teve coragem de continuar perguntando e esperou que a mulher prosseguisse por si mesma. Agora praticamente lado a lado, as duas deram alguns passos para não perder contato com a massa à frente.

— Nós tínhamos um armarinho na cidade, mas fomos atingidos logo no primeiro ataque — a mulher disse. — Minhas duas filhas cresceram e se mudaram para San Sebastián, e assim escaparam, graças a Deus.

Mariangeles concordou com a cabeça.

— Você perdeu sua lojinha?

— Perdi, sim... e meu marido.

Ela declarou isso sem nenhuma emoção, como o elemento final de uma enumeração de bens. As perdas acumuladas a haviam esvaziado nas últimas semanas. Assim como disse "e meu marido", poderia ter dito "e minha cômoda". Tudo o que aquela mulher perdera tinha assumido uma relevância secundária em relação à sobrevivência.

Nesse momento, aquela guerra se tornou a guerra de Mariangeles também. Essa mulher acabada, destruída, bem poderia ser ela. Poderia ser a sem-teto, com a vida reduzida ao que pudesse carregar e ao que não pudesse esquecer. Poderia estar tentando encontrar uma forma de viver sem o marido. Como é que a vida podia se tornar tão indescritível a ponto de um casamento, com suas décadas de momentos compartilhados, poder ser resumido num comentário seco, do tipo "Perdi, sim... e meu marido"? Os ombros de Mariangeles estremeceram enquanto ela chorava baixinho a cada respirada. A mulher pôs a mão na manga do seu vestido, e Mariangeles se agarrou nela em desespero.

— Desculpe, desculpe... — ela disse, sem se dar conta de quanto era irônico precisar do consolo da mulher. Mariangeles nunca tivera uma reação daquelas antes. Sempre se considerara muito forte.

Quando se recompôs, a mulher deu respostas a todas as perguntas que Mariangeles se sentia perturbada demais para fazer. O marido morrera no primeiro ataque sobre Durango. A casa deles ficava no segundo andar, na sobreloja, e o prédio ruiu quando a bomba caiu na rua. Ela escapou por ter tido a sorte de se encontrar no quarto dos fundos guardando mercadorias. A explosão a derrubou, mas, quando foi capaz de se levantar e pensar no que estava acontecendo, a loja era só escombros em torno dela, e o marido encontrava-se soterrado sob seus pertences. Ela ficou ali sentada ao lado do corpo dele durante um dia inteiro, já que ninguém aparecia para socorrê-la e ajudá-la a retirar o madeiramento pesado. Quando os rebeldes se aproximaram da cidade, ela se deu conta de que nada mais a prendia em Durango, e então se meteu numa fileira de pessoas que se dirigiam para o norte, acompanhando a manada.

Ela ficou em estado de choque, chorando, durante muitos dias, andando apenas porque a maré dos demais a levava numa corrente constante. À medida que ficava com mais fome, chorava com menos frequência e lamentava menos suas perdas.

GUERNICA

Vestia o mesmo avental do dia do bombardeio, com a mesma lista de mercadorias que precisava repor no bolso da frente. Isso tinha sido mais ou menos um mês atrás, ela disse.

No domingo, vendeu seu anel de casamento a um jovem soldado que encontrou e que estava pensando em se casar com a namorada. Embora tenha lhe valido pouco dinheiro, o anel rendera o suficiente para uma passagem até Bilbao.

— Você não pensou em ir para San Sebastián e ficar lá com suas filhas? — perguntou Mariangeles.

— Elas já têm os problemas delas; além do mais, não foram os rebeldes que nos bombardearam — disse. — Foram os alemães. Não havia caças espanhóis; as tropas rebeldes chegaram depois.

A fila mal andava. Mariangeles sentiu a emoção brotar novamente. Contaria a Justo sobre aquela mulher, e lhe diria que havia reconsiderado seu plano de ficar. Talvez fosse mesmo melhor para todos sair de Guernica, ir para Bilbao, para Lekeitio, quem sabe até pedir a Josepe que os levasse por mar a algum lugar na França. Ela sabia que Justo não gostaria nem um pouco de deixar Errotabarri, mas Errotabarri estaria ali quando eles voltassem.

Capítulo 17

As freiras no telhado do convento os localizaram primeiro, refletindo um raio de luz como as asas de garças distantes. As freiras tocaram suas sinetas, como se o tilintar melódico pudesse chamar a atenção de uma cidade tomada por refugiados. Em seguida, os sinos de Santa Maria amplificaram o alerta, mas só causaram mais confusão. Já haviam badalado para assinalar as 16hs, e aquele não era o toque que chamava para a missa. Ou era?

Enquanto as freiras os seguiam com seus binóculos, o bombardeiro da frente reduziu a velocidade para permitir a observação visual do piloto. Quando a maioria das pessoas entendeu o significado daqueles sinos badalando, seu toque foi emudecido pelo som dos motores zunindo sobre suas cabeças. Alguns correram para os *refugios*; outros, para a igreja de Santa Maria, que era, afinal, a casa de Deus. Outros, ainda, ficaram paralisados.

Mas o avião não lançou bombas; em vez disso, subiu e foi embora. Quem estava na praça do mercado comemorou. O diabo estava só dando uma olhadela.

Mariangeles Ansotegui reagiu aos sinos, à visão do avião e ao caos reinante concentrando-se ainda mais em sua missão: ficar na fila. À sua volta, os refugiados buscavam abrigo e soltavam palavrões novos para ela. A mulher à sua frente sumira, a bolsa largada no chão no lugar em que ela estivera. Mariangeles se abaixou para pegá-la; a Bíblia da família continuava lá. Ela a guardaria até que a dona retornasse. Mariangeles começou a achar que a visão do avião fora benéfica. Muita gente havia abandonado seu posto, o que lhe possibilitou ganhar uma considerável quantidade de lugares na fila. Os sinos continuavam tocando. Ela achou que eles deviam estar anunciando que estava tudo bem.

    Miren e Catalina saíram do curral e estavam escolhendo algo que prestasse em meio aos poucos legumes disponíveis. Ela não vira nada que valesse a pena comprar, à exceção de algumas batatas, mas Miguel podia fazê-las render, sobretudo se conseguisse pegar um coelho ou alguns esquilos, como havia prometido. Ela sorriu só de imaginar o marido caçando. Era mais provável que ele tentasse dividir sua comida com os bichinhos.

    Os sinos de Santa Maria começaram a badalar com uma urgência inesperada. Miren olhou para a igreja buscando explicação. Escutou o aparelho roncar ao norte e logo em seguida ele entrou em seu raio de visão.

    — Olhe, Cat — ela disse, apontando para o céu. Catalina viu apenas o braço levantado de Miren. Mas a voz da mãe estava excitada, e isso para ela queria dizer algo, fazendo-a pular e rir dentro do carrinho. Ela se ergueu para olhar para fora.

    Quando o motorista fez uma curva para fora do vale em direção a Bilbao, o padre Xabier viu uma sombra negra, como a de um pássaro, descendo velozmente pela lateral da montanha e cruzando a estrada. Pela janela ele viu o avião bem no instante em que passou por trás de uma montanha. Como o

GUERNICA

presidente Aguirre havia lhe confessado sobre a precariedade da presença aérea republicana, Xabier sabia que só poderia ser alemão. Ele mandou o motorista fazer o retorno para Guernica. Talvez se tratasse somente de um voo de reconhecimento, mas ele sabia que a cidade poderia estar em pânico.

O motorista, que ficara horrorizado com o sermão do padre no dia anterior, agora tinha ainda mais certeza da sua insanidade. Ele estacionou no acostamento antes de entrar na cidade e se recusou a seguir adiante, sem se importar nem sequer em fechar a porta depois de abandonar o veículo com o padre dentro, e saiu andando com água pelos tornozelos pela vala de drenagem de modo a reduzir sua importância como alvo quando as forças do apocalipse desabassem sobre Guernica.

Com o barrete enfiado na cabeça e as pernas trêmulas escondidas sob a batina preta comprida, o padre Xabier parecia flutuar em alta velocidade rumo ao centro da cidade. Nem a enorme corrente de pessoas fugindo na direção oposta o fez ir mais devagar. A visão do padre como que voando fez a multidão se dividir em duas à sua aproximação e novamente se fundir numa massa sólida às suas costas. Alguns estavam certos de haver presenciado um milagre, mas não tinham lá muita disposição para ficar e oferecer testemunho pela sua canonização. Relembrando-se da multidão na estação de trens, o padre Xabier resolveu que iria lá primeiro, na esperança de levar alguma ordem ao que ele temia poder se transformar num perigoso estouro de boiada.

Do norte, o rumor voltou e foi ficando mais perto e mais alto, fazendo o chão vibrar. Mariangeles Ansotegui observou o céu de uma tarde quase sem nuvens. Em torno dela, os que tinham permanecido na fila saíram em disparada para todas as direções. Um murmúrio alto propiciou um registro mais elevado aos sons de caos no hall da estação. Objetos estavam caindo do avião, assoviando e caindo.

A primeira bomba explodiu no meio do hall. Os corpos de várias dezenas de pessoas eram erguidos intactos nas mais variadas alturas antes de se abrir como botões de crisântemos.

O padre Xabier estava chegando ao hall da estação quando foi derrubado pela explosão.

— Meu Deus, está acontecendo. Dai-me forças. Fazei com que Vossa força seja a minha força — ele orava em voz alta, recolocando o barrete que lhe fora arrancado da cabeça.

A primeira carga de morte aleatória atingiu principalmente as mulheres, incluindo-se uma refugiada de avental branco com olhos cansados que tentara correr e uma bela mulher em pé na fila, que segurava a Bíblia de uma família estranha, incinerada em pleno ar pelo calor da explosão.

Num curral na propriedade dos Mezo, concentrado no conserto de umas ferramentas, Justo Ansotegui escutou os sinos da igreja. Mas ele só prestava atenção neles quando precisava saber as horas, ou quando era domingo de manhã e chamavam para a missa. Devia estar batendo 16hs, ele pensou.

Mas os sinos continuaram tocando, e ele se perguntou por que haveria missa numa tarde de segunda-feira. Quando as explosões enviaram ondas de choque através do vale e das montanhas, Amaya Mezo bateu na porta do depósito e contou a ele sobre o avião que vira, e apontou para a abóbada de poeira que subia do centro da cidade.

— Não! — disse ele. — Não!

Onde estava Mariangeles? Onde estavam Miren e Catalina?

Estavam na cidade. Um avião está lançando bombas sobre a cidade.

GUERNICA

Ao sair correndo do depósito, Justo passou a mão numa *laia* para proteção. Era hora de lutar.

A distância até a cidade era de mais ou menos um quilômetro e meio e ele a percorreu com a *laia* em riste como um vingador primitivo, gritando e correndo.

— Mari!... Mari!... Mari!...

E, quando diminuiu a velocidade devido à falta de ar, seus gritos pareciam rimar com o toque dobrado dos sinos: "Maa-rii... Maa-rii... Maa-rii."

Sobre uma encosta próxima, a serra de Miguel entoava uma melodia desafinada à medida que mastigava o tronco grosso de um carvalho. Também ele escutou os sinos lá embaixo, ao longe, abafados, e não deu maior atenção. Em certos momentos, pensou, ele sentiu o chão batendo forte a seus pés, como quando uma árvore tomba. Ondas sonoras irradiando para cima o fizeram se virar para o vale. Fumaça e poeira surgiam por sobre os prédios.

Oh, meu bom Deus, uma explosão, ele pensou. E saiu correndo, numa carreira desabalada montanha abaixo quase sem conseguir controlar as pernas. Caía, rolava, erguia-se de novo e continuava correndo sem parar, guiado pelo instinto e pelo dobrar dos sinos.

Quando as explosões fizeram a terra estremecer a apenas dois quarteirões dali, Miren baixou a capota do carrinho de bebê para proteger os ouvidos de Catalina. Empurrando o carrinho, tratou de correr não para algum *refugio*, como Miguel havia ensinado, mas para a estação de trens à procura da mãe. Na rua da Estação, diante do prédio em chamas, ela se transformou numa sombra em movimento.

À sua frente, gritos ressoavam do véu de poeira ascendente. Do lado de trás vinham os sons dos sinos.

Alaia Aldecoa ouviu o bombardeiro antes que qualquer um pudesse vê-lo; ele fez as janelas baterem violentamente. Mas não havia motivo para relacionar aquilo com algo alarmante. Aviões já haviam passado ali por cima antes; ela os ouvira. Parecia só mais uma vibração desagradável num dia repleto delas. Mas a ameaça se tornou evidente quando os sinos deram início a seu impaciente tinido e a multidão começou a correr ao seu redor. Ninguém pensou em guiá-la até um *refúgio* ou explicar-lhe aquela loucura toda.

Logo lhe veio à mente a história do terrível final dos tempos que as irmãs contavam. Como elas haviam previsto, as explosões sugavam o ar dos pulmões enquanto o chão se mexia e se abria. O inferno emergia do fundo da terra para tragá-los. O enxofre tinha exatamente o mesmo cheiro com que fora descrito.

O melhor a fazer era permanecer no lugar; Miren viria atrás dela. Mas, quando o chão se abriu, seus instintos a obrigaram a correr, coisa que ela jamais havia feito.

Começou com uma espécie de trote acelerado, sem tirar os pés do chão, como se tentasse sentir o caminho com as pontas dos pés, os braços estendidos à frente como antenas fixas. Estava sem a bengala.

Os gritos vinham da sua direita, por isso, Alaia tratou de correr para a esquerda, pela calçada.

O som nos céus havia retornado, só que mais forte, com uma vibração maior e com mais urgência. Eram mais aviões.

Os assovios eram mais intensos. Em instantes, surgiram mais gritos mortais.

Com os braços estendidos, ela tocou a fachada de um prédio e foi seguindo sua superfície abrasiva de tijolos até uma esquina.

Correu novamente quando alcançou a rua.

Uma explosão a jogou no solo.

Ela correu novamente.

GUERNICA

As pessoas a jogaram no chão. Ela se ergueu, foi derrubada de novo.

Saiu engatinhando sob a fumaça que se espalhava. A cidade estava em chamas.

Na explosão seguinte, Alaia Aldecoa desapareceu.

Amaya Mezo, após recolher os filhos para dentro de casa e ver Justo correndo para a cidade, voltou à encosta para tentar entender os sons e o pânico lá embaixo. A filha mais velha desobedeceu à ordem para ficar em casa, na expectativa de poder ajudar caso fosse preciso. As duas viram os grandes aviões desferindo ataques sucessivos, com uma quantidade de aviões menores ziguezagueando em rotas erráticas, como andorinhas no meio dos gansos em voos migratórios.

Um deles, vindo do outro extremo da cidade, mergulhou na direção delas como se pretendesse retalhá-las com as hélices.

Linhas paralelas de fumaça escura vieram na direção das duas com o som de batidas aceleradas de tambores. A filha correu ao ver aquilo, gritando para a mãe se esconder. Mas Amaya não fazia ideia do perigo e ficou berrando para a máquina, acenando para que fosse embora de sua casa e para bem longe de seus entes queridos.

Uma bala atravessou-lhe o ombro direito. O piloto passou tão perto que Amaya foi capaz de ver seu rosto olhando para ela. Ele usava um boné de couro, e seus olhos estavam cobertos por óculos arredondados que refletiam o clarão do sol da tarde.

As visões vinham em flashes enquanto o padre Xabier buscava locais onde exercer o trabalho de Deus. Dando corridinhas curtas e se agachando, ele seguia em direção ao mercado quando a segunda leva de bombardeiros atacou.

Ele correu para o outro lado do prédio dos bombeiros, onde uma bomba havia acertado em cheio o único caminhão de combate ao fogo da cidade, matando o rapaz que cuidava do estábulo e todos os cavalos de puxar carroça em seus tirantes. O sangue dos cavalos e o do rapaz se misturaram, escorrendo para dentro da sarjeta e caindo no bueiro.

À sua esquerda, várias bombas incendiárias tinham caído no curral improvisado, levando um touro, envolto em chamas brancas e azuladas e mugindo, desesperado, a romper a cerca e avançar sobre a multidão.

Os carneiros começaram a pegar fogo, com a lã em chamas ficando preta enquanto tentavam escapar dos cercados.

Uma enorme bomba matara vários bois e fazendeiros, obrigando Xabier a tentar se desviar de seus restos espalhados.

Balas disparadas pelos caças zuniam e penetravam indistintamente em humanos e em animais.

Tudo ardia.

Uma mulher com três crianças buscou proteção sob o vão de uma porta desativada, e o padre se postou o mais alto e forte que podia diante deles para abrigá-los. Quando uma trégua no bombardeio trouxe a seus ouvidos uma impressão de tranquilidade, a família largou a batina do padre e correu de novo para o meio da rua.

— Esperem! — gritou Xabier.

Eles tinham andado menos de 20 metros quando um caça varreu a rua com uma rajada, derrubando três dos quatro numa única investida. A criança sobrevivente, também ferida, se debruçou sobre a mãe, gritando e tentando levantá-la para que corresse.

Os caças arremetiam sem um padrão, caçando quem estivesse à vista. Na mente de Xabier ficou gravada a imagem de

GUERNICA

cães pastores zanzando para lá e para cá, guiando as pessoas até a morte.

A um quarteirão dali, uma carga de bombas incendiárias abriu um buraco no teto da fábrica de doces e começou a pegar fogo ao contato da mais inflamável das substâncias: os cabelos das mulheres que trabalhavam lá dentro.

Mais adiante, em outro bloco de casas, um grupo de adolescentes que brincava perto da quadra de *pelota* buscou abrigo na boca de um túnel subterrâneo de concreto. Quando uma bomba explodiu a poucos metros dali, a carne deles se fundiu numa massa indiscernível.

Na Residencia Calzada, uma casa para idosos, uma bomba vaporizou muitos homens e mulheres de mais idade, juntamente com as irmãs de caridade que tentavam ajudá-los a escapar para algum lugar seguro.

Sem meios de fugir do segundo andar de um prédio em chamas, um homem saltou de uma janela, batendo os braços na tentativa de apagar o fogo que já tomava as costas de sua camisa branca, ou, quem sabe, na esperança de voar.

No subsolo de um *refugio*, duas dúzias de cadáveres jaziam, formando um mosaico. Estavam intactos — sem ferimentos, sem sangue –, extintos pela falta de ar.

Centenas de pessoas se aglomeravam sob o teto abobadado da igreja de Santa Maria, rezando freneticamente diante das estátuas sacras.

Uma bomba incendiária atravessou o teto e foi se cravar no chão. O fogo teria incinerado todos os que se achavam na igreja. Mas a bomba não pegou fogo.

Miren parou de procurar Mariangeles, temendo por Catalina. Ao subir a rua empurrando o carrinho de bebê balançante, ela se sentia perdida em sua própria cidade. As rodas do carrinho levantavam pingos de um líquido escuro. Ela lutava contra o tráfego pesado criado pelo fluxo de pessoas que fugiam da praça da estação ferroviária, o qual se confundia com o fluxo igualmente desvairado dos que tentavam escapar da área do mercado.

Miren poderia ir mais rápido com Catalina nos braços, mas pedaços de madeira candente caíam sobre ela como granizo. Quase tinha sido derrubada pela multidão, e, desse modo, Catalina estaria mais segura dentro do carrinho. Ela, porém, continuava falando com a filha, dizendo-lhe pela coberta de lona que estava tudo bem.

Os bombardeiros ruidosos mais uma vez emudeceram os pedidos de socorro.

Miren mal podia respirar por causa da poeira de concreto, do calor e do cheiro. Ao passar pela porta do Hotel Julian, viu algumas jovens mães conduzindo para seu interior um grupo de crianças de escola aos berros.

Miren tentou segui-las porta adentro, mas uma gritaria a fez olhar para o ar enfumaçado no exato momento em que uma bomba rachava ao meio o pequeno hotel. A explosão lançou uma coluna de ar pelo funil da porta de entrada e, em questão de segundos, a fachada de concreto desabou, matando quem estava na frente do hotel sob toneladas de escombros ardentes.

Quando os caças invasores partiram um após outro, Xabier se ajoelhou para examinar a pequena família que tinha sido metralhada. A menina mais nova, de uns quatro anos, talvez, sangrava no flanco, mas continuava a cutucar a mãe como se quisesse acordá-la de uma soneca.

Xabier afastou-a da família morta e a levou com ele para o

GUERNICA

refugio mais próximo. A porta se abriu rapidamente, deixando que ele penetrasse num nível diferente do inferno. Centenas de pessoas se amontoavam num espaço planejado para poucas dúzias, e, à medida que mais almas entravam, iam comprimindo as que já estavam nos fundos. Os que chegaram primeiro, com alguma peça de roupa sobre a boca para se proteger do ar superaquecido, imploravam aos que estavam na frente para que deixassem a porta aberta para ventilar.

— Deixem-nos sair! — gritou uma mulher.

Mas, assim que as portas duplas se escancararam, uma bomba de percussão caiu do lado de fora, e o violento golpe de ar sugou quatro pessoas para o interior da bola de fogo. Em estado de choque, outras pessoas tentaram fechar as portas, mas elas estavam bloqueadas pela parte inferior de uma perna de mulher, ainda calçando uma *espadrille* preta.

Nos fundos, na escuridão, as pessoas lambiam as paredes, tentando sugar a água condensada para se proteger do calor insuportável.

Elas tropeçavam e, no escuro, podiam sentir, com os pés, que agora se achavam sobre os cadáveres daqueles que não tinham resistido.

Alguns homens, ou mesmo mulheres, vencidos pela claustrofobia, gritavam selvagemente, subindo por cima dos demais, cravando as unhas na carne dos outros para abrir passagem em direção à parte da frente.

Preferiam tentar a sorte com as bombas e o fogo a morrer esmagados ou sufocados.

Com a calma possível, de pé diante do portão entre dois infernos, tendo uma garotinha agonizando nos braços, padre Xabier rezou.

— Ave Maria, Mãe de Deus, rogai por nós, agora e na hora de nossa morte...

Wolfram von Richthofen e seu assessor, em pé na face norte do Monte Oiz, admiravam as ondas precisas dos aviões que arremetiam em direção ao vale. Porém, mesmo daquele ponto privilegiado, cerca de umas dez milhas aéreas ao sul de Guernica, eles não tinham condições de ver a aldeia propriamente dita. A fumaça e a poeira que subiam das explosões ultrapassavam os cumes montanhosos, evidenciando que uma severa destruição estava sendo infligida. Mas von Richthofen não podia vê-la tão claramente quanto gostaria.

Ele jogou fora o cigarro e desceu a montanha para uma curta viagem de volta até Vitória.

Enquanto a cidade se esvaziava, Miguel corria contra o fluxo, tentando alcançar o centro da devastação. Seu instinto o levava a enfrentar a confusão e chegar ao mercado.

Elas deviam estar com Alaia, e todas deviam ter ido para o *refugio* mais próximo, no meio da rua Santa Maria, aquele que Miguel mostrara à esposa.

Por que ele havia permitido que ela dissesse para ficar mais um dia?

Brigaria com ela quando a visse.

Não, não brigaria.

Ainda caíam bombas dos compartimentos dos aviões que sobrevoavam a cidade. Fumaça e poeira se levantavam, mas Miguel mal notava as explosões, e não seguiu nenhum de seus impulsos de fugir da destruição.

Perto do mercado, a senhora Arana estava curvada e soluçando sobre uma massa de concreto e tijolos que um dia tinha sido uma loja. Ela viu Miguel correndo em sua direção e gritou:

GUERNICA

— Elas estão aqui, ajude-as!

Miguel se atirou sobre a montanha de escombros. Não tinha como saber que se achava muito distante de sua família. Não podia entender que aquilo era inútil, que os corpos ali embaixo não estavam vivos nem eram de seus entes queridos. Não pensou em nada disso. "Elas estão aqui" — foi só o que ouviu. Miguel removeu o concreto, pedra por pedra, atirou para o lado tijolos quebrados, e arrancou com as próprias mãos desprotegidas pilhas reluzentes de estilhaços de vidro de janelas.

Bombas caíam e prédios pegavam fogo. Ele não escutava nada. Cavar para achá-las. Cavar para salvá-las.

Miren. Miren e Cat.

Ele removeu mais e mais destroços, que começaram a feri-lo, até já não conseguir mais erguê-los como de início. Até os tijolos menores se tornaram difíceis de segurar.

Não havia ar para respirar.

As bombas caíam e o chão tremia e as metralhadoras abriam fogo. Ele não ouvia. Não ouviu a senhora Arana lhe implorar que parasse e visse o estado de suas mãos.

Ele não tinha mãos, não tinha sensibilidade; seria capaz de cavar até encontrá-las. Cavaria porque havia prometido. Cavaria até conseguir salvá-las.

Até que uma explosão o atirou para longe daquele monte de escombros.

Almas com as roupas em frangalhos, bocas abertas e olhos esbugalhados cambaleavam ao lado de Justo enquanto as ruas se transformavam em fornos fumacentos. Ele abandonou a *laia* assim que entrou na cidade, ao se dar conta de que a velha ferramenta seria inútil contra os aviões que via sobre sua cabeça. Legarreta, o bombeiro, o deteve, segurando-o pelos ombros e falando bem perto do seu rosto. Justo agarrou-se a ele, querendo saber em que lugares sua mulher poderia ter buscado proteção.

— Tem gente ainda viva em alguma parte deste prédio, Justo; você precisa me ajudar a resgatá-las — explicava Legarreta com uma calma incomum, mal olhando para Justo quando um homem passou por eles se arrastando e usando os braços para mover as pernas esmagadas.

— Você viu Mariangeles ou Miren? — gritou Justo no momento em que uma bomba explodiu a um quarteirão dali.

— Não, Justo, eu preciso de você para ajudar a levantar pedaços de madeira; necessitamos de gente forte — disse Legarreta, com o rosto enegrecido como o de um carneiro. — Tem gente aí embaixo agora.

— Mariangeles e Miren?

— Eu juro... juro que vou ajudar você a encontrá-las se você me ajudar a salvar essas pessoas.

Uma bomba havia caído sobre um albergue, mas, com o desabamento, as vigas e traves de madeira se esparramaram de um jeito tal que as pessoas podiam respirar, mas não sair. Legarreta sabia que entrar ali embaixo e sair removendo as madeiras de qualquer maneira, sem alavancas e pontos de apoio, poderia provocar o colapso de toda a estrutura em cima de quem ainda estivesse vivo.

Mas, quando Justo se esgueirou pelos escombros e descobriu uma moça com a cabeça virada para trás e os ossos aparecendo sobre o vestido azul florido, não teve como obedecer aos apelos de Legarreta do lado de fora do prédio para que tomasse cuidado.

— Socorro! — outra mulher chamava com a voz quase sumindo. Estava bem embaixo das ruínas, esmagada sob um monte de madeira, com o rosto coberto pela poeira que se solidificara no contato com o sangue que pingava de um enorme ferimento na cabeça.

GUERNICA

Justo a reconheceu; era a mulher do padeiro. Os pedaços de madeira se espalhavam como peças de um quebra-cabeça, e os olhos de Justo foram subindo de suas pernas presas, tentando entender o padrão de sustentação das traves.

— Não mexa em nada por ora, Justo, temos que ir até aí para escorar — a voz de Legarreta foi emudecida pelo choque de uma bomba que trouxe mais poeira e peças de madeira ainda maiores.

— Socorro! — ela chamou de novo, mais fraco, mais urgente.

— Justo... socorro.

Uma viga de carvalho que emergia da pirâmide de escombros, formando um ângulo, era a chave para livrá-la. Se ele pudesse movimentá-la umas poucas polegadas, toda a pirâmide se levantaria, permitindo que ela se soltasse.

Ele fora feito para aquilo, dizia Justo a si mesmo enquanto se arrastava de costas para baixo da viga e analisava as condições de alavancagem.

Encorajando-se mentalmente enquanto buscava a melhor pegada em meio à confusão de escombros, Justo colou o ombro esquerdo à parte inferior da viga, a cabeça voltada para a direita e o braço esquerdo abraçando firme o lado de cima.

Forçou a viga levemente, de início, só para testar, e sentiu que ela se mexia.

Vou conseguir, ele pensou. Ninguém consegue, mas eu, sim.

Com um brado bem alto, ele pôs em ação simultaneamente os músculos das pernas, das costas e dos ombros; a viga gemeu e liberou as pernas da mulher do padeiro, e o rangido que vinha debaixo dele foi substituído pelo som de algo se quebrando em cima. Uma trave que repousava sobre a viga se partiu e deslizou para cima de Justo como se estivesse engraxada.

Justo não pôde vê-la, oculta como estava sob a viga com todo o peso do prédio por trás; não teve como apará-la quando desabou sobre seu braço e ficou balançando atrás de sua cabeça. Ele desmaiou debaixo daquela trama de madeira, concreto e ossos.

Os corpos jaziam, despedaçados, enquanto Guernica ardia em chamas. O ataque durou quase duas horas, até as seis da tarde, mas só agora a principal força de bombardeio da Legião do Condor estava partindo. A imensa esquadrilha, com quase duas dúzias de Junkers, fez a volta sobre os campos de Vitória antes de rumar para o norte.

Caças Messerschmitt juntaram-se a eles mais uma vez na missão de perseguir quem tentasse fugir para os campos e florestas. Mais bombardeiros Heinkel retornaram às 19hs para completar o ciclo bombardear–reabastecer–bombardear. Às 19h30, mais de três horas depois que a primeira bomba caíra, os caças encerraram os trabalhos do dia.

Os sinos de Santa Maria anunciaram as oito da noite, tocando em meio à fumaça das fogueiras que consumiam as construções da cidade.

Formaram-se brigadas de baldes que se estendiam até o rio, e caminhões e pelotões de combate a incêndios chegaram de Bilbao. Mas as bombas haviam danificado as tubulações de água, sem deixar nenhuma pressão para as mangueiras e restringindo a contribuição que podiam dar ao controle e à vigilância dos focos de incêndio. Eles, então, se juntaram à fileira dos passadores de baldes.

Conforme os baldes passavam de mão em mão, sobrava apenas um pouquinho de água em cada um, e o fogo atingia uma temperatura tão alta que o último homem da linha não conseguia se aproximar o mínimo necessário para que as pequenas quantidades de água que jogava alcançassem os prédios

GUERNICA

desabados. Aqueles que se encontravam perto das chamas percebiam quanto era absurdo o esforço, mas sabiam que aquilo ao menos ajudava quem se achava na linha a se sentir lutando, e assim todos prosseguiam com a farsa até que o fogo consumisse tudo o que fosse combustível.

Padre Xabier percorria os grupos de vítimas, oferecendo consolo, providenciando macas para os feridos e participando dos resgates. Durante o tempo todo ele chamava por Justo, procurando pelo irmão e por sua família. Viu homens lidando respeitosamente com figuras carbonizadas, impossíveis de identificar. Outros se engajavam na reconstituição de partes, tentando encontrar algo, qualquer coisa, que pudesse ajudar os entes queridos a chorar seus mortos.

Ele viu o que resultou dos ataques. A maior parte da cidade tinha sido destruída ou incendiada, mas, no topo de uma pilha de destroços, havia um bolo de aniversário que, sabe-se lá como, restara intacto, embora todos os que se reuniriam à noite para a comemoração estivessem mortos. Viu criancinhas, ilesas, correndo e procurando outras nas proximidades dos restos fragmentados de colegas de classe. Viu, no alto, que a sede do Parlamento de alguma forma parecia preservada e que, graças a Deus, a árvore de Guernica continuava de pé.

Nas intermináveis horas que se seguiram aos ataques, ele procurou, curvando-se para rezar sobre mortos e feridos a cada passo, mas sempre procurando. E, quando alcançou a praça da estação ferroviária, um trem que transportava socorristas vinha chegando de Bilbao. Xabier sabia que tinha que contar as atrocidades ao presidente Aguirre, que poderia não ser capaz de compreender a extensão daquele ataque sem ouvir da boca de alguém em quem confiasse, alguém que vira tudo pessoalmente. Resolveu que voltaria a Guernica no próximo trem para continuar sua busca depois de relatar a Aguirre o que havia presenciado.

Xabier embarcou com centenas de refugiados atônitos, mais os feridos, idosos e gente banhada em sangue. Foi percorrendo vagão por vagão atrás de parentes. Ao ganhar distância de Guernica, Xabier pôde ver o clarão vermelho-âmbar da cidade em chamas, e, em sua mente de religioso, perguntou a si mesmo se a fumaça que ia encobrindo o céu noturno era proveniente dos terríveis incêndios ou das almas em ascensão dos que morreram sem motivo.

O pessoal de terra aplaudia toda vez que um avião pousava e a tripulação desembarcava. Os pilotos que haviam atacado o norte da Espanha durante a tarde e o início da noite retornavam a seus postos em Burgos e Vitória com ar jubiloso.

Após o relatório inicial, von Richthofen enviou uma breve mensagem a seus superiores: "O ataque aéreo concentrado sobre Guernica foi o maior êxito". Von Richthofen sabia que a guerra é impaciente e impossível de apaziguar; ela oferece muito pouco tempo para saborear uma vitória. Com tudo isso, estava mais do que satisfeito pelos eventos do dia. Ele nunca tinha gastado tantos recursos na destruição de um único alvo, e a cidade de Guernica fora arrasada sem uma só baixa da Condor.

Ele sempre se mostrara cauteloso em seus informes a Berlim, ciente de que era melhor ser preciso e conservador no cálculo de prejuízos do que ganhar fama de falastrão arrogante entre os superiores. Mas é claro que se sentia nas nuvens ao relatar que os acontecimentos do dia tinham sido "o maior êxito".

As tripulações passaram a noite comemorando no *lounge* do Fronton Hotel, bebendo e cantando. Com as mãos em formato de asas, os pilotos dos caças reproduziam as manobras e os mergulhos que realizaram para metralhar os camponeses em fuga, fazendo com a boca sons de *tá-tá-tá-tá* para representar seus disparos.

Von Richthofen estava certo; as pessoas tinham agido como carneiros, aglomerando-se de forma previsível, expondo-se nas curvas da estrada e em áreas arborizadas, como se folhas e vegetação fossem capazes de deter o fogo das metralhadoras. Ele lhes havia ensinado uma arte. Testes mais difíceis ainda se apresentariam na guerra, mas eles agora estavam pegando o jeito.

Von Richthofen não se juntou às comemorações, preferindo fazer sua tradicional inspeção noturna às aeronaves no campo de pouso enquanto elaborava um relatório oficial altamente detalhado para enviar a Berlim. Sentia que aquele era um momento inaugural. Inesperado, instantâneo, pleno, absolutamente letal, e sem causar dificuldades para militares e civis. Eficiente. Moderno. A nova guerra.

Claro que não podia ter certeza de que as forças terrestres de Mola agiriam de forma adequada, ocupando rapidamente a cidade antes que os bascos pudessem se recuperar física e emocionalmente do bombardeio. Sua experiência com esses espanhóis mostrava o contrário: eles encontrariam motivos para retardar o avanço e reduzir a efetividade de toda a campanha.

O próximo objetivo, ele sabia, seria Bilbao, que exigiria uma estrágia diferente, de maior precisão. Bilbao seria a batalha final na frente norte, e os bascos se concentrariam lá com todas as suas forças remanescentes. Levaria tempo para desentocá-los, apesar de poder lhes minar a resistência com um bloqueio naval e um cerco por terra. Porém, após os acontecimentos desse dia, quanto ainda restaria dela?

Ele entrou por uma porta lateral e subiu pelos fundos

para evitar as comemorações no *lounge* do hotel. Em sua suíte, von Richthofen redigiu o relatório oficial que seria enviado a Berlim:

> *Guernica foi literalmente arrasada. Os ataques empregaram bombas de 250 quilos e incendiárias, estas últimas totalizando cerca de um terço. Quando a primeira esquadrilha de Junkers chegou, já havia fumaça por toda parte (proveniente do assalto de vanguarda); como ninguém seria capaz de identificar os alvos de estradas, pontes e áreas rurais, eles simplesmente despejaram tudo sobre o centro. As 250 abalaram as casas e destruíram os reservatórios de água. As incendiárias então puderam se alastrar e mostrar sua eficiência. Os materiais das casas — telhas, pórticos e madeiramento — foram completamente aniquilados. Crateras provocadas pelas bombas podem ser vistas nas ruas. Simplesmente fantástico.*

Von Richthofen não esclareceu por que um poder de fogo aéreo maior do que o empregado ao longo de toda a Primeira Guerra Mundial tinha sido mobilizado para destruir o único alvo de relevância militar — a pequena Ponte de Renteria. Também não explicou por que a Ponte de Renteria continuava não apenas firme em seu lugar, mas intacta.

Parte 5

(27 de abril de 1937 – maio de 1939)

Capítulo 18

Apressado, o padre Xabier entrou no gabinete do presidente Aguirre em Bilbao às 15hs na terça-feira. Sua batina estava ensebada e ele fedia a fósforo, fumaça e tecidos putrefatos. Lutando contra a exaustão, tinha as mãos trêmulas e as pernas bambas.

— Meu bom Deus — exclamou Aguirre, dando a volta em sua mesa de trabalho para abraçar o padre e tentar acalmar seu descontrole.

— Eu sei... Desculpe — disse Xabier.

Os militares haviam feito um relato sumário ao presidente, mas ele ainda não estivera frente a frente com ninguém que houvesse estado no solo de Guernica.

— Devagar — disse Aguirre. — Conte-me tudo.

Xabier se sentou numa cadeira de madeira de encosto duro e suas pernas tremiam tão violentamente que a cadeira vibrava contra o chão. Ele sabia que Aguirre necessitava de uma cronologia imparcial, desprovida de detalhes sanguinolentos, mas teve que parar e respirar fundo para que a memória lhe viesse. O que vira estava registrado na forma de imagens desconexas, que se armazenavam em sua mente como fotografias isoladas. Mas, ao reconstituir o dia para Aguirre, sua mente repassava tudo como se fosse um noticiário. Ter que explicar a avalancha de eventos o obrigava a cristalizar coisas que ele propositalmente permitira que ficassem fora de foco. Isso significava colocar tudo aquilo em palavras.

Aguirre o interrompeu logo em seguida; já fora informado mais cedo. O que precisava era de algo mais específico da parte de alguém em quem confiasse.

— Há alguma possibilidade de que os aviões não fossem alemães? — ele quis saber.

— E de quem mais seriam?

— Italianos, talvez... talvez nacionalistas.

Xabier pensou. Claro que eram alemães, mas também poderia haver italianos envolvidos.

— Um bombeiro me mostrou uma bomba incendiária que não explodiu e que tinha insígnias da águia alemã por toda parte.

— Isso é importante; dá para imaginar as mentiras que Franco contará para explicar tudo. Se houver um argumento que seja contra o Pacto de Não-Intervenção, pronto: o mundo não apoiará. Ainda há uma chance de vencermos essa guerra se franceses, ingleses e americanos forem arrancados da neutralidade.

— Política! — gritou Xabier. — O que isso tem a ver com política?

Mas, antes que o som do seu grito tivesse se extinguido na sala, ele teve a certeza de que tinha a ver, sim, é claro.

— Sei... sei... sei... Desculpe — disse Aguirre.

A mente de Xabier se voltou para sua família após ter feito o relato: estariam a salvo? O que poderei lhes contar? Quem ficou para saber? Ele sabia que Aguirre tinha que adotar uma visão mais ampla de como aquilo tudo afetava os bascos. Ele também tinha família.

E, de todas as perguntas que lhe passavam pela cabeça, Xabier vocalizou uma:

— O que você quer que eu faça?

— Você pode contar ao mundo tudo o que acaba de me contar.

Aguirre foi para a mesa e começou a preencher papéis que possibilitariam ao padre Xabier um rápido deslocamento para fora de Bilbao.

— Preciso que você vá a Paris e informe a imprensa sobre o que aconteceu — disse o presidente. — Quero uma testemunha ocular, um padre de batina, que diga a verdade às pessoas. Conte-lhes o que aconteceu. Conte-lhes quem é o responsável. Conte tudo. Quanto mais cedo, melhor. Prepare sua fala a caminho e não deixe nada de fora. Eu já ouvi o seu sermão, padre; agora vá pregar para o mundo.

— Está bem, posso ir hoje mesmo. Só preciso tomar um banho e trocar de roupa.

— Padre — Aguirre o interrompeu. — Não.

Xabier entendeu e disse:

— Você pode fazer uma coisa por mim? Pode pôr alguém para procurar a minha família?

Aguirre prometeu que o faria e apressou-o a partir. Precisava se concentrar para um pronunciamento imediato e crucial pelo rádio. As pessoas tinham que ser convencidas de que não era o fim. Ainda havia uma chance de salvar Bilbao, que, de qualquer modo, constituía o principal objetivo rebelde em Biscaia. Eles agora estavam precisando da inspiração de seu líder. Precisavam de segurança. Ele tinha certeza de que esse ataque não abalaria a determinação dos bascos; ao contrário, haveria de reforçá-la.

Poucas horas mais tarde, Aguirre anunciava pela Rádio Bilbao:

Aviadores alemães a serviço dos rebeldes espanhóis acabam de bombardear Guernica, incendiando a cidade histórica tão venerada por todos os bascos. Pretenderam nos ferir no mais sensível dos nossos sentimentos patrióticos, mais uma vez deixando claro o que Euskadi pode esperar daqueles que não hesitam em destruir esse autêntico santuário que registra os séculos da nossa liberdade e da nossa democracia. O exército invasor deve ser avisado de que os bascos responderão na mesma moeda a essa terrível violência, com tenacidade e heroísmo nunca vistos.

Numa tarde amena do fim de abril, Pablo Picasso passeava em território familiar. Andava do seu estúdio na Rue des Grands Augustins em direção ao movimentado Boulevard Saint-Germain, mais ao sul. Passou pela antiga igreja de Saint-Germain-des-Prés a caminho do Café de Flore com seu afghan hound ao lado.

Uma marcha em prol dos direitos humanos agitava Paris naquele dia, e a paixão cívica crescia à medida que se aproximava a parada do Dia do Trabalho. É improvável que muita gente tenha lido uma pequena nota nas edições vespertinas contendo os primeiros detalhes sobre o bombardeio a Guernica. Dora Maar, sua musa da hora, trouxe os jornais para o café e propositalmente provocou Picasso com o relato das atrocidades em seu país natal.

— Está aqui — Maar disse, balançando o jornal. — O tema para o seu mural. — Mas havia muito pouca informação na curta nota.

Na manhã seguinte, enquanto o artista perambulava pelo estúdio, Maar leu para ele as manchetes do *L'Humanité* que

GUERNICA

encabeçavam um noticiário mais extenso: O MAIS HORRENDO BOMBARDEIO DA GUERRA ESPANHOLA e AVIÕES REDUZEM A CINZAS A CIDADE DE GUERNICA.

— Leia mais — pediu ele, andando pelo estúdio.

Picasso ouvia apenas frases que Dora lia em voz alta do *Times* londrino: "Guernica, a mais antiga cidade dos bascos... destruída por ataques aéreos dos insurgentes... caças voavam baixo para metralhar quem buscasse refúgio nos campos... sem paralelo na história militar... destruição do berço da raça basca".

Ela passou para uma matéria ainda mais ilustrativa em outro jornal: "...um pequeno hospital, lotado com 42 feridos... um abrigo em que mais de cinquenta mulheres e crianças foram mantidos presos e queimados vivos...".

Picasso foi conferir a pilha de jornais à frente de Dora. Impossível. Outras notícias minimizavam os danos. Algumas reportagens chegavam a sugerir que incendiários bascos participaram da destruição de seu próprio lar espiritual.

Picasso conhecia e admirava muitos bascos. Eram mais durões que casca de árvore, ele dizia, e defensores naturais de sua terra. Jamais incendiariam ou aniquilariam o que lhes pertencia. Também jamais se renderiam, ele disse a Maar.

Na quinta-feira de manhã, bem cedo, o padre Xabier Ansotegui chegou à Estação de Lyon, em Paris, e convocou repórteres ávidos por relatos de testemunhas confiáveis da destruição de Guernica. As notícias que chegavam de fontes variadas na Espanha eram tremendamente conflitantes, e a cidade estava fechada a estrangeiros.

O padre basco parou diante da multidão de jornalistas, ainda sujo e malcheiroso. Seus cabelos estavam ensebados, a batina, toda manchada, e seu crucifixo de ouro, coberto por uma película amarronzada. Ele se apresentou como natural de Guernica, criado na cidade e agora vivendo em Bilbao. Sua credibilidade era inquestionável.

Ele havia elaborado uma apresentação no trem, mas não recorreu a ela, ciente de que seria melhor falar o que lhe ocorresse na hora.

— Era um desses dias magnificamente luminosos, o céu claro e sereno. As ruas estavam movimentadas por ser dia de feira.

Ele falava suavemente, e alguns repórteres estavam ainda tão mobilizados pelo seu aspecto que demoraram a tomar notas.

— ...mulheres, crianças e idosos caíam inertes como moscas, e em toda parte se viam lagos de sangue.

Xabier engoliu em seco, olhando nos olhos dos repórteres da fileira da frente.

— ...eu vi um velho camponês sozinho numa área descampada; uma bala de metralhadora o havia matado... Não é possível descrever o som das explosões e das casas ruindo.

Xabier explicou o esquema dos bombardeios, as ondas de aviões varrendo o vale, as crateras abertas por toda a cidade, e o modo como as bombas incendiárias transformaram a cidade numa "enorme fornalha".

— ...Nós éramos completamente incapazes de acreditar no que víamos.

Respeitosamente, os repórteres erguiam as mãos e tentavam fazer com que o padre passasse do relato emocional para coisas mais específicas. Queriam números. Mas o padre Xabier Ansotegui não tinha condições de fornecê-los.

— Quantos? — perguntou alguém, tentando obter uma estimativa dos mortos.

— Quantos? — repetiu Xabier. — Quantos o quê? Quantas pessoas? Quantos pedaços? Quantas vidas? Quantas crianças?

GUERNICA

Como é que ele podia explicar? Seu amigo Aguirre é que conhecia bem a política dos números. Mas, para ele, era como empilhar cadáveres numa balança para medir o peso das perdas.

— Quando a gente vê crianças queimadas estiradas na rua, carbonizadas... derretidas... não dá para contar quantas eram — disse Xabier. — Quando a gente vê um grupo de rapazes fundidos numa massa enegrecida, não dá para fazer um inventário. Quantos morreram? Quantos? A morte era infinita.

Na edição de sexta-feira do *L'Humanité*, Picasso leu o comovente relato do padre. Picasso podia ver o céu que ele descreveu. Podia sentir o medo das pessoas e podia ouvir as explosões.

O jornal daquele dia trazia o primeiro pronunciamento impresso do presidente basco José Antonio Aguirre, conclamando o mundo livre a ajudar na luta para salvar um pequeno país prestes a ser tomado pelo fascismo: "Eu pergunto hoje ao mundo civilizado se vai permitir o extermínio de um povo cuja preocupação primordial tem sido a defesa de sua liberdade e de sua democracia, das quais a árvore de Guernica é um símbolo há séculos".

Na mente de Picasso, imagens se formavam e desapareciam, os símbolos clássicos da Espanha como que ancorados em sua consciência, atormentados por uma angústia invisível. Esse seria o seu mural: sua *Guernica*.

Miren se virou e beijou Miguel no pescoço, bem atrás da orelha, demorando-se o suficiente para lhe dar uma leve mordidinha. Meu Deus, que cheiro gostoso o dela! Era tão bom tê-la de volta. Ele tinha ficado tão preocupado.

Eles se sentaram na borda do *Egun On*. Miguel achava estranho se sentir tão à vontade na água. Mas com ela era assim, exatamente como na primeira viagem, quando ele a levara para conhecer sua família em Lekeitio. A diferença, claro, é que agora ela era mais velha e tinha os cabelos curtos. Estava mais adorável do que nunca.

— Eu tentei encontrar você — disse Miguel.

— Eu sei — ela disse.

— Não consegui.

— Eu sei. Não faz mal.

O barco se movia tão suavemente pelas águas sem ondas que Miguel não teve dificuldade em se manter concentrado em Miren, com seu volumoso cabelo de marta que absorvia toda a luz e seus imensos olhos de marta que geravam luz própria.

— Senti sua falta — disse ele.

— Eu também.

— Por que você demorou tanto a voltar?

— Tive que abrir caminho. A confusão era tanta. Havia tantos...

Miren olhou, pela água, as gaivotas voando.

— Você está ótima — ele disse.

Miguel a puxou para si e a pôs no colo, alisando as saias do seu vestido de noiva para deixá-la mais confortável. Abraçou-a novamente, bem apertado, e sentiu o perfume em seu pescoço. Os dois se levantaram para dançar uma valsa lenta sobre o deque, sem falar.

Mariangeles, pilotando o barco, virou-se para eles e sorriu... É verdade, Miren, é sim, fui eu que o ensinei a dançar. O barco começou a balançar aos passos deles, mais forte à medida que a música acelerava, mais forte, e as ondas batiam na amurada de ambos os lados. Miguel foi sentindo a garganta apertar, como se fosse passar mal de novo.

— Onde está Cat? — ele perguntou.

Miren se sentou com ele e tomou a mão do marido.

— Olhe — ela disse. — Olhe ali.
Ela apontou para um par de linhas que formavam uma trilha paralela, com outra compondo um ângulo.
— Olhe ali — ela repetiu.
Miguel olhou. Elas pareciam as mãos de seu pai.
— Continue olhando.
Ele fixou ainda mais os olhos sobre aquelas linhas. Uma lágrima pesada pousou no meio das duas linhas e escorreu em direção ao seu dedo polegar, esparramando-se como mercúrio denso.
— Continue olhando — ela disse.
Ele olhou, mas não era uma lágrima que havia caído. Era um ácido cáustico, que, à medida que foi escorrendo, começou a dissolver sua carne, a corroer a palma de sua mão, e a fazer com que seus ossos se quebrassem e caíssem no deque.
— Miren! — ele gritou.
Mas ela se fora.

Um boi, cego pelo fogo, investiu contra o mercado antes de cair moribundo sobre uma fogueira ardente que tinha sido a barraca do carvoeiro. O boi ficou ali cozinhando durante um dia inteiro e, quando seus gases internos aqueceram, ele inchou; a carcaça ganhou o dobro do tamanho. Quando o boi explodiu, soou como o eco de uma bomba, e Teodoro Mendiola se viu no meio de uma fonte de vísceras e matéria orgânica em brasa. Ele tirou o casaco e limpou os olhos e a boca com nojo, e só então voltou ao trabalho.

Mendiola, ao lado da maioria dos outros homens de Guernica que não tinham sido afetados pelo ataque aéreo, combateu os incêndios, transportou feridos para os abrigos e hospitais improvisados e ajudou no resgate às vítimas. Depois de ter certeza de que sua família estava a salvo, Mendiola trabalhou o dia seguinte inteiro e metade do outro sem parar. Sua repugnância àquela tarefa hedionda foi diminuindo com o passar do tempo, permitindo-lhe prosseguir com um serviço para o qual ninguém estava preparado. Embora a maior parte dos cadáveres estivesse irreconhecível, às vezes ele se surpreendia com um rosto familiar olhando-o fixamente do meio dos montes de concreto e vigas de madeira. Sua reação instintiva era dizer: "Olá, José", como se estivesse cumprimentando. Mas, após muitas horas, ele viu que nenhum dos que surgiram daquela forma tinha sobrevivido, e a visão de um rosto amigo só trazia mais tristeza a se juntar àquela que ele já não podia mais suportar.

Por vezes, o pessoal que trabalhava nos resgates era obrigado a examinar as cavernas pontiagudas de metal fundido e madeira carbonizada que se haviam formado dentro das crateras deixadas pelas bombas mais pesadas. Viam as costas de um vestido branco, uma perna com um sapato e outra sem. Perguntavam: "Tem alguém vivo? Tem alguém aí embaixo?". Seria necessário equipamento pesado para erguer e escorar aqueles labirintos, e a mulher do vestido branco teria que ter paciência para aguardar o dia seguinte.

Os corpos que se conseguiam recuperar eram alinhados, ombro a ombro, com capas ou panos cobrindo-os até o pescoço. As cabeças permaneciam à vista para permitir a identificação. Os não-mortos passavam e olhavam os rostos, rezando para encontrar os entes queridos e rezando para não encontrar os entes queridos.

Muitos cadáveres não identificados foram enterrados rapidamente em covas coletivas, tornando para sempre impossível um cálculo preciso e uma completa identificação das vítimas. Mas o verdadeiro trabalho de limpeza dos escombros ainda não havia começado. Em diversos pontos da cidade,

GUERNICA

estruturas que se mantinham em ângulos delicados finalmente desabaram, fazendo com que os que trabalhavam nos resgates, assustados, olhassem para o alto com medo de que os aviões houvessem retornado.

Na rua onde outrora existira o Hotel Julian, Mendiola viu a carcaça queimada do robusto carrinho de bebê que seu amigo Miguel Navarro tinha feito para a filha. Ele a virou de cabeça para cima, bem devagar. Preto e vazio. Ele se virou para o hotel e quase chutou o corpo de uma criança. Não, eram várias crianças. Não pôde contar quantas.

Mendiola se juntou a um grupo para escavar as toneladas de concreto do que antes tinha sido um hotel. Mas foi ele quem a encontrou. Ainda pensava nela como Miren Ansotegui, filha de Justo e Mariangeles, embora a conhecesse melhor agora como a esposa de Miguel. Fechou os olhos tentando se concentrar. As lembranças pareciam páginas viradas em sua mente. Miren dançando; Miren com os pais nos festivais; Miren no dia de seu casamento; Miren dançando novamente. Com todo o respeito de que pôde se revestir, ele removeu o corpo — ela era tão levinha — e o alinhou com os demais. Retornou aos escombros em busca de Catalina. Mas havia muitas crianças, dezenas, saídas da escola, que tinham sido levadas para o hotel onde, na entrada, acabaram atingidas. Jamais seriam identificadas.

Então as chuvas chegaram, auxiliando os bombeiros a debelar a maior parte dos incêndios renitentes. Já quase perdendo as forças, Mendiola reuniu um pequeno grupo de homens exaustos que subiram, tropeçando, até um dos poucos lugares que não tinham sido atingidos pelas bombas e pelo fogo. Ali eles desabaram no chão e pegaram imediatamente no sono, sob a copa acolhedora do velho carvalho.

Ele atacou o papel azul de um modo que fazia parecer que seus primeiros esboços tinham sido feitos à faca, e não com um lápis. Nesses acessos de fúria, a relação entre paixão e arte era direta. Um cavalo ferido tomou forma, seguindo-se um touro enfurecido com um pássaro de asas compridas no dorso. De uma janela, uma mulher debruçada lançava luz sobre a cena. Naquele primeiro dia, os elementos primários do que se tornaria a composição final iam tomando seus lugares. Eram quebra-cabeças a solucionar, problemas de angulações e de perspectiva, além da introdução do oculto e do misterioso. Mas um cavalo, um touro, um guerreiro caído, a mãe com a criança morta, e a mulher segurando a lâmpada já estavam presentes. Seriam seus símbolos, suas pedras fundamentais, e estavam sendo apresentados num vocabulário carregado de preto e branco e tons cinzentos. Haveria primeiro e segundo planos, sombras e luz, e narrativa, mas não explicações.

Seu segundo dia de trabalho no projeto foi uma repetição longa e febril do primeiro. Exausto e consumido, o artista enfim pôs de lado os lápis para dar aos personagens recém-nascidos um descanso após seus complicados partos.

Capítulo 19

Pela primeira vez desde que desistira de pescar no mar, Miguel foi atacado por monstros durante o sono. Era outono em seu sonho; os amieiros à beira do seu regato preferido estavam amarelos e o tempo era ameno. Mas os incêndios no vale exalavam o cheiro acre de alguma substancia química.

As trutas fisgavam o anzol com surpreendente firmeza e Miguel as puxava com grande esforço para dentro do barco, mas, quando tentava desenganchá-las, elas lhe mordiam as mãos com dentes afiados, tal qual os pequenos tubarões que às vezes vinham nas redes. E não desgrudavam, mastigando suas mãos até os ossos. Ele chamava Justo, mas não encontrava resposta. Então ouvia a mãe cantando nas ruas... "Pelo amor de Deus, acorde!" Ah, era hora de pular da cama e ir para a missa antes de se juntar à *patroia* e a Dodo no barco. Mas ele não conseguia acordar.

Miguel Navarro fora atingido por um tijolo que despencou da pilha de destroços de um prédio próximo e o acertou bem no lado da cabeça. A senhora Arana, sozinha, o havia arrastado do monte de concreto e madeira.

O ferimento na cabeça não chegava a preocupar — na verdade, foi uma bênção, já que o impossibilitou de ir escavar nas demolições. Seus dedos sangravam muito, mas a perda de sangue não era letal. Perigo maior era a infecção das feridas. Miguel passou mais de um dia deitado num pátio térreo do convento das carmelitas, num estado de inconsciência que o poupava de ficar escutando os gritos das vítimas queimadas e os últimos suspiros dos irremediavelmente condenados. Muitos não puderam ser salvos pelo pessoal médico precário e precisavam chegar ao limite das forças para conseguir um anestésico, cujo suprimento era limitado. Quem padecesse de perda de sangue ou de tecidos era sumariamente atendido e tratado unicamente com extrema-unção num salão dos fundos com as paredes brancas totalmente tingidas de sangue.

Anônimo, como tantos outros cobertos pelo estuque cinza-escuro de sangue e pó de concreto, o rapaz com as mãos esmagadas era prioridade baixa para os poucos cirurgiões disponíveis, e por isso ficou flutuando em estado de semiconsciência durante vários dias.

Quando, finalmente, foi examinar as mãos de Miguel, o cirurgião verificou o local onde a pele e a fibra muscular tinham sido rasgadas e em que extensão os ossos se achavam expostos. O paciente não estava queimado; os dedos não tinham sido arrancados por explosão. Aquilo não se parecia com nada do que ele já havia visto.

— Alguém tem ideia do que aconteceu com este homem? — perguntou o cirurgião.

— Ele estava cavando no monte de concreto e vidro tentando achar a esposa — respondeu uma enfermeira.

O cirurgião olhou por cima da máscara para a enfermeira e, em seguida, para o rosto do paciente.

— Ele fez isso consigo mesmo?

— Estava tentando encontrar a mulher — repetiu a enfermeira.
— Os dedos têm mais terminais nervosos do que os genitais — disse o cirurgião à enfermeira com frieza clínica.

Com os ossos picados até a medula, a chance de infecção ou embolia era alta, assim como a possibilidade de que fragmentos tivessem penetrado o sistema circulatório e criado um bloqueio fatal. O cirurgião examinou novamente o rosto do homem. Era jovem; amputar as duas mãos seria condená-lo a uma vida difícil. Ele decidiu que os dedos mais afetados, os dois primeiros de cada mão, exigiam amputação. Para os polegares, seria capaz de criar cotos, esticando a pele por cima do osso que restara. Isso lhe permitiria pinçar objetos. Os dois dedos externos de cada mão poderiam ser salvos quase que intactos, e, mesmo com os polegares encurtados, ele ao menos teria a capacidade de segurar firmemente os objetos. A esperança do médico era de que aquele homem não fosse do tipo que construía coisas com as mãos.

Justo Ansotegui sentiu o cheiro da mulher Mariangeles na cama ao seu lado. Ele adorava aquele cheiro desde que ela começara a usar o sabonete de Alaia Aldecoa. Era um cheiro tão bom quanto o que a mulher exalava quando vinha da horta ou depois de fazer a comida em Errotabarri.
— Justo, Justo... — ela dizia. Ele tinha que acordar cedo, com tanta coisa para fazer, mas, se demorasse um pouco mais, acabava despertando com o aroma dos chouriços fritando com os ovos mexidos. Aquele cheiro só perdia para o do pescoço recém-lavado de Mariangeles.
— Justo, Justo... — Ele ergueu a cabeça como que procurando o cheiro de Mariangeles e abriu os olhos para se deparar

com uma janela entreaberta dando para uma árvore toda florida do lado de fora.

— Justo, Justo.

Era Xabier.

Ele olhou novamente em busca do aroma delicioso e só então percebeu que não estava em seu quarto. E que Mariangeles não se achava ao seu lado. E seus sentidos achavam-se entorpecidos, como se estivesse bêbado num dia festivo e não quisesse fazer nada a não ser voltar para a cama, dormir e ficar sentindo o cheiro de Mariangeles e dos chouriços.

— Justo.

Xabier continuava querendo afastá-lo de Mariangeles. A luz que vinha direto de uma lâmpada sobre sua cabeça lhe feria os olhos; um gosto de éter lhe queimava o fundo da garganta.

— Justo.

Seu irmão se debruçou sobre a cama, todo paramentado. Será que ele estaria ali para proceder aos últimos rituais? Estava se sentindo mesmo muito mal.

— O que aconteceu?

— Justo, Deus o abençoe, você vai ficar bom.

— O que aconteceu?

— Você ficou debaixo de um prédio.

Era o bastante para despertar lembranças do bombardeio, da mulher com a cabeça virada para trás, e da mulher do padeiro. Mas nada além disso.

— Justo, tiveram que amputar o seu braço, não havia mais o que fazer para salvá-lo — disse Xabier.

Justo olhou para o seu lado esquerdo. Embora sentisse os dedos, a mão e o braço, e enviasse comandos mentais para que se movimentassem, não via nada. Todos haviam desaparecido. Fez uma brincadeira a respeito.

— Não era o meu melhor braço — Justo disse. Xabier meio que sorriu. — Mariangeles já sabe?
— Justo... Eu lamento muito... — Xabier sabia que não havia outra maneira de fazer aquilo. — Uma bomba a matou.

Morta por uma bomba. Ele precisava continuar perguntando, para saber logo de tudo.

— Miren?
— Justo... Eu lamento...
— Catalina?
— Justo, havia tantas criancinhas no mercado... Ela também se foi.

Justo virou a cabeça para a janela e olhou para fora. Estava enjoado. Xabier se ajoelhou para rezar a missa.

Como ele tinha sido tolo de imaginar que, sendo forte, poderia proteger a família.

Xabier retornara de Paris imediatamente após se encontrar com a imprensa, e os assessores de Aguirre já haviam localizado Justo e preparado um relatório sobre o paradeiro de sua família. Ocorreu que Xabier chegou à estação ferroviária a tempo de presenciar a morte de Mariangeles, apesar de não fazer ideia de que ela estivesse logo na primeira leva de vítimas. Miren foi encontrada e rapidamente identificada porque todo mundo na cidade a conhecia. Ele constatou que ela havia morrido sem sofrer.

Legarreta contou sobre a bravura tola de Justo, que ficou muitas horas soterrado e perdendo sangue, o braço quebrado atrás da cabeça sob o peso de uma viga de carvalho, até que, com o auxílio dos bombeiros de Bilbao, ele conseguiu alguns pontos de apoio e alavancas para retirar vítimas e sobreviventes.

— Onde estou? — perguntou Justo depois que o irmão terminou de rezar. Na verdade, ele não estava muito interessado em saber onde se achava; falar e ouvir eram uma forma de defesa contra o pensamento.

— No hospital em Bilbao. Deram o primeiro atendimento em Guernica e prepararam você para a viagem até aqui. Não havia muita coisa a fazer lá e os médicos daqui não tiveram alternativa a não ser amputar.

Justo olhou de novo para o seu lado esquerdo, onde o lençol descia liso.

— Minha aliança?

— Peguei para você — disse Xabier. Ele havia chegado da França na própria manhã em que o braço de Justo fora amputado. O cirurgião perguntou se Xabier gostaria de abençoar o irmão antes da operação. Ele deu a bênção, e, quando reuniu coragem para examinar o membro grotescamente deformado, viu uma carne vermelha inchada em volta da aliança de casamento.

— Pode tirar essa aliança? — Xabier pediu ao cirurgião.

— Vou ter que cortá-la e arrancar fora porque o tecido em volta está inchado e danificado demais.

— Não faça isso — disse Xabier, incomodado pelo simbolismo da coisa. — Depois que extirpar o braço, não poderia cortar o dedo para aí sim extrair o anel? — O cirurgião concordou com a cabeça. — Ele não vai sentir nada.

Enquanto esperava a cirurgia terminar, Xabier andava pelos corredores abarrotados distribuindo bênçãos aos pacientes. Depois de várias horas, o cirurgião apareceu e presenteou Xabier com a aliança, intacta e recém-esterilizada.

— A operação correu bem? — Xabier quis saber.

— Acho que sim, mas demorou o dobro do tempo que eu previa — respondeu o doutor. — Eu nunca tinha visto um braço daqueles. Parecia que estava serrando um pernil de porco. Mas ele deve estar bem. Pode se considerar um sujeito de sorte; aquela viga poderia ter lhe arrancado a cabeça. Qualquer outro homem estaria morto com um ferimento daqueles.

Junto à cabeceira da cama do irmão, Xabier tirou a aliança do bolso e a colocou no terceiro dedo da mão direita de Justo. Não, pensou ele, não acho que Justo vá se considerar um homem de sorte.

Quando a tela chegou e foi estendida por sobre a moldura, algo de muito curioso surpreendeu Picasso. O avantajado estúdio não tinha nenhuma dificuldade para acomodar os 7,62 metros da obra, mas, na vertical, ela não cabia de encontro à parede. Assim, Picasso teve que escorar a moldura contra as travessas do teto num ângulo ligeiro e mantê-la na posição com o auxílio de tocos de madeira. A preocupação era: o ângulo alteraria a perspectiva?

Para essa tela meio bamba, Picasso começou a transferir seus esboços a lápis. Os estudos em papel haviam passado de uma vaga geometria do mural para explorações detalhadas de cada componente. Uma caricatura de cavalo ganhou vida ao lado de uma mãe com um bebê morto nos braços, os olhos do bebê exibindo pupilas bem arregaladas. O artista desenhou repetidamente o cavalo, as mulheres e um guerreiro caído, às vezes a lápis, às vezes a tinta.

O touro foi feito e refeito até sua fisionomia apresentar narinas gigantescas, músculos laterais acentuados sobre um par de lábios humanos. Atravessando a linha proeminente da testa, um par de sobrancelhas distorcidas, grossas como as de um homem basco. Lágrimas começaram a surgir por toda parte — narinas de lágrima, olhos de lágrima — assim como línguas e orelhas acentuadamente cônicas.

Com um pincel fino e tinta preta, Picasso delineou as imagens sobre a tela. Usava uma escada ou uma vara comprida para alcançar os pontos mais altos. Com as mangas da camisa branca enroladas até os cotovelos, o cigarro na mão esquerda, ele se agachava para trabalhar nas partes mais baixas. O cabelo, penteado para o lado direito de modo a encobrir o princípio de calvície, insistia em sair do lugar e lhe cair sobre a testa.

A cegueira de Alaia Aldecoa salvou sua vida. Enquanto ela cambaleava ao som das explosões que se sucediam, a terra se abriu e a engoliu. Alaia caiu numa cratera de bomba de vários metros de profundidade, uma depressão que a protegeu da força de uma bomba que a teria desintegrado caso estivesse no nível da rua. Aturdida e perdendo a consciência, sangrando por causa da queda, ela permaneceu enrodilhada no fundo da cratera até muito tempo após o ataque. Acordou tossindo, sufocada pela poeira que tinha inalado. Os socorristas a escutaram no fundo do buraco e a levaram para o pronto-socorro instalado no lado de fora do convento das carmelitas.

O ligeiro corte e a pancada na cabeça sofridos ao cair serviram para propósitos narcóticos misericordiosos, deixando-a insensível aos ruídos dos incêndios e dos prédios desmoronando e ao cheiro de animais incinerados. Quando duas freiras começaram a lhe lavar as feridas com água morna, ela recobrou a consciência.

— O que foi aquilo? Que aconteceu? Onde...

— Houve um ataque aéreo — respondeu uma freira. — Fique quieta, você foi ferida.

— Minha amiga Miren; alguém a viu? Ela está bem? Miren Ansotegui.

A irmã que enxugava o rosto de Alaia com uma toalha olhou sutilmente para a freira ao seu lado. Ela balançou lentamente a cabeça.

— Ainda não sabemos, querida — mentiu a primeira. — Você deve descansar agora.

Alaia alegremente se deixou enganar.

Dias depois, um grupo de freiras atravessou a cidade levando-a para o convento de Santa Clara, onde suas velhas amigas mais uma vez acolheram uma órfã abandonada.

Com os dedos menores apontando de cada mão enfaixada, Miguel lutou para abrir a porta de Errotabarri. A dor o fazia respirar fundo e fechar os olhos com força até se encherem de lágrimas. Tinha entrado gente lá — tropas perdidas, provavelmente, ou talvez apenas refugiados famintos — deixando uma pequena bagunça. Nada de importante fora levado ou danificado. O avental florido estava no gancho. A trança negra de Miren continuava pendurada na ponta do console da lareira.

Quando viu o cabelo, seu peito se apertou. Dava para sentir exatamente o contorno do coração, e a dor tornou difícil respirar. Não podia olhar para ele, mas não podia tirá-lo dali. Teria que decidir o que fazer antes que Justo voltasse. Seria a primeira coisa que ele veria. Mas o que seria mais doloroso: a visão ou a ausência daquela trança? Em algum momento, os dois haveriam de falar sobre isso. Ou talvez jamais o fizessem.

As sementes de milho secando nos rincões do teto já não existiam; as ervas medicinais já não existiam. Alguém as comera. Ele foi dar uma volta pelo terreno de baixo. Não havia animais nos estábulos, é claro. Um relance de cinza e branco num canto, e Miguel viu um coelho buscando refúgio debaixo de um monte de palha podre. Poderia matá-lo com uma estilingada... mas tinha deixado o bodoque nas montanhas quando o bombardeio começou. Estava lá em cima com a serra. Mais tarde vou pegá-los, pensou ele, como se pudesse usar os dois.

Depois de sair do hospital, Miguel foi andando até sua casa para descobrir que ela fora atingida pelo fogo, que fizera o teto desabar, deixando uma camada de reboco de paredes enegrecidas cobrindo uma pilha de telhas quebradas. Algumas das suas ferramentas permaneciam intactas na oficina, mas os móveis, as coisas que fizera para Cat... a cama... tudo se perdera. Da arca que ele havia construído como presente de casamento para a mulher pouco mais restara que as dobradiças queimadas e a fechadura. O presente de Miren no dia do casamento deles. Miren.

Os chifres pintados do carneiro estavam intactos, mas ele não achou muita coisa mais.

Nas ruas, viu outras pessoas cambaleando como ele estivera, em busca de coisas que já não existiam. Todos examinavam o chão à frente ao caminhar. A seus pés, Miguel viu cartas. Muitas cartas e jornais. E cacos de louça quebrada. Os óculos estilhaçados de alguém. Um pé de sapato sem o outro. Sapatos por todo lado, mas nunca aos pares. Manchas coloridas em meio ao cinza. Manchas coloridas no jornal. Como podia haver tanto jornal? Será que os bombardeiros jogavam jornal para atiçar ainda mais o fogo? A água escura dos bombeiros formava poças que cheiravam a cinzas úmidas. Ele viu uma trança ainda com um laço. E mais jornais, queimados nas pontas, boiando nas poças.

As tropas rebeldes ocupavam a cidade, mas não parecia haver hostilidade ou ameaça, e ninguém fez mais do que um gesto casual em sua direção. Era fácil perceber que Miguel não estava em condições de resistir. Suas mãos enfaixadas erguiam-se numa posição de proteção perto do peito, como os esquilos que ele costumava ver sentados nas patas traseiras, sobre as árvores. Inconscientemente dobrou o torso para evitar ser assediado, o que o fez andar como um velho com a espinha curvada. Miguel não sentia raiva das tropas. Não as relacionava com os que haviam promovido a destruição da cidade e de sua família. Não foram eles que atiraram as bombas. Pareciam duros como a maioria das pessoas da cidade; não transmitiam um sentimento de vitória. Perambulavam sem destino como os desabrigados; alguns estavam feridos e igualmente sofrendo.

Quando Miguel passava por algum conhecido, trocavam cumprimentos de cabeça, quase sem se falar. O que dizer? Que proveito haveria em ficar comparando perdas? Eu perdi marido e dois filhos, uma loja e uma perna. Oh, que coisa horrível!; eu perdi uma mulher, uma sogra, duas mãos, a casa... e uma garotinha. Uma garotinha. Pare com isso, ele disse a si mesmo.

De início, desejava encontrar alguém que lhe dissesse o que havia acontecido com Miren e Catalina, onde e como as duas haviam morrido. Tinham sido queimadas ou o quê? Mas então viu o que havia sobrado da cidade, e reconheceu o sem-propósito daquilo. Detalhes só seriam um peso a mais a carregar para sempre. Em sua mente, elas simplesmente haviam desaparecido após sair de casa naquela tarde. Ele as recordaria como eram naquele momento.

Antes de sair do hospital, Miguel decidiu que ficaria em Guernica, em Errotabarri, e que ajudaria Justo o máximo possível. Como todo mundo na cidade conhecia Justo Ansotegui e tinha ouvido dizer que ele "levantou um prédio inteiro para salvar a mulher do padeiro", Miguel soubera de seu estado logo após recobrar a consciência. "Os cirurgiões tiveram que usar uma serra para amputar seu braço gigantesco", era o que se dizia.

Pelo menos Justo tinha feito alguma coisa, ele pensou. Isso ajudaria a construir seu mito.

Voltar para casa em Lekeitio era uma alternativa a considerar; os pais cuidariam dele, assim como as irmãs menores. Não faltaria peixe para comer. Mas, se o fizesse, acabaria virando o coitadinho da família, e Miguel sabia que não suportaria isso. Araitz lhe abriria todas as portas, Irantzu teria prazer em dar-lhe de comer. Os Ansotegui estariam do outro lado da rua, e eles tinham conhecido Miren... Miren... muito mais tempo até do que ele; compreenderiam seu luto e se mostrariam sufocantemente solícitos. Também em Lekeitio haveria recordações.

Talvez pudesse ir para a América e recomeçar a vida. Talvez pudesse encontrar seu velho vizinho que fora para lá. Claro, deve haver muita procura por carpinteiros com quatro dedos na América, ele pensou. Não, não poderia ir a parte alguma; o luto não é questão de geografia. Tinha que ficar mesmo em Guernica, o único lugar onde não se sentiria um estrangeiro. Agora somos todos forjados do mesmo metal, pensou.

Mas o que ele havia conhecido como Guernica estava irreconhecível. Uma cratera profunda ocupava agora a Plaza em que eles costumavam dançar. As ruas estavam bloqueadas por destroços que os operários empilhavam para ser removidos. Ele passou por um homem que tinha lhe comprado uma cômoda para a mulher.

O que dizer a ele? O que dizer a qualquer um? Nada.

Ele estava voltando lentamente para Errotabarri, olhando apenas para o chão onde seu próximo passo pousaria, com cuidado para não pisar nos jornais, nas cartas ou em algum pé de sapato. Tinha que deixar tudo arrumado para quando Justo voltasse e arranjar algo para os dois comerem. Juntos, tentariam se virar. Talvez juntos tivessem braços e dedos suficientes para cuidar do que sobrara de suas vidas.

Enquanto andava até Errotabarri, ele tentava evocar Miren, mas não conseguia. O que diria ela nesse momento? Sempre fora capaz de ler sua mente e roubar seus pensamentos. Fazia isso desde o começo. E agora? O que ela diria agora? "Nós estamos bem, *astokilo*; cuide do papai" e "Cuide muito bem de Alaia; ela agora precisa de você".

Alaia está viva?, ele se perguntou. Como estaria ela? E o que diria Miren da trança? O que ela gostaria que ele fizesse?

Dodo soube do ataque pelos pescadores no porto. O relato, exagerado após inúmeras versões, dava conta de que a cidade fora bombardeada até não restar nada de pé, e quem não tinha sido atingido pelas bombas fora queimado até morrer ou metralhado. Dodo pensou primeiramente no bem-estar do irmão, e só depois em vingança. Pediu a amigos pescadores que promovessem um encontro dele com seu pai e Josepe Ansotegui o mais rápido possível. Não conhecia outra maneira de saber a verdade sobre quem tinha ou não sobrevivido.

Já no dia seguinte, um amigo conseguiu um pequeno esquife para ele ir ao encontro do *Egun On*. Josepe e José Maria estavam tentando chegar a Guernica quando escutaram sobre o bombardeio, mas a estrada estava bloqueada, e só quando o padre Xabier entrou em contato com eles é que ficaram sabendo do acontecido. Os dois encontraram Dodo e lhe contaram as notícias.

— Eu tive inveja de Miguel por seu casamento com Miren — disse Dodo. — Ninguém merecia mais do que ele. Mas eu tive inveja. Parecia que ele tinha tudo o que sempre quis.

— E teve mesmo, filho — disse José Maria. — Ele teve uma família pequena, mas maravilhosa.

O verbo no pretérito passado deixou todos abalados naquele grupinho reunido no deque do barco que balançava.

— Ainda não sabemos com certeza a extensão do ferimento dele — disse José Maria. — Perdeu alguns dedos tentando escavar os escombros atrás de Miren e de Catalina.

— Seria preciso matá-lo para fazer com que parasse de escavar, sei bem disso — Dodo falou. — Ele vem aqui para casa?

— Não, ele quer ficar em Errotabarri e ajudar Justo — disse Josepe.

Dodo se abraçou aos dois, formando um triângulo, e foi indo para seu esquife.

— Digam-lhe que assim que ele melhorar, se quiser ir embora de Guernica, podemos arranjar trabalho para ele aqui nas montanhas — disse Dodo, preparando-se para entrar novamente no barquinho.

— Isso vai levar algum tempo, filho — disse José Maria.

— Bem, eu sei que ele vai se sentir angustiado — disse Dodo. — E tenho certeza de que posso arranjar um jeito de ajudá-lo a lidar com isso.

Capítulo 20

Durante praticamente todo o dia anterior, os órfãos seguiram em trens da Estação Portugalete, em Bilbao, para as docas de Santurce. Pela manhã, a maioria havia subido a prancha de embarque do SS *Havana*, um ex-navio de passageiros de uma só chaminé que havia sido reformado para o transporte de tropas, e que estava parado no cais do porto servindo de alvo para os bombardeiros da Legião do Condor ou italianos a serviço dos rebeldes nacionalistas. Naquela manhã, bombas rebeldes caíram no rio, tão perto que chegaram a lançar água no *Havana*, mas, com tudo isso, quatro mil crianças bascas amontoavam-se a bordo parecendo excitadas para partir.

Eram órfãos de mortos na guerra ou filhos de refugiados que se achavam em apuros em Bilbao. Alguns eram crianças de colo que estavam em orfanatos e precisavam ser levadas a bordo por enfermeiras e voluntários. Outros entravam na adolescência. Esses passageiros miúdos não haviam comido quase nada e tinham visto coisas demais, uma combinação que só pioraria com o bloqueio, o bombardeio continuado e a previsível ocupação rebelde. Eles precisavam ser evacuados. Ainda escondendo-se sob o manto protetor do Pacto de Não-Intervenção, o governo britânico concordara, não sem alguma relutância, em evacuar as crianças desalojadas. Mas apenas as crianças.

Antes que o *Havana* partisse, Aguirre e o padre Xabier subiram a bordo — Aguirre, para assegurar às crianças que elas iriam por pouco tempo e que seria uma aventura memorável, e Xabier, para abençoar a viagem e garantir que Deus estava olhando por elas.

Aguirre desceu revigorado pelos rostos felizes e impressionado pela capacidade de resistência daquelas crianças. Tinham sido bombardeadas, passado fome, foram desenraizadas e suportaram as mortes de entes queridos, mas demonstravam um mínimo de apreensão e nenhuma tristeza aparente. Ele lhes disse que tivessem orgulho de ser bascas, pois todos os bascos tinham orgulho delas. Elas aclamaram aquele homem de terno preto, mesmo sem ter a menor ideia de quem ele era.

— Você acredita mesmo que elas só vão passar alguns meses fora? — Xabier pressionou o amigo na descida para o cais.

— O que eu sei é que, se ficarem aqui, estarão mortas em poucos meses, ou até dias.

— Como o restante de nós?

— Talvez — o presidente admitiu atrás do sorriso forçado que exibia enquanto acenava para as crianças que, do navio, olhavam para baixo.

As crianças eram jovens demais para reconhecer o significado de ter o *Havana* como salva-vidas. Ele possuía outras qualidades que eram mais imediatamente apreciáveis. Levava comida. Muitas haviam beirado a inanição durante meses. Ganharam ovos, carne e pães. Empanturraram-se e guardaram nos bolsos tudo o que puderam. A riqueza da comida e as enormes porções fizeram com que muitas crianças passassem mal. Um forte vento de verão fora de hora varreu as águas do golfo de Biscaia, levando muitas delas a enjoar bem cedo naquela que se transformaria numa turbulenta travessia de 48 horas.

Na noite do segundo dia, o *Havana* atracou em Fawley, perto do porto de Southampton, e foi abordado por mais pessoal médico voluntário que vinha examinar as crianças. À parte as pequenas indisposições ao longo da travessia, elas estavam em bom estado de saúde e com moral elevado. Do convés, viam as casas ao longo do canal decoradas com flores e com jardins imaculadamente aparados na frente. Parecia um mundo de fantasia, totalmente diferente de tudo o que conheciam, e gritavam sem parar: *"Viva a Inglaterra!"*. Na manhã seguinte, desembarcaram ao som da banda feminina do Exército da Salvação. Por causa dos uniformes, as crianças as chamavam de "policiais mulheres".

O campo de recepção exibia uma faixa estendida sobre um caminho sujo em que se lia "Campo de Crianças Bascas". Uma plantação com 500 barracas circulares, sustentadas por lanças centrais, brotava no campo. As crianças tomaram banho, foram examinadas mais uma vez, e alimentadas por uma equipe de voluntários.

Na manhã seguinte, o jornal *Southern Daily Echo* estampava um artigo intitulado BOAS-VINDAS SINCERAS E DE CORAÇÃO: "Nós calculamos as dificuldades pelas quais elas devem ter passado nas últimas semanas e esperamos que aí, nos campos verdes e tranquilos de Hampshire, possam encontrar repouso, felicidade e — ainda mais importante — paz".

Contrastando com a posição governamental, as pessoas generosas da região mostravam-se satisfeitas por "intervir". Tratava-se de crianças, de bebês, afinal de contas. Muitas receberam roupas novas da Marks & Spencer e chocolates da Cadbury. Em questão de meses, elas não foram mandadas de volta ao País Basco para repatriação, e sim para novos campos permanentes em Stoneham, Cambridge, Pampisford e dezenas de outras cidades que mantinham colônias de crianças bascas. Assim, davam prosseguimento à vida escolar, brincavam e começavam a se recuperar das coisas que haviam presenciado. A guerra civil continuava a assolar seu país, enquanto a Inglaterra estava em paz, ainda que preocupada. Mandá-las de volta para a Espanha poderia representar uma sentença de morte, ou, no mínimo, um convite a maiores privações. As crianças rapidamente se adaptaram ao novo estilo de vida, à exceção das que ficaram num campo nas proximidades de uma base aérea, onde as enfermeiras e as supervisoras tinham de estar sempre jurando que aqueles aviões não lançariam bombas.

O padre Xabier precisava de um informante. Sua cúmplice era uma velha amiga chamada Irmã Encarnação. Com menos de um metro e quarenta de altura, não pesava mais do que um saco de plumas, tinha uma idade indeterminada, algo entre cinquenta e noventa anos, e ainda por cima era tida como uma das santas mártires representadas nas estátuas ao redor do hospital. Irmã Encarnação era uma enfermeira-assistente que também frequentava a Basílica de Begoña, onde cuidava de pacientes que buscavam o conforto de um altar ou um confessionário. Foi lá que ela conheceu o padre Xabier, que, por admirar tanto sua energia, certa vez perguntou à irmã quando ela parava para descansar.

— Gente baixinha não precisa dormir — ela lhe disse.

— O senhor alguma vez já viu um beija-flor tirando uma soneca num galho de árvore? Nós descansamos enquanto piscamos os olhos.

Após uma série de cirurgias para decepar seu braço esquerdo na altura do ombro, Justo Ansotegui foi transferido para um pavilhão de reabilitação. Quando Xabier percebeu que não poderia visitá-lo todos os dias, encarregou a Irmã Encarnação de servir como seu cão de guarda. Justo adorou seu senso de humor e logo passou a chamá-la de "Irmã Enca". Ela cabia em seu bolso.

Militares e civis feridos e pacientes amputados e queimados em diferentes fases de reabilitação lotavam os pavilhões. Eram as vítimas que se esperava que pudessem viver, se ainda estivessem dispostas a isso. O hospital havia muito não dispunha de pernas-de-pau, e pedidos de muletas e bengalas haviam sido feitos meses antes. A guerra sobrecarregara os fabricantes e fornecedores desse tipo de produtos muito além da sua capacidade de capitalizar.

Enquanto isso, a Irmã Encarnação ajudava esses feridos a resgatar as partes de suas vidas que podiam ser recuperadas por meio de adaptação. Ela ensinava quem não tinha pernas a manejar muletas, a subir escadas, a se ajustar a um centro de gravidade alterado. Ensinava os truques de uma existência com um braço só àqueles que tinham necessidade deles: como tomar banho e se vestir, como recorrer a outras partes do corpo para pegar objetos e funcionar como uma segunda mão. Ensinava as mulheres com braços amputados a enfiar uma linha na agulha e costurar. Mostrava aos camponeses com pernas amputadas como manejar uma foice escorando o lado prejudicado com as duas muletas. Equilíbrio e estímulo, ela proclamava. Equilíbrio e estímulo. O mundo está cheio de cachorros com três patas e gaivotas de uma perna só, ela repetia. Se eles são capazes de se virar com o cérebro diminuto que Deus lhes deu, então qualquer um pode.

Aos pacientes queimados, ela dava sugestões para conviver com a dor e a realidade de estar desfigurado. O cabelo de um lado da cabeça podia ser penteado por cima da área queimada para o outro lado do rosto. Mangas compridas, luvas, chapéus podiam ser usados quase sem chamar a atenção. Eles precisavam se lembrar de que os olhares de que eram alvo das pessoas nas ruas eram geralmente de curiosidade, não de má intenção ou insulto. Caso contrário, não passavam de uma gente estúpida cujas opiniões não tinham a menor importância.

Além do suporte em relação às capacidades físicas, Irmã Encarnação procurava incutir atitude nos inseguros e vontade nos que não a tinham. Para os que requeriam incentivo, ela era uma disciplinadora. Para quem necessitava de comiseração, era paciente e compreensiva. E, para quem buscava simpatia, Irmã Encarnação era surda como uma porta. Ela não estava ali para premiar a autopiedade.

Tinha sempre uma resposta pronta para os que se queixavam: "Olhe à sua volta. Pense em todos aqueles que têm saído daqui. Descubra o valor no que fica. Equilíbrio e estímulo, minha gente, equilíbrio e estímulo".

Ela não tinha dificuldade em acompanhar as atividades de Justo. Com aquela freira que tinha um terço do seu tamanho, Justo sentia uma afinidade com o poder. A energia dela era magnética. E, já que a falta de um braço não impedia sua mobilidade entre cirurgias, Justo tornou-se sua sombra.

— Ele me segue o dia inteiro — a irmã contou a Xabier. — Quer carregar coisas para mim; quer levantar coisas para mim. Está muito ansioso para demonstrar que é saudável, forte e íntegro. Se vê uma tarefa para uma pessoa de dois braços, ele pula e tenta provar que é capaz de fazê-la com um só. E começou a ser durão com os outros pacientes, empurrando-os. Ameaçou bater em um se voltasse a me responder ou se não fizesse exatamente como eu havia ensinado. Um soldado ferido em que eu tive que dar duro disse que se sentia como se eu o estivesse tratando como um fascista. Justo quase acabou com ele.

— Quer dizer então que ele virou um problema?
— Bem, eu não preciso de um ditador — ela respondeu. — E os médicos já estão ficando cansados de vê-lo tentar desafiá-los para uma queda de braço.

Xabier não demonstrou surpresa.

— Ele fica me pedindo para bater no braço direito dele para eu ver o quanto ele aguenta — ela acrescentou.

— Então podemos deduzir que ele está sarado e pronto para ir para casa? — perguntou Xabier.

— Não, não, absolutamente; aí é que está o problema — a freira protestou. — Os médicos têm feito o que podem, e logo lhe darão alta. Mas ele anda muito preocupado em provar que está são, nunca tinha lidado com a perda do braço. E tenta se comportar como se tivesse nascido assim.

— Irmã, o problema não é a perda do braço, posso lhe garantir — disse Xabier. — Justo encara isso como um desafio. O que a senhora vê, ele querendo trabalhar e ajudar a curar os outros, mesmo se para isso for preciso estrangulá-los, é exatamente assim que ele é. Meu medo não é em relação ao braço. O que ele tem falado a respeito da família?

— Nem uma palavra. Fica quieto e meio para baixo à noite. Tenho observado e sei que ele está agindo como se dormisse, mas raramente consegue. Padre, as enfermeiras e eu temos notado que ele é o único paciente que atingiu esse nível de reabilitação e que não implora para ir logo para casa. A essa altura, todos já estão cheios de nós e prontos para retornar às suas vidas. Mas ele não fala nada sobre sua casa ou sobre querer *ir* para casa. Dá a impressão de que se sentiria feliz em ficar aqui andando atrás de mim o dia inteiro.

— Alguém tem conversado com ele a respeito?

— Padre, tínhamos a esperança de que o senhor se encarregasse disso.

— Eu?

— Para ser honesta, os médicos têm um certo medo dele — disse a Irmã Encarnação. — Ninguém quer vê-lo zangado. Quando fica triste, é como se não fosse capaz sequer de ouvir alguém lhe dirigindo a palavra. Tem alguma coisa naquela cabeça, mas não sabemos o que é.

O mural retratava o caos, e nesse particular não podia haver melhor ambiente de trabalho. O artista, um inveterado acumulador de inutilidades, mal conseguia andar pelo estúdio sem tropeçar em alguma máscara tribal africana, num antigo molde de bronze, em esculturas próprias ou de amigos, em esboços de obras inacabadas, em quadros de valor incalculável de Matisse, Modigliani, Gris, e em outros objetos espalhados naquele autêntico museu da bagunça. Misturada aos objetos de arte havia uma montoeira abstrata de sapatos, livros, chapéus, correspondência não lida, garrafas de vinho vazias e comida parcialmente tocada. Como que cercando o mural, havia tubos de tinta amassados e um verdadeiro tapete de guimbas de cigarro pisadas, detritos da atividade artística. O ar era quase irrespirável, por causa do cheiro de fumaça e tinta, do óleo de linhaça e do perfume adocicado de Dora Maar.

Picasso havia alterado a posição de seus personagens, com o touro, o salvador tardio, em atitude protetora perto da mulher com o bebê morto. Ele recorrera à figura do minotauro em diversas obras, mas ali não estava o mito do touro-homem, e sim uma besta anatomicamente perfeita pronta para a *corrida*.

As pupilas esbugalhadas dos olhos do bebê haviam sido apagadas, deixando no lugar um vazio assustador. O braço erguido do guerreiro tinha tombado. O girassol aberto se transformara numa lâmpada incandescente que lançava fachos de uma luz forte sobre a cena. Sutilmente, Picasso encapsulou

GUERNICA

todo o sofrimento humano e animal, o exterior em chamas de um prédio e um espaço interno com luz elétrica criando como que um diorama de dor e pesar. No canto direito, pintou uma porta para esse mundo interno-externo, ligeiramente aberta. Por meio de sucessivas encarnações, ele foi eliminando boa parte da violência mais óbvia. Muitos dos estudos e das figuras iniciais apresentavam buracos de balas pingando sangue escuro e partes de corpos espalhadas aleatoriamente. Ele flertou com a ideia de adicionar textura com técnicas de colagem, pondo um véu sobre a cabeça de uma mulher. E chegou a colar um pedaço de papel, imitando uma lágrima vermelho-sangue, no rosto da mãe, o único ponto de cor numa cena acromática. Óbvio demais. É fácil deixar as pessoas desconfortáveis; fazê-las pensar é mais complicado.

A culpa consumia a penitente no confessionário. Ela contou ao padre em detalhes como escondera uma broa sob o avental num mercado local. Não era para ela, e sim para os filhos. O fato de ela própria não ter comido era de menor importância, mas escutar as crianças chorando irremediavelmente era impossível de ignorar.

— Sim, eu roubei — ela disse. — Ao menos por uma tarde as crianças tiveram um pedaço de pão velho no estômago. Peço perdão a Deus. Peço perdão ao padeiro. Quando a guerra acabar, eu pagarei a ele em dobro. Deus vai entender, não vai?

O padre Xabier se via cada vez mais diante de histórias como essa todos os dias, ao lado de questões mais difíceis sobre como uma vida dessas pode continuar e quantas preces ainda ficarão sem resposta. Seus paroquianos tinham perdido os pais no bombardeio ou as irmãs de inanição, e, ainda mais comum, os maridos em fogos de artilharia no front, à medida que o círculo de combate ia se estreitando em torno deles.

Desafiavam Xabier a inventar desculpas. Mas ele achava impossível ser o intérprete do inexplicável. Ao pé da letra, Xabier teria que ter relembrado a mulher de que momentos difíceis eram um tema bíblico corriqueiro, e que os fortes, com fé profunda, sobreviviam, e mais tarde eram recompensados por suas virtudes. Mas não disse nada disso enquanto olhava pela treliça para o rosto emagrecido que fazia aquela mãe ainda tão moça parecer muito mais velha. Ao contrário, disse a ela para não se sentir culpada por tentar dar de comer aos filhos, pois essa era sua mais importante missão.

— Procure encontrar outras maneiras que não roubar; lembre-se, o padeiro também tem filhos com fome — disse o padre Xabier, ciente de que não lhe restavam muitas alternativas.
— Procure encontrar um refúgio, e tenha fé.
— Vou tentar, padre.
— Então vá, minha filha — ele disse, de novo se sentindo um idiota ao assumir a condição paternal.
— Sem penitência, padre?

Xabier sabia que a mulher já tinha penas suficientes sem que ele precisasse lhe impor mais algumas. Mas também sabia que ela não se sentiria genuinamente absolvida sem pagar remissão.

— Sim, uma. Reze.
— Rezar? Quantas vezes?
— Sempre que puder.
— Já estou fazendo isso, padre.

Ele adorava e odiava surpresas, a forma como todos ficariam embasbacados mesmo não sabendo dizer se o que viam era arte ou lixo. Mas essa nova obra não podia ser ocultada. Era grande demais. A sala seria o véu. Quando os convidados cruzassem a porta já dariam de cara com a tela, na sala dentro da sala.

GUERNICA

O quadro berrava, e podia ser ouvido instantaneamente, mas levou algum tempo para as pessoas controlarem os murmúrios. Elas viam o guerreiro caído antes de perceber a sombra de uma flor perto de sua espada partida. Viam o touro antes do pássaro com a asa quebrada em cima da mesa contra o fundo escuro. O ferimento do cavalo só era notado depois que a atenção se afastava de seu focinho dolorido. Elas olhavam atentamente, percorrendo o trabalho, fazendo novas descobertas sempre que mudavam o ângulo de visão.

Muitos ficavam chocados, ao menos com o volume e o escopo da obra. Todos os vestígios de cor tinham sido removidos, deixando-a despojadamente em preto e branco, com um pouco de cinza. Eram necessários muitos minutos para assimilar a obra, olhando-a de longe e chegando mais perto, em seguida da esquerda para a direita, e então novamente recuando para uma perspectiva ampla. Levava tempo para perceber o conjunto: coisas se ocultando nas sombras, traços meio apagados e progressivos, aumentando e sumindo com o movimento.

O touro agora havia se virado de modo a exibir o ânus preguead0 e os testículos balançando, e os mamilos das mulheres pareciam chupetas de bebês. Em cada palma de mão visível, uma série de linhas que se cruzavam provavelmente previa o infortúnio comum.

Quando foi mostrada no Pavilhão Espanhol, alguns questionaram o simbolismo e o sentido da obra. Disseram a Picasso que havia a expectativa de uma descrição mais literal do bombardeio. Ele garantiu que a mensagem era clara.

Uma mulher tentou explicar sua reação ao mural e só conseguiu dizer: "Ele me faz sentir como se alguém estivesse me cortando em pedaços".

Ao ser questionado se esperava que a obra persistisse no tempo, Picasso não dava garantias. Dependeria de se isso faria ou não alguma diferença.

— Se a paz prevalecer no mundo — ele dizia –, a guerra que eu pintei será coisa do passado.

O presidente Aguirre alertou o padre Xabier para a necessidade de fazer uma vistoria na casa paroquial, para que não houvesse nenhuma surpresa no confessionário. As tropas rebeldes já haviam praticamente cercado Bilbao, com a estrada para Santander restando como única via de escape.

— Quanto tempo? — quis saber o padre.

— Eu estava no meu gabinete ontem à noite com alguns ministros planejando a evacuação quando uma janela explodiu — Aguirre contou a Xabier. — Os rebeldes no Monte Artxanda estavam muito perto, a ponto de termos sido atingidos por balas perdidas. Três acertaram a mesa e a parede. Uma estilhaçou a vidraça bem na frente da minha mesa. Eles não apenas sabiam onde estávamos, como se achavam à distância de um disparo de rifle de nós.

— Estão assim tão perto? — perguntou Xabier, demonstrando mais alarme do que fazendo uma pergunta.

— O Monte Pagasarri acaba de cair neste minuto — disse Aguirre. — Mandamos três batalhões para lá, e eles foram direto para as montanhas só com rifles de repetição e granadas. Ouvi-os cantando hinos nos caminhões: "Somos soldados bascos; para libertar Euskadi, nosso sangue está pronto para ser derramado". — Aguirre repetia a letra.

Xabier grunhiu em apoio.

— Embarcamos mais de cem mil refugiados para a França nos últimos dois meses — disse Aguirre –, mas ainda há muitos mais...

— Meu amigo — disse Xabier, interrompendo-o –, eu gostaria de lhe dizer que apreciei a libertação dos prisioneiros rebeldes. Sei que foi difícil, e que lhe valeu muitas críticas, mas era a coisa certa a ser feita.

GUERNICA

— Eu temia que eles fossem massacrados por vingança antes que os rebeldes chegassem aqui — disse Aguirre. — Não me arrependo. Conseguimos um cessar-fogo de algumas horas para providenciar o retorno deles às linhas rebeldes.
— Eis aí uma coisa que eles não teriam feito por nós — comentou o padre.
— Não estamos no ramo do assassinato. A guerra já é ruim o bastante; assassinato é coisa bem diferente.
— O padre sou eu, mas a verdade é que tenho atacado esses rebeldes muito mais do que você jamais fez. Especialmente depois do que fizeram com Lorca.

Os rebeldes capturaram o poeta preferido do padre, e, como achavam que era homossexual, atiraram nele várias vezes no reto e acabaram lhe metendo uma bala na cabeça.
— Eu sei — disse Aguirre. — Mas ambos os lados têm muito de que se envergonhar.
— Quanto tempo temos antes que eles marchem sobre Bilbao?
— Depende do apetite que tiverem. Por ora, o que lhes convém é nos cercar e nos matar de fome. Isso dá o mesmo resultado gastando menos munição.
— E depois?
— Em vez de fazer com que as tropas lutem até o derradeiro suspiro aqui, vamos tentar que nossas últimas divisões cheguem ao front em Barcelona. Não há mais nada que possamos fazer aqui, mas nossas forças ainda podem combater a favor da República por lá.
— E você?
— É por isso que estou aqui; iremos para Santander hoje à noite — disse Aguirre. — Discutimos muito se seria melhor manter as tropas e o governo aqui e lutar até a morte, mas a sensação é de que nosso destino já está traçado. Vamos para o exílio.

— Fico feliz que você esteja partindo, e que tenha vindo até aqui antes de ir — Xabier disse. — Vou sentir falta de escutar suas confissões.

— Eu voltarei — Aguirre afirmou. — Pode demorar um pouco, mas estamos procurando manter o governo unido para que não precisemos reconstruí-lo inteiramente. Enfim nós conseguimos a autonomia e por ela vale a pena retornar. Além do mais, preciso voltar para cá para ficar de olho no padre radical de Begoña.

— Vá com Deus, meu filho — disse Xabier para variar antes de emendar sua bênção com um "Até mais tarde, amigo".

Aguirre se esgueirou para fora da casa paroquial, mas o cheiro de cigarro revelava sua passagem.

Naquela noite, Aguirre e sua família pegaram um avião sob pesado fogo de artilharia no aeroporto de Santander, decolando pouco antes de as forças rebeldes destruírem a pista. Nos meses que se seguiram, os Aguirre seriam caçados por toda a Europa, tendo frequentemente que usar disfarces. Muita gente da família seria executada a tiros.

Ciente de que seu retorno à Espanha significaria uma execução sumária, Aguirre não pôde voltar para casa enquanto Francisco Franco foi ditador. José Antonio Aguirre, o primeiro presidente basco, que fez seu juramento formal sob o carvalho sagrado de Guernica, jamais voltaria a ver seu país.

O primeiro ato de Franco após a queda de Bilbao foi declarar ilegal o idioma falado em Euskara. Os bascos se viram forçados a "falar cristão", e, em duas semanas, a hierarquia católica da Espanha lançava proclamas condenando os padres bascos por ignorar "a voz da Igreja".

Capítulo 21

Miren o chamou da oficina naquele tom brincalhão que queria dizer que tinha uma tarefa para ele. Miguel estava torneando um pé de mesa e cheirava a serragem e suor.

— O que você acha dessa cor? — perguntou ela.

— *Kuttuna*, você está toda coberta de tinta! — exclamou Miguel. — Não deveria pintar com seu vestido de noiva.

— Eu achei o amarelo brilhante demais aqui — ela disse. — O preto ficaria melhor, não acha?

— É muito escuro... mas é diferente.

— Isso mesmo: diferente — ela disse. Pingos de tinta salpicavam seu rosto.

— Não me importa o que parece — disse Miguel. — Precisa de mim para as partes altas?

— Não, eu alcanço.

Ela pôs de lado o pincel e os dois se abraçaram, e, ao som da música do serrote de Mendiola, saíram dançando.

— Sou louco por você — ele disse.

Ela balançou a cabeça.

Ele se curvou até encostar a boca na orelha dela.
— Eu te amo. Sinto sua falta.
Ela sussurrou as mesmas palavras para ele.
— Procurei por você — ele disse.
— Eu sei, *asto*, eu sei. Obrigada. Eu sabia que você o faria.
— Desculpe por termos brigado — ele disse.
— Nós não brigamos — disse ela, recuando para olhá-lo nos olhos. — Não teve nada a ver conosco. Foi só uma coisinha à toa.
— Foi um tempo que nós desperdiçamos.
— Talvez não. Havia coisas de que precisávamos falar e foi só isso. Todo casal tem dessas coisas.
Eles giravam lentamente ao som da música, mexendo-se como um só corpo. Girando, girando, agarrados um ao outro. Flutuavam de lá para cá, de cá para lá. Cada vez mais perto.
— Obrigada, Miguel — disse Mariangeles. A mãe de Miren?
Ela se abraçou aos dois, dançando. O mesmo ritmo. O mesmo cheiro.
— Mamãe também sente falta de dançar — disse Miren.
Eles giraram, os três, e, à medida que a música se tornava mais lenta, as paredes foram escurecendo até que ficassem totalmente pretas.

Para o padre Xabier, mais difícil do que se dirigir a uma pessoa mais velha como "meu filho" ou "minha filha" era tentar bancar o pai para o irmão mais velho. Mostrar obediência a Justo, ser seu irmão menor era uma posição que ele havia ocupado durante mais tempo do que qualquer outra. Se ajudá-lo era complicado, controlá-lo era impossível. O progresso físico de Justo deixara impressionados os cirurgiões, as enfermeiras e até a Irmã Encarnação. Mas todos se preocupavam com seu retrocesso emocional.

GUERNICA

Xabier escrevera a Josepe em Lekeitio contando as novas sobre o irmão. Josepe de vez em quando costumava ir a Bilbao visitar Xabier na basílica, mas agora os bloqueios e as minas no porto tornavam inviáveis essas viagens. Xabier argumentava que Josepe saberia aconselhar melhor sobre como lidar com o irmão por causa da idade e por ter mais coisas em comum com Justo do que ele, um clérigo celibatário. Se não por outra coisa, Josepe convivera com ele um ano a mais. Mas esse pedido de conselho obteve somente uma breve resposta:

> *Querido Xabier,*
> *Diga-me se posso oferecer alguma coisa — absolutamente qualquer coisa — que não conselhos sobre como lidar com nosso irmão. Provavelmente foi por isso que Justo mandou você para o seminário. Retribua agora. Boa sorte.*
> *Josepe*

Sem alternativas, o padre preparou um lugar para abrigar Justo na casa paroquial da Basílica de Begoña. Ali, pelo menos, ele teria comida e atenção e estaria longe do hospital e dos médicos. Xabier poderia cuidar dele e mantê-lo a salvo dos rebeldes que haviam ocupado a cidade. Xabier receava a forma como Justo se comportaria na presença deles e sabia que não poderia fazer muita coisa caso Justo resolvesse partir para o confronto.

Aos paroquianos, ele se dirigia de uma posição de poder, e seus conselhos podiam até ser ignorados, mas eram ao menos aparentemente respeitados. Tentar dizer ao irmão mais velho como reagir à tragédia que se abatera sobre a sua vida exigia um nível bem maior de sensibilidade. Mas também sabia que Justo não seria capaz de tolerar algo menos que uma total e absoluta honestidade de sua parte. Exigiria franqueza e rejeitaria tratamento especial do irmão caçula. Mas, se Justo não falava sobre Mariangeles e Miren, onde então estava a honestidade *dele*?

Por várias semanas, Justo se levantou antes do amanhecer e trabalhou na casa paroquial, varrendo, limpando, recolhendo as folhas do chão.

— Preciso fazer jus ao passado — ele dizia sempre que alguém se aproximava. — Posso dar uma ajudinha por aqui.

Só o fato de Justo não ter arrumado confusão com as guarnições rebeldes já deixava Xabier aliviado. O padre custara a dormir nas primeiras noites do irmão na residência. Soldados rebeldes não haviam se aventurado a entrar na basílica, e Justo não saíra das imediações, não tendo havido, portanto, oportunidade de conflito. Pelo contrário, Justo realizava as tarefas diárias que ele próprio se impusera na basílica, como sempre o fez em Errotabarri.

Sentava-se próximo à porta principal em todas as missas, comportando-se como um colaborador informal, levantando-se imediatamente para ajudar os mais velhos a alcançar seus assentos, precisassem eles ou não. Por vezes, erguia uma ou outra senhora idosa que passara muito tempo ajoelhada durante alguma oração mais longa. Encerrada a missa, ia limpar as sujeiras entre os bancos e passava um pano de chão no piso perto da porta nos dias chuvosos. A basílica dispunha de um zelador contratado, mas que tinha o bom senso de se mostrar cauteloso em relação a Justo.

Justo entrava em êxtase quando a Irmã Encarnação aparecia, gritando bem alto: "Irmã Enca".

— Veja só como eu estou bem; levante esse punho e me bata com força — ele dizia à mulher franzina, curvando-se para ficar da sua altura caso ela resolvesse aceitar a proposta.

GUERNICA

— Não, Justo, eu não espanco meus pacientes, não fica bem — ela dizia.
— Certo, mas olhe para mim — Justo insistia. — E então?
— É verdade, Justo, você está indo muito bem. Seu irmão me disse que você tem sido de grande ajuda por aqui.
— Tenho que fazer por onde — ele garantia. — Veja só isso.
E Justo manejava a vassoura com uma só mão, numa prova de sua perfeita adaptação.
— Muito bom — ela dizia, como se falasse com uma criança.
A Irmã Encarnação parecia concordar com Justo, aceitando que ele dava a impressão de estar fisicamente em boas condições. Alimentação decente e repouso o haviam ajudado a recuperar o vigor. Mas ela sentia que o retorno à boa forma exterior só fazia com que o vazio que havia dentro dele ecoasse com mais força.
— Eu acho... eu *creio* que ele esteja apto a começar o trabalho duro — a freira disse a Xabier. — Acho que se esperar por muito tempo, os muros ficarão fortes demais para mantê-lo lá dentro. Ele confia no senhor, padre, já me falou muitas vezes de quanto se sente orgulhoso do padre e do irmão maravilhoso que tem. Se confiar em sua intuição com Justo, talvez ele possa até mesmo ajudá-lo também.
Xabier sentia confiança no *timing* da irmã; ela trabalhava havia décadas com gente que se recuperava de traumas. Durante um jantar tardio, quando os irmãos se achavam a sós, Xabier deixou escapar a primeira pergunta havia tanto tempo guardada que ousava fazer desde que Justo se mudara para lá.
— Você está indo tão bem, Justo; já pensou quando gostaria de voltar para Errotabarri?
Xabier escolheu mal a hora de perguntar aquilo, bem no momento em que o irmão dava uma bela dentada numa fatia

de pão. Justo baixou os olhos, terminando de mastigar. Xabier observou o bigode do irmão ondulando ritmadamente.

— Eu sou culpado do pecado do orgulho, padre — ele disse por fim. — Eu me achava um deus no meio dos homens, e então o verdadeiro Deus decidiu que precisava me ensinar a verdade.

— Aquilo não era pecado, Justo. Era você, a pessoa que você sempre foi. Nós sobrevivemos graças à sua força. Foi sua força que nos permitiu manter Errotabarri. Foi ela que o ajudou a encontrar Mariangeles. Foi essa força que construiu sua família. Sua mulher e sua filha, e você também, eram amados por quase todo mundo na cidade. Essas coisas foram importantes.

— Sim — Justo disse, de modo pouco convincente. — Mas é duro a gente se dar conta de que é um idiota.

— Você não tem nada de idiota, Justo.

— Pois vou lhe contar como fui idiota. Depois daquele seu sermão, que deixou todo mundo apavorado, fui para casa e passei o dia e a noite afiando a lâmina do meu machado no amolador e limando as pontas da *laia*. Fui um idiota.

— O que é que eu posso dizer, Justo? — falou Xabier. — Não é sua culpa; você precisa saber disso. Não posso lhe dizer como parar de sofrer. Não consigo ajudar ninguém dessa maneira, e sinto que esse é o meu maior fracasso aqui; às vezes, faz com que eu me sinta um idiota também. Mas você tem que descobrir outro meio de lidar com isso, sem fingir que não aconteceu.

— Oh, eu sei bem que aconteceu — disse Justo. — E estou preparado para lidar com isso ao meu modo.

Xabier temia aonde aquilo levaria.

— Vingança não vai trazer Mari e Miren de volta — disse Xabier. — Se você matar alguns fascistas, eles logo matarão você.

GUERNICA

— Por que você acha que eu faria uma coisa dessas?
— Você não pensou nisso?
— Xabier, eu não sei se já lhe contei da noite em que conheci Miguel — disse Justo. — Ele foi a Errotabarri e, naquela noite, disse-me que achava que papai tinha sido egoísta. — Xabier, que não sabia dessa história, mostrou-se surpreso. — Pois ele disse. Teve *pelotas* para entrar na nossa casa e dizer isso na minha cara, bem no dia em que nos conhecemos. Ele disse que se papai tivesse amado mamãe de verdade, não teria se condenado à morte. O verdadeiro amor o teria feito se superar, e viver, e cuidar melhor de nós.

— Eu nunca havia pensado nisso dessa maneira, porque éramos tão jovens, Justo, mas acho que ele tem razão. Se um paroquiano estivesse na mesma situação, eu lhe daria esse mesmo conselho.

— Ele me pediu para pensar no que mamãe diria a papai, e disse que achava que ela lhe teria pedido para ficar triste, muito triste, sim, mas depois ser forte e tocar a vida.

— Justo, o que você acha que Mariangeles gostaria de lhe dizer agora?

— Acho que ela diria: "Vá em frente, Justo, sofra muito, mas depois seja forte..." — Justo disse, baixando a cabeça.

— Eu acho que você precisa ouvi-la, meu irmão — disse Xabier, tentando alcançar a mão de Justo.

No outono, a maior parte dos prédios queimados e desmoronados tinha sido removida para dar lugar à reconstrução da cidade. Operários com tratores jogavam os destroços para dentro das crateras de bombas, prensavam e pavimentavam o terreno. Buracos de balas e estilhaços de bombas ainda eram visíveis em muitas das estruturas que permaneceram em pé e que seriam mais tarde restauradas para apagar as marcas. Essas cicatrizes eram as mais fáceis de reparar. Para um carpinteiro, essa teria sido uma época lucrativa. O conselho municipal pediu a Mendiola que ajudasse a supervisionar partes da reconstrução. Ele perguntou a Miguel se gostaria de ajudar, e este relembrou que a última vez em que os dois tinham participado de uma iniciativa cívica fora para construir um *refugio*. Quais princípios construtivos seriam exigidos dessa vez? As novas construções seriam erguidas nos mesmos locais das anteriores, como se nada tivesse acontecido? Ou tudo seria novo e diferente para evitar comparações com o que havia sido?

Boa parte do trabalho era feita por mão de obra forçada, constituída por soldados republicanos capturados, muitos deles bascos, que agora se viam obrigados a reconstruir a cidade que não tinham sido capazes de proteger. Mas os franquistas que agora dominavam o conselho também contratavam gente do lugar por um salário mínimo. Miguel driblou o recrutamento lembrando que a maior parte das suas ferramentas tinha se perdido ou havia sido danificada. Ele poderia simplesmente exibir as mãos como uma desculpa óbvia, mas atualmente costumava mantê-las enfiadas nos bolsos. Havia encontrado algumas pequenas ferramentas de mão em meio aos escombros de sua casa, e também tinha descoberto, nas encostas sobre a cidade, a serra que deixara cair naquela tarde. Miguel preferiria morrer de fome a integrar uma mão de obra semiescrava formada por homens que poderiam ter sido vizinhos.

Miguel testou sua capacidade fazendo trabalhos leves em Errotabarri, basicamente de manutenção da casa e do curral. Não tinha entrado no quarto em que Miren dormia quando solteira. Também não tinha matado e comido o coelho, e seu controle foi recompensado pela aparição de vários outros que tinham feito uma colônia no porão. De algum lugar surgiu também uma galinha magra, como se tivesse saído de algum ovo escondido debaixo da palha em decomposição. Talvez fosse a derradeira galinha de todo o País Basco, especulou Miguel. País Basco — será que ainda poderia chamá-lo assim?

Ele se sentiu à vontade na volta ao trabalho, não por causa da dor que ainda sentia, mas porque havia um limite para o que podia ser feito em Errotabarri. Um pouco de milho havia brotado naturalmente durante o verão, e ele guardou as sementes para o ano seguinte. Como não havia mais ruminantes para alimentar, deixou o capim crescer intocado na esperança de que brotasse novamente, e mais espesso desta vez.

Descobriu que seu riacho favorito ainda tinha uns poucos peixes que, fritos com cogumelos selvagens que ainda cresciam nas ravinas sombreadas da encosta, serviriam de refeição satisfatória. Ele reaprendeu a pescar por ensaio e erro. Aprendeu a se adaptar a quase tudo. Com dificuldade, conseguia segurar o serrote, as serras de arco e a furadeira. Era exaustivo e pouco eficiente, mas, vagarosamente, conseguia manejar.

Miguel não tinha interesse em passar mais tempo do que o necessário na cidade. Soldados falangistas continuavam por lá, e ele não conseguia sequer olhar na direção deles quando se cruzavam. Seu número se reduzira muito desde as primeiras semanas posteriores ao ataque, mas sempre havia fascistas e guardas civis em quantidade suficiente para deixá-lo desconfortável.

Caminhando pela cidade, ele corria o risco de ter que conversar. E tinha perdido o jeito para isso. Aventurar-se em público o obrigava a subir à tona, enquanto o resto do tempo era passado em algum nível subterrâneo, perdido em pensamentos ou em sonhos. Se pudesse permanecer longe das pessoas, seus dias seriam menos complicados. Menos complicados, sim, mas não mais fáceis, porque tudo era como vagar penosamente por um crepúsculo viscoso. Nas longas caminhadas, só se dava conta de sua distância em relação à consciência ao tentar dizer algo aos esquilos ou a algum peixe que tivesse pescado e se surpreender com as palavras que lhe saíam com um som de tosse, como se poeira e teias de aranha tivessem se acumulado em sua garganta.

No dia em que teve alta do hospital, ele perguntou por Alaia. Disseram-lhe que não havia sofrido nada e que as irmãs estavam cuidando dela. Pedir detalhes significaria falar mais, e mais tempo passado na cidade. E ele tinha mais o que fazer.

Melhor ficar nas montanhas e na *baserri*. Ainda era capaz de derrubar uma árvore e manejar um machado. Estava bem mais lento, mas sempre era um trabalho silencioso nas montanhas silenciosas, e o cansaço lhe embotava a mente. Enquanto a fadiga não o imobilizasse, ele permanecia vulnerável às recordações. Como estaria Catalina agora? Já estaria andando? Será que gostaria dos brinquedos maiores que ele havia feito para ela? Estaria na hora de os dois partirem para um novo bebê?

Miguel esvaziava de novo a mente e se concentrava na lâmina da serra, derrubando árvores e mais árvores até que a exaustão o livrasse das lembranças. Retribuía o empréstimo ocasional da mula de Mendiola com uma parte da madeira que trazia, e conseguia dinheiro suficiente para sobreviver, comprar sementes para replantar e as ferramentas de que estivesse necessitando.

Alaia Aldecoa se sentia novamente enclausurada, tendo o silêncio e a escuridão como uma constante em sua vida. Havia procurado tão desesperadamente sair do convento e depois despendido tanta energia para convencer Miren de que precisava ser independente. E agora, de volta ao seu chalé, não tinha nada; somente independência e uma vida que já fora tão vazia e que hoje, de certa forma, ia ficando cada vez mais vazia. Não haveria mais sócios, como Miren os tinha rotulado. Ela parara com aquilo. O contato físico que tanto desejou se transformara em outra coisa. Ninguém batia à sua porta, e de qualquer modo ela não os deixaria mais entrar. Tanta gente morrera; tanta gente estava desesperada atrás de outras coisas. Ela conservava a machadinha que Zubiri usava para rachar lenha. Se os soldados chegassem com más intenções, ela a brandiria na direção dos sons que eles fizessem até acertar um ou ser morta.

Ninguém vinha mais comprar sabonetes, e o mercado não tinha sido restabelecido.

Alaia sabia, pelo vestido folgado, que havia emagrecido demais por causa da falta de comida. Zubiri seguia ajudando dentro do possível. Era sozinho e podia compartilhar o pouco que colhia de sua pequena *baserri*. Ele sabia perfeitamente que o acordo entre ambos havia mudado. Agora eram apenas amigos, e ele ajudava Alaia apenas por esse motivo. Conversavam mais, e isso parecia importante. Ele havia conseguido esconder uma cabra numa cabana de pastores nas montanhas, o que era sinônimo de leite e queijo para os dois. Também criava abelhas, e dividia o mel com Alaia. Era um contato físico diferente.

De vez em quando, pensava em Miren. Lembrava-se do aroma do café da manhã em Errotabarri, e de como Justo as recebia com abraços e histórias escandalosas, enquanto Mariangeles cuidava para que nada lhe faltasse. Lembrava-se de Miren e de Mariangeles, e de como elas pareciam duas gerações de uma mesma pessoa. E pensava em Miren quando ia dormir, recordando as noites em que, na cama dela, dividiam segredos e mediam forças.

Alaia não precisava mais adivinhar as horas. Dormia quando tinha vontade e quanto pudesse. Agora só lhe restava despertar e adormecer, e, em suas trevas solitárias, era mínima a diferença entre os dois.

Por que ir à cidade? Tanta coisa mudara e não havia ninguém para guiá-la pelas novas ruas que ladeavam as novas construções. Assim, ela ficava em casa e sobrevivia sem nenhum objetivo de vida. Às vezes, trabalhava nos sabonetes, mesmo sem haver mercado para vendê-los. Colhia ervas na horta para aromatizar os sabonetes e fazer chá, e legumes para cozinhar e comer. Pegava-se pensando em Miguel e na monstruosidade de sua perda. Tinha sido uma família perfeita. Mas ele havia tido quase dois anos com Miren. Tivera Justo e sua família. Ela tinha apenas sabonetes e pensamentos, e sentia que eram um motivo insignificante para uma vida. Mas também tinha uma bonequinha de pano surrada que se tornara mais importante para ela do que poderia imaginar.

O padrão espinha-de-peixe da madeira fazia com que o piso da Basílica de Begoña parecesse se elevar sobre o comprido corredor da entrada até o altar. A Irmã Encarnação ajudou uma mulher de muletas a chegar aos bancos da frente, ensinou a ela como se ajoelhar na nova condição, e, em seguida, retirou-se para lhe dar privacidade em suas orações. Nos fundos da nave principal, ela encontrou Justo Ansotegui, que a observava.

— Você está com bom aspecto, Justo — ela sussurrou.

— Obrigado — Justo fez um gesto para que ela se sentasse. — Preciso lhe pedir desculpas, irmã. Eu fui desonesto com a senhora. Andei conversando com meu irmão Xabier e nós esclarecemos algumas coisas.

— Desonesto em relação a que, Justo?

— À minha família, à minha vida, ao que estava se passando na minha cabeça — ele respondeu. — Eu não acreditava

GUERNICA

que pudesse falar a respeito disso sem ficar mal, sem me sentir fraco. Não queria que a senhora me visse assim. — Ela bateu de leve no joelho dele. — Não lhe contando sobre minha mulher e minha filha, eu a impedi de conhecê-las — ele disse. — E, para mim, é importante que a senhora entenda quem elas eram.

— Justo, as pessoas têm que encontrar caminhos diferentes — ela disse. — Isso leva tempo; não é ser desonesto. Você só não estava preparado.

— Irmã, minha mulher e minha filha eram a minha vida — ele disse. — Sei que a senhora ouve isso o tempo todo. A única coisa que eu podia fazer era convencer a mim mesmo de que elas continuavam vivas em algum lugar e que eu as veria de novo. Portanto, eu fui desonesto com a senhora, sim, e provavelmente estava sendo desonesto comigo mesmo. Peço desculpas. Porque a senhora se empenhou muito comigo, e merecia coisa melhor.

— Justo, eu conheci a sua família — disse ela. — O padre Xabier me contou tudo. Eu só não podia falar sobre eles enquanto você não estivesse preparado. Sabia que, quando fosse a hora, você diria ao padre como se sentia e seria ele quem o ajudaria a superar tudo isso.

Os dois ficaram sentados em silêncio por um instante, olhando as velas do altar que tremeluziam e se refletiam nas colunas de pedra enquanto os fiéis se dirigiam às capelas laterais para rezar. Era um lugar movimentado, mas solene.

— Eu queria lhe dizer que em breve irei para casa — falou Justo. — Espero que a senhora continue a tomar conta desse meu irmão. Nós temos um problema de família, sabe, de achar que podemos salvar o mundo.

— Justo, isso é mais ou menos o que ele me falou sobre você — ela disse. Os dois riram alto, o suficiente para que alguns fiéis que rezavam ali perto se virassem na direção dos dois com ar de censura, logo se acalmando, porém, ao ver que havia uma freira envolvida.

— Eu me preocupo com a forma como ele toma para si os problemas dos outros; ele atrai o sofrimento das pessoas — disse Justo.

— Não se preocupe por ele; é isso o que o torna um padre tão bom — disse a freira. — Ele me falou que você foi o único que viu isso nele.

— Irmã, eu só queria que ele saísse de casa.

— Justo — ela disse asperamente –, você está na casa de Deus; aqui não se deve mentir.

Do bolso, a irmã tirou um pequeno medalhão de pano verde preso num cordão para ser usado em volta do pescoço, com a imagem da Virgem Maria e a inscrição IMACULADO CORAÇÃO DE MARIA, ORAI POR NÓS AGORA E NA HORA DE NOSSA MORTE.

— Justo, quero que você use este escapulário.

— Obrigado, irmã, vou usar com certeza.

— A gente nunca sabe quando vai precisar da ajuda da Mãe de Deus.

— É a pura verdade.

Ele esticou o cordão para facilitar a passagem pela cabeça, acomodou-o em torno do pescoço e o pôs para dentro da camisa.

Os dois se levantaram, curvaram-se profundamente no caminho pelo corredor e fizeram o sinal da cruz. A Irmã Encarnação constatou que sua paciente no banco da frente ainda estava em oração e, em seguida, foi caminhando até a porta com Justo.

— Justo, eu nunca tive um paciente como você — disse ela.

— É um elogio?

— Acho que sim — ela disse com seu riso de canto de passarinho. — Quero que você faça aquilo que seu irmão diz. Escute-o. Você é um homem bom e hoje em dia já não se encontram muitos desse tipo.

GUERNICA

— Irmã, eu lhe prometo que farei tudo para ser eu mesmo outra vez. — Ótimo, Justo — ela disse. — Porque eu não gostaria de ter que brigar com você. A freira franzina se aproximou, como se fosse abraçá-lo. Em vez disso, porém, ela se esticou toda e deu-lhe um soco no ombro direito.

Pescar, agora, era a melhor parte, sempre à tardinha, na tranquilidade do riacho sob os amieiros. Nem um grito se ouvia quando um dos dois pegava um peixe, embora isso agora significasse bem mais para ambos. Mas uma reação instintiva sobrevinha toda vez que algum fisgava a isca e puxava a linha com força. Para Miguel, parecia uma relação muito diferente de recolher a rede com centenas de homens.

Quando voltaram ao riacho pela primeira vez, Miguel entendeu que não deveria perguntar a Justo se queria ajuda para enfiar a isca no anzol. Mesmo com apenas dois dedos e um cotoco de polegar em cada mão, Miguel era mais rápido em certas coisas do que Justo. Enfiar isca no anzol era uma delas. Após mutilar dezenas de vermes e larvas tentando de todas as formas espetá-las no anzol, Justo encontrou um método que não agradava Miguel, embora não o tivesse surpreendido. Quando achava uma isca gorda debaixo de um pau podre ou um galho caído, Justo a prendia na boca. Com os dentes e os lábios punha o verme em posição, levava o anzol até a boca e o cravava no bicho. De vez em quando cravava o anzol no próprio lábio, o que o fazia dar um berro. Muitas vezes Miguel via sangue ou pedaços de verme no bigode do sogro e tinha que virar o rosto.

— Que foi? — perguntava Justo quando Miguel resmungava diante da cena.

— Nada.

— O gosto não é tão ruim, Miguel. Não é pior do que muitas coisas que nós temos comido chamando de jantar. Se não pegarmos nada hoje, esse vai *ser* mesmo o nosso jantar.

Mas havia muito peixe para fisgar. Tirá-los do anzol era bem menos complicado, apesar de exigir certa habilidade. Justo deitava o peixe no chão, pisava nele com o pé esquerdo e arrancava o anzol com a mão direita. Às vezes, a linha partia, o anzol entortava ou rasgava a boca do peixe. O peso do pé o amassava de leve, deixando-o com uma textura mole. Mas nenhum era desprezado.

Miguel era ligeiramente mais habilidoso, mas, inúmeras vezes, ao tentar arrancar o anzol, o peixe lhe pulava das mãos e retornava ao riacho.

— Nós somos uma bela dupla — Justo dizia.

— Somos mesmo — Miguel respondia. — Uma mão e, digamos, talvez uns nove dedos, os dois juntos.

— E três orelhas — Justo acrescentava. — Você tem todas as pontas dos dedos dos pés?

É verdade, a orelha de Justo. Miguel não contava em ter tantos problemas com a orelha de Justo. Quando o padre Xabier mandou dizer que estava trazendo Justo para casa, em Errotabarri, Miguel fez o que pôde para limpar e deixar tudo mais ou menos organizado, como ele se lembrava. Quis preparar uma refeição também. Ao retornar, Miguel tinha ido à casa dos Mezo para ver se podia dar alguma ajuda por lá, mas a casa estava vazia. Ele sabia que Roberto provavelmente deveria estar preso em alguma cadeia, mas não tinha ideia do destino de Amaya e dos seus sete filhos. Na subida até a *baserri* deles, viu, no jardim, uma cruz de madeira podre sobre uma montanha de lixo. Escrito a carvão na tábua horizontal estava a palavra AMA.

Mãe.

O que teria acontecido às crianças era outro dos muitos mistérios. Miguel deu uma busca pela casa para se certificar de que não havia ninguém, e, em seguida, tratou de procurar algo que pudesse ajudá-lo a sobreviver. Nada de comida à vista, mas, para sua surpresa, descobriu uma garrafa de vinho numa prateleira da cozinha.

Ele a pegou para o jantar em comemoração à volta de Justo. Um dos coelhos do porão foi sacrificado. Miguel tinha uma lareira acesa e um jantar pronto quando os irmãos Ansotegui chegaram. Foi um desastre total. Justo viu a trança de Miren e teve uma recaída. Miguel viu a orelha de Justo e instantaneamente pensou em Catalina. Eles soluçavam no mesmo ritmo em que se abraçavam, e Xabier pôs os braços em torno dos dois enquanto rezava. Esperava que dessa maneira os acalmaria e talvez lhes trouxesse assistência espiritual, mas, na verdade, rezava, porque não achava outra coisa para dizer.

Xabier viu o vinho sobre a mesa e se soltou do abraço para ir servir três copos. Não houve brinde, nem *osasuna*. E muito pouca conversa. Miguel foi pegar a panela com o coelho fumegante e os legumes que havia colhido para cozinhar. Justo se levantou para ajudar, olhando para o avental pendurado no gancho.

Quando chegou a hora de dormir, os três foram se deitar na sala. Depois que se viu livre do hospital, Miguel pegou no cercado das ovelhas uma cama de campanha meio avariada, onde estava dormindo. Ofereceu-a ao padre Xabier, que achou melhor não discutir a respeito. Miguel e Justo dormiram sentados nas duas cadeiras forradas.

Xabier foi à igreja de Santa Maria na manhã seguinte antes de retornar a Bilbao, sutilmente pedindo aos amigos e colegas que ficassem de olho no irmão. Sem Xabier, Justo e Miguel teriam que fazer cada qual o próprio luto.

Os pais de Renée Labourd, Santi e Claudine, ainda se achavam bem ativos e dispostos para trabalhar. Mas estavam tendo pouco serviço desde que a guerra civil na Espanha fizera com que os guardas de fronteira ganhassem o reforço de forças militares de Franco, que eram mais ágeis para promover execuções improvisadas por esporte. O contrabando, agora, era mais raro, com refugiados bascos, catalães e republicanos buscando maneiras de atravessar a fronteira rumo à relativa paz da França. Mas a fronteira era cada vez menos permeável, e os Labourd eram atravessadores contumazes e conhecidos.

Basicamente, só quem operava agora era Renée — Renée e seu novo parceiro, Eduardo Navarro. Eduardo, ultrapassada a fase de aprendizagem desastrosa, havia se revelado um talento nato.

— Papai, você vai se sentir orgulhoso de Dodo; ele está cheio de novas ideias — disse Renée durante o jantar.

— Conte-nos, meu filho — disse Santi Labourd. — Nunca é tarde para aprender.

— Não... vocês são os heróis das montanhas — protestou Dodo. — Eu sou muito novo nisso. Se levo alguma vantagem é ter uma noção melhor sobre como pensam os guardas espanhóis. Vocês, bascos franceses, procuram usar a lógica, mas com eles a sua lógica não funciona.

— Como é isso? — Santi quis saber.

— Os guardas espanhóis são previsíveis — explicou Dodo.

— Se é um dia quente, podem ter certeza de que as áreas na sombra estarão totalmente cobertas e impecavelmente vigiadas. Enquanto isso, nas partes ensolaradas, você fica inteira-

GUERNICA

mente livre para fazer o que quiser. Se está chovendo, eles se mostrarão vigilantes em relação às áreas cobertas. Se fizer frio, ficarão em volta do forno e o protegerão com todas as forças. Dessa forma, é possível enganá-los. Eles se concentrarão nas trilhas mais óbvias, onde acham que você passará. Na cabeça deles, é inconcebível que alguém escolha uma trilha rochosa e escarpada dispondo de um caminho mais suave.

— E quanto à cidade? — Claudine Labourd perguntou.

— Acho que é preciso entender a percepção deles; as pessoas são guiadas por aquilo que veem, e você pode fazê-los acreditar em qualquer coisa que queira que eles acreditem.

— É?

Renée riu.

— Deixe-me contar — ela pediu. — Dodo inventou a ilusão da baguete. É tão simples, e nunca falha. Você pode estar com uma sacola abarrotada de pistolas e munição, mas, se tiver uma baguete aparecendo, não passará de alguém fazendo compras.

— Eu sempre notava a quantidade de pessoas deste lado da fronteira que andava por aí carregando pão, mas nunca tinha desconfiado de que fosse outra coisa que não gente esfomeada — disse Dodo. — É o disfarce mais barato que se pode usar.

— E comestível — acrescentou Renée. — Conte sobre os sinos de ovelha; meu pai vai adorar essa!

Dodo deu uma gargalhada.

— Nós tentamos atravessar uns pacotes por vários dos nossos desfiladeiros preferidos, mas tinham instalado postos de controle por todo lado — ele contou. — A nossa última chance naquela noite era passar por uma guarita num dos pontos onde é comum o movimento de pastores atravessando de um pasto para outro.

— Como vocês conseguiram?

— Com sinos de ovelhas — Renée se precipitou a responder.

— Fazia frio e chovia um pouco, então eu suspeitei de que os guardas estariam patrulhando a própria lareira — Dodo explicou. — Peguei emprestado uns sinos de pescoço do rebanho de um amigo. Fomos andando bem devagar pela guarita, fazendo tilintar os sininhos a cada passada como se estivéssemos pastando, e ninguém nem sequer olhou para fora.

Para Justo, Miguel era culpado de gentileza imperdoável; para Miguel, Justo era cruel em sua imperturbável tranquilidade. Era algo constrangedor, como uma dança formal entre dois estranhos. Um não podia fazer o menor esforço sem que o outro ficasse em volta se perguntando se oferecer ajuda seria considerado insulto.

Tirando o prazer secreto que ambos compartilhavam na pescaria, ficava mais fácil para cada um evitar a companhia do outro. Justo ia ao novo mercado, depois de reinaugurado, só para escutar os outros conversando. Miguel ficava nas montanhas mesmo depois de encerrar seu trabalho. Justo finalmente foi dormir na antiga cama de Miren, enquanto Miguel permaneceu na cama de campanha na sala.

Os dois costumavam se levantar bem cedo, mas Miguel geralmente esquentava um chá ralo e já havia partido quando Justo saía do quarto. Justo trabalhava em Errotabarri, procurando plantar o suficiente para o sustento dos dois, mas não a ponto de fazer com que alguém pensasse que havia algo ali que valesse a pena ser confiscado. Miguel e Justo sabiam instintivamente que, quanto menos contato tivessem com os saqueadores, mais chances teriam de ficar longe da prisão.

Os dois geralmente se reencontravam à noitinha para um jantar pobre, algo que tivessem conseguido caçar, matar ou comprar com o pouco que Miguel obtinha cortando madeira. Após vários meses, até mesmo a notória cortesia entre ambos foi desaparecendo, e frequentemente passavam dias sem dizer nada além de "Boa noite, Miguel" e "Boa noite, Justo".

Certa noite, uma batida na porta depois do jantar provocou uma mudança.

— Justo... Miguel... sou eu, Alaia — eles ouviram do lado de fora. — Vocês estão em casa? Posso entrar?

Os dois correram até a porta. Justo abriu de um lado, e Miguel ajudou a abri-la totalmente. Alaia viera andando até Errotabarri com a ajuda da bengala, relembrando o caminho.

— Você já jantou? Ainda tem um pouco de comida, se é que se pode chamá-la assim — Justo ofereceu.

— Eu já comi — ela disse. — Na verdade, eu não como mais como antes. Aquelas fartas refeições que Mariangeles e Miren costumavam fazer, com cordeiro, aspargos, pimentões...

— Você tinha realmente bastante apetite — Justo recordou. — Mariangeles adorava lhe dar de comer porque você demonstrava tanto prazer com cada coisa... Não queria nem falar para não perder tempo conversando quando poderia estar comendo...

— Miren me gozava o tempo inteiro, mas enquanto ela ficava de histórias eu ia mandando para dentro toda aquela comilança — disse Alaia, enquanto Miguel a guiava até uma cadeira à mesa. — E aquele pudim, ai meu Deus, aquele pudim!

— Aquele pudim! — Justo e Miguel faziam coro. — Ai meu Deus!

Fazia poucos instantes que Alaia estava em Errotabarri, e os nomes de Mariangeles e Miren haviam sido pronunciados pela primeira vez em meses desde que Miguel e Justo tinham regressado. Vindo de Alaia, o desconforto era mínimo. Ela de certa forma restabelecia a conexão entre eles, que não conseguiam dizer aquelas palavras um ao outro, mas eram capazes de falar sobre seus amores e até de relembrar histórias agradáveis a respeito quando era ela quem tocava no assunto.

— Você me dava aqueles maravilhosos abraços de urso — disse Alaia, estendendo os braços na direção de Justo. Este se aproximou e a envolveu o máximo que pôde com o braço dircito. Ela o puxou para mais perto.

— Justo, espero que não leve a mal, mas eu trouxe uma coisa para você — disse Alaia, colocando um embrulhinho sobre a mesa. — Se você não quiser, eu vou entender. Só achei que poderia ser algo que vocês dois gostariam de ter em casa.

Justo entendeu na hora do que se tratava. Desembrulhou o papel de presente e pegou uma dentre mais ou menos seis barras de sabonete.

— É o cheiro delas — disse Alaia, mesmo tendo certeza de que Justo e Miguel saberiam reconhecer o perfume. — Os ingredientes já não são tão fáceis de encontrar, mas eu nunca vou fazer desses para mais ninguém.

Justo entregou uma barra a Miguel. Os dois levaram os sabonetes ao nariz por um momento, inalando profundamente e olhando fixo para aquela moça que havia trazido de volta para sua casa o perfume da vida.

Capítulo 22

Na placa em cima da porta principal da casa paroquial em ruínas, lia-se: BEM-VINDOS, NIÑOS. As milhares de crianças bascas refugiadas que tinham passado um ano no campo provisório de Southampton estavam sendo redistribuídas pela região campestre britânica em grupos menores, um deles sendo este aqui em Pampisford. Como o governo não havia recuado da decisão de não dar assistência aos órfãos, os cidadãos foram mobilizados a auxiliar por meio de uma série de panfletos e anúncios nos jornais. Quem tinha natureza caridosa começou a se preparar para as crianças.

Annie Bingham, uma jovem tímida de cabelos ruivos curtos e uma constelação de sardas pelo nariz e nas bochechas, queria ajudar como pudesse. Ela se incluía entre mais de uma dúzia de voluntárias que trabalhavam para limpar e decorar o prédio. Quando Annie entrou na fria e empoeirada casa paroquial, esta pulsava ao ritmo dos martelos e à melodia dos serrotes. Sua atenção foi logo desviada para o alto de uma grande escada, onde estava um rapaz cujo cabelo parecia irradiar como um farol bem perto do teto e escapava em cachos por baixo de um boné de pintor. Enquanto o dela era mais para o cobre, o dele era vermelho vivo. O rapaz dono daqueles cabelos se pendurava na escada para instalar varas para cortinas.

Baaam! O rapaz de cabelos vermelhos deixou cair uma mão-francesa que fez um eco ao se chocar com o assoalho de madeira-de-lei. Annie correu até a base da escada, pegou a mão-francesa e tratou de devolvê-la ao rapaz para que ele não precisasse descer até embaixo. Isso a obrigou a três tentativas para fazer a peça chegar perto o suficiente dele sem correr o risco de atingi-lo ou de cair muito fora do seu alcance.

— Valeu, ruivinha — ele disse.

Ela fez um gesto com a cabeça e sorriu.

Charles Swan acabou de parafusar a mão-francesa e desceu para se apresentar.

— Meus amigos me chamam de Charley — disse ele, dando a mão depois de esfregá-la na calça.

— Annie Bingham — ela disse, apertando a mão. — De Pampisford.

— E o que a traz a este barraco sagrado?

— Eu deveria dizer que é por causa da minha natureza caridosa, e de certa forma é mesmo, mas na verdade o que eu pretendo é me tornar professora de espanhol algum dia. — Ele sorriu. — Eu achei que podia dar uma ajudinha com os menores e ao mesmo tempo exercitar o idioma. Vim hoje para ver como as coisas estão indo por aqui.

— *Maravilloso* — disse Charley.

— *Usted habla bien.*

— *Yo no hablo tan bien como usted.*

— E você? — perguntou ela, erguendo a palma da mão para indicar as obras em andamento.

— Eu acabei meu primeiro ano de engenharia em Cambridge,

mas vou dar um tempo para aprender a pilotar — disse ele. — Um amigo da faculdade me disse o que estava acontecendo por aqui e eu me ofereci para ajudá-los a fazer o projeto decolar.

— Pilotar o quê?

— O que eles estiverem dispostos a me ensinar — ele disse.

— Quero aprender a pilotar alguma coisa.

— Quem? A RAF?

— Estão procurando gente nova com conhecimentos básicos em engenharia.

Ou com boa visão e pulso firme, ela pensou.

— E se houver guerra? — ela perguntou.

Charley tinha considerado a possibilidade, é claro.

— Eu sempre tive interesse por essas coisas, mais do que por qualquer outra, desde pequeno — ele lhe disse. — É o que mais me atrai.

— A maneira como um avião sobe ao ar?

— E fica lá — ele riu baixinho.

Eles trocaram breves biografias, e, quando chegaram outros voluntários trazendo um panelão de sopa quente e vários pratos de sanduíches, os dois se sentaram juntos num banco, com o vapor das canecas de sopa elevando-se à sua frente.

— Você vai voltar quando o prédio ficar pronto e as crianças chegarem? — Annie quis saber, os óculos ligeiramente embaçados.

— Espero que sim — ele disse, apesar de ainda não haver pensado a respeito. Ele tinha planejado retornar à casa dos pais em Londres naqueles poucos meses antes de se matricular na escola de voo em Cambridge. — Se puder fazer alguma coisa, eu adoraria ajudar essas crianças.

— Eu também — disse Annie.

— Você se importaria se eu viesse vê-la de vez em quando? — Charley perguntou.

Annie Bingham nunca tinha feito nada para atrair os garotos na escola. Mas aqui estava um que sabia o que queria. Além disso, ela gostou do cabelo dele. Ela bateu com a caneca na dele para fazer um brinde à possibilidade.

Justo passou a sumir. Miguel agora acordava cedo e notava que Justo já havia saído para ficar o dia inteiro fora. Mendiola lhe contou diversas vezes que o vira na cidade, andando ou sentado na maior tranquilidade em algum banco da calçada nas horas mais variadas.

Mas, em vez de torná-lo mais distante, os frequentes sumiços de Justo o deixavam mais determinado. Recobrara um pouco da antiga energia e parecia mais presente quando estava em casa. Ainda se sentia meio deprimido na maior parte do tempo e nunca mais foi vaidoso e seguro de si como já fora, mas cumpria suas tarefas em Errotabarri com mais vigor.

— Você precisa sair mais de casa, Miguel — Justo disse um dia. Miguel não teria ficado tão surpreso caso Justo lhe houvesse sugerido entrar para a Guarda Civil.

— Sair mais?

— É, sair mais de casa. Desta casa. Descobrir qualquer coisa para fazer, algum projeto que o mantenha ocupado.

— Fico fora de casa desde antes do amanhecer até depois que escurece — Miguel lembrou. — Trabalhando.

— Aqui, cheire isso — Justo disse, tirando do bolso uma barra de sabonete e estendendo-a para Miguel, como se aquilo explicasse sua renovada vitalidade.

— Eu cheiro, sim — ele disse. — Não posso ir a lugar algum sem sentir esse cheiro. — E, cheirando o sabonete, vinham-lhe aqueles pensamentos, os mesmos que já tinha bastante dificuldade para controlar. Sua vontade era dizer: talvez para você seja reconfortante, mas isso está me matando; todo lugar aonde eu vou nesta casa encontro esses sabonetes, sinto esse cheiro, fico pensando no ponto em que o pescoço dela se encontrava com o ombro, o cheiro que ficava depois que ela dava banho em Catalina. Para Miguel, esse era mais um motivo para ir embora de Errotabarri.

Em uma de suas visitas, o padre Xabier percebeu a melhora de Justo e cumprimentou o irmão por isso. Disse que tinha certeza de poder dar boas notícias à Irmã Encarnação.

— Tem alguma coisa acontecendo com ele? — perguntou Xabier quando Justo não estava perto.

— Continua calado, mas está se mexendo; isso tem feito a diferença para ele — disse Miguel. — Não tenho ouvido dizer que ele esteja se entrosando com o pessoal da cidade, mas pelo menos está trabalhando aqui e saindo. Parece que isso ajuda.

— E você, Miguel, como vai indo?

— Vou fazendo o meu trabalho.

— Tem visto aquela amiga de Miren, Alaia? — quis saber o padre.

— Ela veio aqui uma vez, foi quando soube dela.

— Você não acha que seria bom eu ir vê-la, Miguel? Sei que Miren gostaria que alguém cuidasse dela.

O novo conselho municipal de Guernica ganhou uma composição e uma missão diferentes após o bombardeio. Os velhos partidários da República e do nacionalismo basco foram para o exílio em campos de trabalho, substituídos por gente nova na cidade ou por pessoal com talento em maleabilidade política e lealdade eventual.

Angel Garmendia mantivera ao longo dos anos uma posição política tão dúbia que nunca havia se permitido ser categorizado por partido ou ideologias. Ele, que já fora carlista e legalista basco, era agora um ferrenho membro pró-Franco do novo conselho. Como a maioria dos convertidos, Garmendia estava ansioso para provar a força de sua convicção. Levou o conselho a declarar que vários dos negócios que permaneciam de pé em Guernica necessitariam ser compulsoriamente cedidos a empresários pró-Franco pelo bem da reconstrução.

— A futura força da nossa cidade depende da nossa associação com os nacionalistas — disse Garmendia perante o conselho reunido, tendo deixado de chamar de "rebeldes" ou de "Falange" as forças franquistas.

Garmendia desfrutava de sua crescente influência na cidade, e à noite, nos cafés, bebendo vinho, dava aulas sem pé nem cabeça sobre as maravilhas do novo governo de Franco, caso, é claro, a audiência não fosse majoritariamente composta de legalistas desapontados ou vítimas do bombardeio.

Normas relativas ao despejo de dejetos industriais no rio precisavam ser abrandadas, preconizava Garmendia. Era importante, nesse momento, dar facilidades para que os empreendimentos se afirmassem. O confisco de determinados negócios também era crucial, de modo a livrar o país dos esquerdistas e dos vermelhos que viam problemas em tudo. Uma gente que desejava implantar o socialismo no país com suas preocupações em relação a pseudodireitos dos trabalhadores.

Certa noite, durante um desses discursos, Garmendia ingeriu uma grande quantidade de vinho. Na saída do café, foi cambaleando sozinho, no escuro.

Ninguém se surpreendeu, então, quando, no dia seguinte, correu a notícia de que Angel Garmendia havia encontrado um fim trágico. O Garmendia do conselho municipal, cheio de ideias para a nova Guernica que tanto gostava de compartilhar, caíra da Ponte de Renteria e morrera afogado.

GUERNICA

Como muita gente havia testemunhado sua bebedeira pública, não foram necessárias maiores investigações quando ele foi achado nas pedras rio abaixo pouco depois da ponte. Angel Garmendia, entretanto, não era tido como um homem particularmente devoto, o que fez parecer no mínimo curioso o fato de ele ter pendurado em volta do pescoço quebrado um escapulário verde, em que se lia ORAI POR NÓS AGORA E NA HORA DE NOSSA MORTE.

As crianças provinham de lares de classe média em Bilbao. Muitas delas tinham perdido os pais na guerra ou as mães no bombardeio, e surpreendiam Annie Bingham com seu senso de unidade e coragem. Annie não podia imaginar as coisas que elas haviam visto, e, apesar de tudo, mostravam-se felizes e contentes. Faziam piadas sobre os bombardeiros fascistas nos céus de Bilbao, especialmente o leiteiro, que vinha todas as manhãs bem cedinho. Contaram a Annie sobre a força aérea basca, que consistia num único avião tão superado que as crianças, de bicicleta, eram mais rápidas do que ele na tentativa de decolar.

Ela se perguntava como os habitantes de um país quente podiam se adaptar ao clima chuvoso e frio da Ânglia Oriental. Quando fazia a pergunta às crianças, elas respondiam em coro que adoravam aquele tempo. Uma delas, mais velha, explicou: "Os bombardeiros não podiam voar em dias chuvosos. As nuvens tornavam seguro brincar do lado de fora. A gente adora dia de chuva".

Como a vida de Annie tinha sido diferente do que aquelas crianças experimentaram. Era tudo tão sossegado. Sua cidade era sossegada; seus pais eram sossegados; a casa era sossegada. À noite, os três de vez em quando sintonizavam o rádio para escutar noticiários e outros programas. Mas, na maior parte das vezes, sentavam-se na sala de estar, a mãe costurando, o pai lendo o jornal, e ela concentrada nos estudos, com a passagem do tempo sendo marcada e realçada pelo tique-taque hipnótico do enorme relógio Westminster sobre a lareira. Ela mal podia imaginar, de sua infância tranquila, como crianças tão pequenas aprendiam a conviver com os efeitos de bombas caindo regularmente.

Mas foi desse modo que elas haviam desenvolvido aquele conformismo que Annie tanto admirava. A comida ali era em boa quantidade, mas meio sem-graça. Nenhuma queixa; não era grão-de-bico nem sardinha estragada. As cabeceiras de ferro meio bambas das camas rangiam. Nenhuma queixa; elas tinham colchões e cobertores sem percevejos e pulgas famintos. Os garotos jogavam *pelota* ou futebol no pátio de terra. Nenhuma queixa; os jogos não eram interrompidos por bombas. As garotas se reuniam para dançar nos corredores estreitos e davam gritinhos quando os garotos imundos corriam atrás delas. Nenhuma queixa; não era a Guarda ou a Falange. Quando algum pequenino chorava à noite, um voluntário ou voluntária logo vinha à sua cama para confortá-lo. Nenhuma queixa; formavam uma família.

Auxiliando o pequeno grupo de enfermeiras e professoras que acompanhavam os órfãos, Annie cozinhava, limpava e se esforçava para manter a ordem no meio daquelas crianças cheias de vida. Rolava no chão com os menores, dava conselhos aos mais velhos, e era um motivo de diversão permanente para todas elas por causa de uma coisa: o cabelo. Os bascos, de cabelos escuros e pele morena, nunca tinham visto um cabelo como aquele, nem sardas. Puseram-lhe o nome de Vermelho, palavra que gritavam em coro sempre que a viam, fazendo-a se sentir como que adotada pela enorme família que eles formavam. Saía animada de casa todas as manhãs, pois sabia que seria bem recebida na colônia, com várias dezenas de abraços e beijos das crianças agradecidas.

GUERNICA

Algumas vezes, Annie levava seu papagaio, Edgar, numa gaiola. Ao ver Edgar pela primeira vez, muitas crianças juntavam o polegar e o indicador na frente da boca como quem mastiga uma coxinha de galinha invisível.

Desde o dia em que comprara Edgar, Annie ficava repetindo: "Passarinho lindo... passarinho lindo... passarinho lindo..." em tom anasalado, na tentativa de ensinar a falar o papagaio pendurado no poleiro da sala de estar. Passados dois anos, a ave retardada só conseguia responder à cantilena de Annie fazendo um som metálico com o bico. Como Annie dizia sempre "passarinho lindo", as crianças entenderam que esse era o nome dele, e o ficavam chamando aos berros toda vez que ele aparecia.

A única resposta de Edgar era *docka, docka*.

Annie Bingham ansiava pelos dias com as crianças por outro motivo. Charles Swan resolvera ficar em Cambridge e estudar no verão em vez de ir para Londres, como havia planejado, para passar um tempo com os pais antes de começar o serviço militar. Quase sempre, ele chegava no final do dia para levá-la para casa ou para jantarem juntos em algum café das redondezas. Os dois recebiam olhares atravessados do pessoal local, uma gente de pele clara e cabelos brilhantes, tomando chá e conversando num espanhol rudimentar. Espanhóis bem diferentes, era o que se pensava.

Mas a maioria das pessoas na cidade sabia que os dois estavam ajudando as crianças bascas, o que era visto com bons olhos. Além disso, eram jovens e se sentiam mutuamente atraídos, portanto tinham mesmo que parecer esquisitos.

Miguel conhecia Josepe Ansotegui desde que se conhecia por gente e o tinha como homem da mais absoluta integridade. Quando era ainda um rapaz, já escutava Josepe falar do irmão mais velho, Justo Ansotegui, de Guernica, como se fosse um gigante, o mais forte dos homens, casado com a mais bela das mulheres. Quando, enfim, se encontrou com Justo em Errotabarri, ficou intimidado, mas um tanto desapontado por ele não ser assim tão alto. Era robusto e imensamente forte, mas Miguel era tão alto quanto ele.

Quando veio a conhecer Justo, Miguel entendeu por que Josepe e Xabier o tinham em tão alta conta. Desde pelo menos a amputação, Justo deixava Miguel ainda mais impressionado. Continuava procurando fazer mais que qualquer outro homem com dois braços, e enchia os dias de atividades mesmo que a *baserri* não exigisse mais tanto trabalho. Era sua determinação o que mais espantava Miguel. Embora raramente mencionassem os nomes de Mariangeles e Miren, e nunca o de Catalina, Justo ocultava seu luto em um lugar em que não respingasse sobre mais nada. Era isso o que Miguel queria contar a Josepe quando este foi a Errotabarri.

Josepe Ansotegui muito raramente visitava Guernica, mas essa era uma ocasião especial: ele trazia uma partida de bacalhau salgado suficiente para várias semanas.

— Você se lembra de como se cozinha isso? — ele perguntou a Miguel.

Miguel vira a mãe executando o demorado processo de dessalgamento inúmeras vezes, e era capaz de praticamente sentir o cheiro do *bacalao*.

— Gostaria que você pudesse ficar uns dias e comer um pouco dele conosco — disse Miguel, já sabendo que seria improvável.

— Oh, meu irmãozinho tem mais peixes para pescar — disse Justo.

— Não é tão difícil quanto administrar uma *baserri*, mas há o bastante para eu ir levando — disse Josepe.

— Conte a ele, Miguel; conte a ele sobre os peixes que nós pegamos: alguns desse tamanho — Justo provocava, tentando fazer o gesto, mas se dando conta de que não conseguiria fazê-lo com um único braço.

Miguel esticou o que restava de suas duas mãos não mais do que quinze centímetros, levando Josepe ao riso.

Miguel ficava fascinado ao ver como Josepe, possivelmente o homem mais influente de Lekeitio, encarnava o papel de irmão caçula quando perto de Justo. O modelo da relação dos dois não se alterara em 40 anos. Miguel invejava a forma como Justo tinha os dois irmãos nas mãos em visitas ocasionais. E se perguntava como sua vida seria diferente se tivesse ido para a França com Dodo, ou se tivesse ficado em Lekeitio. Mas não mudaria sua decisão de vir para Guernica.

— Preciso ir andando — disse Josepe, abraçando o irmão.
— Curta o peixe. Venha comigo, Miguel, quero lhe contar sobre a sua família.

Mas ele não tinha notícias dos Navarro; na verdade, queria ouvir mais sobre o irmão. — Ele está mesmo bem como aparenta?

— Ainda tem maus momentos, fica distante, mas é mais forte do que qualquer outro que nós possamos ter conhecido — disse Miguel.

Josepe tinha percebido. A surpresa da viagem, entretanto, era o aspecto de Miguel, que não parecia mais um jovem. Mantinha as duas mãos sempre nos bolsos, o que fazia com que seus ombros se curvassem para a frente como os de um homem muito mais velho. Josepe achava que as pessoas mais jovens eram mais resistentes e que Justo, portanto, é que deveria estar mais acabado agora. Mas Miguel parecia menor, mais encolhido.

— E você? — quis saber Josepe. — O que devo dizer ao seu pai?

— Vou levando; Justo tem me ajudado — disse Miguel, pouco à vontade com o assunto. — Você tem visto Dodo?

— Vejo-o, sim — disse Josepe. — Seu pai e eu o vemos regularmente.

— Ainda juntos nos negócios?

— De certa forma, sim.

— Vocês estão tomando cuidado?

— Continuamos todos vivos; isso quer dizer que temos tomado suficiente cuidado. Com Dodo, claro, a questão não tem muito a ver com segurança. Segurança não é lá o forte dele. Mas parece que vem tomando decisões mais acertadas. Tem excelentes ajudantes, que lhe ensinaram muita coisa. Um deles é especial.

— É mesmo?

— É, muito inteligente — disse Josepe piscando um olho, coisa que Miguel não soube interpretar.

Miguel ficou esperando mais informações, mas, quando Josepe fez uma pausa, ele tratou de mudar de assunto.

— Só mais uma coisa; eu podia ter perguntado a Justo, mas não quis aborrecê-lo. Que cheiro é aquele?

— Ele carrega sabonetes nos bolsos — respondeu Miguel.

— Do tipo que Mariangeles e Miren costumavam usar. Ele se sente melhor.

— O que você acha disso?

— Para ele funciona.

Josepe jamais deixaria de levar o irmão a sério. E a realidade é que o cheiro bom representava uma melhora notável. Só não conseguia imaginar que fosse fácil para Miguel ficar sentindo o perfume da mulher toda vez que Justo passasse por perto.

Esta noite Miren dançava só para ele, no quarto do casal, rodopiando com tanta rapidez ao som da música que suas saias flutuavam numa órbita louca, e o tecido vermelho rasgava-se em tiras que cintilavam como cetim brilhante.

GUERNICA

Oh, meu Deus. Ele gemia sem abrir a boca.

— Que foi... Está sentindo saudade de mim? — ela perguntava com um sorriso maroto, girando novamente de modo que sua saia surrada se abria na lateral. — Eu também sinto sua falta.

Ela ia girando muitas outras vezes à medida que se aproximava dos pés da cama, e então parava diante da cômoda que ele havia feito para ela guardar suas coisas de valor.

A música ficava mais lenta e as notas do acordeão se confundiam com a reverência dolorida de Mendiola, até que tudo se transformava em canto e lamento, canto e lamento.

Miguel nunca tinha visto Miren fazer aqueles movimentos; na verdade, mais um molejo do que uma dança, mais mexendo os quadris que executando passos, como se estivesse conduzindo um cavalo a meio galope.

As tiras das sandálias se trançavam sobre suas panturrilhas esguias e iam se amarrar pouco abaixo dos joelhos. Miren estava mais alta, e seu rosto irradiava luz como na primeira vez em que a vira.

Fazia calor, um súbito calor.

— Eu adoro essa dança — Miguel disse.

— Foi Alaia quem me ensinou — Miren disse, seus cabelos compridos como a denunciar a brisa agitando as flores vermelhas que repentinamente brotavam à sua volta. — Ela me disse que você gostaria.

Alaia. Sim, Alaia. O problema com Alaia.

— Lamento termos brigado — disse Miguel.

— Eu também, *astokilo* — ela concordou.

— Não foi por nossa causa.

— Não tem importância.

Miren se remexia com as hastes em flor.

— Eu tentei encontrar você — disse Miguel.

— Eu sei que tentou. Sabia que tentaria. Você me ama.

Miguel sorriu. Agora observava os quadris da mulher, de olhos fixos neles, e, em seguida, sentindo-os se aproximar cada vez mais. Encostando-se nele. Envolvendo-o.

Mas a mão que tentou segurá-lo era incompleta, seca e machucada, e não conseguia agarrar firme. Então ele acordou e não quis mais voltar a dormir.

Charles Swan tinha dom para as ciências. A física de voo o deixava encantado. Tinha facilidade para estudar meteorologia, navegação avançada e sistemas de comunicação, do código Morse ao rádio avançado.

Por sorte, como piloto iniciante, ele não precisava se submeter aos desanimadores treinamentos físicos dos soldados rasos. Era um intelectual; nunca demonstrara aptidão para jogar futebol ou encarar o taco e a bola do críquete. Pilotar, porém, exigia uma espécie de habilidade física que era questão mais de destreza do que de coordenação. E, desde o início, ficou evidente que Charley Swan a possuía.

Sua primeira experiência de voo foi com um Havilland Tiger Moth. O pessoal em treinamento tinha permissão para assumir o manche e o leme em voos simulados por várias horas antes de partir para as decolagens e as aterrissagens. Um avião em altitude de cruzeiro era uma experiência magnífica, destacavam os instrutores; só quando a aeronave tangenciava a terra é que surgiam os obstáculos. "São poucas as coisas que se podem improvisar aqui", diziam a Charley. Com cinco horas de voo, ele estava pronto para tentar uma decolagem, e apenas após algumas saídas teve permissão para fazer um pouso. Na primeira vez, saiu quicando pela pista; na segunda, freou forte demais; e, a partir da terceira aterrissagem, desceu suavemente.

— A maioria dos novatos segura o manche como se estivesse querendo estrangular uma cobra — disse-lhe o instrutor. — Tem que ser mais delicado, como quem tira leite de uma ratazana.

Os colegas de classe de Swan eram um misto de britânicos, australianos e canadenses, todos esperançosos, jovens, e seduzidos pela ideia romântica de voar. À noite, quando saíam para voos rasantes pelos bares locais, Charley Swan já decolara para Pampisford antes que os colegas começassem a taxiar. Então eles passaram intencionalmente a fazer circular rumores exagerados sobre a vida amorosa secreta de Swan pelos arredores da cidade.

Somente uma pequena parte dos colegas de Swan acabaria progredindo nos treinamentos. Alguns eram um fracasso acadêmico; outros nunca se sentiram à vontade com as sutilezas de voar, e cronicamente maltratavam o avião. A maioria destes saía silenciosamente à noite, deixando apenas as camas vazias como explicação.

O novo comandante da Guarda Civil local, Julio Menoria, sempre adotara uma concepção estreita de direitos civis na Espanha, particularmente no País Basco, cujos habitantes eram cronicamente incapazes de perceber o despropósito de suas reivindicações por autonomia. Se eles tinham sorte por se localizar em parte da Espanha, com sua tradição orgulhosa, por que haveriam de desejar um país só seu?

Com o governo de Salamanca sob o controle de Franco, o desprezo de Menoria pelos bascos podia ser expresso abertamente, e ele tratou de expandir seus poderes de modo a incluir investigação, ocupação, confisco de propriedades e tortura por lazer sempre que necessários para promover e proteger o novo governo.

Seu currículo tinha se engrandecido com a prisão do poeta e jornalista basco Lauaxeta, cujas palavras foram silenciadas por um pelotão de fuzilamento. Tratava-se de uma notável façanha para Menoria, da qual ele costumava se vangloriar bebendo vinho.

O oficial começava as atividades de manhã bem cedo e trabalhava até o entardecer, quando saía para jantar. O caminho do gabinete ao café onde ele comia todas as noites era cheio de andaimes e material de construção a ser empregado na reconstrução da cidade. Continuavam existindo crateras de bombas, além de outros buracos sendo escavados para as novas fundações.

Talvez concentrado nos projetos de trabalho para o dia seguinte, Menoria aparentemente não viu uma placa de alerta e caiu num buraco que estava sendo aberto para consertar um encanamento de água avariado. Era pequeno, mas fundo, e o corpo de Menoria só foi descoberto vários dias depois, quando alguns operários sentiram um cheiro desagradável.

Julio Menoria era católico, mas é possível que fosse mais devoto do que acreditavam seus agentes, pois foi encontrado com um escapulário do Imaculado Coração de Maria em volta do pescoço.

Ávida por atribuir coincidências ou o inexplicável aos poderes de Deus, do demônio, de duendes ou espíritos, a gente da cidade começou a responsabilizar um espírito vingativo poderoso pelos acontecimentos recentes.

— É a Virgem Maria — Mendiola disse a Miguel certo dia na oficina. — Os dois usavam a medalha do Imaculado Coração de Maria. Você acredita mesmo que seja mera coincidência?

GUERNICA

— Não é possível que eles apenas usassem escapulários? — Miguel perguntou. — Talvez seja ordem de Franco.

— Ambos morrendo de acidente? — questionou Mendiola.

— Ambos usando escapulário? Isso é obra do Espírito Santo.

— Milagres? Por que aqui?

— Ela está matando fascistas porque eles jogaram bombas na igreja dela, Santa Maria — disse Mendiola. — Veja bem, Santa *Maria*. É possível que você não saiba do que aconteceu na igreja com... com tantas coisas se passando, Miguel, mas uma bomba incendiária lançada bem no meio do teto só atingiu o chão... Nem explodiu, Miguel. Muita gente diz que viu a imagem da Santa Mãe na poeira flutuando lá de cima do teto.

— Os padres disseram algo a respeito dos escapulários?

— Eles não vão querer negar uma mensagem tão óbvia; afinal, os bancos da igreja estão sempre lotados, e muitas velas vêm sendo acesas ultimamente.

— Alguém se referiu a essa teoria com os membros do conselho municipal?

— Houve quem tentasse — disse Mendiola, balançando a cabeça –, mas, depois da segunda morte, ficou mais difícil encontrá-los.

Capítulo 23

Annie Bingham, Charley Swan e a senhora Esther Bingham observavam o senhor Harry Bingham sintonizar suavemente o rádio. Cada um esticava instintivamente a mão direita com os dedos dobrados em volta de um botão invisível, ajudando a dar o ajuste final para captação do sinal mais puro. Edgar se exercitava, voando da porta aberta da gaiola para cima do console da lareira e dali até o ombro de Annie. Tinha sido um dia muito importante para os britânicos, especialmente para aqueles que tinham algum ente querido nas forças armadas, e estavam todos ansiosos para ouvir o pronunciamento histórico.

Naquela tarde, na escola de voo, o noticiário dava conta do retorno do primeiro-ministro Neville Chamberlain ao aeroporto de Heston proveniente da reunião de Munique com o chanceler alemão Adolf Hitler, o ditador italiano Benito Mussolini e o primeiro-ministro francês Édouard Daladier. Charley tinha sido informado dos anúncios de paz de Chamberlain por vários radioamadores que trabalhavam em estações sem janelas. A Sudetenlândia deveria ser reanexada à Alemanha.

Hitler ficaria satisfeito, e uma guerra capaz de envolver todo o continente fora evitada.

— Tal como os espanhóis — Annie protestou. — Nós não os conhecemos, portanto, pouco importa o que aconteceu com eles. Muito bem, senhor Chamberlain, eu agora os conheço. Deveríamos ter feito algo para ajudá-los.

Os pais e Charley, surpresos com a paixão de Annie pelo tema, não tiveram nenhuma reação. Charley tinha esperanças de que a programação noturna pudesse acalmar a ansiedade da namorada.

Dos degraus do número 10 de Downing Street, a voz de Chamberlain enchia a sala de estar dos Bingham:

"Nós, o Führer e chanceler alemão e o primeiro-ministro britânico, acordamos em reconhecer que a questão das relações anglo-germânicas é de importância primordial para nossos dois países e para a Europa. Vemos este acordo como um símbolo do desejo de nossos dois povos de nunca mais entrar em guerra".

A transmissão revelou a manifestação ruidosa da multidão reunida, com alguém gritando um "hip-hip-hurra a Chamberlain!".

"Estamos decididos a prosseguir nos esforços para eliminar possíveis fontes de diferença e, dessa forma, contribuir para a paz na Europa."

Charley e o senhor Bingham se juntaram aos aplausos no rádio.

Mais informalmente, sem se manter preso à leitura da declaração preparada, Chamberlain continuou: "Meus bons amigos, pela segunda vez na nossa história, um primeiro-ministro britânico retorna da Alemanha trazendo paz com honra. Creio que esta seja a paz para a nossa época. Agora... podem ir para casa e ter um sono bom e tranquilo".

Os quatro na sala de estar dos Bingham respiraram fundo. O primeiro-ministro lhes garantia a paz e desejava a todos um sono tranquilo.

GUERNICA

Annie e Charley tiraram a mesa do chá, obtendo com isso um pouco de privacidade na cozinha. Como determinado por Chamberlain, o senhor e a senhora Bingham deixavam pender a cabeça em suas cadeiras, respirando no mesmo compasso do tique-taque do relógio da lareira, sobre o qual, agora, Edgar estava empoleirado, ele também dormindo à solta.

Emilio Sanchez não alimentava aspirações de poder político sob o comando de Franco. Chefe de pelotão numa guarnição no sul da Espanha, ele se juntara à rebelião franquista por achar que poderia ser morto caso não o fizesse. Política e ideologia não estavam em jogo, uma vez que não tinha nem uma nem outra. Naquele dia, ele simplesmente escolheu trilhar o caminho mais fácil. Oficiais rebeldes dos mais fanáticos apontavam ferozmente suas armas e seriam capazes de atirar à menor provocação, por isso, seria idiotice protestar. Assim nasceram muitos rebeldes medíocres.

Como comandante da unidade de trabalhos forçados em Guernica, Emilio Sanchez até que estava gostando do emprego. Sentia-se nas nuvens ocupando uma posição que lhe conferia autoridade sem a pressão de maiores responsabilidades. A supervisão era quase inexistente, porque nenhum dos seus superiores dava a mínima para a rapidez ou a qualidade da reconstrução. A ordem implícita era manter o pessoal trabalhando, alimentá-los o mínimo possível, e não ficar pedindo mais verbas a toda hora. Se morressem, que ele encontrasse outros. Se protestassem, atirasse para matar. Caso precisasse de mais comida para os guardas, que confiscasse dos locais.

Agora, ele era a lei; era ele quem fazia as regras e as alterava, quando necessário. Emilio Sanchez não tinha problemas de ordem ética em relação à teoria dos espólios de guerra. Seu lado havia vencido. Na verdade, ele se surpreendia, dada a natureza dos tempos, por seu uniforme cada vez mais apertado. Estava engordando.

Oficiais de sua unidade haviam requisitado uma pequena casa na saída da cidade, que não havia sido avariada, para servir de quartel-general. O gabinete de Sanchez ficava no quarto maior, nos fundos, com uma vista das belas encostas vizinhas. Por vezes, ao entardecer, ele ia descansar numa cadeira na varanda com uma garrafa de vinho confiscado, fumava um cigarrinho e ficava olhando aquele cenário bucólico e relaxando do dia.

Em determinada tarde, suas habituais reflexões foram abruptamente interrompidas. Ele foi descoberto na manhã seguinte por subalternos, que notaram de imediato que sua morte nada tinha de acidental. Seu tórax fora trespassado por uma enxada basca, a *laia*, com tamanha força que ele ficou cravado na parede. O sangue escorria em trilhas paralelas pela frente do uniforme. Pendurado no cabo da *laia*, havia um escapulário verde da Virgem Maria, balançando à brisa matinal.

Charles Swan não parava de pensar em seu segredo. Antes das férias, seria enviado a Norwich para treinar nos bombardeiros Blenheim. Mesmo quando os colegas vieram em peso lhe dar parabéns, ele temia pela reação de Annie. Tinha decidido contar a ela numa hora em que, no seu entender, ela se mostrasse mais receptiva. Essa hora nunca chegava, e ele precisou guardar a notícia por duas semanas.

Annie ficava tão empolgada com as crianças que, toda vez que Charley a encontrava depois do trabalho, nunca tinha chance de contar. Ela estava ensinando às crianças um inglês de conversação. Às vezes, levava grupos pequenos ao mercado, onde podiam pôr em prática as novas habilidades linguísticas. Com

GUERNICA

frequência, iam a um parque nas redondezas, em dias ensolarados, onde acompanhar o ritmo daquelas crianças entusiasmadas constituía um desafio à sua energia, se não à sua paciência.

Quando Charley chegava, no final do expediente, ela o soterrava debaixo de todas as trivialidades do seu dia. Como é que ele poderia escutá-la durante meia hora contando sem parar incidentes tão felizes e interrompê-la para despejar sobre ela uma notícia de tal gravidade?

Eles passavam juntos quase todas as noites num começo de namoro. Levou semanas para que se dessem as mãos e um mês para serem vistos passeando pela cidade de braços dados. Iam uma vez por semana ao cinema, onde, no escurinho, entrelaçavam os dedos alvos até eles doerem. Depois de apertar e esfregar a mão e secar a palma na perna da calça, Charley procurava mais uma vez a pequenina mão fechada dela, e então sorriam um para o outro.

Mas, numa tarde amena de fim de outono, Charley atingiu o ponto em que manter o silêncio seria imperdoável. Ele chegaria quando ela tivesse encerrado o dia de trabalho, os dois iriam até um parque e ele lhe contaria sobre sua partida. Após haver ensaiado bem o que diria, Charley Swan entrou em parafuso. Os gritos das crianças ecoavam pela velha casa paroquial.

Uma delas abrira a gaiola de Edgar. O pássaro fez uma volta pela sala e foi pousar em cima de uma janela aberta. Os *niños* gritavam: "Passarinho lindo!... Passarinho lindo!". Annie correu até ele, estendendo o dedo indicador na horizontal, criando no ar como que um poleiro que sempre atraía Edgar quando ele voejava pela sala de estar. Edgar olhou para aquela multidão barulhenta e fez uma saída apressada, deixando apenas um "docka, docka" por despedida.

Annie Bingham não podia culpar as crianças, nem Edgar. E procurou controlar os nervos até Charley levá-la dali. Então as fungadas se transformaram em soluços, e estes, em lágrimas. Charley lhe entregou um lenço e lhe deu um abraço bem apertado. Beijou o topo do seu chapéu de tricô, em seguida a testa, e depois as bochechas molhadas de lágrimas. Annie retribuiu o abraço até que a força daquele contato estreito superou seu sentimento de perda. Charley pegou a gaiola vazia de Edgar e os dois se deram as mãos, caminhando lentamente pelo parque. Não era uma boa hora, Charley disse a si mesmo, para contar a ela que logo ele também iria embora.

Depois de mandar três fascistas para o túmulo, a Mãe Imaculada mudou de tática. A mensagem tinha sido enviada, o objetivo fora atingido; aqueles que participaram da destruição dessa cidade histórica estavam vulneráveis à morte pelas mãos de um espírito vingador.

Angel Garmendia, membro do conselho municipal de Guernica, se afogou no rio; o chefe da Guarda Civil, Julio Menoria, foi encontrado morto num buraco; e o próprio comandante da unidade de trabalhos forçados, Emilio Sanchez, viu-se espetado por uma ferramenta agrícola. Todos foram descobertos com escapulários do Imaculado Coração de Maria.

Os habitantes da cidade tinham certeza de que se tratava de obra de um vingador divino. Nenhum mortal seria capaz de dar fim a três dos maiores canalhas da cidade sem deixar vestígios. Os escapulários diziam tudo. Milagres acontecem. Durante o tempo inteiro, na missa, ouvia-se falar deles. Haveria lugar melhor para sua aparição? A Mãe de Deus tudo vê, era o que se dizia; todos concordavam que ela estava lá, e era evidente que se achava de mau humor.

Pior do que convencer a população de que aquilo tinha sido obra da Virgem Maria era tirar da cabeça do povo que ela não era eternamente vingativa. Após a eliminação inicial do rebanho da Falange, as estranhas mortes cessaram. Mas as mensagens perduravam.

Não se passaram mais de algumas semanas para que determinados indivíduos começassem a receber recados, que se somavam à crescente mitologia. Certa manhã, quando um comandante da Guarda ia saindo para o trabalho, descobriu um medalhão verde pendurado na porta da frente de sua casa. Passou três dias trancado no quarto.

Um membro do conselho foi abrir a gaveta da mesa de trabalho em seu gabinete e encontrou um escapulário lá dentro, com a inscrição bem de frente para ele: ORAI POR NÓS AGORA E NA HORA DE NOSSA MORTE. Teve um súbito mal-estar e, em seguida, renunciou ao cargo.

No meio da correspondência diária regular, o comandante da guarnição local do exército achou um envelope sem nome nem endereço. Com seu abridor de cartas, em formato de sabre, ele cortou o envelope que revelou um pingente de motivo religioso.

As ameaças rapidamente se tornaram de conhecimento público na cidade pequena e mexeriqueira, fomentando mais medo e desconfiança entre os opressores, assim como enorme satisfação entre os habitantes. Numa época em que a população tinha poucos motivos para se sentir feliz, a notícia de que uma divindade protetora deixara um insignificante franquista apavorado, a ponto de se urinar todo no próprio gabinete, bastou para fazer o dia brilhar incomensuravelmente.

A fila para ver o quadro dava a volta por vários quarteirões ao longo da Whitechapel High Street, e as pessoas levavam um tempo enorme para avançar um passo. Exceto pelo plano de pedir Annie Bingham em casamento, Charley Swan mantinha-se totalmente concentrado na mecânica física e mental de pilotar o bombardeiro Blenheim.

Após duas semanas de férias, mesmo estando a caminho de uma exposição de arte, sua mente era assaltada pelas inúmeras exigências de voo. Dobrava as esquinas como se estivesse fazendo alguma manobra radical; sentia a direção do vento e calculava como a velocidade dele atuava sobre o avião no ar. Meses de treinamento o haviam transformado. Mas ele não estava mais mudado do que Annie, que havia desabrochado inexplicavelmente durante sua ausência. Não podia deixar de pensar nela como um motor que agora trabalhava nas mais altas RPMs.

O contato diário com as crianças bascas parecia havê-la energizado. Sugada para dentro do vendaval social formado por aquelas várias dezenas de crianças, Annie não achava tempo para comentários velados ou expressões reservadas. Charley percebeu a diferença quando retornou a Pampisford para dar início à viagem de férias deles para Londres. Descobriu uma mulher assertiva no lugar da garota tímida que deixara poucos meses atrás.

Ela o recebeu com um grito de "Vermelho!", um abraço longo e apertado e um beijo nos lábios, seguidos por um passo atrás para uma inspeção completa, e depois outro beijo caloroso. Apesar de terem se escrito todos os dias desde que Charley partira para a base da RAF, Annie ainda assim não parou de falar durante toda a viagem de trem até Londres, contando-lhe sobre as crianças e de como se sentia animada por passar férias com a família dele.

Charley, por sua vez, tomava outro rumo, tendo agora que conviver com certas coisas que deviam ser mantidas em segredo. Com os "Blens", aprender a voar não tinha mais nada a ver com física e geometria; tratava-se do estudo e da prática de lançar bombas. Não havia como confundir isso com outra coisa que

GUERNICA

não guerra e extermínio de inimigos. A realidade do risco de guerra obrigava-o a preparar a próxima escala. Queria se casar com Annie antes que as bombas caíssem e as balas voassem. Charley fez o pedido após a missa de véspera do Natal. Annie gritou sim antes que ele pudesse abrir a caixinha das alianças, e chorou em seu ombro por um bom tempo. Os dois concordaram que o mais adequado seria realizar o casamento no começo do verão, mas o local e a data exata ficariam na dependência dos desígnios da RAF.

Antes de presenteá-la com a aliança de noivado, Charley camuflou sua mais importante missão com outra gentileza: uma nova ave. Era jovem, azul e amarelo, e Charley já lhe dera o nome de Blennie. Annie ficou maravilhada.

— Quem sabe eu consiga fazer o Blennie dizer alguma coisa? — ela falou.

— Você deveria deixar a gaiola em seu quarto, para poder falar com ele o tempo todo — sugeriu Charley.

— Mas a mamãe e o papai gostam de ter um pássaro na sala... — ela contra-argumentou.

Uma semana depois do noivado, Annie quis ir à galeria de arte Whitechapel, onde estava em exposição o mural *Guernica*, de Picasso.

— Algumas das minhas crianças são dessa cidade — ela justificou.

Charley não entendia nada de pintura, mas concordou em ir só pela companhia de Annie. Uma vez dentro da galeria, os dois entenderam por que a fila se movia tão lentamente: as pessoas relutavam em ceder a vez diante do gigantesco mural.

Annie tinha se preparado para uma exibição de sangue e violência. Ao invés disso, encontrou uma descrição quase caricatural em preto e branco. Olhando mais detidamente, podiam-se ouvir os gritos sem som e os relinchos desesperados do cavalo, e sentir o calor que vinha do disco de luz branco dentado. Os dois ficaram ali de pé, paralisados, até que os empurrões das pessoas atrás os forçaram a ir se retirando pela porta entreaberta até chegar novamente à rua. Transformados.

— Podia ser conosco? — ela perguntou a Charley, puxando-o para perto.

Ele a abraçou. Se respondesse, teria que dizer: "Claro. Podia acontecer com qualquer um de nós. Você não imagina como é curto o voo para atravessar o Canal da Mancha nem o tipo de armas que os alemães desenvolveram enquanto voavam na Espanha".

Mas, além de reprimir esse comentário, Charley Swan também brigava contra uma constatação que ele próprio não havia se permitido considerar plenamente: em algum momento, ele seria aquele que lançaria as bombas que devastariam uma cidade.

Miguel gostava do trabalho braçal de derrubar e arrastar árvores, embalado pelo som do serrote indo e voltando, indo e voltando, às vezes, tão perdido em pensamentos que se surpreendia ao ver a árvore tombar à sua frente. Tudo era bem mais demorado do que antes, mas tempo não era exatamente algo com que ele tivesse que se preocupar na vida.

As paragens mais elevadas das florestas, onde podia ficar sozinho com os esquilos e os pombos, propiciavam-lhe um ambiente de menos pressão do que a cidade, e até mesmo que Errotabarri. As árvores não pediam explicações. Exalavam o perfume de resina e seiva, e expeliam fragmentos de madeira fresca que se misturavam ao seu cabelo e entravam pela camisa. O trabalho lhe consumia uma energia que, de outra maneira, teria sido explorada pela cabeça. Era uma exaustão bem-vinda, e, nas noites que se seguiam a um dia inteiro serrando, Miguel dormia quase sem pesadelos e absolutamente sem sonhos.

Hoje ele tinha uma carga menos pesada em sua descida da montanha. Alaia Aldecoa lhe pedira para colher flores perfumadas na floresta. Miguel gostou da brincadeira, e descobriu flores suficientes para encher um pequeno cesto que carregava com o serrote, o machado e o farnel.

No caminho até a beira do regato, ele notou que a cabana de Alaia estava quase totalmente encoberta pelas árvores que a circundavam. Miguel pensou que deveria voltar qualquer dia para subir no telhado e podar os galhos que pareciam abraçar a casa. Mas isso ficaria para outra ocasião.

Desde a noite em que Alaia levara os sabonetes a Errotabarri, Miguel só a vira rapidamente na cidade. O que poderia dizer? O que deveria dizer? Contar-lhe como Miren havia arranjado desculpas para ela? Como fora leal para com ela, incondicionalmente leal? Que agora, mais de dois anos após sua morte, Miren continuava a falar bem dela em seus sonhos?

Ela esperou a batida na porta e se virou da pia assim que ele entrou. Sentiu sua localização e caminhou direto ao seu encontro, com as mãos nas bochechas.

De banho recém-tomado, Alaia cheirava a sabonete de lilás.

— Estou aqui, Miguel — ela disse, passando-lhe os braços em volta.

Miguel inspirou até os pulmões não aguentarem mais; escutou o regato correndo lá fora, e mais uma vez respirou fundo o aroma da pele dela. Estava cansado do dia de trabalho, abalado por dois anos de luto, consumido por constantes pensamentos incompreensíveis. E ali estavam os cheiros, diferentes, mas sempre maravilhosos, e os sons, e o contato físico esquecido.

Eram quatro olhos que não viam, quatro mãos ávidas, e os dois fizeram amor em homenagem à mesma doce lembrança.

— Eu não...

— Eu sei — Alaia disse. — Eu não...

Miguel fechou os olhos novamente, e Alaia pôde perceber que ele prendia e soltava a respiração erraticamente. Gritava sem som, como se pudesse esconder dela.

— Eu sei, Miguel, eu sei... — Ela lhe afagava os cabelos.

Aquela não era Miren e ele sabia bem disso. Não havia confusão alguma. Aquilo era diferente; era urgência e lembrança.

— Conte-me, vamos, pode dividir comigo — ela disse, ainda lhe alisando os cabelos.

— Justo e eu não conseguimos conversar... nada... nada — ele disse. — Nós dois trazemos um ao outro a lembrança delas.

Alaia abraçou-o mais forte.

— Fale, fale comigo.

— Nós dois ficamos vendo aquela trança balançando no console da lareira, todos os dias — disse Miguel.

Alaia chorou com ele, que enterrou a cabeça no travesseiro dos cabelos dela. O regato corria e o dia ia escurecendo, virando noite, antes que os dois pudessem se afastar e falar novamente. Ficou mais fácil no escuro. Falaram de Miren, e um caudal de pensamentos fluiu pelo quarto. Miguel fez Alaia se lembrar da energia de sua mulher, de sua graça, de sua exuberância. Alaia falou da voz dela, de sua vivacidade e da generosidade. Os dois contaram e recontaram as histórias de como haviam encontrado Miren e relembraram as passagens favoritas com ela. Falaram de Mariangeles e de sua sabedoria. Juntos, eram capazes de conversar sobre elas sem que isso os transtornasse.

Ninguém mencionou Catalina. Era só o começo.

Eles passaram a tarde e boa parte da noite conversando, e então dormiram nos braços um do outro sob a colcha que Mariangeles bordara para Alaia. Nenhum dos dois falou enquanto Miguel se preparava para partir pela manhã, ambos tentando entender o sentido do que haviam feito.

— Miguel — disse ela. — Antes... tenho que lhe contar por que...

— Não — ele a interrompeu.

— Eu...

— Não! — Mais enfaticamente na segunda vez.

Mais um momento se passou sem palavras. Alaia abriu uma gaveta da mesinha de cabeceira do seu lado da cama.

— Miguel, por favor, venha até aqui — ela pediu. — Tenho uma coisa para lhe mostrar.

Alaia pôs nas mãos dele uma boneca feita com uma meia velha e surrada. Havia mais uma história para ela lhe contar.

Parte 6

(1940)

Capítulo 24

Eduardo Navarro não possuía conhecimento linguístico nem sensibilidade para traduzir a inscrição em latim gravada no alto da torre do relógio da igreja. O refugiado polonês, conhecido apenas como "Monsieur", havia apontado a frase para a mulher, que era tratada somente como "Madame". O homem, já bem na faixa dos 60 anos e barrigudo, tinha a aparência de quem perdera muita coisa na vida. O que restava dele era uma calva em evolução e um orgulho teimoso de proteger a mulher, também bastante acabada pelas agruras da vida.

Monsieur se livrara daquele resíduo de arrogância que costuma persistir nos homens ricos depois que o dinheiro e o poder se vão. Mas continuava a querer dar a impressão de poder cuidar da mulher quando ele próprio caminhava com dificuldade, preservando aquele ar de dignidade masculina como se fosse o último bem precioso de família. E, quando Dodo e Renée lhes passaram as instruções, Monsieur fez sinais para a mulher, como a dizer que aprovava o plano.

A caminhada de Saint-Jean-de-Luz até Ciboure e, em seguida, a Urrugne, através de um desfiladeiro coberto por plátanos, era o trecho mais fácil da jornada. Mas o casal, já bem cansado, precisou de uma parada para descansar na antiga igreja de São Vicente. Após muitos goles de água da *bota* e muitas respirações ofegantes, Monsieur apontou para a inscrição.

Vulnerant omnes
Ultima necat

Era a expressão sem rodeios de uma verdade incômoda: todas (as horas) ferem; a última mata. Dodo não achou necessário interpretar a tradução.

Se dependesse deles, nem Dodo nem Renée Labourd teriam achado que valia a pena correr o risco de atravessar esse casal judeu para uma Espanha pretensamente neutra, de onde eles poderiam pegar um avião para a Inglaterra ou os Estados Unidos.

Desde a ocupação nazista da França, o patrulhamento rigoroso da fronteira com a Espanha tinha praticamente interrompido as rotas de passagem mais comuns. Quando o contrabando de refugiados era meramente uma questão de ludibriar os guardas de fronteira espanhóis e franceses, que estavam pouco se lixando, havia opções razoavelmente seguras. Era possível monitorar os movimentos de troca de guarda na ponte entre Béhobie e Irun, ou colocar os refugiados num barco pilotado pelo pai de Dodo e fazer a curta viagem de Hendaye ou Saint-Jean-de-Luz até um porto espanhol qualquer.

Mas os nazistas viam a evasão de subversivos como um autêntico insulto e patrulhavam o rio a qualquer hora, instalando guardas atentos em postos de controle e plantando uma rede de informantes nas cidades fronteiriças. Agora, em todos os portos, qualquer barco tinha que passar por uma investigação severa, e quem se achasse em mar aberto era parado e inspecionado com a maior minúcia.

GUERNICA

Refugiados capturados eram levados para campos de concentração, muitas vezes acompanhados pelos locais que lhes haviam fornecido passagem e proteção. E se houvesse resistência? Bem, nesse caso havia balas à vontade, e com frequência não se pediam documentos quando as vítimas eram mortas na tentativa de "fuga". Quando Renée foi informada da iminente chegada do casal de judeus, ela e Dodo ficaram em dúvida. Seria a carga mais frágil com que os dois já haviam operado. Mas os refugiados tinham atravessado a França em trens locais, passando o menor tempo possível nas plataformas, tentando seguir sorrateiramente pela trilha estreita que separa o efetivamente furtivo do aparentemente secreto. Eles já haviam apresentado documentos uma meia dúzia de vezes, e a falsificação até aqui tinha conseguido passar pelo exame eventual. Viajavam formando um casal, com um observador sempre a uma distância segura, pronto para intervir na condição de um terceiro interessado caso fossem detidos. Até agora a coisa estava funcionando.

Para Renée e Dodo, contrabandear seres humanos era muito mais fácil do que outras mercadorias. Mantimentos, álcool, armas e munição eram coisas pesadas e óbvias, enquanto os humanos, em certa medida, transportavam a si próprios. Mas também eram capazes de falar na hora mais imprópria, podiam cair e quebrar os ossos, e podiam se afogar. Se uma caixa de espingardas fosse jogada ao rio, nenhuma vida se perdia. Já com refugiados a coisa era diferente.

— O que eles já terão passado para correr tantos riscos? — Renée perguntou a Dodo.

— Perderam tudo... Certamente perderam tudo, família, casa... tudo — Dodo disse enquanto ambos deixavam transparecer seu mais forte vínculo: a mútua indignação.

— Não sei se eles vão conseguir, e aonde é que isso vai nos levar?

— Eu tenho certeza absoluta de que eles *não* vão conseguir — Dodo disse, com um risinho amarelo. — Vamos tentar.

Vendo o casal lutar para descer do trem na estação de Saint--Jean-de-Luz/Ciboure, Renée deixou escapar um lamento pessimista na direção de Dodo. Agora, a apenas poucas horas de uma fuga lerda, a dupla já parecia incapaz de seguir adiante. Após um ano fugindo e se escondendo em porões e sótãos, subindo e descendo de trens, aos tropeções, e vivendo numa sucessão de albergues, os dois estavam perto de um colapso.

Já era final de tarde e a melhor chance que tinham era chegar a Béhobie e à margem do rio Bidassoa quando a noite estivesse mais escura. A esperança era poder atravessá-los no barco de um amigo em algum intervalo entre patrulhas. Caso contrário, teriam que ir nadando e/ou boiando até a Espanha, e a capacidade de flutuar daqueles dois era algo bastante questionável. A aventura pelas pedras pontiagudas do rio já se mostrava complicada para Dodo e Renée; para um par de sessentões, já sem forças, beirava o impossível.

O casal necessitou de mais alguns minutos de descanso em Urrugne, por isso, Dodo e Renée aproveitaram para os últimos lembretes. Haviam vestido Monsieur com um casaco de pele de carneiro, boina e *espadrilles*. Ele parecia autêntico, mas ridículo. Ela usava uma saia preta comprida e boné de lã. Desconfortável e pouco natural. Eles já haviam instruído o casal para que não abrisse a boca. Dodo e Renée seriam os netos que estavam levando os avós para um passeio pela floresta, o que não fazia o menor sentido às duas ou três da manhã. Mas, caso fossem detidos, eles não deveriam dizer nada. Se interrogados, deveriam levar uma das mãos à orelha e dizer: "Ãh?".

Como ensaio, Renée se postou diante de Monsieur e fez o papel de guarda, apontando uma espingarda invisível para seu peito.

GUERNICA

— *Papiers*!

"Ãh?", respondeu Monsieur, não só dobrando a orelha na direção de Renée, mas também apertando bem os olhos, como se a dificuldade de visão se associasse à surdez.

Renée repetiu o processo com Madame, que era lenta para entender e despejou uma enxurrada de comentários ressentidos em polonês. Renée puxou o gatilho de sua falsa espingarda e com um movimento labial fez "bop".

Madame entendeu e então se corrigiu. "Ãh?"

— *Très bien* — murmurou Renée, virando-se. Era hora de se apressarem. O sol se punha no Golfo de Biscaia e eles ainda tinham mais uns oito a dez quilômetros de caminhada clandestina até alcançar o ponto ideal para vadear o rio. Levariam cinco horas em vez das duas previstas. Vários carros passaram por eles na estrada, possivelmente transportando nazistas, embora a escuridão tornasse impossível a identificação.

Dodo e Renée haviam utilizado essa rota sem problemas um bom número de vezes antes da ocupação nazista. O rio corria mais lento quando estava assim perto da barra, mas ficava mais largo, o que diminuía a chance de achar um esconderijo. Ao longo do Bidassoa havia uma série de abrigos onde conexões bascas poderiam dar de comer ao casal antes de fazê-los cruzar a linha.

Eles chegaram a um terreno arborizado às margens do rio já quase ao amanhecer, com a alternativa de ir remando praticamente eliminada. Os nazistas tinham começado a usar uma pequena frota de esquifes estreitos e vinham ajudando os guardas espanhóis a instalar holofotes que podiam ser direcionados para os pontos mais procurados para a travessia do rio.

— *Pas bon* — sussurrou Renée.

Suas esperanças de sucesso naquela missão, já magras de início, tinham se reduzido ainda mais. A melhor opção era recuar, pernoitar no abrigo mais próximo e reconsiderar outras trilhas. Talvez pudessem tentar novamente na noite seguinte, em algum trecho rio acima.

Renée explicou ao casal, por gestos, a desistência.

Monsieur balançou violentamente a cabeça. Madame não entendia as forças em jogo, mas, percebendo a raiva do marido, deixou escapar uma série de suspiros. Ele então ergueu a mulher e foi levando-a em direção à praia rochosa do rio.

Dodo entrou na água com as luzes varrendo o rio, espalhando feixes de renda prateada sobre a água ondulada.

— Vocês têm que parar — Dodo grunhiu com toda a autoridade de que era capaz sem elevar a voz mais alto que o barulho do rio.

— *Arrête*! — gritou Dodo, imaginando que o polonês entenderia mais facilmente o idioma francês do que o espanhol ou o basco.

Monsieur se virou e repeliu, com indignação, o braço com que Dodo tentava agarrá-lo, entrando na água com Madame a reboque. Dodo foi de novo na direção dele e, na pressa, escorregou nas pedras lisas do rio.

— *Arrête*! — gritou Dodo atrás dele.

Monsieur, agora de joelhos dentro d'água e lutando para avançar com a mulher agarrada ao seu casaco, virou-se para Dodo e levou a mão à orelha, fingindo-se de surdo. "Ãh?"

Mais dois passos e a mulher tinha passado os dois braços em torno do pescoço do marido, fazendo com que perdessem o equilíbrio e mergulhassem na água. O rio era raso o suficiente para que eles pudessem se pôr facilmente de pé, mas ambos boiavam juntos na superfície, parecendo quase relaxados. Dodo foi correndo atrás deles pela beira da praia e, quando cruzaram um trecho de água iluminada, viu que o casal nem sequer tentava nadar, apenas agarrando-se um ao outro. Os dois foram encontrados no dia seguinte, lado a lado, na praia perto de Hondarribia. Morreram na Espanha.

À medida que os amigos não retornavam das missões e o fogo das baterias antiaéreas e dos Messerschmitts abriam buracos em seu Blenheim, Charley Swan não viu mais falta de nexo entre seus voos e as consequências do seu bombardeio. Ele foi entender como era a guerra quando aterrissou após sua primeira missão. Não era mais a física de objetos voadores o que estava em jogo. Charley se achava numa guerra, e acreditava piamente na causa britânica. As blitz sobre Londres haviam dividido sua família, e sua mulher encontrava-se a salvo na região de Cambridge. Porém, pelas cartas da família e de Annie, dava para sentir o que deve ter sido suar frio nos dois meses de noites consecutivas sob bombardeios alemães ruinosos.

Annie nunca se queixara nas cartas. Tentava incluir novidades sobre a família e detalhes interessantes da vida cotidiana.

...Falando de Blennie, você não vai acreditar, mas depois de mais de um ano repetindo "passarinho lindo" para ele, ele começou a falar.
Você acha que ele diz "passarinho lindo"? Não, diz: "Docka, docka", igualzinho ao Edgar. Dá para acreditar? Não quero levá-lo para as crianças porque tenho medo que encontre o mesmo destino do Edgar. Claro, se fugir, Blennie vai voar para longe e se encontrar com o Edgar em algum lugar onde os dois ficarão empoleirados dizendo "docka" um para o outro. Pássaro bobo.

Que pássaro mais bobo, realmente, pensou Charley. Às vezes, levava consigo as cartas de Annie nas missões, para ler novamente enquanto aguardava a ordem para taxiar ou durante os momentos tranquilos da travessia do Canal, mas o Blenheim era tão apertado que ele passou a se dar o único luxo de levar a solitária foto de "família" em que ele aparece com Annie e Blennie na gaiola no colo dela. De todo modo, não havia muito tempo para dedicar a nenhuma outra coisa depois que se afivelava ali. Era responsável por mais dois outros na aeronave, para não falar na devastação potencial de um carregamento de bomba despejado em local errado, ou o que poderia ocorrer caso ele demorasse um pouco que fosse para detectar a ameaça de caças.

Os Blens já estavam ficando ultrapassados. Eram lentos e pesadões, e suscetíveis aos caças inimigos porque não tinham como persegui-los. A visão de alguns instrumentos era prejudicada, e outros instrumentos no painel posicionavam-se uns sobre os outros tão alto à sua frente que era impossível ver a pista ao se aproximar do ponto de contato com o solo. Mas eles tinham um bom alcance de voo, o que permitia que Charley voasse para dentro do continente.

A tripulação o admirava (cautelosamente, por superstição) pela capacidade de prever os ataques de caças alemães. Tinham baixa expectativa quanto a escapar de seus mergulhos, mas ele parecia ter um dom nato para perder altitude rapidamente ou voar de forma ligeiramente enviesada, de sorte a reduzir o perfil do bombardeiro para os pilotos inimigos. Isso os livrava de enfrentar o pior do ataque.

Não havia missão sem algum estrago, e foram poucas as vezes em que Charley pousou em solo sem "um ou dois furinhos", como ele dizia, na asa, na cauda ou na fuselagem. Mas, enquanto outras aeronaves eram derrubadas ou retornavam em frangalhos, o avião de Charley Swan era sempre relativamente fácil de consertar e se mostrava preparado para a próxima missão. Sua tripulação achava isso uma dádiva. Charley não achava nada.

Foi de Renée a ideia de que Dodo deveria convencer o irmão a vir para as montanhas. O convite de Dodo forçou Miguel a encarar a necessidade de sair de Guernica. Sua preocupação residia em achar que, deixando Errotabarri, estaria abandonando Justo. Os dois, juntos, eram como que uma integração de partes quebradas que, em muitos casos, tinha lá sua funcionalidade. Miguel achava que duas mãos acidentadas ajudavam a substituir um braço perdido na união eventual.

Miguel contou a Justo sobre sua intenção de recusar o convite de Dodo, como se fosse uma cortesia, uma espécie de pagamento implícito de uma dívida.

— Não seja tolo; vá ajudar seu irmão. Eu estou bem aqui.

Para comprovar o que estava afirmando, Justo caiu de joelhos, se apoiou na mão direita e fez dez flexões.

— Venha cá, sente-se sobre os meus ombros para fazer um pouco mais de peso — Justo ordenou.

Miguel recusou. Justo tinha razão. Agora só havia umas poucas ovelhas e um pequeno terreno plantado para cuidar; mesmo com um braço só, um homem não teria grandes dificuldades para tocar essas tarefas. De qualquer forma, era raro ele estar ali presente.

Mas e suas responsabilidades para com Alaia Aldecoa? O que aquela noite juntos havia mudado? Ela podia contar com a ajuda de Zubiri, ele pensava. Justo também podia olhar por ela. Se sabia das atividades de Alaia, nunca comentou nada nem demonstrou ressentimento. Ela era da família, Justo sempre dissera.

Mas, se tivesse que procurar motivos para se mudar, a distância de Alaia seria o primeiro. Depois daquela noite, Miguel se mostrou cauteloso com as visitas, tornando-as breves e impessoais. Uma única noite havia colhido os dois de surpresa, e de certa forma era algo perdoável. Uma segunda vez seria mais que uma feliz casualidade.

Renée o fez se sentir à vontade em Saint-Jean-de-Luz desde o primeiro momento. Enquanto procurava gabar a habilidosa adaptação do seu irmão ao mundo dos *travailleurs de la nuit*, ela sem querer distraía a atenção de Miguel servindo-lhe comidas com odores e sabores que o levavam a se concentrar intensamente no prato. Ele escutava mais ou menos o que ela dizia, inebriado pelo cheiro dos pimentões vermelhos recheados com bacalhau. Prestava ainda menos atenção quando chegou à mesa o filé de salmão com aspargos brancos, e praticamente saiu do ar quando Renée veio com o *gâteau basque*, iguaria pela qual a família dela havia angariado renome regional.

— Ótimo — Miguel disse quando terminou. Os moradores de Guernica estavam vivendo de sardinhas velhas, grão-de-bico e pão feito de serragem. Aquela comida era algo que ele nunca havia provado mesmo nos melhores tempos. Enquanto ele lambia o prato de pimentões *piquillo*, Renée explicava que havia grandes dificuldades também em Saint-Jean-de-Luz e na França, mas que quem estava no negócio tinha como se suprir de praticamente tudo.

Eles nem precisavam ir muito longe para nada, já que a maior parte das reuniões de negócios aconteciam ali embaixo mesmo, no Pub du Corsaire. Depois que aprovou o bar e percebeu que ele era o *point* básico de Renée, Dodo encontrou um apartamento perfeito no último andar do prédio, cujo aluguel era coberto pelos suprimentos que ele conseguia para o dono

GUERNICA

do bar. Sim, após alguns incidentes ruins nas montanhas, ele aprendera com Renée e família a traficar mercadorias e logo passou a inventar métodos próprios.

— Dodo nasceu para esse tipo de serviço — Renée disse a um distraído Miguel.

— Não é o que o seu pai dizia — Dodo retrucou. — Ele falava que eu era muito grande e que não tinha um tipo suficientemente comum. Os melhores contrabandistas, como Santi Labourd costumava dizer a Dodo, eram figuras tão opacas que chegavam a ser praticamente invisíveis. Eram como que um pano de fundo imperceptível, um cenário insignificante. Deviam ser fortes o bastante para transportar cargas, infatigáveis o suficiente para andar pelas montanhas a noite toda, mas pequenos o necessário para permanecer ágeis e enveredar por passagens estreitas e terrenos íngremes capazes de desafiar a mais esperta das lebres.

— Talvez você não seja o tipo físico perfeito, mas mentalmente? Você tem o dom; papai mesmo diz isso — Renée falou com orgulho, pondo mais uma cestinha de pão na mesa, uma vez que Miguel já havia comido quase sozinho a primeira e ainda continuava molhando o pão no molho abundante.

— No princípio, a experiência e as ligações dele na água eram o mais importante para nós — prosseguia Renée. — Por algum tempo, nós trocamos serviços e mercadorias excedentes por grãos e todo tipo de comida que pudéssemos obter, e então as levávamos para o seu pai transportá-las de barco para Biscaia. Depois é que passamos a trabalhar com armamentos e munição.

Miguel ergueu os olhos do prato em direção a Dodo. Ele não fazia ideia de que o *patroia* estivesse tão envolvido.

— Discrição, hein? — alertou Dodo.
— Eu tinha uma leve suspeita, mas não sabia a que ponto havia chegado.
— Já não é tanto assim — disse Renée, pondo no chão seu prato, ainda colorido de molho, para que Déjeuner o limpasse.
— Ele ainda poderia estar trabalhando conosco, mas é muito arriscado usar barcos atualmente. Quando a carga é somente informação, no entanto, ele é extremamente útil.
— Informação? — Miguel perguntou, distraído, vendo um cachorro lamber os restos do jantar.
— Deslocamentos de tropas, movimentação de efetivos, defesas, esse tipo de coisa — explicou Dodo. — As patrulhas podem inspecionar os barcos à vontade, mas, se a mercadoria importante está na cabeça da *patroia*, não há como detectar ou confiscar.
— E então?
— Então talvez ele siga até Bilbao para desembarcar a carga...
— E?
Dodo sabia que o próximo elo na rede poderia deixar Miguel chocado.
— E seria a coisa mais natural do mundo o *patroia* ir visitar seu padre preferido, o padre Xabier, e seria igualmente natural o bom padre ouvir em confissão homens que são, digamos, de linhagem britânica, possivelmente trabalhando no consulado, os quais teriam condições de retransmitir trechos de sua mensagem divina.
Miguel moveu a cabeça, atordoado, ainda vários passos atrás de Dodo.
— Como você consegue essa informação?
— Como é que ele consegue tudo? — riu Renée. — Ele é esperto.
— Temos uma rede de ajudantes... simpatizantes, Resistência... — disse Dodo. — Às vezes, é uma garçonete que

escuta nazistas bêbados conversando, ou um oficial tentando impressioná-la; às vezes, é a camareira de algum hotel onde um oficial está hospedado de licença, que consegue bisbilhotar seus papéis após arrumar a cama. Às vezes, descobre-se informação na carta que algum soldado escreve para casa e que eventualmente é aberta no correio. Você ficaria admirado com as dicas que a gente consegue.

— *Patroia*? — perguntou Miguel, ainda tentando processar a informação.

— É, isso mesmo, Miguel — disse Dodo. — E agora nós temos trabalhado com um grupo belga que está remanejando pilotos da RAF atingidos em voo; estamos trabalhando para devolvê-los à Inglaterra. É um pessoal muito corajoso. Eles resgatam os tripulantes, suturam-nos, quando é o caso, os escondem e falsificam documentos para fazê-los passar por Paris e em seguida chegar até aqui. Então nós os atravessamos pela fronteira para a Espanha. Após cruzar o rio, outros colaboradores os conduzem ao consulado em Bilbao, onde arranjam um barco para levá-los a Lisboa ou Gibraltar.

A ocupação alemã havia alterado inúmeros aspectos do trabalho deles. As reuniões no apartamento de Dodo cessaram quando o círculo interno se reduziu por questões de segurança. A chance de incorporar um parente de sangue confiável como Miguel caía como uma luva — mas também como uma séria responsabilidade. A despeito de ser mais velho, Dodo tinha Miguel como um igual desde bem cedo, quando ainda adolescentes, por causa da maturidade física e emocional de Miguel. Em determinadas circunstâncias, era ele o irmão mais velho sabichão. Aquele, entretanto, era o mundo de Dodo, e mesmo sabendo que Miguel era capaz de tomar conta de si próprio, queria fazer todo o possível para manter o irmão distante de mais dores e sofrimento.

— É por tudo isso que papai hoje tem tanto orgulho dele — disse Renée, virando-se para Miguel. — Mesmo sendo grande e chamando tanto a atenção, ele nunca se cansa e sempre parece ter uma solução para tudo.

Dodo respondeu ao elogio com um beijo demorado. Miguel parecia totalmente confuso.

— Ele aprendeu rapidamente as trilhas e os sinais que usamos há muito tempo — ela disse. — Formações rochosas ou marcas nas cascas das árvores. E aperfeiçoou uma característica perfeitamente natural da nossa "fraternidade": a boina. Todo contrabandista usa boina. O que não significa que todo mundo que usa boina é contrabandista, mas certamente não é guarda nem patrulheiro. Pode ser alguém que tenha virado informante, é verdade, mas guardas espanhóis e nazistas jamais as usariam.

— É por isso — Dodo interrompeu — que você terá que voltar a usar uma.

— Eu não uso boina desde que pescávamos juntos — Miguel reclamou.

— Eu sei, mas vai começar a usar de novo e terá que se acostumar se não quiser que algum dos nossos amigos resolva fazer desabar uma rocha em cima de você nas montanhas qualquer noite dessas.

Dodo chamou o cachorro para o seu lado e o pôs no colo.

— Pusemos Déjeuner para trabalhar também — disse Dodo, afagando o estranho animalzinho, óbvio produto de uma infinidade de cruzamentos. — Sair andando por aí com um piloto de caça, outro rapaz saudável, pode parecer suspeito. Eles se perguntarão: se esses dois não estão em serviço, é porque possivelmente são da Resistência. Já se Renée e um rapaz conduzem um cachorro pela coleira, estão simplesmente curtindo a companhia um do outro e obrigando *le petit chien* a fazer um pouco de exercício. E Déjeuner é o perfeito cãozinho da Resistência.

— Oh?

— Sim, ele está o tempo todo fingindo que não sabe nada da farsa — riu Dodo. — Tem mais: andar capengando também é legal, ou todo curvado. Não é muito provável que um aleijado transporte mercadoria ilegal montanha acima. Há um espírito caridoso que sempre funciona.

— Ao menos com os franceses e os espanhóis — disse Renée.

— Não dá para contar com isso em relação aos nazistas.

— E mãos defeituosas? — perguntou Miguel.

Uma sensação de calma se apoderou de Charles Swan. Ele se sentiu como se tivesse escapado dos tormentos do inferno e estivesse subindo em paz para os céus. Só que ia em outra direção, flutuando rumo à terra naquela sublime tranquilidade que anuncia o fim do caos. Uma esquadrilha de Messerschmitts o havia atacado num tremendo fogo cruzado e seu Blenheim havia se partido enquanto o ferro rangia à sua volta como o urro da morte de um gigantesco animal mecânico.

Ele agora flutuava num céu de brigadeiro sem um único som, à exceção do pulso martelando em suas orelhas.

Silêncio. Súbito silêncio, ele pensou, curiosamente lhe ocorrendo as leituras preferidas de *Alice no País das Maravilhas*, de Lewis Carroll, de quando era jovem.

Logo, tomados por súbito silêncio,
Saem à caça, em fantasia,
Da criança-sonho que anda pelo país
Das maravilhas, terra nova e bravia,

*Em animada conversa com pássaros e feras
— e mal pode crer que seja real.*

Ele nunca dissera esses versos para sua Annie, a-que-fala-com-pássaros, e achou que deveria dizê-los quando voltasse para casa. Annie, sim. Casa. O lugar em que não há guerra. Claro, não havia mais um lugar em que não existisse guerra. Mas, pelo menos, havia vida paralelamente à guerra. Vida e Annie. Charley olhou para baixo pela primeira vez. Não existia sinal do seu avião ou da sua esquadrilha nem daqueles caças com jeito de mosquitos que haviam chegado zunindo, num enxame letal.

A missão nada tinha de extraordinário; eles deveriam bombardear posições militares e formações de tanques ao sul da Bélgica. Mas a resposta dos caças de defesa foi mais poderosa do que ele jamais vira antes, e metade do grupo fora abatida ou forçada a retornar antes que seu Blenheim se visse subitamente atacado. A primeira investida devia ter avariado a torre central, já que ele não conseguia ouvir fogo de retorno. Escapou mergulhando da segunda investida, mas os mesmos reflexos que lhe permitiram reagir à ameaça de um ataque forçaram-no a entrar diretamente na linha de tiro de outro par de caças vindos do lado oposto, e ele pôde escutar as balas ferindo a pele metálica da fuselagem. Demorou apenas o tempo de algumas batidas disparadas do coração para que o avião se desintegrasse. Charley fez sinal à sua tripulação para pular fora, mas tanto o artilheiro quanto o detonador de bombas tinham sido mortos em seus postos, e, quando a aeronave começou a entrar em espiral, ele se deu conta de que não poderia se manter no ar.

À medida que a terra crescia em sua direção, ele fez um breve inventário. Sua tripulação estava morta. Nada a fazer a respeito. Fisher era solteiro, filho de um pastor (um "Pescador de homens", era o trocadilho que costumavam fazer com o nome do colega), mas Maplestone tinha esposa em Dover. Ele teria que entrar em contato com as famílias em algum momento, pensou, na expectativa de chegar às casas de ambos e dar pessoalmente as notícias, em vez de deixar que os familiares tomassem conhecimento do acontecido por meio de uma correspondência impessoal.

O ar que se acumulava no paraquedas fazia gemer as cordas. Nessa noite ele não iria para casa. Fisher e Maplestone certamente não iriam. Os tripulantes que conseguissem retornar diriam coisas bonitas sobre eles, fariam um brinde e em seguida contariam piadas para aliviar a dor. Todos tinham feito isso, tentando estabelecer uma distância entre eles próprios e os amigos mortos no mês anterior, na semana anterior, ontem. Não havia tempo a perder com luto; caso contrário, ninguém voltaria a decolar. Recordá-los era coisa para mais tarde, para depois da guerra, todos de uma vez e por um longo, longo tempo.

Concentre-se, Charley, concentre-se. Lá embaixo havia um terreno de pastagem controlado pelo inimigo. Ele não tinha uma arma, não tinha kit de sobrevivência, nem comida nem água. Uma faca, um mapa, e um retrato de Annie e Blennie. Procurando calcular o movimento provocado pelo vento, ele puxou todas as cordas do paraquedas de modo a se direcionar para mais próximo de um terreno arborizado. Isso ou lhe daria uma pequena cobertura ou então lhe quebraria as costelas, caso ficasse preso a algum galho. Ele, no entanto, flutuou em curta distância, e, quando bateu no chão, uma sensação de dor o levou a incluir novo item ao seu inventário mental.

Uma bala alemã produzira um buraco profundo em sua coxa direita.

Capítulo 25

A marcha subindo o vale do rio Nivelle na companhia do irmão deu a Miguel a clareza de mente necessária para ordenar os pensamentos. Dodo esteve estranhamente calado, tendo aprendido o valor do silêncio quando exposto ao público. A trilha para Sare havia sido traçada pelas passadas desde os tempos medievais, e seguia em suave declive à sombra de terrenos arborizados e cobertos de mato. Os dois não tinham motivo para se esgueirar por uma rota mais protegida, pois não passavam de homens passeando, sem transportar contrabando e sem propósitos subversivos.

— Sare é o centro do nosso negócio — disse Dodo. — Forma uma espécie de raio de trilhas que levam à fronteira a cada pequena bacia do rio. De vez em quando nós armamos um rebuliço, com pastores subindo com os rebanhos para chamar a atenção para algum passo, enquanto seguimos por outro.

— Vamos ter que subir por ali? — Miguel perguntou, apontando com a cabeça na direção do pico de La Rhune, que se escondia no meio de uma nuvem por cima deles.

— Só em último recurso. Não se preocupe, temos muito chão para manter esse coração batendo.

Depois de almoçar com os pais de Renée — mais deliciosos pimentões com molho, galinha frita e bolo –, as aulas de Miguel sobre contrabando prosseguiram com Dodo abrindo caminho rumo à fronteira.

— Você está bonito com essa boina — Dodo falou.

— Sinto como se fosse vomitar.

— Não, não... nada de enjoo aqui em cima — disse Dodo e, após uma pausa, acrescentou: — Fico feliz por você estar aqui, Miguel. Precisamos da sua ajuda. Nós estamos recebendo mais pilotos britânicos, e temos que manter Renée na cidade e o mais distante possível das trilhas, e eu também estou precisando muito ficar fora da cidade. Ela é muito boa para apanhar o pessoal nos trens e pô-los em segurança; é mais importante do que tê-la por aí se escondendo nas montanhas. Os nazistas olham para ela e nem desconfiam da Resistência.

— Como eu posso ajudar?

— Eu vou na frente e você me segue — disse Dodo. — Algumas vezes teremos um convidado; outras vezes, uns quatro ou cinco no máximo. Quero que você fique no final da fila, mantendo todo mundo num bom ritmo de subida e sempre de olho nas patrulhas que possam vir por trás, basicamente orientando os mais atrasados.

— Acho que posso fazer isso.

— A primeira coisa que eu tive que aprender foi a ir mais devagar — disse Dodo. — Por mais que eu quisesse correr, é uma questão de ritmo e *timing* e de ficarmos sempre juntos. Quem tem pressa acaba chamando a atenção. A natureza não se apressa; temos que nos mover de forma regular.

GUERNICA

Dodo levou Miguel para o lado leste do La Rhune, seguindo um canal que faz um pequeno sulco na encosta da montanha.

— Você vai querer seguir o curso d'água — explicou Dodo. — Há séculos este é o melhor caminho, e normalmente tem uma cobertura de vegetação mais densa. Mas às vezes ela fica mais rala. Se for uma noite boa, escura, sem patrulhas, ficar longe das árvores e da vegetação é um risco que vale a pena correr, desde que ajude a ganhar tempo. Caso a lua e as patrulhas estejam de fora, trate de se cobrir ou de ficar em casa.

— Mas você estará o tempo todo na frente, certo?

— Espero que sim — disse Dodo. — Mas nunca se sabe. Aqui é onde a coisa pega.

Dodo avançou até um pasto aberto que ocupava a melhor parte da linha elevada da fronteira oriental. Imensas rochas de granito dominavam a encosta, parecendo esqueletos pálidos de gigantes há muito tempo mortos, o que transformava o lugar num pesadelo para o caminhante.

— É difícil perceber daqui, mas há passagens pelas rochas — disse Dodo, fazendo um gesto amplo com a mão. — O que é bom para nós e ruim para eles. Vou lhe mostrar as marcas e os sinais. Sempre, sempre se mantenha nas trilhas e certifique-se de que todos o façam. Sair do caminho pode significar um tornozelo ou uma perna quebrada, ou pior, dependendo da queda ou do tropeção.

— E vamos ter que passar por aqui no escuro? — quis saber Miguel.

— Escuro... muito mais escuro do que você é capaz de imaginar... E, às vezes, também molhado — disse Dodo. — Quanto mais escuro, mais seguro é para nós, o que significa noites nubladas, o que frequentemente significa chuva. As rochas ficam escorregadias na chuva, e se você cair de cima de uma pedra aqui pode ir rolando até Sare, lá embaixo.

Dodo riu. Miguel não. Ele olhou para baixo. O vale enrugado, de variados tons de verde à luz do entardecer, o fazia pensar nas colinas de Guernica, nas pescarias com Justo, nos cortes de madeira com a mula de Mendiola. E bem nessa hora, ele ouviu sua mula zurrar.

Veja que belos *pottok* — disse Dodo, apontando para um bando de pôneis bascos pequenos e atarracados que havia gerações corriam soltos nos Pireneus. — O pessoal mais antigo costumava usá-los bastante para as cargas mais pesadas. Os trabalhadores noturnos gostam muito deles. Trabalham duro, nunca reclamam, têm firmeza nas patas, e a maravilhosa capacidade de peidar toda vez que os guardas de fronteira estão por perto.

Um grupo de seis, entre eles um filhote, pastava, indiferente à presença de humanos. O recém-nascido saltitava em volta da mãe, feliz, e Miguel desejou simplesmente parar de ficar observando a cena.

— Na primeira vez em que encontrei uns desses na montanha eu estava sozinho; achei que fossem ursos que me matariam — disse Dodo. — Quase me borrei de medo.

Mesmo à luz do dia e seguindo o irmão, Miguel achou difícil permanecer na trilha e não se perder naquele beco sem saída de rochas. Sem dar explicações, Dodo os tirou daquelas alturas e penetrou num bosque de faias que pareceu a Miguel um parque urbano, sem vegetação cerrada onde se enredar nem rochas para escalar. Era bonito e tranquilo, e uma borboletinha branca esvoaçou por sobre a cabeça de Miguel ao longo de toda a trilha. Um rebanho de ovelhas surgiu no caminho, com seus sinos abafados e balidos melancólicos soando como uma música de coro relaxante. Um pastor saiu de trás de uma árvore, sem que Miguel nem sequer tivesse notado sua presença.

— *Ami* — o pastor se dirigiu a Dodo como "amigo".

GUERNICA

— Eh, *ami* — Dodo retribuiu.

— Pastor novo? — perguntou o homem, que se vestia exatamente como Dodo, carregando uma *makila*, e com uma *bota* atravessada no peito.

— *Oui*, meu irmão — respondeu Dodo. Ninguém usava nomes. — Ele vai me ajudar com o rebanho. Tem alguém por aí?

— Não, está tranquilo — respondeu o homem. — Mas ainda é cedo.

Os dois se cumprimentaram com a cabeça e o homem trocou olhares com Miguel, levou um indicador sob o olho direito e piscou. Queria dizer: "Bem-vindo à irmandade, amigo, mas, se me vir fora dessas montanhas, você não me conhece".

Após vencer uma nova serrania e entrar numa clareira, Dodo parou para mostrar a Miguel uma pequena caverna protegida pelas rochas na qual eles guardavam garrafas de Izarra e caixas de queijos. Podiam se esconder lá dentro, se necessário.

— Ali há uma caverna em que certa vez nós passamos a noite quando os ventos varriam as montanhas por quase um quilômetro — disse Dodo. — Ela existe desde que os homens das cavernas a dividiam com os ursos. Nossos convidados não ficaram lá muito contentes com o barulho de milhares de morcegos pendurados no teto. Para distrair seus pensamentos, nós contamos histórias de como o espírito de Maria e o *lamiak* viveram ali, e como, durante tantos anos, as bruxas fizeram reuniões naquela caverna até serem queimadas na fogueira.

Como sempre, Miguel não sabia até que ponto deveria acreditar nas histórias de Dodo, mas esperava que passar a noite numa caverna cheia de morcegos não fizesse parte de seu novo trabalho.

— Tem peixe por aqui? — Miguel perguntou enquanto os dois caminhavam paralelamente a um curso d'água.

— Segundo me disseram, a melhor pescaria é lá no alto, na floresta de Iraty — Dodo disse. — Desde quando você se interessa por isso? Pensei que tivesse ficado com nojo de pescar.

— Gosto quando não estou dentro de um barco... Pesca de rio e de riacho — Miguel esclareceu. — Talvez um dia, quando não estivermos trabalhando, possamos ir a Iraty, e então eu lhe mostrarei como se pesca no rio.

— O que é que você sabe sobre isso?

— Justo me ensinou.

— Como vai Justo? — quis saber Dodo, em sua primeira pergunta direta a respeito de Guernica e das pessoas que lá viviam.

— Sempre forte — disse Miguel.

— Mesmo com um braço só?

— A quantidade de braços não tem nada a ver.

Dodo deixou o assunto de lado enquanto começavam a descer uma vertente.

— Agora estamos na Espanha — ele disse. — Bem ali embaixo é o Bidassoa. O rio sempre é o maior problema. Os guardas espanhóis costumam ficar com a bunda sentada no lado sul esperando a gente ir até eles.

— O rio?

— Ele forma uma garganta a oeste de Vera, mais perto da nascente, com quedas profundas e uma forte correnteza — disse Dodo, estirando-se na terra e apontando para a floresta abaixo. — À medida que se aproxima de Irun, ele alarga e corre mais devagar, dependendo da época do ano e do volume do fluxo. É mais fácil atravessar rio abaixo, e é por isso que há postos de vigilância a cada curva do rio.

— Como é que nós atravessamos?

— Remando num barco que um fazendeiro deixa para nós, ou boiando, ou nadando — disse Dodo. — Provavelmente boiando e nadando, já que atualmente um barco é óbvio demais.

— Dodo?

— Que é?

Miguel ergueu o que restava de suas mãos.

— Não sei se consigo mais nadar.

Dodo não havia considerado isso. Pensou em desafiar o irmão para uma forra do Circuito, mas ficou calado.

Além das caminhadas solitárias pela cidade de manhã cedo e tarde da noite, e do trabalho de tentar evitar que Errotabarri caísse aos pedaços, Justo passava a maior parte do tempo em Bilbao, que ficava a uma curta distância de trem. Gostava de ajudar o irmão na Basílica de Begoña e de visitar a Irmã Encarnação no hospital. Devia muito àqueles dois, e lhe fazia bem ficar perto do irmão caçula e da freirinha que tanto admirava.

A Irmã Enca deixava Justo feliz ao permitir que ele agisse como uma espécie de agente de convencimento com os pacientes mais teimosos. Já ajudar o irmão, o padre Xabier, era mais complicado. Agora que Justo estava bem, o padre não considerava mais adequado que ele ficasse varrendo a casa paroquial e limpando o chão.

O fato é que Xabier se tornara uma figura política em evidência, na medida em que sua ligação com o presidente exilado José Antonio Aguirre fizera dele alvo de algum cuidado para as forças de segurança e inteligência de Franco. Xabier sabia que estava sendo vigiado e receava que isso pusesse o irmão em risco. Seria melhor se seus encontros fossem menos óbvios, ao menos por uns tempos. Mas ele apreciava tanto a presença de Justo que não conseguia imaginar uma forma sutil de desestimular suas visitas.

Justo não se surpreendeu com a crescente importância política de Xabier. Ele se tornara conhecido como uma força na consciência basca, uma voz antifascista quando tanta gente tinha sido silenciada. Por mais que Xabier procurasse manter seu púlpito distante da política, muitos paroquianos ainda iam buscar suas opiniões sobre a situação do País Basco, de Biscaia e da Espanha. Com mais frequência, lhe perguntavam: "Tem notícias de Aguirre?".

— Não, não e não — ele dizia. — Por que um homem tão poderoso teria interesse em falar comigo?

Mas ele sabia, sim, de Aguirre, que havia percorrido uma trilha perigosa pela Europa, escapando por um triz com os agentes da Gestapo nos calcanhares. Sua irmã Encarna fora morta a tiros pelos alemães enquanto a família estava na Bélgica.

Quando Aguirre precisava sentir o clima político ou ter notícias de casa, ele procurava Xabier. Não era mais tão simples como antes, quando ia direto ao confessionário dos fundos da Basílica, mas sempre se dava um jeito.

Xabier sabia perfeitamente que Justo adoraria se envolver nisso. Mas Justo com certeza era incapaz de agir em segredo. Tinha coragem para enfrentar sozinho um batalhão inteiro, mas ser discreto? Não seria Justo.

— Justo, é muito gentil da sua parte vir até aqui para me ajudar, mas realmente não há necessidade — dizia Xabier. — Eu sei que você tem muita coisa para fazer em casa e detesto tirá-lo de suas ocupações.

— Não tem problema, Sua Excelência — Justo respondia. — Eu tenho tudo sob controle, e a casa da nossa família está sendo muito bem recuperada.

— É claro, Justo, é claro. Eu só preciso então lhe dizer uma coisa. Pode não ser bom para você ser visto constantemente comigo neste momento.

GUERNICA

—Meu irmãozinho, tenho que lhe dizer que pode não ser bom para você ser visto comigo neste momento — Justo retrucava.

Apesar de toda a sua seriedade de intenções, Xabier tinha que rir.

— O que eu quero dizer é que agora sou considerado uma figura política, e outros padres por este país têm sido presos ou assassinados... você sabe disso. Receio que eles possam tentar me atingir atacando você, caso você fique assim, demasiadamente visível.

— Eu? — Justo levantou a voz potente, segurando no ar a vassoura que estava carregando. — Eu posso ser o suprassumo da discrição. Posso ser um cheirinho de fumaça. Sou uma ideia, uma lembrança. Posso ir e vir sem ser visto.

Xabier riu mais alto ainda.

— Está vendo?

— Vamos discutir isso alguma outra hora, Sua Eminência — Justo dizia, levando a vassoura para guardar num armário.

— Agora eu vou ver a Irmã Enca.

Justo desceu a colina que dava no rio rumo ao hospital e passou a tarde ajudando a freira franzina com os pacientes em reabilitação.

— Eu gosto de ver você, Justo — ela disse. — Você é uma das nossas histórias de sucesso. É bom que os pacientes vejam como você aprendeu a se adaptar tão bem.

Justo agia no mesmo tom da Irmã Encarnação em relação aos pacientes; os que precisavam se fortalecer tiravam proveito de sua paciência e dos bons sentimentos. Os que necessitassem ser arrancados da autocomiseração eram forçados a agir por aquele homem tão forte.

— Qualquer coisa que eu puder fazer para ajudar, irmã — ele dizia.

— Você tem ajudado bastante, Justo — ela dizia. — Está disseminando uma mensagem positiva e se mostrando um bom exemplo.

Bem, já é algum progresso, Annie Bingham concluiu: agora tenho dois empregos que não me pagam. A pequena ajuda de custo pelo seu trabalho com as crianças bascas fora cortada. De todo modo, o número delas fora reduzido pela metade, uma vez que algumas haviam sido repatriadas e outras, adotadas. Boa parte das mais velhas simplesmente crescera e, em grande parte como resultado dos ensinamentos de Annie, tinha condições de se integrar à comunidade por sua própria conta. Mesmo sem receber nada, ela continuava ajudando os que haviam permanecido; sentiam-se uma família. E agora, integrada aos Serviços Voluntários Femininos, Annie Bingham passava as noites bem agasalhada em seu posto, operando seu farol. Ela achou que sua visão poderia ser um problema ao se inscrever para o trabalho voluntário, mas a alistadora se mostrara simplesmente maravilhada em poder lhe dar as boas-vindas, fosse qual fosse a sua habilidade. O trabalho noturno não interferiria na assistência às crianças, e, de qualquer forma, ela não precisava mesmo de muito dinheiro, morando com os pais.

Queria escrever para Charley dando detalhes de suas novas atividades: como estava colaborando com os esforços de guerra e como se exercitava treinando a luz sobre as gaivotas e orientando os pobres pássaros confusos pelos céus com seus poderosos fachos de luz. Mas ela fora avisada de que sua posição era considerada um segredo que não poderia revelar a ninguém.

Para as crianças da casa, no entanto, ela se sentia bem deixando transparecer que estava envolvida com o sistema de defesa antiaérea. Sem entender muito bem a língua, elas achavam

GUERNICA

que o empreendimento inteiro tinha o nome dela e que toda a Inglaterra agora se encontrava sob a proteção do sistema de defesa "Annie Aérea".

Annie gostava da sonoridade daquilo e não se apressava a corrigir o erro. As crianças haviam passado muitos anos sem medo de morrer num bombardeio. Quando chegaram à Inglaterra, lhes haviam assegurado — prometido, na verdade — que estariam a salvo para sempre. Mas os alemães perseguiram aquelas crianças até a Grã-Bretanha, e, mais uma vez, elas se viam levadas à noite para abrigos.

Pelo menos sua amiga Annie Aérea estava ali para defendê-las.

E ela sofria fisicamente pelo novo marido. Não podia acreditar que a dor da separação existisse de verdade. Após o casamento, os dois tinham decidido morar com os pais dela, uma vez que Charley logo iria embora. Começariam a vida juntos, em sua própria casa, quando ele regressasse. Para mantê-la otimista e olhando para o futuro, Charley pediu para que começasse a procurar apartamento. Ninguém sabia como as coisas poderiam mudar para eles, mas ela queria estar preparada o melhor possível para a chegada dele... fosse quando fosse. Algum dos dois voltaria a estudar? Teriam uma renda? Começariam logo uma família? Seria bom. Sim, seria uma coisa muito boa. Ela não tinha mais por que esperar.

Não havia muito tempo para devaneios inúteis, porém. Annie dormia do amanhecer até as sete horas, quando ia para a casa paroquial passar o dia com as crianças. Tão logo o céu escurecia, estava a postos numa serrania no extremo da cidade, aguardando alguma mensagem de rádio avisando que bombardeiros inimigos estavam entrando no quadrante oriental.

Certa manhã, pedalando sua bicicleta de volta para casa quando o céu se pintava de rosa, ela dobrou a esquina e viu um carro preto na frente da casa. Uns homens queriam vê-la.

Justo Ansotegui se aproximou. Alaia Aldecoa podia sentir seu cheiro; ninguém mais possuía aquela mistura de odores de fazenda, suor e sabonete.

— *Kaixo*, Alaia, sou eu, Justo Ansotegui — ele disse. Sim, ela sabia. Ele se apresentava daquela maneira toda semana. Era uma questão de gentileza, pois acreditava que a cegueira a impedisse de perceber sua aproximação.

— Você quer mais sabonete?

— É, queria uma barra do perfume de Miren — ele disse.

Ela tirou de uma sacola as duas barras que preparava e separava para ele toda semana. Justo tentava pagar e ela recusava o dinheiro. Ele então ia percorrer outras tendas, como de hábito naqueles tempos do novo mercado, que agora se localizava mais perto do rio. Tentava agir como o Justo de antes do bombardeio de três anos ou mais atrás, mas ela era capaz de notar a profunda tristeza que o envolvia, como o fazia com tantas outras pessoas da cidade. Até quando ele falava de coisas banais e tentava ser leve, havia algo pesado em sua voz. Não era muito, mas ela ouvia.

Depois que Justo ia embora, ela ficava escutando as matronas fofocando e os homens jogando *mus* no café, e um homem tocando acordeão sob o toldo da esquina. Ela sabia que boa parte da fofoca na cidade era sobre Justo; especulava-se se ele, com aquelas bolhas de sabão saindo dos bolsos e as estranhas andanças sem destino pela cidade, estaria desvairando como o pai. Mas, quanto ao resto, ele parecia perfeitamente normal. Tinha lá seus sofrimentos, como todo mundo. Mas lidava com isso à sua maneira. Parava aqui, comprava umas batatas acolá, e em seguida desaparecia por alguma rua lateral com seu jeito curioso.

Ele está indo melhor do que eu, Alaia pensou. Fazer sabonetes era algo muito pouco estimulante. Ela fazia mais por Justo; do contrário, não sairia de sua cabana e não teria motivo para se aventurar sozinha até a cidade. A não ser por uma estranha relação.

A Irmã Teresa, do convento de Santa Clara, viera lhe fazer um convite. As irmãs precisavam de sabonetes. Nenhuma delas fora capaz de substituir Alaia em todos esses anos, e muitas freiras tinham mencionado isso. Elas não haviam reclamado, claro, já que aquilo podia parecer um pedido frívolo. Mas a Irmã Teresa se preocupava com Alaia. Ela sabia que sua prima, Mariangeles Ansotegui, e a filha de Mariangeles, Miren, tinham sido muito importantes para Alaia. Onde ela haveria agora de encontrar apoio, na ausência das duas?

Alaia sentiu um bem-estar inesperado no convento, ao voltar para dentro dos muros quando ia entregar os sabonetes às irmãs devotas. Elas pareciam contentes com suas vidinhas, tão seguras de seus rumos, tão isoladas das forças externas incontroláveis... Era um lugar acolhedor e muito bem organizado, e todas se preocupavam com ela. A não ser por breves e, de certo modo, desconfortáveis instantes com Justo no mercado, quando ela tentava erguer-lhe o ânimo, o tempo que passava visitando as irmãs era seu único contato humano.

O sumiço de Miguel tinha sido dolorosamente executado. Por ocasião de suas breves visitas, certa tarde ele lhe trouxera um peixe. Após colocá-lo em cima da mesa, comunicou sua intenção de ir para a França para morar e trabalhar com o irmão.

— E o que será de Justo? — Alaia perguntou, querendo na verdade dizer: "O que será de mim?".

— Ele vai ficar melhor sem minha presença para relembrá-lo do passado — disse Miguel, falando de Justo, mas querendo se referir a ela.

— Não, não vai — ela deixou escapar.

Mas Miguel já havia partido antes que ela pudesse dizer o que de fato pensou.

Capítulo 26

Do continente, os serviços de informação alertavam os pilotos da RAF de que patrulhas alemãs estavam buscando pilotos e tripulantes abatidos em voo com a sanha de crianças atrás de ovos de Páscoa. Havia um prazer quase ritualístico na caçada, e eles procuravam em cada moita, nos troncos esburacados das árvores e debaixo de montes de folhas e de pilhas de lenha. Depois que Charley Swan tocou o solo e fez uma rápida avaliação da origem do sangue em sua calça, tratou de enrolar e enterrar o paraquedas e de se esconder no meio de uma espessa cerca viva.

Durante o final da tarde e por toda a noite, ele escutou as patrulhas nas estradas parando para inspecionar os campos e eventualmente chegando tão perto que dava para ouvir os cães latindo. Ficou de tal forma imóvel e colado à vegetação que suas pernas se contraíam e tremiam. Mas os cães não lhe sentiram o cheiro.

Várias horas depois de escurecer, um camponês atento resgatou Charley num carrinho de mão que gemia sob seu peso e o transportou assim até um celeiro. Ele se sentiu ridículo, mas não fez perguntas; o homem havia chegado com água e um pedaço de pão e o livrara daquelas moitas cheias de espinhos. Só isso o fazia merecedor de total confiança.

Num instante se viu que um fragmento de metal lhe havia arrancado um naco de carne da parte externa da coxa, o que acabaria se tornando de certa forma pouco atraente no futuro, mas que, no momento, não passava de um incômodo. A perda de sangue não lhe punha a vida em perigo, e, se fosse possível evitar a infecção, Charley estaria apto a voar novamente após um breve período de recuperação.

Um médico arriscou a carreira e a vida para ir até o celeiro e limpar o ferimento, suturar e aplicar um pó de sulfa. Um casal belga da cidade pôs em risco sua casa e as próprias vidas tirando-o dali, abrigando-o no porão e dividindo suas rações com ele até que recuperasse as forças. Após um mês escondido e em repouso, Charley Swan seria colocado num canal construído por belgas e franceses, que arriscariam suas vidas para fazê-lo retornar à Inglaterra.

No dia em que chegou ao porão, a exaustão tomou conta de Charley. Dormiu mais de três dias, acordando apenas para fazer curativo e comer, ainda meio tonto. Estranhamente, ter sido derrubado lhe trouxe paz, e, quando se levantou, estava recuperado e pronto para tentar a fuga.

Seus instrutores o haviam treinado à base da sutileza. Identificavam as áreas de maior perigo e o instruíam a evitar o confronto. Mas, para uma pessoa como ele, de mente ativa e com uma nova reserva de energia, passar tantos dias quietinho num porão foi um teste de paciência. No entanto, não tinha opções, já que a Gestapo dava batidas aleatórias nas casas na maioria das cidades. E quem sabe quem poderia estar vigiando as janelas das casas da vizinhança? Assim, Charley Swan ficava prostrado quase todo o dia, observando o facho de luz entrar pela janela suja e iluminar aos poucos as paredes e o chão, assumindo formas variáveis ao longo do cômodo como um caleidoscópio sem cor e muito, muito lento.

GUERNICA

Moscas juntavam-se sobre o peitoril da janela para morrer, e um rato disputava a parede interna dando corridinhas e parando. Charley ouvia os aviões sobre sua cabeça, tentando identificá-los. (Nossos ou deles?, perguntava-se, tentado a olhar, mas excessivamente disciplinado para se arriscar a fazê-lo.) Ele acompanhava o ruído dos caminhões que passavam na rua, ansioso pela passagem do último. Pelas venezianas, subia o cheiro de repolho cozinhando.

Ele desenvolveu quebra-cabeças mentais para permanecer alerta. Pensava nas verificações diárias de voo e saía em missões, testando os flaps, verificando o combustível, movendo o manche, recostando-se no assento. Estaria apto a voar novamente tão logo retornasse. Para manter a forma, Charley se alongava e se exercitava no chão durante horas, deitando de costas sobre a madeira dura e, de barriga para baixo, tentando um nado de peito no seco.

À noite, quando o luar não invadia o porão, dava voltas pelo cômodo e dobrava os joelhos para fortalecer as pernas. Prevendo uma passagem por Gibraltar, procurava recordar o espanhol, conversando consigo mesmo.

Mas, na maior parte do tempo, Charley pensava mesmo em Annie. Uma das suas principais preocupações consistia em poder enviar uma notificação para casa garantindo a ela que estava bem. Disseram-lhe que falariam com os pilotos prestes a atravessar a fronteira para ver se poderiam passar sua mensagem. Mas esses caras já tinham coisas demais na cabeça, e uma informação desse tipo poderia ser mais uma ameaça ao sistema, caso fosse extraída deles por pressão perante a Gestapo. Assim, nada foi dito. A mulher ficaria ainda mais surpresa quando ele aparecesse na porta de casa, eles argumentavam, e não se sentiria duplamente abalada caso sua fuga não saísse como o esperado e tivesse que ouvir que ele havia sido morto pela segunda vez.

Suficientemente restabelecido para suportar a jornada e agora capaz de andar sem apoio, Charley tomou conhecimento do plano. Vestindo calça de algodão, camisa de brim e um casaco leve, deveria agir como um estudante indo para o sul de férias. Sua instrutora, uma mulher que ele só conheceria no dia da partida, guardaria uma distância segura enquanto estivessem viajando para Paris, trocando de trens para Bordeaux e novamente se transferindo para uma linha menor em direção às localidades mais ao sul como Dax, Bayonne, Biarritz, e Saint-Jean-de-Luz.

Charley aprendera um pouco de francês naquele mês de recuperação, mas foi incapaz de expressar perfeitamente seus agradecimentos àqueles que o acolheram. Disse algumas palavras e finalmente abraçou os dois, que entenderam.

— *Bonne chance* — o homem lhe disse. — *Bombardez les allemands.*

Charley entendeu. *Boa sorte, e, assim que for possível, volte e bombardeie os nazistas.*

Tentativas anteriores de fuga haviam ensinado os operadores do oleoduto que os pontos de maior vulnerabilidade eram as plataformas das estações ferroviárias, onde os passageiros poderiam ser obrigados a se afunilar para passar pelos postos de controle, e indivíduos suspeitos poderiam ser aleatoriamente mortos na própria fila. A estação de Lyon, em Paris, possuía um desses gargalos especialmente perigoso.

Charley se sentia tão preparado e confiante no êxito da viagem que dormiu na ida para Paris. Mas, quando saltou do trem, compreendeu o problema. Um batalhão de soldados alemães bloqueava a passagem da plataforma para o saguão principal enquanto uma dupla de agentes da Gestapo sentados a uma mesa conferiam os documentos de identidade. A longa fila de passageiros demonstrava que não se tratava de uma busca casual.

Estranho, ele pensou; ele combatia os alemães havia mais de um ano e esses eram os primeiros que realmente via. Mas agora era a hora de analisar as opções, e precisava ser cuidadoso para não ficar olhando para os lados com demasiada insistência. Voltou para reembarcar no trem como uma tentativa de sair pelo outro lado, mas, ao olhar pela janela, viu soldados com pistolas automáticas fazendo uma varredura nos vagões. Fique calmo, ele disse a si mesmo. A instrutora saberia o que fazer. Ele entraria na fila na esperança de que seus documentos passassem na inspeção. Calma. Respire fundo. Relaxe.

— *Pardonnez-moi* — Charley escutou. — *Pardon*.

A multidão de passageiros impacientes se dividiu para abrir caminho a um carrinho de bagagens superlotado empurrado por um homem idoso demais para a tarefa. A carga vacilante parecia prestes a se esparramar pelo chão quando o carrinho de duas rodas rolou pelo cimento desnivelado.

Charley disparou uma palavra em francês.

— *Assistez?* — perguntou, apontando para a bagagem.

— *Ah, oui* — disse o velho. Quando o homem se abaixou para levantar o carrinho, seu boné azul de carregador caiu. Charley recolocou as malas, pegou o boné do chão e o pôs na própria cabeça. Piscou para o homem e fez-lhe sinal para que prosseguisse, enquanto ele ia andando atrás do carrinho aparando com as mãos as bagagens oscilantes.

A fileira de soldados com pistolas automáticas apontadas para os passageiros permaneceu ombro a ombro enquanto o carrinho de bagagem se aproximava.

— *Pardonnez!* — gritou o velhinho sob a pressão de uma carga pesada.

Os soldados o olharam de alto a baixo, e lhe deram passagem. Charley se concentrou em equilibrar as malas sem olhar para cima enquanto os dois passavam.

— Alto! — um dos soldados ordenou. O carregador e Charley ficaram paralisados.

Um oficial sacou a pistola e se aproximou. Olhou direto no rosto de Charley. Charley olhou direto nos olhos dele, fixando em suas pupilas. O oficial examinou a carga e mexeu numas malas para se certificar de que não havia ninguém se escondendo sob a pilha. Convencido de que o carrinho estava limpo, fez um gesto para que o velho seguisse adiante.

— *Merci, monsieur* — disse o homem quando os dois "trabalhadores" chegaram à sala de bagagens. E fez um sinal para que o outro lhe devolvesse o boné.

— *Merci beaucoup* — respondeu Charley, entregando o chapéu. Em seguida, voltou-se para o saguão, examinou a lista de partidas e partiu saltitante como um estudante em férias rumo ao trem para Bordeaux.

Alguma coisa tinha que ser feita em relação ao cabelo. Numa época em que não chamar a atenção significava sobreviver, ninguém queria arriscar que um piloto com cabelos da cor de uma luz de advertência pudesse passar por um pastor basco nas montanhas.

Renée Labourd encontrou Charley Swan na estação de Saint-Jean-de-Luz/Ciboure como se ele fosse um namorado voltando para casa da escola. Percebendo uma dupla de soldados nazistas, ela se antecipou e tratou de guiá-lo por uma rua lateral até o Pub du Corsaire e dali, pela escada dos fundos, ao apartamento de Dodo.

Quando entrou na sala com Charley, Renée apontou imediatamente para o cabelo dele.

GUERNICA

— Apresento-lhes o nosso mais novo pastor de ovelhas — ela disse com sarcasmo.

— Acho que não temos uma boina grande o suficiente para cobrir isso — disse Dodo. — Teríamos mais chances fazendo-o passar por uma das ovelhas.

— Pó de carvão deve funcionar, mas poderia sair com a água da chuva ou no rio — disse Renée.

— O verniz que eu usava nos móveis era bem resistente; certamente serviria — propôs Miguel.

— Você tem um pouco? — Renée perguntou.

— Em Guernica. Sinto muito.

— Vou ver se consigo uma tinta de cabelo por aí — disse Renée.

Essas ações incomuns, que exigiam buscas pela cidade, ficavam sob a responsabilidade dela desde que o pequeno grupo havia elaborado uma efetiva divisão de tarefas. Renée tinha como encontrar tinta para cabelo sem causar suspeitas. Dodo, não. Ela podia comprar roupas de homem de diferentes tamanhos, como presentes, ao passo que isso pareceria estranho para ele. Ela podia esperar um rapaz na estação, e isso pareceria o início de uma relação romântica, enquanto, com Dodo, daria a impressão de ser a origem de uma conspiração.

Em seu pouco tempo de montanha, Miguel estava se saindo bem, sem passos errados. Sua experiência no corte de madeira nas colinas sobre Guernica o haviam preparado para o trabalho noturno ao longo da fronteira. Era capaz de andar durante a noite toda, mantendo a boca fechada e os olhos bem abertos. O mais importante é que o pequeno bando não poderia ter conseguido outra pessoa de mais confiança.

Fossem quais fossem as limitações que as mãos de Miguel representaram em suas outras atividades, não eram um fator relevante para guiar pilotos em fuga até a fronteira espanhola. Dodo notava, sem comentar, que ele agora também parecia estar andando mais ereto, olhando à sua volta, em vez de ficar de olhos pregados no chão à frente.

O exercício e o perigo como que energizavam Miguel, mas não eram nem de longe capazes de lhe regenerar o espírito como o era a ideia de vingança. Cada piloto que retornava à Inglaterra era mais um em condições de lançar novas bombas sobre os nazistas. Esse podia não ser um pensamento cristão, mas ele descobriu que podia conviver com essa culpa até a próxima confissão. A ideia de se confessar disparava outra conexão mental que o levava a um caminho previsível: do padre Xabier ao irmão de Xabier, Justo, e daí outra vez à filha de Justo, Miren. De volta a Miren e à tristeza. De volta ao trabalho, para encontrar algo que não pudesse levar nessa direção. Mas tudo o levava de volta.

Renée, Dodo e Miguel já haviam repatriado com êxito mais de uma dúzia de pilotos desde a ocupação nazista da França. Isso não teria acontecido sem uma boa dose de sorte, muita improvisação e a adaptação de rotas quase literalmente no meio do caminho. Por diversas vezes eles se viram forçados a alterar o curso e seguir rapidamente por outros desfiladeiros. Passaram uma noite numa gruta com alguns pilotos impacientes. Certa vez, pilotaram um toco de madeira à deriva atravessando o rio Bidassoa, apenas com as cabeças à tona no lado escuro do toco enquanto os holofotes varriam as águas e vários disparos de prática de tiro ao alvo penetravam a madeira. Abraçados a galhos de árvores submersos, boiavam mais facilmente do que o teriam feito sem a ajuda estabilizadora do toco flutuante.

Durante algum tempo, os guardas espanhóis demonstraram mais interesse nos contrabandistas do que nos refugiados ou nos pilotos em fuga. Os espanhóis eram considerados neutros, no que dizia respeito à guerra e seus participantes, mas sempre se mostraram muito vigilantes — embora alguns eventualmente indolentes — em relação ao transporte ilegal e à entrada clandestina de mercadorias em seu país.

Entretanto, os nazistas tinham influência sobre Franco, e a Gestapo começara a treinar — e a intimidar — os guardas responsáveis por patrulhar as fronteiras. Um acordo permitia aos espanhóis deter qualquer um que fosse apanhado deixando a França para ser processado na Alemanha. Em consequência, os *évadés*, como eram chamados pelos franceses os que tentavam escapar, não tinham mais a liberdade assegurada estando na Espanha. E os espanhóis, com novas instruções, estavam ansiosos para não aborrecer os nazistas autoritários.

Porém, desde a perda dos refugiados poloneses, não aconteciam fatalidades na fronteira para o grupo, um recorde impressionante, dada a crescente presença dos nazistas. A sedução das praias e a natureza agradável das cidades ao longo da Costa Basca levaram os alemães a sentir saudades das licenças em localidades como Biarritz e Saint-Jean-de-Luz, na França, e Hendaye e San Sebastián, na Espanha. Dessa forma, a microempresa de Dodo se via forçada a lidar com pressões redobradas não apenas nas montanhas e nos campos, mas também nas cidades, para onde convergiam inúmeros nazistas fora de combate, ávidos por mulheres e gulosseimas.

E era em meio a essa complicada conjuntura que aparecia um piloto inglês com um cabelo que berrava "*Achtung, verboten!*".

— Ótimo, vá arranjar essa tintura — disse Dodo para Renée.

— E o que vamos fazer com essa pele? — ela indagou.

— Imagino que vamos ter que deixá-la bem encardida — foi a resposta de Dodo.

Os oficiais alemães tinham especial preferência pela taberna dos Labourd, perto de Sare. No jantar, era frequente pedirem várias porções de *gâteau basque* de sobremesa, sem jamais perguntar a origem dos ovos, do açúcar e de outros ingredientes racionados.

— Eu seria capaz de cagar nesse doce — brincava Santi Labourd. — O problema é que eles podem achar que é recheio de ameixa e pedir mais do que eu tenho condições de fornecer.

Por cada oficial atendido, era cobrada uma pequena taxa que não aparecia na conta final. Depois que a senhora Claudine Labourd pedia que todos se retirassem para fazer a faxina do estabelecimento, enfiava os dedos nos bolsos das túnicas e nas mochilas em busca de alguma informação, insígnias e botons soltos ou sobrando — qualquer coisa que pudesse ser tirada sem se notar.

Às vezes, encontrava um pacote com três maços de cigarros, um dos quais reservava para vender ao mesmo oficial no dia seguinte, após ele se dar conta de que os seus estavam acabando. "Ah, você tem o meu preferido, que sorte!", ele invariavelmente exclamava, dobrando a gorjeta.

Apesar da aparência de matrona rechonchuda, ela ainda conhecia bem o valor de flertar com os oficiais, deixando no ar as grandes maravilhas que seria capaz de proporcionar caso tivesse uns vinte anos menos. Alguns eram descarados o bastante para dizer que não se importavam com a idade e lhe pediam que fosse aos seus quartos. Ela fingia se espantar com a virilidade do oficial, apertando-lhe o antebraço, deixava escapar um exageradamente impressionado *"formidable"* e recusava o convite, justificando com um vago "problema de mulher". O oficial demonstrava entender com um gesto de cabeça, sem ter

GUERNICA

a menor ideia do que poderia ser. Ele também não tinha noção de que os bolsos dela guardavam documentos de identidade que poderiam ser falsificados de um modo bastante aceitável, cem francos de bônus, uma insígnia de colarinho, uma foto do Führer, selos alemães tirados de correspondências, e seu quepe extra de campanha.

Por causa da possibilidade de dar de cara com nazistas em férias, Dodo sempre hesitava em se aproximar do pequeno hotel. Renée decidira que só iria até Sare naquela viagem, caminhando à frente com Charley enquanto Dodo e Miguel ficassem bem para trás e fora da trilha. Os únicos dois à vista eram os namorados passeando pelo vale, de braços dados, curtindo a paz daquele momento. Nada poderia ser mais natural.

Quando Renée não viu nazistas naquela noite no Labourd, o grupo todo entrou para uma farta refeição de cordeiro com legumes, e um Bordeaux de excelente safra.

— Vinho perfeito, papai — Renée o elogiou.

— Ah, esse estava entrando na Espanha uma noite dessas e umas poucas garrafas acabaram se perdendo pelo caminho — ele explicou com falsa indiferença.

O plano consistia em tentar tirar uma soneca até bem depois do pôr do sol, de modo que se sentissem bem descansados para uma caminhada de cinco ou seis horas. Como de costume, Dodo foi com Renée para o antigo quarto dela, proposta que os Labourd acharam razoável. Os dois viviam juntos na cidade, trabalhavam juntos, e se amavam; por que se prender a formalidades? Além disso, eles admiravam Dodo e o tinham como um par mais do que adequado para sua brava filha.

— Aproveite enquanto é jovem — Santi sempre dizia a Claudine. — Cada um que se perde é um que não se tem mais depois — acrescentava antes que ela lhe desse um tapa no ombro.

Miguel e Charley, de cabelo preto, foram para os fundos da taberna, para provar do conforto do anexo. A perna ferida de Charley não dera problemas durante a caminhada de quase 10 quilômetros até Sare. Com seu cabelo "novo", calça de algodão, colete de lã de pastor, *espadrilles* de solado de corda e boina, ele era um basco bem plausível, mesmo com o rosto estranhamente manchado.

O que se contrapunha de maneira mais do que adequada a todo esse risco era a fluência de Charles Swan no espanhol. Ela possibilitava o fácil entendimento entre eles todos, particularmente com Miguel nessa noite. Também significava que ele era capaz de entender e responder apropriadamente caso surgisse algum contratempo ao longo da fronteira.

O estábulo dos Labourd abrigava uma mula, dois *pottoks* domesticados e veteranos de muitas travessias noturnas, e mais de uma dúzia de ovelhas. Assim como os demais convidados especiais que haviam passado por lá, Miguel e Charley foram alojados no jirau onde se estocava o feno, e os ratos geralmente mostravam a generosidade de mastigar apenas os cadarços de couro dos visitantes, e nada de mais valioso. Entre aquelas montanhas de grama seca, cochos de aveia e ovelhas, para Miguel tudo cheirava como em Errotabarri. Ovelhas, Errotabarri, Justo, Mariangeles, Miren.

Apesar de saber da importância que teriam para ele, posteriormente, algumas horas de repouso, Charley não conseguia relaxar e constantemente esticava e testava a perna. Havia transcorrido um mês e meio desde que ele fora abatido no ar. O entendimento de que agora se achava a apenas poucas horas de um país neutro o fazia se sentir quase que em casa.

Miguel pouco confraternizava com os pilotos. Não conseguia entender a maior parte deles, e, além do mais, ninguém sabia quem poderia acabar falando com os guardas lá embaixo na fronteira. Se alguém fosse capturado, a ignorância seria algo valioso para todos. Mas ele também estava sozinho. Eles faziam circular uma garrafa de Bordeaux que Santi lhes oferecera.

— O maior problema — Charley disse quando se acomodaram no jirau — é que minha mulher provavelmente está pensando que eu morri. Acho que não há como ela saber que eu fui resgatado e bem cuidado.

Miguel balançou a cabeça, numa demonstração de simpatia.

— Estamos casados faz menos de dois anos — Charley explicou. — Ela também tem cabelo vermelho.

— Algum *niño* de cabelo avermelhado? — quis saber Miguel.

— Ainda não — ele respondeu. — E você? Tem família?

— Sim, tenho família.

Charley continuou, com um sorriso no rosto.

— Não sei a sua, mas minha mulher é engraçada. — Tirou a foto de um bolso. Falar dela como que a trazia mais para perto.

— Um pássaro? — perguntou Miguel ao ver a foto.

— O nome dele é Blennie. É um filhote, uma dessas aves pequenas que falam.

— O passarinho de vocês fala?

— Eles só imitam os sons que ouvem — Charley explicou. — Annie está sempre tentando fazê-lo dizer "passarinho lindo".

— E ele diz?

— Não, só diz "docka, docka".

— "Docka, docka"?

— Essa é a parte engraçada; já é o segundo papagaio que ela cria que só fala "docka, docka". Ela fica repetindo "passarinho lindo", mas deixa a gaiola perto de um relógio que marca as horas muito alto. O dia inteiro o pássaro fica escutando aquele relógio fazendo toc-toc, toc-toc, toc-toc, toc-toc. Docka, docka, docka, docka. É o que eles aprendem a dizer, e ela não consegue entender por quê.

A explicação de Charley merecia um sorriso e, no máximo, um risinho irônico. Mas mesmo esse leve toque de humor fez romper nos dois algum muro interno, e, conforme se recordavam de como era rir, aquilo foi ganhando impulso até que ambos precisaram enterrar o rosto nos braços cruzados para abafar as gargalhadas. O ruído assustou os *pottoks*, que começaram a se mexer, inquietos, ali embaixo, mas Miguel não conseguia se conter. O rosto rosado de Charley se ruborizava cada vez mais à medida que achava graça da reação de Miguel.

— E por que você não diz isso a ela? — Miguel perguntou quando pôde se controlar.

— Porque tenho medo que ela possa se sentir uma tola.

Miguel olhou para a fotografia, para a mulher cujos olhos eram ampliados pelos óculos e para os olhos vagos do pássaro, e riu novamente.

— Docka, docka — disse.

— Docka, docka — Charley replicou, desencadeando nova onda de gargalhadas.

Miguel devolveu-lhe a foto.

— E a sua? — quis saber Charley.

— Ela é dançarina — ele disse.

Miguel tirou do bolso da camisa a foto de família do primeiro aniversário de Catalina. Justo soube que a fotografia de Miguel havia sido queimada quando sua casa foi destruída. Antes de Miguel ir para as montanhas, ele lhe dera a cópia que guardava no console da lareira em Errotabarri.

— Oh, elas são lindas — disse Charley. Ele nunca tinha visto uma família mais bela. — Suas garotas são maravilhosas... perfeitas.

— Não tão perfeitas — disse Miguel sem pensar, perdido em pensamentos.

— Por que não?

Miguel, ainda com um risinho nos lábios, hesitou.

— Por que não? — Charley perguntou de novo.

Sim, por que não? Miguel pensou. Ele nunca mais voltaria a ver aquele estranho, aquele piloto. Então resolveu explicar por que Catalina não olhava diretamente para a câmera.

— Estávamos escondendo a orelhinha dela — contou. — Quatro de nós tentávamos mantê-la quieta enquanto ela tinha essa orelha perfurada, mas ela se livrou e rasgou uma parte da orelha.

Ele riu ao se lembrar dos quatro, incapazes de imobilizar uma garotinha irrequieta.

— Acho lindo esse brinco na orelha esquerda — disse Charley.

— É o *lauburu*, o emblema basco.

Emblema basco? Charley supunha que Renée, Dodo e Miguel fossem franceses e espanhóis, e não lhe ocorrera pensar neles como bascos. Estava em sua companhia havia menos de um dia e ninguém mencionara nada a respeito, ocupados como estavam todos em planejar os detalhes da fuga.

— Minha mulher conhece muitas crianças bascas — Charley contou, animado pela coincidência. — Muitas, muitas. — Miguel não podia imaginar a razão. — Milhares de crianças foram levadas para a Inglaterra durante a guerra civil de vocês. Minha mulher está ajudando a cuidar delas num abrigo, ela adora. Está aprendendo a falar basco... um pouquinho, pelo menos. De que cidade vocês são?

— Guernica — disse Miguel.

— Guernica?! — Meu Deus, Charley pensou se deveria dizer a ele que fora ver o quadro. Será que ele sabia da existência de um quadro?

— Então... quer dizer que vocês estavam lá? — Charley perguntou.

— Sim, nós estávamos lá.

— Sua família?

— Sim, elas se foram.

Charley fechou os olhos. Ele havia percebido a deformidade das mãos de Miguel, mas não fizera nenhuma conjectura; naquela época, poderia ter sido causada por algum dos muitos subprodutos da guerra. Relembrou as imagens do quadro, a mulher gritando e segurando o bebê de olhos ocos. Tomara que Miguel jamais o visse.

O piloto se concentrou mais profundamente na foto sem saber bem o que dizer.

— São lindas — disse.

Os dois continuaram conversando na escuridão crescente daquele jirau, como uma forma de se proteger do silêncio. O piloto falou da sensação de voar e de como sua mulher teve medo quando ele foi para a guerra. Miguel falou do seu fracasso como pescador e de como ele imaginava que se sentiria enjoado num avião, se tinha já tanta dificuldade num barco.

Tentou explicar como era ver Miren dançar, e contou a história absurda de Vanka, o que levou Charley a rir novamente e a bater de leve em seu ombro.

E, quando o silêncio caiu pesadamente de novo, Charley apenas acrescentou as palavras possíveis:

— Lamento muito.

Miguel contara coisas àquele estranho que não fora capaz de contar a Justo, a Dodo ou mesmo ao seu pai. Eles eram todos muito próximos; cada um com seus próprios sofrimentos, e Miguel não poderia querer que carregassem também o seu. Coube àquele estranho arrancar dele as palavras para tais coisas.

GUERNICA

— Eu estava nas colinas... Não deu para alcançá-las — ele disse. — O que me disseram é que as primeiras bombas mataram a mãe dela, e Miren, minha mulher, morreu queimada debaixo de um prédio que desabou em seguida.

— E a garotinha?

A voz de Miguel sumiu, mas ele precisava dizer isso agora, enquanto era capaz.

— Não havia nada...

— E as suas mãos?

— Aconteceu quando eu tentava encontrá-las — ele disse.

Silêncio.

A mulher de Miguel podia ser Annie. O bebê podia ser o deles. A vida de Miguel podia ser a sua. Ainda podia.

— Eu tenho que retornar — disse Charley. A afirmação nada tinha a ver, mas Miguel entendeu.

O jirau escureceu e os sons suaves dos animais recolhidos ali embaixo os acalmavam, mas nenhum dos dois dormiu. Dentro de poucas horas, Charley estaria ao lado da família, e então começou a ordenar na mente tudo o que pretendia dizer a Annie.

A ordem seguiu uma cadeia de comando incomum. Irmã Teresa contou aos padres de Santa Maria que, quando Alaia Aldecoa chegou ao convento, parecia fraca, como se não estivesse comendo direito. Um padre de Santa Maria foi dizer ao padre Xabier, em Bilbao, que Alaia Aldecoa estava morrendo de fome.

— Você deveria levá-la para casa; é uma caridade necessária — disse Xabier quando Justo foi à basílica naquela semana. — Você sabe o quanto ela significou para todo mundo. Não podemos permitir que isso aconteça. Não podemos dar as costas.

Justo não podia esquecer que ela fora como um membro da família, e tinha grande preocupação com seu bem-estar. Mas daí a levá-la para Errotabarri?

— Não dá para somente levar comida para ela? Ajudá-la com a casa?

— Pode ser que ela tenha comida suficiente, mas que não esteja se cuidando direito. É provável que precise de alguém que tome conta dela.

— E que tal Teresa, no convento? Ou Marie-Luis, lá em Lumo?

— Justo, você acha que essa garota deveria ser trancada novamente num convento? Ou ir viver com alguém que nem conhece?

— Mas lá sou eu sozinho, você sabe disso — ele disse.

— Como é? Você se importa com as aparências? — Xabier o desafiou.

Justo pensou. Ouvira os cochichos na cidade antes das bombas, mas, depois, nunca mais. Isso teria importância?

— Desde quando você liga para o que as pessoas possam pensar? — perguntou Xabier.

— Não sei, Xabier — Justo disse. — Eu preciso de liberdade para fazer meu trabalho missionário.

Xabier não podia ter certeza do que se tratava, mas não entendia como uma garota cega poderia atrapalhar a vida de Justo. De qualquer maneira, a questão de caridade cristã para com a garota era apenas parte do motivo pelo qual ele havia concordado em tocar no assunto. Sentia que ter mais alguém em Errotabarri, alguém de quem Justo gostava, que conhecera Mariangeles e Miren, o obrigaria a ficar mais em casa em vez de passar os dias e as noites perambulando por aí. A relação com o pai parecia óbvia demais para ser ignorada.

— Justo, veja — disse Xabier –, sei que você sempre desconfia que eu tenha algum motivo. Não estou dizendo que ela deva ir e tomar o lugar de sua filha, e com certeza não estou dizendo que ela deva tomar o lugar da sua mulher. Só estou dizendo que ela foi uma amiga querida que agora não tem um lugar melhor para ficar. É só isso. Ela precisa de ajuda.

Justo foi até o armário e pegou uma vassoura para começar a varrer a casa paroquial. O primeiro impulso de Xabier foi detê-lo, mas Justo precisava de tempo, e tinha resolvido varrer enquanto pensava. Talvez não ficasse à vontade com ela em sua casa, mas isso passaria. E absolutamente não dava a mínima para o que se dissesse pela cidade. Na realidade, essa era quase uma boa razão para fazê-lo: ver as línguas se mexendo. Mas em Errotabarri? Ele era responsável por Errotabarri. Seria melhor levá-la para lá quando Miguel retornasse. Isso faria mais sentido. Mas será que Miguel voltaria algum dia?

Justo abriu a porta dos fundos e varreu para fora a sujeira acumulada, que agora era o seu método, já que, com um braço só, não podia mais coordenar o uso da vassoura com o da pá.

— Deixe-me fazer-lhe uma pergunta, Xabier — disse Justo, guardando a vassoura novamente. — O que Alaia acha de tudo isso?

Xabier parou e reviu a cadeia de informações para entender como aquilo chegara até ele. Na verdade, ao menos até onde era capaz de se lembrar, ninguém havia perguntado nada a ela.

Charley escorregou, murmurou alguma coisa e sentiu um cheiro.

— Bosta de *pottok* — Dodo sussurrou depois de dar uma rápida inspirada. — Tem por toda parte.

Dizer a Charley para tomar cuidado seria totalmente desnecessário, já que eles estavam atravessando um túnel em plena noite. Moviam-se todos juntos na escuridão, subindo o curso d'água escorregadio em meio a um terreno rochoso irregular. No alto, contornavam a alameda de árvores no passo da montanha que se estreitava para levá-los à Espanha. Pela curta descida ao longo dessa trilha, eles sairiam do lado de lá da fronteira. Porém, para vencer o caminho até Irun e o litoral, teriam que dobrar novamente para oeste através da fronteira invisível e vadear o Bidassoa no ponto em que o rio servia como uma autêntica barreira.

Uma vez atravessado o rio e a caminho de Irun, Miguel e Dodo deixariam Charley com colaboradores preparados para levá-lo de carro até San Sebastián. Dali, superado o perigo maior, Charley embarcaria num trem para Bilbao, onde os planos posteriores seriam acertados com o consulado britânico.

Com Charley caminhando com facilidade e Miguel alerta contra quem eventualmente os estivesse seguindo, Dodo os guiou por um passo pouco utilizado e começou a atravessar uma encosta lateral a oeste. Pararam uma vez para tomar água e uns goles de Izarra que tinha sido guardado numa gruta perto do passo, e comer o pão que Dodo levava na mochila.

— Para acalmar os mares bravios — Dodo sussurrou para Miguel enquanto jogava a primeira migalha pelas pedras. Miguel fez que sim com a cabeça. Era preciso respeitar todas as superstições.

Miguel parou de repente, e fez um sinal para que Charley e Dodo se calassem. Todos prenderam a respiração. Logo, também Dodo ouviu o som abafado de um sino. Havia um rebanho em algum ponto ali embaixo, e um carneiro tinha se mexido.

— Carneiros — Dodo sussurrou. — Tudo bem.

Charley não tinha escutado nada; na verdade, mal ouvira Dodo falar. Não se dera conta até aquele instante, mas era evidente que as horas passadas próximo ao motor do Blenheim lhe haviam estragado os ouvidos.

Seguiram caminho. Aquela rota, ao que parecia, fora uma boa escolha, e a caminhada extra para leste da área mais fortemente patrulhada valera o esforço. Mas o verdadeiro teste sempre era o rio, e Dodo tinha planejado a travessia a uns 10 ou 12 quilômetros rio acima de Béhobie, onde a encosta era mais suave e protegida por bosques no lado francês. Embora houvesse postos de guarda a intervalos na margem espanhola, em vários trechos as curvas do rio criavam pontos cegos à visão.

Como nenhuma patrulha alemã tinha sido avistada e eles ainda se achavam bem protegidos pela noite, Dodo esperava ter tempo para descobrir a melhor combinação entre cobertura de holofotes espanhóis e águas mais apropriadas.

A largura do rio não o preocupava tanto quanto a velocidade da correnteza e a profundidade da água. Embora as pedras do rio fossem pontudas e instáveis, se os homens conseguissem se manter de pé, seria mais fácil vadear por uma grande distância do que ter que nadar contra a correnteza mesmo num percurso curto.

Agora rastejando com paradas frequentes e longas pelo terreno plano formado pela bacia invadida pela água, eles passaram direto por um grande posto de vigilância. Dessa posição, o pórtico de três lados dominava um arco de rio que fazia uma curva ao longo de centenas de metros. Holofotes promoviam uma detalhada varredura da água e os três se colaram ao chão.

À frente, o rio fazia nova curva, afastando-se da guarita, e Dodo apontou com o dedo o ponto de travessia. Charley se sentia cansado, e a perna direita doía com o esforço. As semanas de inatividade no sótão lhe haviam minado as energias. A visão da água, porém, lhe restituiu as forças, e, quando Dodo se deteve e fez um gesto na direção do rio, Charley entendeu que estava a menos de 30 metros da Espanha.

Dodo avaliou o terreno. Uma praia rochosa suavemente inclinada se estendia além da floresta para o lado francês. Como o rio, ao longo dos séculos, havia erodido as rochas na parte externa do arco e acumulado detritos na parte de dentro, ficara mais fundo na direção da praia do outro lado. Lá a margem era mais escarpada e coberta de rosas silvestres e cavalinhas. Seria uma subida complicada, mas ao menos protegida da vista dos guardas.

Os três caíram de joelhos, formando um grupo compacto, um com o braço no ombro do outro.

— Não vai dar para avançarmos assim tão colados; cada qual vai ter que seguir o próprio caminho, mas na mesma direção geral — Dodo disse a Charley. — Passos curtos. Sinta a próxima pedra com a ponta do pé antes de pôr o peso todo sobre o corpo. Tente ficar o mais abaixado possível na água. Você vai atravessar a corrente num ângulo natural; isso é bom, mas procure não se afastar muito naquela curva. Vamos nos reagrupar quando todos tivermos alcançado a outra encosta.

Charley ouviu atentamente as instruções, sentindo-se como quando começara a voar solo no Tiger Moth, tão excitado que quase lhe parecia possível voar sem o avião. Guardou as informações na mente disciplinada: passos curtos, sentir cada pedra. Permanecer abaixado. Você consegue.

— Na mesma ordem... vamos, devagar — disse Dodo. — Esperem até eu chegar naquela pedra grande, bem no meio, e então podem ir.

Dodo não fez barulho, procurando ajustar os sapatos de sola de cordas à superfície das pedras tombadas ao longo da praia e, ao mesmo tempo, mantendo os olhos atentos ao posto de guarda mais acima. Enquanto Dodo avançava pelo rio, Charley observava suas passadas e a trilha que ele tomava, notando como a correnteza grudava firmemente às pernas de suas calças e como ele se movia devagar e com a água pela cintura, tal como todos os garotos tinham aprendido nas brincadeiras da hora do recreio na escola. A rocha protuberante próxima ao meio e ligeiramente abaixo da correnteza marcava o limite da visão no escuro, e, quando Dodo sumiu de vista, Charley partiu, exatamente como fora instruído.

A correnteza era mais forte do que ele esperava, e quase o puxou para as pedras pontiagudas quando se achava apenas com os tornozelos mergulhados na água. Passos curtos... mais curtos, ele pensou. Imaginou-se a voar enfrentando um forte vento de través, e forçou o corpo para diante na tentativa de contrabalançar o movimento da água. Quando ficou com água pela cintura, Charley sentiu que a perna direita estava perdendo força. Toda vez que esticava a perna esquerda à frente, umas poucas polegadas que fossem, a direita tremia, ameaçando não aguentar e derrubá-lo no rio.

Sua mente analítica buscou um método melhor: passos curtos com a perna esquerda e longos com a direita, virar contra a corrente e ir meio de lado, com a perna mais forte servindo de apoio. Várias vezes ele caiu para a frente, tendo que se apoiar nas mãos, a cabeça mergulhada na água, até conseguir se reerguer e recuperar o equilíbrio. Os caldos na água corrente gelada lhe tiravam o fôlego, e ele engasgava quando voltava à tona, tonto com o esforço e a falta de ar, e a dor que subia pela perna direita.

O holofote espanhol alterou o ciclo regular de varredura e virou o foco na direção deles. Miguel, preparado para entrar na água, voltou lentamente para as árvores, à espera de que a luz passasse.

Chegando à margem oposta, Dodo ouviu latidos vindos do arco rio abaixo, na praia francesa. A curva do rio, que os deixava fora da vista dos espanhóis, expunha-os do lado francês. Os latidos podiam ser de um cão pastor ou do cachorro de algum fazendeiro. Mas podiam ser de uma patrulha alemã.

Dodo acenou para Charley voltar, mas ele estava sem forças, e sua trilha já o tinha levado rio abaixo. Ele caiu numa vala, e, quando retornou à superfície, debatendo-se e tossindo, lanternas de busca lançavam fachos por todo o rio, vasculhando a escuridão tal como os tentáculos dos faróis antiaéreos percorriam o céu em busca de seu avião nas investidas de bombardeio noturno.

Charley submergiu novamente, e Miguel sumiu da praia. Correndo aos trambolhões para dentro da corrente, ele mergulhou como fizera tantas vezes em Lekeitio, competindo com Dodo. Pulava e enfiava a cara na água, mas suas mãos não surtiam grande efeito. Não tinha como pô-las em concha de modo a se impulsionar à frente.

— Vou pegá-lo — Dodo gritou para Miguel. — Tente se manter enviesado.

Treinado em técnicas de sobrevivência, Charley não entrou em pânico e tratou de se dirigir à praia do lado sul, pulando e usando as mãos como remos.

Miguel conseguiu alcançar a grande rocha, onde pôde se reequilibrar e retomar o fôlego enquanto o barulho que faziam Dodo e Charley atraía os fachos de luz na direção deles. Vários outros cães haviam se juntado ao primeiro, num coro crescente de latidos.

Dodo alcançou Charley e os dois foram boiando, quase emparelhados com a posição das patrulhas, mas a poucos metros da praia espanhola. Enquanto Charley se agarrava à vegetação densa para subir até a margem, Dodo parou na praia rochosa do sul e voltou rio acima para socorrer Miguel.

Balas zuniam na água, ricocheteando nas pedras. Fachos de luz cortavam o rio em busca de Dodo, que começou a nadar. E em seguida desapareceu, tragado pela correnteza.

Com as luzes e toda a atenção concentradas em Dodo, Miguel foi pulando rio acima até a praia. Subindo de qualquer maneira pela encosta, se juntou a Charley na praia e ambos subiram pela trilha da margem atrás de Dodo, na esperança de encontrá-lo já na praia e pronto a se reunir a eles. Mas Dodo não tinha voltado à tona. Nem foi achado ao longo da margem ou da trilha.

O fogo das armas alertou os guardas espanhóis, e patrulhas foram enviadas para os dois lados do rio. Miguel e Charley pararam de procurar Dodo e se protegeram. Faziam avanços curtos e em seguida se escondiam por longos períodos, abaixados entre as pedras enquanto os guardas faziam buscas a poucos passos dos dois. Dodo desaparecera rio abaixo — morto a tiros ou afogado. Miguel não tinha outra coisa a fazer que não guiar o piloto até Irun, conforme previsto. Tanto quanto Charley havia sofrido na difícil trilha desde Sare, suas forças estavam exauridas pela travessia do rio. Caminhava com dificuldade.

Eles não poderiam ser vistos, mas também precisavam ganhar distância rumo ao oeste. Seguindo e parando, beiraram uma estrada que ocupava o primeiro platô de terra acima da margem do rio na direção de Irun. Patrulhas motorizadas passavam a toda hora, praticamente de cinco em cinco minutos. Algumas se detinham e percorriam a beira do rio em pequenos pelotões, às vezes, atirando nas moitas ao perceber o menor movimento.

Atravessar a estrada e seguir pelo outro lado poderia significar terreno mais estável, mas não proteção vegetal. Permitiria que eles seguissem em meio à vegetação rasteira e aos terrenos alagados ao longo das beiras da encosta até o rio lá embaixo, torcendo para que nenhuma patrulha parasse justamente onde se escondiam no momento.

— Desse jeito não vamos a lugar nenhum — Miguel disse a Charley.

— E, se estivermos à vista aqui quando clarear o dia, eles não terão problema algum para nos matar. — Charley, sem fôlego, concordou com a cabeça. — Vamos nos esconder e descansar um pouco até passar uma patrulha, depois avançamos o máximo que pudermos pela estrada até ouvirmos novamente os motores; então nos enfiamos nas moitas.

Charley concordou mais uma vez, esperançoso, mas na dúvida. E, quando passou o primeiro caminhão, mal conseguiu dar dez passos pela estrada antes de desabar no chão.

— Desculpe — ele disse. — Vá você. Eu vou depois.

Miguel viu luzes na estrada vindas do oeste e arrastou Charley para uma moita baixa. Sem poder lhe segurar a jaqueta e empurrá-lo, Miguel teve que passar os dois braços em volta do peito de Charley para soerguê-lo.

— Acho que não vou conseguir continuar agora; se descansarmos um pouco, eu ficarei melhor... só uns minutinhos.

— Não temos tempo — Miguel falou sério para Charley entender.

O caminhão resfolegou ao lado, e, enquanto a fumaça cansada ainda cobria o ar de nuvens à beira da estrada, Miguel se levantou novamente.

— De pé — ele ordenou. Charley obedeceu, cambaleando.

Miguel se curvou até a cintura de Charley, colocou-o nas costas e levantou. Com o piloto sobre os ombros, passou os braços por seus joelhos e partiu em desabalada carreira pela beira da estrada.

Em minutos, ouviu-se o motor contínuo de outro caminhão, e Miguel e seu fardo mergulharam nas moitas. Charley quis protestar na segunda vez em que Miguel se preparou para erguê-lo, mas sabia que estavam conseguindo avançar daquele jeito. Confiava na força de Miguel e em sua capacidade de decisão. Os ciclos de esconde-e-corre prosseguiram até que Charley simplesmente não pôde mais se deixar carregar daquela forma.

Pouco antes de amanhecer, eles acharam abrigo numa montanha de galhos derrubados pelo vento. Tinham avançado pouco mais de três quilômetros do ponto em que haviam atravessado a estrada.

O peixe voltou a morder as mãos de Miguel; o velho polvo de sua cama em Lekeitio envolvia-lhe as pernas e as apertava até doer. Após um bom tempo, o peixe começou a rir para ele, esticando os lábios grossos para mostrar as fileiras de dentes pontudos. Rindo. Rindo. E em seguida falando.

Levante-se, o peixe gritou para ele. Levante-se. Após um golpe direto no peito, Miguel abriu os olhos.

Um guarda civil, com seu típico chapéu de três bicos e a capa, apontava uma espingarda para seu peito. Ele riu e deixou escapar um som de ronco exagerado.

Ronco? Miguel olhou para Charley, que estava sendo erguido por outro guarda. Os dois balançaram a cabeça, percebendo o fracasso da fuga. Como explicaria que, após a jornada pelas montanhas, a travessia do rio, e a perda do irmão, eles tinham sido capturados porque foram ouvidos roncando no meio das moitas?

Capítulo 27

Miguel pensou rápido e explicou que os dois eram pastores que haviam se perdido e ficado desorientados durante a noite, e que tinham se jogado no rio ao escutar os cães atrás deles. Qual o problema? Existia alguma lei contra dormir nas proximidades do rio? Na França isso era perfeitamente legal. Se havia multa, eles pagariam sem problemas, muito embora fossem apenas pastores que precisavam dormir como qualquer um.

Os guardas espanhóis estavam pouco se importando se eles eram Charles de Gaulle e o Marechal Pétain; ficariam dois dias presos na cadeia de Irun, até segunda-feira de manhã, quando os alemães da fronteira seriam avisados. Caso não se interessassem por eles, seriam conduzidos à presença de um juiz local. Mas, se os alemães os quisessem de volta, então, bem... o que acontecesse depois não era da sua conta.

Os guardas os empurraram para a traseira de um caminhão velho, cujas marchas se recusavam a engrenar, e assim foram aos corcovos e solavancos até Irun. A velha cadeia de pedras da cidade ocultava celas sórdidas no porão. Antes de se esticarem no chão, Miguel e Charley tiraram dos bolsos as fotos ainda úmidas das famílias e as puseram sobre uma pedra lisa e seca no fundo da cela. Lado a lado. Nenhuma das duas se estragou, mas o papelão estava se desmanchando e os cantos achavam-se mais amarrotados do que eles próprios.

— E agora? — perguntou Charley, tirando a boina emprestada e passando a mão pelo cabelo preto.

— Vamos esperar. Ver se acreditam em nós. Se formos à presença de um juiz, basta você dizer quem é e pedir que chamem alguém do consulado britânico.

— Isso é possível?

— Se eles chegarem aqui primeiro que os alemães...

— Posso ser libertado?

— Pode... talvez... os espanhóis não estão em guerra com vocês.

— E você?

Miguel tivera conhecimento de colaboradores presos que haviam sido levados para o que presumivelmente eram campos de concentração. Outros, considerados culpados de delitos menores, tinham se juntado ao rol dos condenados a trabalhos forçados.

— Quem sabe o cônsul também me livre daqui — disse Miguel. Ele não via por que ficar especulando sobre seu futuro com Charley. Devia, isso sim, imaginar a melhor saída possível.

Aquele dia, um sábado, foi surpreendentemente agradável para Charley. O cansaço e a perspectiva de ser libertado pelo cônsul lhe permitiram dormir e descansar bem.

Se fosse para passar tempo numa prisão espanhola, até daria para encarar. O que se havia de fazer? Mas a perda de Dodo deixava Miguel mal. Talvez ele tivesse conseguido atravessar o rio mais abaixo e longe das patrulhas, ou quem sabe tivesse sido capturado e estivesse nesse momento em uma cadeia em algum lugar. Mas a forma como ele desaparecera não sugeria isso.

GUERNICA

Os meses passados em Saint-Jean-de-Luz e nas montanhas com Dodo tinham sido bastante saudáveis para ele. Com seu entusiasmo e alegria contagiantes, Dodo o ajudara a ficar longe de Guernica. Tinham se embebedado juntos de novo. Conversaram sobre Lekeitio e sobre a família, e até sobre o futuro. Miguel queria ficar com eles mais um pouco, para acompanhar a coisa até o fim, ajudar na guerra, estar ao lado do irmão, de quem gostava agora mais do que nunca. Com a maturidade, e a relação com Renée, ele alcançara um grau de conscientização que muitas vezes lhe faltara, e que fazia dele uma pessoa difícil. Dodo havia encontrado seu lar, e tinha sido mais feliz do que Miguel jamais o fora.

Agora? Quem sabia? Será que Renée gostaria que ele ficasse? E por que ela haveria de querer? Por que desejaria conviver com alguém capaz de atrair tanta má sorte? Tudo ia bem com Dodo até ele chegar, Miguel se dava conta.

— A gente costumava ir nadando até uma ilha fora da barra — disse Miguel a Charley, sentindo necessidade de falar sobre o irmão. — Dodo fazia qualquer coisa para ganhar. Nunca se viu alguém como ele.

— Eu vi como ele nos guiou pelas montanhas e pelo rio — disse Charley.

— Ninguém odiava mais a injustiça, mesmo quando éramos crianças. Ele estava sempre procurando briga. Sempre foi mais apaixonado pelo que estivesse fazendo do que qualquer outra pessoa. No trabalho, na pescaria, bebendo... ou correndo atrás das garotas. Nunca houve alguém como ele. — Miguel começou a rir, interrompendo seu monólogo grave. — Às vezes, era capaz de deixar a gente doido... Se a pescaria não estivesse boa, ele tentaria convencer você de que a culpa era dos políticos do governo espanhol. Se uma garota bonita olhava na direção dele, ele ficava absolutamente certo de que ela estava morrendo de amor por ele. Se ela não o quisesse, era porque pertencia ao partido errado.

Charley sorria para as histórias de Miguel. Sem ter irmão ou irmã, nunca tinha experimentado essa espécie de relacionamento. Talvez fosse bom, achava; livrava-o da dor que Miguel estava sofrendo agora.

— Continue — disse Charley. — Conte-me mais sobre ele.

— Bem, nunca era chato — disse Miguel, iniciando outra história. — A vida para ele era um jogo...

Minutos depois das oito da manhã de domingo, o telefone do escritório da cadeia tocou. O sargento encarregado de comandar o plantão de domingo foi chamado para atender.

Umas poucas palavras indecifráveis saltaram até ele do aparelho, soando como o rosnado de um cão feroz. Ah, um oficial alemão, ele logo deduziu. Que, num espanhol perfeito, deu início a uma demorada descompostura no guarda.

— *Si... si... ah... si* — o sargento tentava dizer algo. Pousou o fone com delicadeza. — Merda.

Recobrando-se, ele retomou o ar de autoridade antes de entrar na cela dos novos prisioneiros.

Desceu ao porão e abriu a porta, e, com um subalterno ao lado, despertou os prisioneiros. O sargento não podia pesar mais do que Annie, pensou Charley. Seu cabelo fazia um bico na frente, e ele tinha um pescoço tão fininho que nem encostava na circunferência do colarinho abotoado. Adotou um tom teatral, com os pés afastados e as mãos nos quadris.

— *Señores*, acabamos de saber pelos nossos amigos da Gestapo — disse o sargento — que vocês foram identificados como sendo, um, membro de um grupo de contrabandistas bascos conhecido como "Garra", e o outro, um piloto *anglais* fujão. Pediram-nos que vocês ficassem sob custódia deles para seguirem posteriormente para um campo de concentração. Teremos mais detalhes dentro de uma hora. Estejam prontos.

Ele bateu a porta de ferro e ruidosamente passou a chave na fechadura.

A Garra? Miguel pensou.

— Eles sabem mesmo quem somos — Charley ficou impressionado. — Há algum informante?

Miguel fez que sim com a cabeça. Aparentemente. Mas quem?

Pouco depois de retornar ao escritório e passar mais brilhantina no cabelo, o sargento caminhou até a porta da frente para aguardar as instruções que estavam para chegar, segundo fora avisado. Um sedan preto com uma suástica vermelha pendurada em cada lateral freou bruscamente na poeira defronte à pequena cadeia. Um soldado com quepe de campanha saltou da porta traseira com o carro ainda em movimento. Subiu as escadas, apressado, praticamente esbofeteando o sargento com sua saudação nazista, e lhe entregou um documento timbrado. Quando o sargento ergueu os olhos do envelope, o sedan já estava longe.

Sob a águia e a suástica impressas no alto da folha, o documento datilografado dizia:

Os dois prisioneiros capturados na fronteira deverão estar prontos para seguir até San Sebastián, onde serão processados e enviados a Berlim. O senhor os deixará sob minha custódia na estação ferroviária de Irun. Para reduzir o impacto de nossa presença ali e eliminar qualquer possibilidade de seus compatriotas promoverem uma tentativa de fuga, encontrá-lo-ei na plataforma do trem para San Sebastián às 13hs. Adquira três passagens para a viagem e solte os prisioneiros pouco antes da partida do trem. Não toleraremos nenhum erro.

Heil Hitler,
Major Wilhelm von Schnurr, SS

O sargento repassou todos os detalhes com seus dois guardas. Eles deveriam limpar as armas e engraxar bem as botas. Não poderia haver nenhum erro, avisou-os. Sairiam imediatamente após o almoço, de maneira a estar de volta a tempo para a *siesta* de domingo.

Tentando chamar o mínimo possível de atenção, Charles Swan examinou a estação, considerando a geometria dos elementos — os viajantes, os guardas, as saídas, os bancos — como se fossem peças de um tabuleiro, na busca de uma forma de escapar. Enquanto ele bolava manobras possíveis, Miguel avaliava os dois guardas, calculando a possibilidade de subjugá-los e desaparecer no meio da multidão. As aglomerações das tardes de domingo eram seu melhor trunfo. Certamente, nenhum dos cidadãos na estação moveria um dedo para impedir quem tentasse fugir da Guarda Civil. O sargento em pessoa comandava a operação e só havia dois guardas. Os prisioneiros não estavam algemados, já que isso chamaria excessiva atenção, mas os dois rifles automáticos dos guardas funcionavam como um convincente fator de intimidação.

Miguel se comportava como se estivesse trôpego e esbarrou num dos guardas para atrair-lhes a atenção, na esperança de dar a Charley a chance de correr caso visse uma brecha. Mas um rifle se voltou para o rosto do piloto, que ficou paralisado. A multidão se afastava dele, não vendo motivos para se envolver.

Como não surgiu oportunidade alguma de fuga, os dois foram conduzidos à plataforma faltando pouco mais de cinco minutos para a hora da partida. Talvez o trem oferecesse uma rota de fuga, dependendo de quantos homens os estivessem vigiando.

O agente da SS na plataforma não podia ser mais óbvio para o sargento. Vestia um sobretudo de couro preto até os joelhos; o colarinho alto quase tocava o chapéu de feltro preto de aba arriada.

O agente se aproximou dos guardas como se eles não fossem capazes de identificá-lo entre os civis que se movimentavam para embarcar no trem. Abriu o casaco para pegar seu documento de identificação e, ao fazê-lo, revelou aos prisioneiros um coldre na cintura contendo uma Walther preta reluzente. A carteira de couro com a identidade foi exibida ao sargento da guarda, que verificou a fotografia do agente, vestido com os mesmos trajes ameaçadores, e fez-lhe uma saudação nazista desajeitada.

— Idiota... Estou tentando não chamar a atenção — grunhiu o agente.

— *Perdone* — ele sussurrou em resposta, olhando ao redor da plataforma.

O agente entreabriu novamente o sobretudo para relembrá-los da arma e foi levando Miguel pelo braço.

— Quer ajuda? — perguntou o sargento. — Consegue contê-los sozinho?

— Você acha que eu estou só, seu estúpido? — O agente dispensou-o com um olhar gelado e recebeu os três bilhetes. Miguel e Charley foram colocados dentro do trem apenas quando o suave movimento da máquina fez com que os engates rangessem.

Agora a cabeça de Charley estava cheia de opções, na medida em que havia um único agente armado para vigiar os dois. Entendia que o agente estava acompanhado de outros guardas disfarçados, como deixara transparecer, mas, se eles fossem capazes de derrubá-lo e fugir rapidamente, talvez pudessem pular do trem. O certo é que teriam que agir antes que o agente se encontrasse com outros em San Sebastián.

Com o casaco aberto de modo a poder manter a mão no coldre, o agente levou os dois para um vagão que ainda não estava ocupado e fez um gesto para que sentassem de viés para ele em assentos de madeira um de frente para o outro.

— Fico feliz por você estar bem — disse Miguel ao agente.

O agente balançou a cabeça e tirou o chapéu. Charley respirou fundo. Era Dodo.

— O quê? — Charley não parava de cutucar Miguel com o cotovelo, e em seguida se inclinou para abraçar Dodo. — Como?

— Deu um riso tão alto que ecoou por sobre o ruído do trem.

— Quando aquelas balas começaram a chegar mais perto, eu vi que debaixo d'água não seria um alvo tão fácil e então fui nadando o mais rápido que podia — Dodo explicou. — Quando encontrei um lugar bom, rio abaixo, saí e me juntei a alguns amigos em Béhobie, que falaram com alguns amigos em Irun, que descobriram que vocês tinham sido presos.

— Onde você arranjou esse traje da Gestapo? — Charley quis saber.

— Que traje da Gestapo? — Dodo riu. — Qualquer um pode usar sobretudo de couro e chapéu preto.

— E essa pistola? — perguntou Miguel.

— Que pistola?

— Eu vi, os guardas viram.

— Não — esclareceu Dodo. — Eles viram um coldre de couro reluzente. — Ele tirou o casaco e abriu o fecho do coldre vazio. — Nós mandamos uma carta aos guardas que foi datilografada num papel que a mãe de Renée roubou de um oficial. O sedan preto pertence a um colaborador da cidade. Nós chegamos até a instalar duas bandeirolas com a suástica nas laterais, que os nazistas deram à mãe de Renée quando ela pediu um par para enfeitar o hotel e deixá-lo mais aconchegante para os oficiais.

— É inacreditável! — Charley estava maravilhado. — Você é brilhante.

— E essa não é a melhor parte — disse Dodo, rindo de sua esperteza e ansioso para contar tudo a Santi Labourd.

— Melhor parte?

— Sim; os guardas espanhóis pagaram nossas passagens.

— À Garra! — brindou Dodo, erguendo o copo em seu apartamento.

— À Garra! — disse Renée, fazendo o brinde e indo abraçar Miguel e beijá-lo no rosto.

— Tudo bem, tudo bem — disse Miguel, dando um tapinha no quepe do irmão. — O verdadeiro crédito é para o Major von Schnurr aqui presente. Eu estaria na prisão até agora se não tivesse sido resgatado pela Gestapo.

— Aceito — Dodo disse, batendo os calcanhares e erguendo o braço numa típica saudação nazista. — Eu fico bem de preto, não é? Eles nem sequer se perguntaram por que eu falo tão bem o espanhol. Ou por que o Major von Schnurr se parecia tanto com o soldado que foi levar as instruções.

— A Gestapo inteira parece igual — disse Renée. — É um fato.

— Eles só veem o uniforme — disse Dodo. — Só ouvem o tom de voz. Têm medo de olhar fixo para a Gestapo.

— Mamãe vai ficar feliz quando souber que sua coleção de objetos nazistas teve bom uso — disse Renée. — Ela vem juntando essas coisas há meses.

Após a difícil travessia do rio, Charley Swan precisava descansar por uns dias num abrigo seguro em San Sebastián antes de poder seguir para Bilbao. Os amigos que haviam fornecido o "carro preto oficial da Gestapo", em Irun, levaram Dodo e Miguel de volta à França num pequeno esquife. Os irmãos haviam retornado a Saint Jean de-Luz fazia um dia. Renée preparou o jantar de comemoração. Dava para escutar os chefões bebendo e cantando lá embaixo no Pub du Corsaire — o bar deles —, que Dodo agora considerava impróprio por causa de uma infestação de soldados alemães.

— E então, Miguel? Dodo nos contou que resgatou vocês, mas não como foram capturados — disse Renée. — Se não se importa...

— Prefiro comer agora — ele respondeu, dando uma bela mordida no salmão e entupindo a boca de pão.

— Eles caíram no sono e a Guarda ouviu os dois roncando na beira da estrada — Dodo se antecipou. — Sorte nossa que a famosa Garra não tenha batido à porta do primeiro posto de guarda pedindo um quarto para pernoitar.

— Vá devagar, Dodo, senão eu conto a ele a história do champanhe da sua primeira viagem pelas montanhas — Renée zombou.

— Tudo bem — disse Dodo. — Só estou brincando. Ele salvou a vida do piloto; foi incrível. Eu não tive o menor medo de que a Guarda pudesse me pegar lá na estação. O que me preocupava, isso sim, era que Miguel me reconhecesse e começasse a chamar o Major von Schnurr de "Dodo", e quem sabe me desse umas palmadinhas nas costas ou um abraço daqueles bem na frente dos guardas. Mas ele manteve a boca fechada e foi em frente. Impressionante, muito impressionante.

Miguel riu e deu uma piscadela; não podia contar a Dodo o quanto estivera perto de fazer exatamente isso.

GUERNICA

— Acho que me tornei um contrabandista de primeira linha depois dessa — disse Miguel. — Qual a próxima missão? Dodo olhou para Renée, que tirara a mesa e, virada de costas, começava a lavar os pratos.

— Miguel, acho que isso pode ser um problema, ao menos por ora — disse Dodo.

— O quê? Por quê? Nós nos saímos bem. Trouxemos o cara. Eu posso não ser mais tão bom nadador agora, mas estou me aperfeiçoando no trabalho das montanhas.

— Certo, nós o trouxemos, mas acho que a Garra não deve mais pôr em risco sua alta fama indo para as montanhas — disse Dodo.

— Foram só os guardas espanhóis que me viram, e pensam que nos entregaram à Gestapo — argumentou Miguel. — Eles não são tão espertos assim para verificar a coisa, ou são?

— E se forem? — perguntou Dodo. — Temos que partir do princípio de que eles entraram em contato com a Gestapo sobre vocês *antes* do nosso telefonema. Posso imaginar a cara de surpresa do sargento em Irun quando a verdadeira Gestapo apareceu na segunda-feira de manhã para pegar vocês dois.

— Mas ele nem sabia quem nós éramos — disse Miguel.

Dodo fez um gesto na direção das mãos do irmão.

— Acho que ele será capaz de fornecer uma descrição bem detalhada.

— Posso ficar com as mãos nos bolsos — disse Miguel, em tom mais elevado do que tencionava.

Dodo não teria falado dessa maneira caso soubesse o quanto tudo aquilo era importante para ele, pensou Miguel. A ameaça da Gestapo e dos guardas, de ser preso ou morto, consumia sua atenção durante cada passagem. A concentração não deu tempo para sua cabeça fazer todas essas relações. Ele precisava disso; precisava continuar mais do que Dodo era capaz de entender.

— Não é só você, Miguel — Dodo enfatizou. — Nem só nós. Somos um grupo de centenas de pessoas da Bélgica para baixo. Tem a Renée, a família dela, os pilotos. Não podemos correr o risco.

Miguel sabia que o irmão tinha lido seus pensamentos. Não era mais aquele Dodo inconsequente. Estava ficando esperto. Mas Miguel não podia imaginar algo para fazer que fosse mais importante.

— Então, e agora? O que sobrou para a Garra?

Renée concluiu seu trabalho na pia e se juntou aos dois, pondo a mão sobre o ombro de Miguel.

— Volte para a Espanha — disse Dodo.

Miguel buscou uma alternativa. — Posso ajudar nos barcos.

— É arriscado ser visto lá, também — disse Dodo. — Para não falar do seu enjoo. Acho que o melhor é você voltar para Errotabarri e submergir por algum tempo. Podemos deixar tudo ajeitado por aqui e ver o que dá para fazer com você dentro de alguns meses.

Miguel tomou mais um gole de vinho. Era vermelho-sangue, muito bom. Tomou mais um gole e pegou um pedaço de pão da cesta. Eles tinham razão. Ele se tornara um estorvo. Punha em perigo o sistema inteiro. Sentiria falta daquilo. Sentiria falta de Dodo e de Renée. E sentiria quase a mesma falta da comida.

Na noite seguinte, a *patroia* e Josepe Ansotegui lançaram âncora numa pequena enseada perto de Ciboure. Miguel embarcou de volta para a Espanha a bordo do *Egun On*, mergulhado até a cintura em anchovas, pronto para prender a respiração e afundar no meio delas caso o barco fosse detido. Foi deixado no mesmo cais de maré alta de onde fizera sua primeira incursão por Guernica numa manhã de Natal antes de sua vida se tornar tão maravilhosa e tão terrível.

GUERNICA

Quando Charley Swan embarcou num navio com destino à Grã-Bretanha, seu ferimento, que tornara a abrir levemente, acabou infeccionando. Levou uma semana para chegar a Bilbao e depois descer toda a Espanha num automóvel com um motorista do consulado britânico. Houve bloqueios e inspeções ao longo do caminho, mas os documentos diplomáticos abriram todas as portas. Ele recebeu alimentação e cuidados, mas não havia relaxado ainda, ansioso com o trecho final da viagem, que se daria por águas desprotegidas até a Inglaterra. Recebeu todos os cuidados médicos durante a travessia, e, quando finalmente chegou a Southampton, ganhou uma licença de dois meses para se recuperar em casa. Primeiro visitaria as casas das famílias dos seus tripulantes, mas depois trataria de se curar.

O cônsul em Bilbao manteve Annie e os pais de Charley informados sobre sua saúde e seu paradeiro. Todos tinham vivido com a certeza de que ele estava vivo e escondido, e jamais aventaram nenhuma outra hipótese. Annie passou uma semana com os pais dele em Londres depois que souberam que ele estava desaparecido, e foram ficando cada vez mais próximos nessa angústia compartilhada. Annie passou a escrever para eles toda semana, dividindo pensamentos positivos e sentindo como se isso sustentasse e fortalecesse sua ligação com Charley. Agora os pais de Charley estavam planejando visitá-los assim que o filho voltasse para Pampisford e tivesse tempo de se acomodar.

Annie começou a trabalhar em sua surpresa de boas-vindas ao lar no dia seguinte em que soube que ele chegara à Espanha. Encontrou um pequeno apartamento para eles dois bem na rua da casa dos pais dela. Nas três semanas que ele demorou até chegar à Inglaterra, ela mobiliou a casa o melhor que pôde, dada a escassez de recursos. Comprou uma cama de casal de segunda mão e alguns utensílios de cozinha um tanto desgastados, e meio que confiscou da mãe umas louças velhas. Eram apenas dois cômodos com o banheiro no fim do corredor, mas seria mais do que suficiente para eles. E Blennie foi colocado num lugar perto do aquecedor, que costumava ranger ruidosamente quando o ar circulava.

Eles pegaram um táxi da estação para a casa dos pais dela, mas deram uma parada um quarteirão antes, e Annie pediu a Charley para descerem ali. Ela o conduziu bem devagar até o segundo andar, tirou a chave e abriu a porta. Ele estava esperando ficar hospedado aqueles dois meses no quarto que era de Annie, na casa dos pais dela, e ficou deliciado com a ideia de ter o próprio lar, do tamanho que fosse.

— Até eles me telefonarem dizendo que você estava vivo, eu nunca tinha pensado de forma diferente, é verdade — Annie lhe disse mais tarde. — Só fiquei mais preocupada depois que nos disseram que você estava vivo. Tive medo de que seu navio fosse torpedeado ou bombardeado, ou de que você ficasse doente.

Após o primeiro ou o segundo dia de entusiasmo, Charley foi posto na cama e dormiu de exaustão durante boa parte da semana seguinte. Quando acordou, declarou-se pronto e ansioso para retomar sua vida. Visitavam os pais dela, às vezes faziam refeições com eles, e Charley contava a todo mundo como eram corajosas as pessoas que o haviam salvado. A maior parte do tempo, no entanto, Charley e Annie passavam juntos na nova casa, fazendo planos.

Certa noite, após um modesto jantar, Annie lançou no ar uma proposta. Eles haviam conversado sobre filhos e família naqueles momentos de belas trocas que antecedem o casamento. Ambos queriam filhos. Enquanto aguardava o retorno do marido, ela resolveu que queria dar a partida ao plano imediatamente.

— Querido, algumas crianças cresceram e precisaram deixar a casa — ela disse a Charley.

GUERNICA

— Que ótimo — ele disse, imaginando-as suficientemente preparadas para seguir o próprio caminho. Haviam se passado quatro anos, e quem era adolescente por certo se achava pronto para a independência.

— E outras voltaram para a Espanha, para o que restou de suas famílias, por mais que possa ser uma vida bem dura, ao menos por algum tempo — disse ela, indo para a pia com a louça do jantar. — Algumas que perderam os pais foram adotadas por casais ingleses.

Por esse comentário, ele percebeu aonde ela queria chegar. Pretendia adotar um órfão basco. Charley pensou em Miguel, em Dodo, em Renée e nos Labourd, e em todas as crianças queridas que eles conheceram na casa paroquial.

— Vamos adotar uma — ele disse, tentando acalmar seu próprio entusiasmo pela ideia. — Vamos, agora.

Os pratos foram esquecidos e ela o abraçou com tanta força que a cadeira em que Charley estava sentado quase virou para trás.

— Venho pensando nisso — ela disse. — E acho que não serei capaz de escolher uma; seria como se eu tivesse uma preferida desde sempre, e as outras poderiam ficar desapontadas. Elas já formam uma família. Se não puder ficar com todas, não quero nenhuma.

Charley entendeu o argumento dela e sugeriu que tentassem encontrar uma das mais novinhas, que poderia ficar mais tempo com eles sem precisar buscar a própria independência tão cedo.

De uma gaveta da cômoda, Annie tirou um livreto contendo os nomes das centenas de crianças que ainda permaneciam em abrigos e acampamentos por todo o país, com os respectivos resumos biográficos e descrições detalhadas. Naquela noite, tomando chá, eles pesquisaram a lista.

Concentraram-se, primeiramente, nas mais jovens, de seis e até de cinco anos.

— Isso é mais difícil do que eu imaginava — Charley disse.
— Acho que vamos saber quando chegar a hora — Annie disse.
Fizeram pequenas marcas ao lado de alguns nomes. No registro daquelas que se encontravam em Stoneham, Charley a descobriu.

"Angelina"
Nome verdadeiro desconhecido.
Levada a Bilbao procedente de Guernica por um refugiado após o bombardeio.
Pais mortos.
Traços identificadores: Parte da orelha direita faltando. *Lauburu* de prata na orelha esquerda.

— Annie, meu Deus, Annie! — Charley gritou, antes de cair num profundo silêncio.

— Prazer em conhecê-los — disse a garotinha, estendendo a mão para cumprimentar.
Ela hesitou por um instante, então largou a mala e ensaiou uns passos na direção do homem sorridente que diziam ser seu pai. Ergueu os braços, como a avisá-lo de que lhe daria um abraço. Era alta e tinha pernas compridas, com os joelhos alvos e ossudos se destacando entre a saia e as meias brancas enroladas.
O homem de um braço só se aproximou deles.
— Sou o seu *aitxitxia*, Justo — ele disse. Ela não se lembrava dele também. Miguel a pôs no chão, mas a menininha continuou segurando sua mão, sem perguntar como tinha sido machucada.
Se a festa em Errotabarri deixou-a emocionada, ela não demonstrou. Desde o início havia encarado o processo inteiro de forma menos ansiosa do que todo mundo. Quando o casal de

cabelo vermelho chegou em Stoneham, não se chocou ao ouvir que tinha uma família na Espanha que devia estar ansiosa para tê-la de volta. Sempre sentira que alguém a esperava por lá e que algum dia haveriam de encontrá-la. Enquanto isso, mudou tantas vezes de acampamentos, de abrigos e de casas que não estranhava mais o processo. Teve que se adaptar a novos amigos e a novas "famílias" durante tanto tempo que já aceitava aquilo como regra.

Nunca lhe disseram que era órfã; não diretamente. Fora classificada como "pessoa desabrigada", e ela interpretava isso como significando uma pessoa "deslocada", vendo-se como temporariamente posta em lugar errado, e aceitava que em algum momento seria descoberta e devolvida. Quando viu o casal de cabelos avermelhados pensou, a princípio, que deviam ser seus pais. Correu para dar-lhes um abraço, que eles aceitaram sem reagir.

Depois que Charley e Annie confirmaram a identidade dela, passaram um telegrama para o consulado britânico em Bilbao. Lá, o padre Xabier foi informado por seus amigos e seguiu de carro até Guernica para contar a Miguel e Justo em pessoa.

Miguel voltara da França fazia pouco mais de um mês, e ele e Justo estavam convivendo mais harmoniosamente. Continuavam sem conseguir conversar sobre as coisas mais sérias que cada qual guardava para si. Mas as conversas banais fluíam sem dificuldade. Nenhum dos dois se deu conta de quanto cada um sentiu a falta do outro até a volta de Miguel. Ele não deu maiores detalhes sobre seu drama na fronteira, e Justo nada contou sobre o que lhe havia acontecido nesse tempo. Justo disse que ele estava cheirando a peixe e Miguel retribuiu dizendo que Justo tinha cheiro de sabonete de mulher. Os dois riram, mas Justo não contou que havia convidado a fabricante dos sabonetes para morar com eles em Errotabarri. Diria quando fosse o momento. Agora era hora de os dois se aliarem para tocar a *baserri*.

Até que Xabier chegou.

Xabier irrompeu porta adentro uma tarde, sem fôlego, rosto afogueado, e mandou que eles se sentassem, dizendo que tinha "notícias importantes e maravilhosas".

— Catalina está viva — disse. — Um dos novos amigos de Miguel lá da fronteira a encontrou na Inglaterra e comprovou que era ela pela descrição que Miguel lhe fizera. Ela está segura, bem de saúde, e quer voltar para casa.

Justo, em lágrimas, crivou-o de perguntas, enquanto Miguel permaneceu sentado, em silêncio, meio atordoado, imaginando como era possível uma coisa dessas, com medo de ser algum engano. Tinha que ser engano... como é que ela poderia ter sobrevivido? Como teria ido parar na Inglaterra? Como um piloto que ele conhecera durante apenas alguns dias poderia ter encontrado sua filha? É verdade que ele dissera conhecer umas crianças de Biscaia, e vira a foto dela. Mas já fazia — o quê? — uns quatro anos.

— Conferiram a orelhinha dela? — Justo perguntou. — Podem saber pela orelha.

— Sim, ela tem um rasgo na orelha direita e um brinco, *lauburu* de prata na esquerda — disse Xabier. — E foi encontrada em Guernica naquele dia, a idade está correta... É ela... *é* ela mesmo, não há dúvida. Está num navio neste momento.

Xabier transmitiu-lhes tudo o que lhe disseram, tudo o que fora possível reconstituir a respeito dela. Um refugiado assustado conseguiu resgatá-la de um monte de destroços e a levou para Bilbao no trem noturno. Outra pessoa a levou a um orfanato. Como não sabiam seu nome, os *anglais* acabaram chamando-a de Angelina.

Angelina. Por alguma razão, aquele nome fez Miguel se conectar e acreditar que era ela. Nem uma única vez ele a imaginara morta, nunca pensou no que tinha acontecido a ela. Sua mente não era capaz de dar forma a uma coisa dessas. Pensava nela todos os dias,

GUERNICA

porém ela havia desaparecido, como que suspensa em algum lugar com a mesma idade de quando ele a vira pela última vez. Mas agora... Angelina. Era o nome que eles deveriam ter dado a ela desde o começo; uma digna homenagem à sua *amuma*, Mariangeles, e à mãe de Justo, Angeles. Angelina. Anjinha. Era perfeito.

— Deveríamos passar a chamá-la assim — disse Miguel.

— É como está acostumada. Além do mais, muitas mudanças já a aguardam.

— Angelina... — Justo soletrou, em voz alta. — An-ge-liii-na!

Ainda em estado de choque, incapazes de pensar com clareza, os dois trataram de reorganizar o antigo quarto de Miren. No dia seguinte, o restante da família recebeu convite para uma festa em Errotabarri em comemoração a chegada dela.

Todos os Navarro vieram de Lekeitio. Padre Xabier trouxe com ele de Bilbao a Irmã Encarnação, com a pequena convidada de honra, que eles pegaram no cais de Santurce. Justo convidou Alaia e a levou para Errotabarri naquela manhã. Alaia tinha um presente para Angelina: a boneca de pano que Miren lhe dera. José Maria trouxe peixe, e Xabier providenciou várias garrafas de vinho, fazendo o sinal da cruz em autoabsolvição por toda aquela animação, tendo em vista futuras comunhões.

— Deus entende — ele declarou.

A mulher do padeiro, que perdeu as duas pernas no bombardeio, mas teve a vida salva por Justo, mandou um bolo de duas camadas em que se lia ONGI ETORRI.

Bem-vinda.

Justo e Miguel a mantinham no meio deles, sem querer perder uma palavra. Faziam demoradas apresentações das pessoas presentes, dando detalhes da relação de cada uma com ela. À tardinha, já estava se dirigindo a todos usando "*kaixo*" em vez de "alô" ou "prazer em conhecê-lo".

A menina tinha viajado num navio britânico em águas repletas de submarinos alemães, passou uma noite na casa paroquial da Basílica de Begoña, e então pegou o trem para Guernica. Fizera dezenas de novas amizades e, mais do que qualquer outra coisa, adorou ser o centro das atenções.

— O que você está achando daqui até agora? — José Maria lhe perguntou.

— Estou gostando muito — ela respondeu. — É bom não ter que me preocupar com os alemães bombardeando a gente. Os alemães jogam bombas nas pessoas o tempo todo lá na Inglaterra. Estávamos sempre com medo. Aqui eu me sinto mais segura.

Miguel e Justo se entreolharam, e em seguida olharam para Xabier.

Angelina foi instalada à cabeceira da mesa armada sob a sombra das árvores frutíferas. Seu assento era muito baixo, e ela precisava levantar os cotovelos para descansá-los sobre o tampo da mesa.

— Vou fazer uma cadeira nova do seu tamanho — Miguel prometeu à filha.

— Uma cadeira para mim? — ela repetiu. — Eu gostaria muito, *eskerrik asko*.

Quando o sol se pôs, depois que todo mundo teve sua vez de falar com a menina separadamente e ela finalmente se cansou, os convidados se despediram; ela abraçou e beijou cada um, assegurando-se de chamar pelos nomes aqueles de que se lembrava. Justo e Miguel não saíram do seu lado até pô-la na cama no antigo quarto de Miren, agarrada ao pescoço já quase sem pano da boneca da mãe.

Meia garrafa do vinho de Xabier continuava sobre a mesa da cozinha. Justo encheu dois copos.

— *Osasuna* — eles brindaram.

GUERNICA

— De que será que ela precisa mais? — perguntou Miguel.
— Temos que comprar uns vestidinhos.
— Vamos levá-la à senhora Arana.
— Primeira coisa.
— E escola?
— Já tem idade?
— Acho que ela não precisa começar a ir para a escola ainda, mas vou verificar — disse Miguel. — De qualquer maneira, acho que deveríamos esperar um pouco mais. Não a quero longe por enquanto.
Justo concordou.
— Ela é tão esperta — disse Miguel.
— Se é — Justo confirmou.
— Precisamos achar umas amiguinhas com quem ela possa brincar.
— Vamos fazer uma festa para elas aqui.
Justo serviu o resto do vinho e eles beberam em silêncio. Ambos estavam ocupados demais fazendo planos para o dia seguinte, e o seguinte, e o seguinte...

Todos os dias, escaramuças verbais explodiam milhares de vezes em centenas de bares e cafés. Os soldados alemães que ocupavam Paris se comportavam como se estivessem em férias intermináveis. Pequenas ações de resistência alimentavam alguns parisienses — cobrando muito caro dos intrusos por um café com leite ralo ou cuspindo no suflê. Com frequência, a revolta de sua impotência ante as forças superiores era simplesmente demonstrada em olhares ferozes e em uma ou outra observação ferina, numa língua que os invasores não entendiam.

— *Vous êtes un cochon* — dito com um sorriso, podia soar para um alemão como um cumprimento amável, sobretudo se acompanhado por algum gesto de falsa subserviência. Os soldados alemães tinham ordens para não provocar nem incitar os cidadãos, e assim quase não tinham consequência os incidentes de ordem verbal.

Pablo Picasso, o pintor mais famoso do mundo, reconhecido e reverenciado em Paris, era frequentemente abordado nos cafés da Rive Gauche que frequentava, próximos ao seu estúdio. O pessoal local estava acostumado com Picasso e seus amigos artistas, que se reuniam havia décadas naqueles cafés. Mas, para os soldados alemães, que não faziam a menor ideia do que era uma celebridade contemporânea, ver Picasso ou sentar ao seu lado era um acontecimento digno de menção numa próxima carta aos familiares ou à namorada.

Tal como a maioria dos rapazes de formação militar, os soldados alemães podiam entender muito pouco de pintura, mas sem dúvida já tinham ouvido falar de Picasso. Era a fama de sua arte, e não sua arte, que os impressionava. Alguns sentiam orgulho do jeito desdenhoso com que o renomado pintor olhava em sua direção; daria uma bela história no *biergarten*. "*Liebchen*, o velho Picasso desferiu olhares ferozes para cima de mim no Les Deux Magots. Ele estava acompanhado de um cachorro magro e uma moça."

Um oficial, que se considerava culturalmente avançado, aproximou-se do artista, que bebericava seu cafezinho numa mesa sob o toldo verde da calçada. O oficial tinha nas mãos uma cópia do mural *Guernica*, em tamanho pouco maior do que um cartão-postal.

"*Pardon*", disse ele, mostrando o cartão. "Foi você quem fez isso, não foi?"

Picasso pousou delicadamente a xícara no pires, virou-se para a reprodução, em seguida para o oficial, e só então respondeu: "Não, foram vocês que fizeram".

Epílogo

(Guernica, 1940)

Crianças brincam na praça perto do novo mercado. Tantas haviam nascido depois do bombardeio que Justo Ansotegui chega a achar que a cidade vem sendo como que ressemeada por Deus. Em determinado momento, felizmente, elas superarão em quantidade as que havia aqui antes.

Cada ida à cidade traz de volta as lembranças. Dessas, as novas construções e ruas são as menos importantes. Elas provavelmente surgiriam no devido tempo, e sua presença obscurece as cicatrizes cívicas. Mas as pessoas que restaram na cidade são mais difíceis de restaurar.

Justo os vê: as velhas senhoras que tentam fazer compras apoiadas em muletas de madeira; o velho amigo que parece usar uma máscara de arlequim, com um lado do rosto como era e o outro todo costurado e sem pelos, por causa das queimaduras; e outro, cuja pele fora arrancada, deixando os braços com o aspecto da casca quebradiça do plátano.

Será que eles o olham da mesma forma, como uma fração do que foi um dia? Também ele se definiria por aquilo que perdeu? Não mais importa o que eles veem. Agora ele tem muito mais coisas a cumprir.

Os jogadores de *mus* continuam a se provocar vigorosamente, e a *amumak* está reunida para ficar remexendo os produtos à venda, a maior parte dos quais elas, de qualquer modo, não têm mesmo condições de comprar. Não passa de mais um pretexto para se reunirem e conversarem.

Justo Ansotegui já não se dá ao trabalho de anunciar sua presença quando chega à tenda de Alaia Aldecoa. Agora ela mora em Errotabarri, com Justo, Miguel e Angelina, e faz tanto sabonete, e hoje a casa é tão cheirosa, que Justo nem mais precisa esconder as preciosas barras no bolso durante o dia.

Miguel e Justo convenceram Alaia de que não fazia sentido ficar vivendo na cabana quando todos poderiam tirar proveito de sua companhia. Ela não era Miren nem Mariangeles, mas estava inevitavelmente atada à família. Ela os ajudava a se curar, como se fosse um curativo. E é importante para Angelina também. As duas dormem no antigo quarto de Miren e conversam toda noite antes de pegar no sono.

Eles formam um grupo perfeito. Justo aprendeu com Miguel que, quando a gente perde alguém que ama, deve redistribuir os sentimentos, em vez de ficar refém deles. Deve dá-los a quem ficou, e o que restar deve ser transformado em algo capaz de levar a gente adiante.

A opressão política está pior do que nunca. Após conquistar seu mandato sangrento, Franco declarou fora da lei tudo o que fosse basco. Não há mais danças aos domingos, bandeiras bascas não são toleradas, e o idioma é violentamente reprimido; mesmo assim, eles se reúnem de vez em quando em locais tranquilos para trocar palavras, como contrabandistas negociando mercadorias nas montanhas.

GUERNICA

Apesar de tudo, nos ambientes certos, algumas das antigas atividades são possíveis. Os quatro estão sempre nas montanhas; Justo e Miguel, para pescar trutas, e Angelina, brincando e ajudando Alaia a colher ervas e flores silvestres. Alaia deixa que Angelina a leve pela mão enquanto tagarela num idioma que funde os três que conhece tão bem quanto é possível a uma garotinha da sua idade.

Angelina caminha entre Justo e Miguel rumo ao mercado agora, de mãos dadas com os dois. Para de modo a deixá-los passar à sua frente, e depois corre e se balança no ar quando eles a erguem do chão. Isso a faz se sentir voando. Se ela quiser, eles lhe compram uma maçã ou um biscoito *barquillo*. Ela gosta de ficar atrás da tenda com Alaia, cumprimentando as pessoas que vêm comprar sabonetes, puxando conversa, perguntando como estão passando, tentando conhecê-las melhor.

Todos trabalham juntos em casa, cuidando das poucas ovelhas e do pequeno jardim. A melhor hora é à noite. Depois do jantar em Errotabarri, Miguel ensina Angelina a dançar, tentando transmitir a ela o que aprendeu com Miren e Mariangeles. Ele tropeça e faz todo mundo rir, sobretudo Angelina, que já demonstra ter bom ritmo. Às vezes, é ela quem diz a Miguel que ele está fazendo um passo errado, e ele procura corrigir-se.

Algum dia isso vai mudar, Justo lhes diz. Eles já não conversam muito sobre política, mas Justo garante que Franco não ficará no poder para sempre. Ele mentiu para o mundo, e o mundo acreditou porque era conveniente. Franco atormentará a vida dos bascos por algum tempo, mas eles sempre resistiram, Justo se gaba.

Vão sobreviver a Franco, como fizeram com os romanos e todos os outros que invadiram suas terras ao longo dos séculos. Franco jurou recorrer a todos os meios necessários, mas o carvalho no alto da colina ainda permanece de pé. Errotabarri segue incólume. E Franco não pode vê-los à noite, rindo e dançando à luz do fogo da lareira.

Nota do autor

Os leitores de ficção histórica enfrentam o desafio de separar a ficção da história, especialmente quando as duas se confundem com frequência. Neste livro, boa parte dos "personagens" históricos é óbvia. Picasso, Franco, Manfred e Wolfram von Richthofen e o Presidente José Antonio Aguirre são figuras reais cujas ações foram trabalhadas ficcionalmente com base em relatos históricos.

Determinadas ações do padre Xabier Ansotegui, personagem fictício, assemelham-se às de Alberto de Onaindía, cônego de Valladolid. Onaindía foi o assessor de Aguirre que testemunhou o bombardeio e logo após foi enviado a Paris para contar ao mundo o que presenciara.

A educadora e política britânica Leah Manning liderou a evacuação das crianças bascas de Bilbao para acampamentos e colônias na Grã-Bretanha, descrita neste romance. Bravos combatentes da resistência na Bélgica, na França e na Espanha ajudaram pilotos Aliados a cruzar em segurança, o que ficou conhecido como "Linha do Cometa". Contrabandistas bascos, notadamente Florentino Goikoetxea, arriscaram a vida para guiar esses aviadores através dos Pireneus no começo da Segunda Guerra Mundial.

A Guerra Civil Espanhola foi uma das maiores tragédias da humanidade, com barbaridades cometidas por todos os lados e um número de vítimas que jamais será conhecido. Procurei não penalizar o leitor com detalhes da política complexa e volátil que tinha lugar à época — em especial as alianças, correntes partidárias e legendas estranhas e muitas vezes oportunistas –; em vez disso, procurei recriar o contexto geral de pobreza, opressão, instabilidade e absoluto desrespeito aos direitos civis que os cidadãos comuns devem ter sentido.

Toda tragédia tem muitas versões, e esta foi contada do ponto de vista dos bascos, famosos pela determinação com que defenderam sua terra. Historiadores podem discordar em relação ao total de mortos no bombardeio a Guernica, mas o fato é que ele sem dúvida permanece na raiz dos ataques às populações civis que o mundo chora, ainda e sempre.

Agradecimentos

Sou profundamente grato a toda a família Murelaga por ter me apresentado à cultura basca, de Justo e Angeles, passando por gerações, a Josephine e, finalmente, a Kathy Boling. Foram eles que me revelaram a férrea dedicação dos bascos à família e à tradição. E foi deles que eu ouvi falar, pela primeira vez, dos horrores de Guernica. Kathy, em particular, viveu muita coisa deste livro, e dela eu me lembrarei para sempre com grande gratidão.

Todos os méritos, e meu agradecimento especial, à InkWell Management, nas figuras de Kim Witherspoon, Susan Hobson e Julie Schilder, as primeiras pessoas do mundo editorial que acolheram este arrastado manuscrito de um romancista iniciante. Obrigado, também, a todos da Bloomsbury norte-americana, sobretudo a Karen Rinaldi, Lindsay Sagnette, Kathy Belden, Michael O'Connor, Laura Keefe, Aja Pollock e Nancy Inglis. Charlotte (Charlie) Greig, da Picador britânica, foi uma incansável editora e amiga sempre presente.

O Dr. Xabier Irujo, do Centro de Estudos Bascos da Universidade de Nevada, proporcionou contribuições especializadas acerca da língua e da cultura bascas; por sua vez, Ander Egia e Victor Arostegi de Lekeitio, e Emilia Basterechea, de Guernica, subsidiaram o trabalho traduzindo histórias orais da região de Biscaia.

Quero agradecer a toda a minha família, cuja influência se estende não apenas a este livro, mas a tudo mais que faço. Minhas duas "fontes" mais importantes, nas quais corre sangue basco, são minha filha, Laurel, e meu filho, Jake, que me dão lições preciosas todos os dias. Neles me inspiro continuamente, e sou guiado por seu amor e respeito.

Jess Walter e Jim Lynch, romancistas/amigos, deram-me as melhores aulas de escrita ficcional ao criticar meus dois primeiros rascunhos. Outras leituras críticas e valioso apoio me foram proporcionados por meus amigos e colegas Dale Phelps, Dale Grummert e Mike Sando.

Como peça de ficção histórica, *Guernica* é resultado de intensas pesquisas. Tenho imensa dívida com os autores das obras mencionadas na bibliografia que se segue. De particular importância foi a brilhante pesquisa de Gordon Thomas e Max Morgan Witts para seu livro *Guernica: The Crucible of World War II* (Stein & Day, 1975), que me ajudou a construir um contexto histórico para meus personagens ficcionais. De não menos valor foi *The Basque History of the World* (Walker, 1999), de Mark Kurlansky, leitura imprescindível para todos, mas particularmente para os que gostaram deste romance. As interessantes histórias contadas por Joseph Eiguren sobre a vida em Lekeitio (especialmente a do conflito com a Guarda Civil na véspera de Natal) em seu livro de memórias *Kashpar* (Basque Museum, 1988) muito me ajudaram a entender a atmosfera e o clima políticos da época naquela região.

Uma melhor noção do tempo e da tragédia talvez possa ser obtida numa visita ao Museu da Paz de Guernica (www.peacemuseumguernica.org). Já o mural de Picasso se encontra em exibição no Museu Rainha Sofia, de Madri.

Outros excelentes trabalhos ofereceram valiosas contribuições sobre o assunto, em termos de conhecimentos, história e inspiração:

AGUIRRE, José Antonio. *Escape Via Berlin*, Macmillan, 1945.

BELL, Adrian. *Only for Three Months: The Basque Children in Exile*, Mousehold Press, 1996.

CLARK, Robert P. *The Basques: The Franco Years and Beyond*, Universidade de Nevada, 1979.

EISNER, Peter. *The Freedom Line*, William Morrow, 2004.

VAN HENSBERGEN, Gijs. *Guernica: The Biography of a Twentieth-Century Icon*, Bloomsbury, 2004.

HODGES, Gabrielle Ashford. *A Concise Biography of Franco*, ThomasDunne, 2002.

MARTIN, Russell. *Picasso's War: The Destruction of Guernica and the Masterpiece That Changed the World*, Plume, 2002.

OTTIS, Sherri Greene. *Silent Heroes: Downed Airmen and the French Underground*, Universidade de Kentucky, 2001.

PAYNE, Stanley G. *The Franco Regime (1936-1975)*, Phoenix Press, 2000.

PICASSO, Olivier Widmaier. *Picasso: The Real Family Story*, Prestel, 2004.

RANKIN, Nicholas. *Telegram from Guernica*, Faber and Faber, 2003.

Este livro foi impresso pela Prol Editora Gráfica
para a Editora Prumo Ltda.